KB131445

끝별의 예언

2

베르나르 베르베르 장편소설 전미연 옮김

LA PROPHÉTIE DES ABEILLES
by BERNARD WERBER

제2막 **구부러진 시간 (계속)**

멜리사가 르네의 방갈로 문을 두드린다. 안에서 응답이 없자 문을 열고 들어간다. 르네가 침대에서 쿠션으로 엉덩이를 받치고 가부좌를 틀고 앉아 있다. 커튼은 내려져 있고 에어컨은 약하게 틀어 놓았다. 그는 미동도 하지 않는다.

멜리사가 문턱에서 잠시 머뭇거리다 침대로 다가가 그의 귀에 대고 작은 소리로 말한다.

「점심시간인데, 같이 가서 먹지 않을래?」

무반응. 그가 입아귀를 실쭉해 귀찮게 하지 말라는 뜻을 전한다.

「아빠도 방에서 꼼짝하지 않으려고 하던데…… 두 사람이 지금 똑같은 일을 하고 있는 거지, 그렇지?」

르네는 여전히 대답이 없다.

「그래도 점심은 먹어야 하지 않아?」

상대가 요지부동이자 그녀는 강권하지 않고 떠난다.

르네는 불청객이 사라진 걸 확인한 뒤 자세를 고쳐 잡고 다시 명상으로 돌아간다. 마음이 흐트러져 정신 집중이 되지 않자 차를 한 잔 준비해 들고 창가로 간다.

키부츠를 오가는 사람들에게서 활기가 느껴진다. 대부분의 사람들이 자전거를 타고 키부츠 안을 이동한다. 자동차는 거의 다니지 않는다.

가까운 놀이터에서 아이들이 신나게 놀고 있다.

르네는 차를 천천히 목으로 넘긴다.

1121년부터 지금까지 벌어진 일을 어떤 방식으로 얘기해야 할까?

결코 쉬운 문제가 아니야.

게다가 현대인들이 쓰는 단어를 살뱅한테 사용할 수도 없어.

일단 시간 순서에 따라 세기별로 구술하고는 있지만, 이게 미래를 얘기하는 최선의 방법인지는 확신이 서지 않아.

그는 살뱅에게 이렇게 불러 준다.

〈1200년경, 튀르크 군대가 십자군의 분열과 수적 우세를 이용해 다시 예루살렘을 함락한다. 기독교인들은 물론 성전 기사단까지 성 밖으로 축출된다. 성전 기사단은 퇴각해 새로운 거점을 마련하는데, 그곳은 다름 아닌 키프로스섬이다.

1300년경, 일명 《미남 왕》이라고 불리던 프랑스 왕 필리프 4세가 성전 기사단에서 빌린 돈을 갚지 않으려고 기사단을 해체해 버린다.〉

르네는 자기도 모르게 한숨을 내쉰다.

뭘 더 말해야 할까? 그 무수한 사건들은 어떻게 요령 있게 요약할 수 있을까? 중요한 포인트를 어떻게 골라내야 하지?

그가 자세를 가다듬고 다시 구술을 이어 간다.

〈1400년경, 화약이 적극적으로 사용돼 전쟁의 양상을 완전히 바꿔 놓는다. 살상력이 뛰어난 장거리용 화기(火器), 가령 포탄을 내쏘는 대포와 탄알을 발사하는 소총이 전투에 도입된다. 이로써 검을 들고 일대일로 맞서던 이전의 전투 방식은 사라지게 된다.〉

1천 년 전 사람이 이해할 수 있는 어휘를 고르는 일은 결코 쉽지 않다.

르네는 매번 고심을 거듭하며 단어를 가려낸다.

당연히 아메리카 대륙 얘기도 해야겠지.

〈1500년경, 헤라클레스의 기둥들, 다시 말해 지브롤터 해협을 지나 서쪽에 있는 대륙 하나가 발견된다. 이 새로운 땅은 아메리카로 불리게 된다. 그곳에 닿으려면 지는 해를 따라 서른닷새 동안 바다를 항해해야 한다.〉

르네는 설명을 덧붙인다.

〈선원들은 중도에 포기하고 싶은 마음을 애써 누른다. 그들은 육지가 눈에 들어오지 않는 그 긴 시간 동안 희망을 잃지 않고 항해를 계속해야 했다.〉

뭐가 더 있을까?

맞아, 구텐베르크의 인쇄술을 빼놓을 수 없지.

르네는 기사 살뱅에게 불러 준다.

〈비슷한 시기인 1500년 무렵에 개발된 기술 덕분에 이전처럼 손으로 베껴 쓰지 않아도 많은 책을 만드는 것이 가능해진다. 수백 권이 아니라 수천 권의 책도 금세 찍어 낼 수 있게 된다. 이것은 일대 혁명으로, 배움은 더 이상 소수의 수도사만 누릴 수 있는 특권이 아니다. 누구나 읽고 쓰는 법을 배울 수 있게 된다. 어린아이도 가난한 사람도 예외가 아니다. 도서관은 대량으로 찍어 낸 책들을 비치해 일반인에게 문을 열고, 사람들은 돈을 내지 않아도 읽고 싶은 책을 빌려 읽을 수 있게 된다.

이 시기는 종교에 매몰됐던 인류가 인본주의를 향해 나아가기 시작한 시기와 겹치기도 한다. 이제 신이 아니라 인간을 중심에 놓고 사고하게 된다는 뜻이다. 르네상스라는 이름

으로 불리는 이 시대부터 인간은 미신에 덜 의존하게 되고 진취적인 존재로 변한다.〉

지치는 느낌이 오자 르네는 다시 휴식을 취한다. 에어컨을 세게 틀어 놓고 녹차를 한 잔 더 마시며 손목시계를 내려다보니 벌써 오후 3시가 지나 있다.

네 시간 가까이 명상을 통해 전생에게 예언을 구술해 준 것이다.

그는 창문을 활짝 열어 실내를 환기한다. 벽 선반에서 이스라엘산(産) 담배를 한 갑 발견하고 한 개비 꺼내 불을 붙인다. 그는 창가에 서서 짙은 담배 연기를 내뿜으며 밖을 내다본다.

알렉상드르는 바로 옆 방갈로에 머물고 있다.

내 경쟁자도 지금 예언을 구술하느라 바쁘겠지…….

그는 어떤 사건들을 골라 가스파르에게 전하고 있을까.

멜리사가 다시 찾아와 노크를 한다.

「미안하지만 아직 바빠.」

「할 얘기가 있어, 르네.」

「지금은 안 되니까 나중에 해.」

「언제?」

멜리사가 가지 않고 문밖에 서 있다.

「잘 모르겠어. 일이 끝나면 내가 갈게.」

발걸음 소리가 멀어진다. 르네는 문에 자물쇠가 달려 있지 않아 잠글 수 없다는 걸 떠올리곤, 의자를 하나 비스듬히 갖다 대 밖에서 열지 못하게 한다.

그러고 나서는 다시 명상으로 돌아가 자신의 가장 소중한 제자에게 역사를 가르쳐 준다.

보드라운 손이 살뱅의 얼굴을 소리 없이 쓰다듬는다.

그가 놀라서 눈을 번쩍 뜬다.

「깨워서 미안해요.」

드보라가 그를 내려다보고 있다.

「열 시간 넘게 자서 걱정했어요. 잠이 어수선해 보여 무슨 일이 있나 싶기도 했고. 괜찮아요?」

기사 살뱅이 대꾸도 하지 않고 몸을 벌떡 일으키더니 양피지가 놓인 테이블로 향한다. 펜과 잉크병을 꺼내어 백지 위에 글을 써 내려가기 시작한다.

「살뱅! 괜찮아요?」

「미안하지만 말 시키지 말아요. 성 르네가 알려 준 미래를 잊어버리기 전에 얼른 최대한 상세히 적어 놔야 하니까!」

드보라가 집 앞 우물에서 시원한 물을 길어다 잔에 따라 건넨다.

그녀가 그의 어깨 너머로 필사본을 읽는다.

「〈르네상스〉라는 건 뭐죠? 사람이 죽었다 다시 태어나는 게 예언과 무슨 상관이라도 있어요?」[1]

드보라의 질문에도 살뱅은 흥분 상태에서 아무 말 없이 빠

---

1 르네상스Renaissance는 프랑스어로 부활을 뜻함. 이하 모든 주는 옮긴이 주이다.

르게 펜을 놀려 댄다.

드보라가 등 뒤에 서서 계속 곁눈질로 내용을 읽어 내려 간다.

「배를 타고 서쪽으로 가면 또 다른 대륙이 나온다고요?」

그는 생각의 흐름이 끊길까 봐 재빨리 펜을 잉크병에 담갔 다 꺼낸다. 검은 펜촉이 양피지 표면과 마찰을 일으키며 독 특한 소리를 낸다.

살뱅이 쉬지 않고 르네의 구술 내용을 양피지에 옮기는 모 습을 옆에서 지켜보며, 드보라는 이따금 조그마한 소리로 놀 라움 가득한 탄성을 터뜨린다.

르네는 완벽한 예언서를 만들기 위해 생각을 가다듬는다.

〈1600년경에는 망원경이 만들어져 하늘의 달을 마치 옆에 있는 것처럼 볼 수 있게 된다. 화성과 금성도 망원경에 잡힌다. 지구가 태양을 중심으로 돈다는 발견을 하는 것도 이 무렵의 일이다. 또한 현미경의 발명으로 인류는 맨눈으로는 볼 수 없던 미세한 동물들까지 볼 수 있게 된다.

인쇄술이 발전을 거듭해 더욱 빠른 속도로 대량 인쇄가 가능해지자 책 외에도 신문이라는 매체가 등장한다. 신문은 수천 킬로미터 거리에서 벌어지는 사건들까지도 종이에 활자로 찍어 정기적으로 정보를 제공해 준다…….〉

아 참, 미터법은 1791년에야 발명되지…….

르네는 문장을 바로잡는다.

〈아주 멀리 떨어진 곳에서 벌어지는 사건들까지도…….

1700년경, 사람을 바구니에 태워 하늘 높이 날려 보낼 수 있는 풍선이 발명된다. 네다섯 사람이 탈 수 있게 제작된 이 기구는 새처럼 바람을 이용해 하늘을 날아다닌다.

1800년 무렵부터 사람들이 왕정 체제를 좋아하지 않게 되자 여러 나라에 새로운 통치 체제가 들어선다. 사람들의 손으로 직접 대통령을 선출하고, 그들의 의견을 대표하는 의회가 생겨난다. 이 무렵 말이 끄는 마차 대신 증기로 움직이는 탈것이 새롭게 등장한다. 그림을 그려 남기지 않아도 이미지를 오래 간직할 수 있는 방법이 발명된 것도 이 무렵이다. 이미지를 순간적으로 종이에 고정할 수 있는 기계가 등장한 것이다.

1900년경부터 무기의 살상력이 극대화돼 대규모 전쟁이 벌어지고 많은 희생자가 발생한다. 하늘을 날아다니며 폭탄을 떨어뜨려 인명과 재산을 파괴하는 기구들이 본격적으로 등장하는 것도 이 무렵이다. 결국 제1차 세계 대전이 벌어져 2천만 명이 사망한다. 20년 뒤에 더 큰 규모의 전쟁이 다시 한번 일어나 6천만 명이 목숨을 잃는다. 이 두 번의 비극을 겪고 나서야 비로소 유럽에는 장기간 평화가 찾아온다.

지구에서 쏘아 올린 비행체가 달에 착륙하는 역사적 사건이 일어난다. 비행체에 탑승한 사람들이 달에 내려 그 표면을 걸어 다니는 모습을 지구에서도 볼 수 있다.

2000년, 세계 인구가 60억을 돌파한다. 이 무렵 세상 반대편에 있는 사람들과 얼굴을 보면서 말할 수 있는 장치가 발명된다. 이즈음부터 인간보다 똑똑한 기계들이 무수히 발명돼 나온다. 인간보다 체스를 잘 두는 기계가 만들어지는 것도 이 시기의 일이다.〉

일이 생각만큼 쉽지 않다. 일단 살뱅이 관심을 보일 만한 주제를 고르는 게 가장 어렵다. 그리고 그가 알아듣게 설명하는 것도 그 못지않게 어렵다고 르네는 생각한다.

어차피 다 넣는 건 불가능하니까 영리하게 선택해야 해. 중요한 사건들만 뽑아서 말이지.

뭘 얘기해 줄까?

로큰롤과 1968년 5월 혁명, 공산주의와 정신 분석학의 등장은 아무래도 살뱅이 관심 없을 거야. 관심이 있다 하더라도 맥락까지 이해하긴 쉽지 않을 테고.

영화의 발명은 어떨까? 컴퓨터는? 잠수함은?

쥐가 페스트를 옮기는 매개임이 밝혀졌다는 건?

이건 괜찮은 주제 같아. 페스트에 걸려 죽는 성전 기사들의 수가 줄어들 수 있을 테니까…….

밖에서 다시 노크 소리가 들린다.

「또 나야.」

멜리사가 문에 대고 큰 소리로 말한다.

그녀가 손잡이에 힘을 주어 돌리지만 문은 꿈쩍도 하지 않는다.

「미안하지만 방해하지 말아 줘, 멜리사! 지금 너무 바빠.」

르네가 앉은 채로 창문 쪽을 쳐다본다. 밖이 어느새 어둑어둑해져 있다.

「일이 이렇게까지 돌아갈 줄은 정말 꿈에도 상상 못 했어. 우리 아빠도 지금 초홍분 상태야. 혼자 안에서 큰 소리로 중얼거리는 게 방갈로 밖에까지 들려.」

르네는 문득 자신도 똑같은 행동을 하고 있음을 깨닫는다.

「두 사람 다 제정신이 아니야.」

「지금 몇 시지?」

「오후 5시. 문 열어. 제발 부탁이야!」

「지금 우리가 하는 일을 당신이 상상이라도 할 수 있겠어, 멜리사?」

만에 하나 가스파르와 팀을 이룬 알렉상드르가 이겨 나 대신 예언가가 되면 어떻게 되는지 상상이나 할 수 있겠냐고? 예언가가 바뀌면 미래가 또 어떻게 바뀔지 몰라. 더 최악이 될 수도 있다고!

「두 사람이 뭘 하는지 내가 왜 몰라? 자가 최면을 통해 시공간을 넘나들면서 각자의 전생에게 예언을 구술해 준다고 믿고 있잖아. 둘 다 실제로 그런 일이 벌어지고 있다고 생각하잖아…….」

맞아.

「그런데 지금은 도가 지나쳐도 한참 지나쳐. 우리 아빠도 당신처럼 안에서 문을 막아 놨어.」

지금 한창 예언을 구술 중이라는 뜻이야.

르네가 황급히 자세를 고쳐 잡고 다시 집중하려고 애쓴다.

멜리사가 문밖에 서서 소리를 지른다.

「문 열라니까!」

「멜리사, 이건 승부가 걸린 일이야. 오직 한 사람만이 승자가 돼. 내가 선생님을 이겨야 해. 이건 나한테 너무도 중요한 일이야.」

알렉상드르야 자신의 이름을 역사에 남기고 유명해지려는 욕심 때문에 이 일에 뛰어들었지만, 난 제3차 세계 대전을 중단시킬 책임이 있단 말이야.

「아빠도 문 너머에서 똑같은 소리를 했어. 아마 지금쯤 첫 장을 위그드 팽에게 가져가 보여 줬을 거야.」

뭐라고! 이럴 수가! 그가 선수를 치게 놔둘 순 없어!

55 므네모스: 알렉산드로스 대왕의
후계자들

알렉산드로스 대왕 사후에 세 명의 장군이 그의 제국을 분할 통치하게 된다. 안티고노스는 그리스 땅, 프톨레마이오스는 이집트 땅, 셀레우코스는 페르시아 땅을 다스린다.

하지만 이 세 개의 신생 왕국 모두 그리스어를 공식 언어로 삼는다. 알렉산드리아라는 이름으로 불린 신생 도시들은 그리스 제국과 인접 문명들이 만나는 교차로가 된다. 이 신식 도시들에는 극장과 아고라와 경기장이 건설되어 있었고, 타 종교와 민족에 대한 관용이 넘쳤다.

당시 예루살렘에서는 유대인 엘리트 양성을 중시하던 사두가이파가 히브리어를 쓰는 다른 지파들과 달리 그리스어를 쓰기 시작했다. 헬레니즘을 숭상한 사두가이파 사람들 상당수는 알렉산드로스 대왕이 수립한 옛 그리스 제국 땅으로 떠나 현지에 정착하기도 했다. 이들은 프톨레마이오스가 통치하던 이집트 알렉산드리아에 주로 자리를 잡았다. 당시 프톨레마이오스왕은 대형 도서관을 건립해 학문 연구의 중심으로 삼겠다는 야심 찬 계획을 품고 있었다.

사두가이파 유대인들은 현재의 튀르키예 땅인 아나톨리아의 밀레도스, 이소스의 알렉산드리아, 할리카르나소스에도 대거 정착했다.

이스라엘 내 유대인들은 세력이 둘로 나뉘어 있었다. 한쪽은 헬레니즘 문화에 도취돼 과학과 여행을 통한 세계의 이해에 관심이 있는〈신식〉유대인들이었고, 다른 쪽은 다윗왕과 솔로몬왕이 통치하던 옛 이스라엘 왕국의 향수에 젖은 전통주의자들이었다.

이스라엘 밖에서는 프톨레마이오스왕과 셀레우코스왕이 첨예하게 대립하기 시작했다. 시간이 흐르면서 이집트 땅을 통치하던 프톨레마이오스 왕조와 시리아 땅을 지배하던 셀레우코스 왕조의 갈등은 일촉즉발로 치달았다.

두 왕국과 국경을 맞대고 있던 이스라엘 왕국은 결국 원수 사이로 변한 두 그리스 왕조가 격돌하는 전쟁터가 되고 말았다. 전세는 엎치락뒤치락을 거듭했다. 기원전 200년까지만 해도 프톨레마이오스의 군대가 대부분의 전투에서 승리했으나 그 이후로는 셀레우코스의 군대가 승기를 잡았다.

전쟁이 오랫동안 계속되자 이스라엘인들은 점차 그리스 제국에 염증을 느꼈다. 아무리 요새화된 도시를 건설하고 웅장한 건축물을 만들었으며, 발전된 과학으로 유대인 귀족들의 숭앙을 받는 그리스인들이라지만, 이스라엘 땅에서 동족상잔의 전쟁을 펼치는 그들이 곱게 보일 리 없었던 것이다.

56

살뱅이 부리나케 위그 드 팽의 거소로 달려간다.

기사단장이 두툼한 원고 더미를 앞에 놓고 가스파르 위멜과 한창 얘기 중이다.

「이런 음흉한 놈을 봤나! 벌써 예언서를 들고 와 보여 드리다니!」

살뱅이 멱살이라도 잡을 기세로 가스파르에게 소리를 지른다.

「가스파르가 방향을 제대로 잡았는지 봐달라고 해서 내가 불렀네.」

위그 드 팽이 구렁이 담 넘어가듯 말한다.

「시작한 지 얼마나 됐다고! 설마, 집필이 끝났을 리는 없겠지!」

살뱅이 펄쩍펄쩍 뛴다.

위그 드 팽이 길게 기른 잿빛 턱수염을 쓰다듬는다.

「그렇진 않으니 안심하게. 완성되려면 아직 멀었어. 나도 앞부분만 슬쩍 봤네.」

단장의 시선이 살뱅의 하나밖에 없는 팔의 겨드랑이에 끼워져 있는 양피지 뭉치로 향한다.

「그건 자네 작품이군? 잘됐네, 이참에 둘이 어떤 내용을 쓰고 있는지 한꺼번에 확인할 수 있겠군.」

살뱅이 단장의 책상 위에 집필 중인 원고를 내려놓는다.

위그가 의자에 몸을 깊숙이 파묻더니 동그란 렌즈를 집어 오른쪽 눈앞에 댄다. 그가 두 사본을 번갈아 읽기 시작한다. 살뱅과 가스파르가 그의 앞에 서서 초조한 표정으로 반응을 기다린다.

위그 드 팽이 중간중간 고개를 끄덕이기도 하고 눈썹을 움직여 놀라움을 표현하기도 하고 감탄조의 짧은 숨을 내쉬기도 한다.

드디어 그가 두 원고를 덮고 나서 기사 둘과 번갈아 눈을 맞추며 논평을 시작한다.

「도입부의 수준이 상당히 높아 깜짝 놀랐네. 서로 중첩되는 내용도 제법 있더군. 어쨌든 두 원고 모두 기대가 많이 되네. 그런데…… 솔직한 느낌을 말하자면, 지금 단계에서는 가스파르의 예언서가 정확성이 더 높고 문장도 좋아 보이네. 뭐랄까, 글이 조금 더 시적이라고나 할까. 살뱅, 자네 혹시 대충한다는 생각으로 임하고 있진 않나? 너무 급하게 쓰고 있진 않느냐는 말이야. 어떤 예언은 내용이 너무 두루뭉술해서 이해하기가 어렵더군. 가령 말이야, 망원경이라는 단어가 쓰여 있던데, 그게 대체 뭔가? 더 명확한 설명이 필요할 것 같아. 난 도저히 이해를 못 하겠더군. 살뱅 자네는 시간 순서에 따라 세기별로 서술하는 방식을 택한 반면 가스파르는 주제별로 접근한 것도 큰 차이네. 어쨌든 앞으로 두 사람 모두 열심히 쓰도록 하게! 내 의견이 다가 아니니까 여섯 부단장의 의견도 들어 봐야지.」

57

지친 모습의 르네가 주먹으로 알렉상드르의 방갈로 문을 두드린다. 아무 응답이 없다. 그도 안에서 문을 의자로 막아 놨는지 밖에서 열리지 않는다.

「안에 계신 거 알아요!」

마침내 문이 열리고 알렉상드르가 피곤한 얼굴을 문밖으로 내민다. 그가 자다 일어난 사람처럼 눈을 쓱쓱 비빈다.

「무슨 문제라도 있나, 르네?」

알렉상드르가 곤혹스러워하는 게 느껴진다.

「그건 제 아이디어였어요! 다시 말씀드리지만, 제가 살뱅드 비엔의 예언서를 발견한 게 모든 것의 출발점이었다고요! 제가 아니었으면 선생님께서는 그 예언서의 존재조차 몰랐을 거예요.」

알렉상드르가 목소리를 낮추라는 시늉을 하더니 르네에게 안으로 들어가 얘기를 나누자고 한다. 커튼을 다 내린 방 안에 르네가 자리를 잡자 알렉상드르가 시원한 물을 가져다주고 나서 말한다.

「이건 자네한테만 국한된 일이 아니야. 자네와 내가, 우리들의 예언서를 써서, 우리가 함께 만든 성전 기사단이 예언서를 수호하게 함으로써 세상을 구해야 하네.」

우리들의 예언서? 함께 만든 성전 기사단?

「우리 덕분에 성전 기사단은 당대에 어느 누구도 갖지 못한 귀한 지식을 얻게 될 걸세. 이건 개인의 영광 같은 차원의 문제가 아니야. 자네가 유명해지는 걸 염두에 두기보다 먼저 인류와 미래 세대의 운명을 걱정하게.」

「선생님은 저한테 배운 걸 이용해 예언서를 쓰고 계세요. 설마 살뱅 드 비엔의 예언서를 가스파르 위멜의 예언서로 대체하려는 건 아니겠죠!」

알렉상드르가 고개를 절레절레 흔든다.

「이런, 르네, 르네…… 자네가 한 가지 알아야 할 게 있네. 예언서의 중요성으로 말미암아 그 어떠한 것도 허용될 수 있음을 명심하게. 최고의 예언서를 만들 수 있다면 무슨 일이든 해야 한다는 뜻이야. 그러니 날 이기고 싶으면 찾아와 귀찮게 하거나 쓸데없이 툴툴대지 말고 자네 한계를 뛰어넘을 궁리나 하게. 위그 드 팽이 살뱅에게 지당한 지적을 하더군. 그걸 머릿속에 새기면서 예언서의 구성과 문장을 향상할 고민이나 더 해보게.」

단장은 가스파르의 손을 들어 주는 것 같았어.

「긴장 좀 풀고 말이야. 시계가 벌써 저녁 8시를 가리키고 있네. 우리 둘 다 지칠 대로 지쳤으니 식당으로 저녁이나 먹으러 가세.」

르네는 여전히 분이 풀리지 않아 그 말에 아무 대꾸도 하지 않는다.

「자자! 그렇게 고집불통 같은 얼굴 하지 말고!」

알렉상드르가 씩 웃는다.

「어차피 우리가 같이 있으면 서로 감시할 수 있을 테니 어느 한쪽이 앞서 나갈 수는 없지 않겠나.」

그제야 마음이 움직인 르네가 자리에서 일어난다.

두 사람이 멜리사의 방갈로를 찾아가자 그녀가 드디어 정상으로 돌아온 그들을 반갑게 맞아 준다. 그녀는 방갈로 안에 뒹구는 걸 찾았다면서 리넨 튜닉을 입고 샌들을 신고 있다. 마치 시간을 뛰어넘어 현재로 온 고대 그리스인처럼 보인다.

일행은 식당에 가서 뷔페 테이블에서 음식을 골라 접시에 담기 시작한다.

감자튀김을 곁들인 스테이크가 메뉴에 없어 실망한 표정을 짓던 알렉상드르가 르네와 멜리사처럼 현지 음식에 도전해 보기로 마음을 바꾼다. 그가 가지샐러드와 적피망과 토마토샐러드, 후무스, 타히니소스, 흰 치즈에 버무린 오이샐러드를 접시에 담는다. 멜리사는 고민 끝에 시금치를 속에 넣어 튀긴 짭짤한 빵인 뵈레크와, 올리브오일과 피스타치오가 섞인 간간한 요구르트 라브네를 담는다. 르네는 더 과감하게 이국적인 요리를 선택한다. 잉어 살에 채소를 섞어 동그랗게 뭉쳐 튀긴 동유럽 유대인들의 전통 요리 거필터피시와 새콤달콤한 피클을 곁들인 파스트라미, 그리고 일종의 감자전인 라트케를 식판에 담아 테이블로 들고 온다.

점심을 건너뛰어 허기가 진 데다 처음 보는 음식들에 호기심이 당긴 세 사람이 부지런히 포크를 놀린다.

「두 분 대체 왜 그러는 거예요?」

멜리사가 힐난하듯 묻는다.

「당신 아버지한테 추월당하기 싫어서 그래.」

르네가 심드렁하게 대답한다.

「지금 정확히 무슨 일을, 어떻게 하고 있는 건데?」

알렉상드르가 기다렸다는 듯이 요리 레시피를 설명하는 톤으로 대답해 준다.

「내가 토가를 입고 어깨에는 하얀 날개를 단 채 1121년에 살았던 사람의 꿈속에 등장해. 그는 꿈에서 내 모습을 보고 목소리를 듣는 거지.」

「나도 똑같은 방식으로 해.」

르네가 고개를 끄덕이며 덧붙인다.

「우리 각자의 전생에게 예언을 불러 주지. 아주 정확한 예언을. 우리는 이미 알고 있는 과거지만 전생들에게는 미래의 일이야.」

「이제 겨우 마음이 놓이네!」

멜리사가 다소 냉소적으로 말하고 나서 한마디 덧붙인다.

「난 또 두 분이 퇴행 최면 때문에 망상에 시달리나 했죠.」

르네와 알렉상드르가 마지못해 피식 웃는다. 그들은 색깔만으로도 식욕을 자극하는 이스라엘 요리에 대한 미식 탐험을 계속한다.

「처음에는 그저 간단하고 재밌는 일이라 여겼는데 할수록 그게 아냐.」

알렉상드르가 딸을 쳐다보며 말한다.

「이게 보통 어려운 일이 아니더라고. 무수한 사건들 중에서 뭘 고를 것인가? 흥미진진하지만 까다로운 문제지. 처음에는 당연히 내가 중요하게 생각하는 사건을 중심으로 구술하기 시작했어. 그런데 시간이 갈수록 12세기를 살았던 사람의 관심은 나와는 다르겠다는 생각이 들었지.」

「내 필경사는 좀 〈앞뒤가 막힌〉 사람이라서 이따금 내 말을 엉뚱하게 이해해.」

르네가 얘기에 끼어든다.

「그러면 그 내용을 다시 수정하게 하느라 또 시간이 걸리지. 하지만 난 한 가지 원칙을 세웠어. 그가 이해한 것만 받아적게 하는 거야.」

「가스파르의 문제는 말이야…….」

알렉상드르가 말을 받는다.

「내 이야기를 가끔 자기 식으로 해석한다는 거야. 자신의 직관과 상상력을 동원해서 말이야. 그런 그에게서 〈발명가〉의 욕심마저 느껴져. 가령 말이야, 그는 아포칼립스가 도래하고 메시아가 출현하리라고 굳게 믿기 때문에 어떻게든 그걸 예언서에 집어넣으려고 해.」

르네가 한숨을 내쉰다.

「생각해 보면 모세 역시 하느님의 말씀을 자기 식으로 해석해 전한 것일 수도 있어요. 가령 하느님께서 〈하늘을 날지 말라〉고 하신 걸 모세가 도둑질하지 말라고 이해했을 수도 있다는 뜻이에요.[2] 하느님께서 비행기는 등유를 태워 하늘을 날아다니면서 대기를 오염시키니 타지 말라는 뜻으로 하신 말씀을 모세가 곡해했을 수도 있다는 말이죠…….」

르네는 예언서를 쓰면서 느끼는 고충과 불안감을 알렉상드르와 공유하고 나니 마음이 한결 편안해지는 걸 느낀다. 게다가 배 속을 채운 음식도 마음을 편안하게 해주는 역할을 한다.

상대가 잠시나마 긴장이 풀어진 것을 보고 알렉상드르가 묻는다.

[2] 프랑스어 동사 voler에는 하늘을 난다는 의미와 도둑질한다는 의미가 모두 있다.

「이참에 우리 서로에게 패를 보여 주는 게 어떤가. 자넨 어떤 접근법을 택했나?」

「먼저 말씀하세요.」

「좋아. 난 정치를 테마로 잡았네. 왕국과 제국의 탄생과 소멸, 전쟁, 동맹, 배신, 이런 것들을 중심으로 역사를 구술하고 있어. 현대에 들어와서는 냉전과 테러, 금융의 지배, 종교 광신주의자들의 준동을 주로 다뤘지. 자넨?」

「저는 연대기식 방법을 택했어요. 각 세기마다 이루어진 중요한 기술 발전을 중심으로 역사를 구술하고 있어요. 유럽의 아메리카 대륙 발견, 화약의 사용, 천문학의 발전, 인쇄술의 발전, 자동차와 비행기의 등장 같은 사건을 골라 살뱅에게 불러 줬죠. 현대에 들어와 벌어진 사건들 중에서는 달 착륙, 컴퓨터의 등장과 발전, 휴대폰의 출현 등을 다루었어요.」

「쯧, 남자들이라 어쩔 수 없군요. 그보다 더 독창적인 접근법도 얼마든지 있을 텐데.」

멜리사가 논평을 내놓는다.

「가령 어떤 방법 말이니?」

알렉상드르가 딸을 쳐다보며 묻는다.

「커플 개념의 변천사를 중심으로도 얼마든지 역사를 쓸 수 있죠. 이러니저러니 해도 연인 관계야말로 인류 역사를 통틀어 가장 다이내믹한 주제가 아닐까요? 우리 셋이 지금 이 자리에 모여 있는 것도 따지고 보면 우리 부모님이 만나서, 서로에게 욕망을 느끼고, 사랑한 결과죠.」

알렉상드르가 흐뭇한 미소를 짓는다.

「그럴듯하게 들려. 그 관점에서 네가 아홉 세기 동안 벌어진 역사를 기술한다면 어떻게 할지 무척 궁금해지는구나.」

「일단 강제 결혼과 지참금, 강제 이혼, 할례, 음문 꿰매기, 강간, 하렘, 전족 같은 것들이 사라지게 된 과정을 서술할 거예요. 이런 것들은 모두 여성을 사고파는 가축으로 취급했던 암흑기의 산물이죠. 그렇게 여성의 몸과 정신이 짓밟혔던 시대를 기술하고 나서는 최초로 등장한 여성 정치인들을 다룰 거예요. 여성 파라오 핫셉수트, 세바의 왕, 클레오파트라, 팔미라 제국의 제노비아 황후, 유대 왕국의 왕 살로메 알렉산드라, 베르베르족의 왕 카히나, 신라의 선덕 여왕, 중국의 측천무후, 일본의 고사쿠라마치 천황, 카트린 드 메디시스, 잉글랜드의 엘리자베스왕. 그리고 우리가 이스라엘에 와 있는 만큼 이곳 현대사의 중요한 인물이었던 여성 총리 골다 메이어도 빼놓을 수 없겠죠.」

「네가 관심을 갖는 건 커플의 역사가 아니라 여성의 사회적 지위 변천사 같아 보이는데.」

알렉상드르가 한마디 한다.

「그 두 가지는 밀접하게 얽혀 있다고 생각해요. 전 여성의 권리가 확대되는 과정을 여성 해방의 관점에서 살펴볼 거예요. 그리고 당연히 음악과 미술 분야에서 두각을 나타낸 여성 예술가들도 소개해야겠죠. 세비녜 부인, 카미유 클로델 같은 인물들 말이에요. 여성 과학자들 또한 빼놓을 수 없어요. 마리 퀴리, 우주 속 암흑 물질의 증거를 발견한 베라 루빈, 쿼크와 글루온을 발견하는 데 기여한 우슈란 등등. 여성의 참정권, 피임약, 68년 5월 혁명과 성 해방, 임신 중지권, 미투 운동까지 다뤄야 할 게 한두 가지가 아니에요. 오랜 세월 억눌려 온 여성들의 힘이 천천히, 하지만 필연적으로 분출해 마침내 그들이 역사의 전면에 나서고 있음을 보여 줄 거예요. 그러고 나서 오늘날 대통령과 총리가 되고, 기업 총수가 되고, 오피니언 리더가 된 수많은 여성들을 소개하면서 글을 마무리할 거예요.」

메넬리크가 그들을 향해 다가온다.

「오델리아는 오늘 저녁 식사를 거를 모양이야. 르네 자네가 준 여왕벌을 연구하느라 바쁜가 보더군.」

그가 휠체어를 테이블에 바짝 붙인다.

「아까 점심때는 다들 안 보이던데, 무슨 일이 있었던 건 아니지?」

「너무 피곤해서 그랬어.」

알렉상드르가 얼른 둘러댄다.

메넬리크가 현지 음식이 놓인 그들의 쟁반을 내려다보면서 묻는다.

「음식이 입에 맞던가?」

「토마토가 정말 맛있어요. 달콤한 맛이 나는 게, 프랑스 슈퍼마켓에서 파는 것과는 전혀 달라요.」

멜리사가 환하게 웃으며 말한다.

「무슨 얘기를 나누던 중이었나?」

멜리사가 대화 내용을 대충 요약해 주자 메넬리크가 고개를 끄덕인다.

「예언가에게 무엇을 구술해 줄 것인가? 대단히 흥미로운 주제군. 나 같으면 인간과 자연의 관계 변화를 중심으로 역사를 기술해 보겠네. 천둥과 번개, 폭풍우, 천적, 배고픔 같은 공포에 떨던 인간이 그 모든 위험 요소들을 차례로 제거하고 자연을 지배하게 된 과정을 써볼 거야. 인간은 목재가 필요해 삼림을 파괴했고, 석탄이 필요해 산을 팠고, 자동차를 타려고 석유층을 뚫었지. 자연에 행해진 그런 적대적인 행위들의 결과가 과연 뭔가. 오늘날 물은 아주 귀한 자원이 됐고, 숲은 사라졌으며, 사막화가 무서운 속도로 진행되고 있지.」

「흥미로운 접근법이네요.」

르네가 한마디 하자 알렉상드르가 덧붙인다.

「어쨌든 이거 하나는 우리 모두가 동의할 수 있지 않을까. 역사에 대한 관점은 주관적일 수밖에 없다는 사실. 르네와 내가 12세기 기사들에게 불러 주는 예언은 같을 수가 없어. 살뱅의 예언이 다르고 가스파르의 예언이 다를 거야. 살뱅의 예언은 과학과 지리를 중심으로 짜일 것이고 가스파르의 예언은 정치와 군사, 전쟁 이슈를 중심으로 쓰일 거야. 그리고 당연히 두 예언 모두에 누락되는 내용이 있을 거야. 모든 걸 다 집어넣을 수는 없으니까.」

분위기가 화기애애해지자 메넬리크가 계산대로 가더니 이스라엘산 유명 포도주인 카르멜 한 병을 들고 돌아온다.

네 사람은 새로운 예언가들을 위해 건배한다.

「이제 좀 분위기가 좋아졌어. 안 그런가? 예언 구술을 시작한 첫날은 분위기가 솔직히 너무 험악했어. 누가 보면 전쟁이라도 난 줄 알았을 거야.」

알렉상드르가 웃으면서 말한다.

「사활이 걸린 문제니까요. 죽기 살기로 하는 게 당연하잖아요.」

르네가 쑥스러운 표정을 짓는다.

「그거 아나? 서기 30년 다니엘이 진흙으로 된 발이 달린 거인의 이미지를 빌려 메시아의 출현을 예고했을 때, 예루살렘에서 메시아를 자처한 사람이 170명이 넘었다는 거? 그들 모두가 예수 그리스도의 경쟁자였던 셈이야.」

메넬리크가 르네와 알렉상드르를 쳐다보며 말한다.

「그 많은 사람들과의 경쟁에서 예수가 이긴 이유가 무엇이었을까요?」

멜리사가 고개를 갸웃거리며 메넬리크를 쳐다본다.

「그의 말을 전한 사도 바울로 덕분이 아니었을까. 바울로는 천재적인 소통과 조직 능력을 갖춘 사람이었어. 그리스도의 경쟁자들한테는 바울 같은 마케팅 책임자가 없었지.」

멜리사가 목소리를 낮추며 주변을 휘둘러본다.

「종교 얘기를 그렇게 가볍게 하시면 여기 분들이 불편해하지 않으세요?」

「전혀 그렇지 않으니 걱정 말게.」

메넬리크가 빙그레 웃는다.

「이 키부츠는 종교적인 곳이 아니야. 여기선 다른 명절들도 다 쇠네. 각자가 자기 신념에 따라 살고 있지. 키부츠는 본래 중부 유럽에서 일어난 무종교 사회주의 운동의 개척자들이 가졌던 정신에 기반을 두고 탄생한 공동체일세.」

르네와 알렉상드르는 혹시 졸릴까 봐 커피를 마시고 나서 더 얘기를 나누고 싶어 하는 메넬리크와 멜리사를 식당에 남겨 둔 채 예언서 구술을 위해 각자의 방갈로로 향한다.

르네는 문득 불안감에 사로잡힌다.

이건 정치를 테마로 택한 알렉상드르가 유리할 수밖에 없어.

그렇다고 접근법을 바꾸자니 너무 늦은 것 같고 …….

그는 냉장고에서 탄산수를 한 병 꺼내 병째 마신다. 탄산수가 목으로 넘어갈 때의 청량감이 좋아 그가 병을 들어 물을 머리에 조금 흘린다.

르네는 상쾌한 느낌을 지속시키고 싶어 욕실로 가 세면대의 물을 틀고 찬물을 얼굴에 끼얹는다.

거울 속에 그의 모습이 비친다.

내가 어떤 사람인지, 그리고 어떤 사람이었는지는 이제 알 듯한데, 어떤 사람이 될지는 아직 오리무중이다.

삶의 궁극적인 목표는 자신의 잠재적 가능성을 깨닫는 것이다. 한데 이 가능성이라는 것은 써봐야 비로소 알 수 있으니 참으로 아이러니 아닌가.

우리는 보통 위기의 순간에 그 가능성을 사용한다.

제2차 세계 대전 동안 수많은 사람들이 그동안 몰랐던 자신을 알게 됐다. 자신에게 용기가 숨어 있었다는 걸, 도덕적 가치를 지키기 위해 목숨까지 포기할 수 있는 용맹함이 숨어 있었다는 걸 깨달았다.

우리는 우리 자신을 알지 못한다.

나는 나를 알지 못한다.

내가 하는 모든 행동은 나라는 존재의 수수께끼를 풀기 위한 것이다.

성서에 적혀 있듯이 최후의 순간에 우리는 하나의 질문에 맞닥뜨리게 될 것이다. 〈너는 너의 재능을 어디에 썼느냐?〉

내 앞에는 지금 그동안 상상도 못 했던 어마어마한 가능성이 펼쳐져 있다.

과연 어떤 방법을 써야 알렉상드르를 이길 수 있을까?

르네가 창문을 열자 백리향과 로즈메리의 향기가 상쾌한 저녁 공기에 실려 안으로 밀려들어 온다.

그가 무의식적인 동작으로 종이에다 원 두 개를 그린다. 그러고 나서 종이를 반으로 접어 원을 포갠다.

어떻게 하면 역전에 성공할 수 있을까?

그는 종이에 원을 하나 더 그리고 나서 물끄러미 내려다본다.

그러고는 종이를 한 번, 그리고 두 번 접는다. 그러자 원 세 개가 하나로 포개진다.

첫 번째 원이 과거, 두 번째 원이 현재라면 방금 그려 넣은 세 번째 원은 미래다.

순간 확신에 가까운 생각이 머릿속에 떠오른다.

알렉상드르는 없는 지식이 나한테는 있어.

난 2053년에 갔다 왔으니까.

르네가 다시 가부좌를 틀고 앉는다.

그는 과거가 아니라 미래로 가기 위해 눈을 감는다.

58

오늘은 특별한 날인 만큼 성전 기사들은 바위의 돔 사원 밑 작은 솔로몬 성전에서 회합을 갖기로 했다.

돔 천장이 개똥벌레들로 뒤덮여 별이 빛나는 파란 밤하늘처럼 보인다. 기사들은 그 모습을 올려다보며 타원형 방을 지나간다.

그들은 두 개의 청동 기둥 야긴과 보아스 앞에 다다라 벽에 걸린 대형 촛대들에 불을 밝힌다. 그러고 나서 황소 열두 마리가 떠받치고 있는 놋대야를 가운데 두고 둥글게 모여 앉는다.

단장과 부단장들이 모두 한자리에 모였다.

살뱅과 가스파르가 긴장된 얼굴로 그들 앞에 일어서 있다.

단장인 위그 드 팽이 말문을 연다.

「형제들, 오늘은 우리 기사단에 무척 중요한 날이오. 우리 모두는 가스파르와 살뱅이 완성한 예언서 두 권을 읽고 이 자리에 모였소. 형제들도 나와 같은 생각이라 짐작하오만, 참으로…… 놀랍기 그지없는 내용들이었소. 먼저, 돌아가면서 감상 평부터 들어 봅시다.」

고드프루아 드 생토메르가 제일 먼저 손을 든다.

「두 권 모두 우리의 기대를 저버리지 않았소. 가스파르의 예언서는 문장이 잘 다듬어져 있었소. 글이 명확하고 입체적이라는 느낌을 받았소. 길이도 살뱅의 예언서보다 훨씬 길었소. 놀라운 사건들을 나열하면서도 개연성까지 충분히 갖춰져 있어서 읽으면서 고개가 끄덕여졌소.」

「왕국들이 제국으로 통합됐다 다시 분열되면서 새로운 왕국들이 탄생하는 과정을 다룬 장들은 그야말로 손에 땀을 쥐고 읽었소.」

이번에는 공드마르가 논평을 내놓는다.

「권력의 분산과 집중이 끊임없이 교차되는 가운데 왕국들이 팽창하고 수축하는 과정을 가스파르가 아주 생생하게 기록했다고 나는 생각하오.」

「가스파르는 기독교인들은 물론 우리 기사단도 이 예루살렘에서 축출될 것이며, 결국에는 이교도들이 그들의 법으로 세상을 지배할 것이라고 썼소. 그 예언은 지금 우리가 여기서 하고 있는 일들이 결국은 모두 무의미하다는 뜻이 아니겠소……. 솔직히 나는 그의 예언이 틀리길 바라오.」

생토메르가 미간을 잔뜩 찌푸리며 덧붙인다.

「두 예언서에는 일치하는 내용이 꽤 많았소.」

이번에는 파엥 드 몽디디에가 감상평을 내놓는다.

「가령 두 차례의 세계 대전과 인간이 달에 도착해 걸어 다니는 날이 온다는 내용 말이오. 말이 앞에서 끌지 않아도 움직이는 탈것과 새처럼 하늘을 나는 기계들도 두 형제가 다 언급했더군. 기독교 문명의 위세가 점차 꺾이고 아직은 우리가 듣도 보도 못한 미국, 중국, 러시아라는 이름을 가진 거대 왕국들이 영향력을 넓혀 간다고 기술한 것도 두 예언서의 공통점이었소.」

「두 예언서에 언급된 몇몇 나라는 아직 지도에조차 나와 있지 않소. 가령 한국, 일본, 오스트레일리아 같은 나라 말이오.」

조프루아 비솔이 한마디 거든다.

「우리가 가진 지도들이 아직 미완성 상태니 그럴 수밖에.」

위그 드 팽이 고개를 끄덕이며 끼어든다.

「하지만 테라 인코그니타[3]가 존재하지 않을 날이 언젠가 반드시 올 것이오.」

「땅속 깊은 곳에서 〈석유〉라는 이름의 검은 피가 올라온다는 언급을 두 예언서가 공히 한 것도 흥미로웠소. 이 액체를 넣으면 말이 끌지 않아도 마차가 저절로 굴러간다니 정말 신기하지 않소.」

파엥 드 몽디디에가 눈을 동그랗게 뜬다.

「〈전화〉라는 거야말로 정말 놀라운 발명이더군.」

앙드레 드 몽바르가 한마디 거든다.

「메신저 비둘기와 비슷한 용도로 쓰이는 물건인데 메시지를 즉각 보낼 수 있다는 게 다른 점 같더군. 내가 제대로 이해한 게 맞소?」

조프루아가 또다시 발언한다.

「가스파르의 예언은 군사와 정치, 경제에 초점을 맞춘 반면 살뱅은 사람들의 일상생활과 기술 발전, 예술을 중심으로 예언을 썼다고 느꼈소. 가령 살뱅은 체스를 둘 줄 아는 기계 얘기를 했소. 그 기계가 너무 똑똑하고 전략을 잘 짜서 인간을 쉽게 이길 수 있다고 썼더군.」

「그게 무슨 해괴한 소린지!」

조프루아 비솔이 실소를 터뜨린다.

「예언이라는 것의 성격이 본래 그렇소. 그러니 형제들은

3 Terra Incognita. 미지의 땅을 가리키는 라틴어.

예언 내용의 개연성이 아니라 그 의미와 중요성을 판단 기준으로 삼아야 할 것이오.」

단장이 끼어들어 분위기가 차분해지도록 유도한다.

그가 잠시 뜸을 들인 후 말끝을 단다.

「난 살뱅의 예언서가 큰 강점을 하나 가졌다고 생각하오. 그의 예언은 더 긴 기간을 대상으로 하고 있소. 가스파르의 예언은 2020년경에서 끝나지만 살뱅은…… 2053년까지 예언하고 있는 걸 형제들도 보셨을 거요.」

「말도 안 돼!」

가스파르가 펄쩍 뛴다.

「그건 가능한 일이 절대 아닙니다.」

「그 이유가 뭔가?」

조프루아가 묻는다.

「아 그건…… 내 수호천사인 성 알렉상드르가 어느 시점 이후로는 예언이 불가능하다고 했기 때문이오. 그 시점이 바로 2023년이었소.」

좌중의 시선이 일제히 르네에게로 쏠린다.

「자넨 이에 대해 뭐라고 답하겠나? 자넨 어떻게 2053년에 벌어지는 일을 알 수 있었나?」

살뱅이 짐짓 미안해하며 겸손하게 말한다.

「아무래도 제 수호천사 성 르네가 정보력에서…… 앞선 것 같습니다.」

이 간단명료한 논리에 설득당한 좌중이 고개를 끄덕인다.

「살뱅의 문체가 전반적으로 가스파르만큼 시적이지 못한 건 사실이오. 하지만 이따금 아주 절묘한 문장들을 만날 수 있었소.」

생토메르가 견해를 밝힌다.

「가령 이런 문구 말이오. 〈인류는 3보 전진하고 나서 2보 후퇴한다. 그런 다음 또다시 3보 전진하지만, 어김없이 2보 후퇴하게 된다. 결과적으로 인류는 뒷걸음질 치기보다 꾸준히 앞으로 나아가는 셈이다.〉 멸망한 로마 제국이 바로 이 문구의 생생한 사례가 아니겠소? 야만인들의 침공이야말로 2보 후퇴에 해당하는 것 아니겠냐는 말이오. 역사는 살아 있는 생명체와 다르지 않다고 생각하오. 나는 모든 왕국과 제국의 융성과 멸망에 이 법칙이 적용된다고 믿소. 절정에 이르러 무너지지만 결국은 다시 일어나서 더 높은 곳에 도달하지. 그러고 나서는 또다시 무너지지만 이전만큼 아래로 추락하진 않는다는 말이오.」

「그렇듯 쇠망이 필연적인 과정이라면, 사랑과 평화에 기반한 문명을 건설하기 위한 모든 노력이 결국에는 무의미한 것 아니오?」

파엥 드 몽디디에의 표정이 어둡게 변한다.

「맞는 말씀이오.」

살뱅이 대답한다.

「어떤 일이든 영속성을 기대하고 임해선 안 될 것이오. 하지만 결국 인류는 진보하게 돼 있소.」

「우리는 지금 문명의 정점에 도달해 있는데 어떻게 세상이 이보다 더 나아질 수 있단 말이오?」

공드마르 다마랑트가 반론을 펼친다.

「나도 같은 생각이오.」

몽디디에가 가세한다.

「두 예언서대로라면 미래는 비관적일 수밖에 없소! 기독교인들이 예루살렘에서 축출되고 두 차례의 세계 대전이 일어난다고 하지 않소! 어마어마한 위력을 가진 폭탄들이 도시들을 잿더미로 만들고, 미래 세대는 지옥에서 온 약물에 중독돼 허우적댄다니!」

「대체 뭘 기대했소? 미래가 순탄할 줄만 알았소? 형제들, 우린 기사들이오. 어떠한 역경이 닥쳐와도 우리는 신앙과 검과 창의 힘으로 뚫고 나가야 한단 말이오.」

조프루아 비솔이 목소리를 높인다.

「이 예언들이 혹시 현재에 변화를 불러일으키지는 않겠소? 전쟁 예고가 실제로 전쟁 발발로 이어질 때가 있는 것처럼 말이오.」

「지당한 말씀이오.」

생토메르가 한마디 한다.

「일전에 누가 날 죽이겠다고 공언했다기에 내가 먼저 그자를 죽인 일이 있었소. 그 말이 사실인지 아닌지 확인도 해보지 않고서 말이오.」

「우리가 튀르크족에게 예루살렘을 뺏기게 될 것이라고 말하는 순간 우리 군대의 사기는 땅에 떨어질 것임을 명심해야 할 것이오.」

아르샹보 드 생타망이 목소리를 높인다.

「어차피 우리가 패배한다고 예언된 마당에 열심히 싸울 필요는 없다고 생각해 이탈하거나 도주하는 병사들이 속출할 게 분명하오.」

장내가 술렁이기 시작한다. 기사들이 옆 사람과 수군수군 얘기를 주고받는다. 보다 못한 위그 드 팽이 자리에서 벌떡 일어나 손뼉을 크게 친다. 발언자의 말에 귀를 기울이고 모두가 들을 수 있게 발언권을 얻어 말하라는 뜻이다.

「미래를 안다는 것은 분명히 양날의 검이 될 수 있소. 만약에 백성들이 미래에 벌어질 일을 알게 된다면 어떤 일이 생길 것 같소?」

단장이 좌중을 휘둘러보고 나서 묻는다.

「예언서에 공포를 유발할 만한 내용이 한두 가지가 아닙니다.」

조프루아 비솔이 단장에게 동조하며 의견을 제시한다.

「공포는 백성들을 하나로 묶어 주기도 하지.」

단장의 표정에서 복잡한 심경이 읽힌다.

「사람들은 미래를 알고 싶어 하지 않소. 놀라움을 간직하고 모르는 채로 살고 싶어 하오.」

생토메르가 한마디 한다.

「역시 안 될 말이오. 백성들이 이 예언서의 내용을 알아서는 안 될 것이오.」

위그 드 팽이 쐐기를 박는다.

「하지만 우리 기사들은 알아야 하오. 그래야 닥쳐올 불행에 미리 대처할 수 있지 않겠소. 겨울 뒤에 찾아올 봄을 준비하듯이 말이오. 이 예언서는 우리 기사단에게 엄청난 기회가될 것이오. 우리는 구호 기사단에게는 없는 걸 갖게 되는 것이오.」

「어떻게 하실 생각입니까?」

조프루아 비솔이 위그 드 팽을 쳐다본다.

「우리 성전 기사단에서 이 예언서를 가지고 있다가 필요할 때마다, 우리한테 도움이 된다고 판단할 때마다 왕과 백성들에게 조금씩 정보를 알려 주는 게 좋겠소. 그렇게 하면 그들이 재난에 대처하는 데 도움이 될 것이오. 당연히 새로운 영감을 얻는 데도 도움이 될 테고.」

「새로운 영감이라면, 가령 서쪽에 있는 대륙을 찾아 떠나는 탐험 같은 것 말이겠군요.」

한 기사가 말한다.

「맞소.」

「중국을 발견하는 것도 그런 영감의 결과겠죠?」

「당연하오.」

「달나라 여행도 꿈꾸게 해야겠지?」

「이 예언서의 어떤 내용을, 언제, 누구에게 공개할지는 오직 우리만 결정할 수 있소.」

단장이 초조하게 턱수염을 쓸어내리면서 당장 투표에 들어가자는 의사를 표시한다.

「이제 형제들의 결정만 남았소. 두 원고 모두 내용의 정확성은 물론 문장의 완성도도 지금보다 더 높아져야 하오. 윤문 작업에도 공을 들여야 할 것이오. 원고가 채택된 사람은 더 완벽한 예언서를 만들기 위해 앞으로 최선을 다해야 할 것이오.」

「두 개 다 채택할 순 없습니까?」

「안 될 말이오. 그와 관련해선 이미 합의를 보지 않았소? 한 사람만이 이 일을 책임지고 해야 하오. 전투를 지휘하는 사령관이 한 명이어야 하는 것과 같은 이치요. 물론 패자는 얼마든지 승자를 도와줄 수 있소. 하지만 단 한 사람의 인식과 세계관이 예언서 전체를 관통해야 하오. 당연히 이 예언서에 대한 책임 또한 오롯이 그 혼자서 져야 할 것이오. 자, 형제들, 그만 투표에 들어갑시다.」

기사 여섯이 자리에서 일어난다.

「누가 가스파르의 예언서에 한 표를 주시겠소?」

세 개의 손이 위로 올라온다.

「누가 살뱅의 예언서에 더 후한 점수를 주시겠소?」

이번에도 똑같은 개수의 손이 올라온다.

긴 침묵이 이어진다.

의견을 밝히지 않은 사람은 위그드 팽뿐이다.

그가 경합을 펼치는 두 예언가에게 눈길을 한 번씩 주고 나서 마음을 굳힌 듯 말문을 연다.

「난 살뱅의 예언서를 선택하겠소. 비록 정제된 글은 아니지만 더 긴 기간을 다루고 있기 때문이오. 살뱅이 〈배고픔의 전쟁〉이라는 이름으로 예언한 제3차 세계 대전은 현재의 우리에게도 시사하는 바가 크다고 생각하오. 그걸 읽고 나니 우리도 당장 담수 자원을 보호해야겠다는 생각이 들었소. 강과 지하수층을 비롯한 수자원 관리를 철저히 해야겠다고 말이오. 인구가 초과잉 상태에 도달한 뜨거운 지구에서 굶주림에 허덕이던 사람들이 인구 감소를 위해 어쩔 수 없이 대규모 전쟁을 일으킨다는 그의 예언은, 이 세계의 미래는 물론 우리 기사단의 미래와도 직결돼 있소. 살뱅이 〈지구 온난화〉라고 지칭한 현상을 막기 위해 우리는 지금부터 최선을 다해야 할 것이오. 태양이라는 고갈되지 않는 에너지 자원을 적극 활용할 방법을 우리가 앞장서서 찾아봅시다.」

참석자들이 일제히 고개를 끄덕인다.

「우리 기사단의 존재 목적은 그리스도의 메시지를 전파하는 데만 있지 않소!」

위그드 팽의 목소리에 힘이 들어간다.

「우리가 지금 있는 곳은 솔로몬 성전이오. 이 위대한 유대 왕은 태양이 가진 막강한 힘을 이용하라는 메시지를 이미 오래전에 주었소. 그는 아군 병사들의 잘 닦인 방패에 햇빛을 반사시켜 적병들의 눈을 부시게 만들었지. 적들은 전차를 탄 채 계곡으로 곤두박질쳤소.」

고대 전투와 전사들의 무공이 언급되자 기사들은 일제히 엄숙한 표정이 된다.

「아르키메데스가 자신의 도시 시라쿠사를 포위한 로마 함대를 격퇴하는 데 사용한 오목 거울 원리 또한 태양 광선을 이용한 것이었소. 그는 오목 렌즈 여러 개를 붙인 거대한 거울에 햇빛을 모아 반사시켜 로마군의 배를 불태워 버렸지. 아르키메데스는 태양을 무기로 삼았던 것이오. 이뿐인가. 태양을 안내자로 삼은 왕도 있었지. 선지자 모세와 솔로몬왕보다 훨씬 이전에 태양을 숭배한 파라오 아케나톤 말이오.」

「성 요한이 예언하는 최후의 전쟁인 아마겟돈도 빛과 어둠의 세력 간에 벌어지는 대결이죠.」

고드프루아 드 생토메르가 열띤 목소리로 한마디 보탠다.

「살뱅의 예언서는 두 부류의 인류를 언급하고 있소. 태양에 당하는 인류와 태양을 이용하는 인류. 살뱅 형제, 우리는 자네의 예언이 비추는 빛을 따라갈 것이오.」

「제가 쓴 예언서에는 꿀벌의 실종에 관한 언급도 있습니다만…….」

살뱅이 덧붙인다.

「아, 그거? 그거야 사소한 거 아닌가.」

「그렇지 않을 수도 있습니다. 성 르네에 따르면 그게 제3차 세계 대전의 주요 원인이 될 것이라고 합니다.」

좌중이 고개를 갸웃하며 회의적인 반응을 보인다.

「꿀벌이라…… 아무리 생각해 봐도 우리한테 꿀을 주는 곤충에 불과한 것 같은데…….」

위그드 팽 역시 고개를 가로젓는다.

「물론 그렇지만, 그게 전부가 아닐 수도 있습니다. 어쨌든 우리는 꿀벌을 보호하기 위해 애써야 합니다.」

단장은 살뱅이 이토록 꿀벌을 중요하게 여기는 이유를 납득할 수 없지만 그렇다고 자신이 막 승자로 지목한 예언가의 의견을 반박할 생각은 없다. 그가 좌중을 휘둘러보며 말한다.

「이 일에 관해 형제들은 절대 비밀을 지켜야 할 것이오. 목숨을 바쳐 예언서를 지키고 올바른 용도로 예언을 사용할 것을 이 자리에서 우리 모두 엄숙히 서약합시다.」

참석한 기사들이 모두 검집에서 검을 빼 앞으로 내민다. 칼끝이 한곳으로 모이자 위그드 팽이 선언한다.

「우리는 예언서를 지키는 일에 목숨을 바칠 것이다. 우리는 세상이 예언을 받아들일 준비가 되었을 때, 예언서가 세계의 평화와 인간과 자연의 조화를 위해 쓰일 것이라는 확신이 들 때 예언을 공개할 것이다. 지금부터 우리는 닥쳐올 미래에 대비해 나갈 것이다. 먼 미래에 지구는 뜨거워질 것이고, 식수는 고갈될 것이며, 인구 과잉 상태의 인류는 끝없이 전쟁을 벌일 것이며…….」

단장이 살뱅을 흘깃 쳐다보고 나서 덧붙인다.

「……꿀벌은 멸종 위기에 처할 것이다. 우리는 이 재앙의 도래를 막기 위해 사력을 다할 것이다.」

기사들이 각 문장을 따라 외친 후 서약을 마친다.

「가스파르, 살뱅이 자네 예언 중에서 흥미로운 내용을 뽑아 쓰고 나면 그 예언서는 폐기될 것이네.」

「가스파르와 의논해 알아서 하겠습니다. 제 예언서에 영향을 줄 것 같아 읽어 볼 생각은 없습니다. 수호천사 성 르네께 이미 필요한 정보는 다 받았습니다.」

「그건 자네가 알아서 하게. 하지만 가스파르의 예언서는 없애야 하네.」

살뱅이 그 즉시 경쟁자의 예언서를 집어 든다. 가까이 있던 횃불을 들어 불을 붙인다.

「안 돼!」

불타는 예언서로 달려드는 가스파르를 다른 기사들이 제지한다.

모서리가 타들어 가던 예언서에 불이 확 붙는다.

「겸양의 미덕을 배우는 좋은 기회로 삼게, 가스파르.」

기사단장이 그를 위로한다.

「단장님께서 합당한 선택을 하셨다고 생각합니다. 살뱅의 예언서가 더 뛰어납니다. 살뱅이 원한다면 예언서를 최종 완성할 때까지 옆에서 돕겠습니다.」

아홉 명의 기사들이 검을 거둬 다시 검집에 꽂는다. 성전 기사들은 자신들이 미래의 지식이라는 거대한 권력을 쥐게 됐다는 사실에 책임감과 함께 두려움을 느낀다.

위그드 팽이 회의를 마무리하며 엄숙히 선언한다.

「우리 성전 기사단은 기사 살뱅의 예언서를 공식 예언서로 삼을 것이오. 이 예언들은 〈살뱅 드 비엔의 예언〉으로 불릴 것이오. 저지 독일어로 비엔이 〈꿀벌〉을 의미하니 이 예언서에는 〈꿀벌의 예언〉이라는 제목을 붙일 것이오.」

59 므네모스: 하슈모나이 왕조

이스라엘 땅을 점령한 셀레우코스 왕조가 다른 그리스 제국의 후손 국가들과 전쟁을 벌이며 막대한 세금을 거두어 가자 유대인들의 불만이 갈수록 높아진다.

이런 분위기 속에서 기원전 167년, 하슈모나이 가문의 제사장인 마따디아가 훗날 마카베오 혁명으로 불리게 되는 반란을 일으킨다.

마따디아가 죽자 그의 아들 유다가 (망치를 두드리는 자를 뜻하는) 마카베오라는 이름을 얻어 항전을 계승한다. 뛰어난 전략가였던 유다 마카베오는 기동력이 뛰어난 소규모 군대로 대규모 그리스 군대에 맞선다. 기원전 164년, 그는 그리스 군대를 격퇴하고 예루살렘을 되찾는다. 이후 하슈모나이 왕조는 이스라엘 영토 대부분을 회복하게 된다.

하슈모나이 왕조는 힘의 균형을 위해 외부 세력의 존재가 필요하다고 판단해 로마인들에게 손을 내민다. 그리고 셀레우코스 왕조의 영향력이 줄어든 틈을 타 이스라엘 왕국의 자치권 강화에 힘쓴다. 기원전 142년, 그리스와 로마는 결국 이스라엘 왕국의 독립을 인정하기에 이른다. 마따디아의 다른 아들인 시몬이 이 독립 이스라엘 왕국의 왕으로 추대된다.

하슈모나이 왕조의 치세하에 이스라엘 왕국은 자주와 평화, 번영을 누린다.

시몬의 뒤를 이어 왕좌에 오른 아들 요한, 그리고 손자 알렉산드로스 야나이오스는 왕궁을 짓고 성벽을 세우는 등 대규모 토목 공사를 벌인다. 알렉산드로스 야나이가 죽자 그의 아내 살로메 알렉산드라가 왕위를 계승해 평화 정책을 이어간다. 여왕이 사망하자 두 아들 히르카노스 2세와 아리스토불로스 2세가 왕위 쟁탈전을 벌인다.

어떻게든 왕권을 차지하고 싶었던 히르카노스가 로마에 도움을 요청한다.

기원전 66년, 로마 장군 폼페이우스가 히르카노스를 왕으로 옹립하고 혹시 일어날지 모를 민중 봉기로부터 왕가를 지키기 위해 군대를 이끌고 이스라엘에 당도한다. 이스라엘 왕국의 동맹이자 왕실의 보호자였던 로마인들은 갈수록 정복자의 면모를 드러낸다.

로마 병사들은 살인과 약탈을 일삼고 유대 백성들을 인질로 잡아 몸값을 요구하기도 한다.

폭정을 견디다 못한 유대인들이 하나둘 반란을 일으키다 기원전 63년에 이르러서는 결국 대규모 민중 봉기가 일어난다. 이 무렵 외세에 의해 변질되기 전, 유대교 본연의 정신으로 돌아가야 한다는 움직임이 생겨난다. 크게 에세네파와 열심당으로 대표되는 이 종교 운동은 이스라엘 왕국을 세운 시조 왕들의 율법을 다시 받들 것을 주장하면서, 로마의 지배를 거부하고 하슈모나이 왕조의 타협적인 자세를 비난한다. 이들은 선지자 다니엘의 예언을 상기시키면서, 발이 진흙으로 만들어진 거인은 바빌론과 페르시아, 그리스, 로마의 침략을 차례로 받고 나서 메시아의 출현으로 결국 쓰러질 것이며, 이스라엘 민족은 그때 해방을 맞을 것이라고 공언한다.

르네가 눈을 번쩍 뜬다.

비엔이 저지 독일어로 〈꿀벌〉이라는 뜻이구나. 영어의 비bee와 어원이 같다는 걸 왜 몰랐을까. 이건 보통 우연이 아니야. 이제야 모든 게 맞아떨어져. 그래. 이미 다 결정돼 있었던 거야. 그동안 내 눈앞에 나타난 상징들은 다 의미를 가지고 있었던 거야. 태양과 꿀벌, 말 한 마리를 함께 탄 두 기사, 이것들은 하나의 필연을 가리키고 있었어. 앞으로는 사소한 것도 눈여겨봐야겠어.

별안간 사이렌이 크게 울린다. 그가 방갈로 안에서 우왕좌왕하고 있는데 폭발 소리와 함께 창문이 부서지고 벽이 흔들린다.

르네가 문을 열고 나가자 사람들이 어디론가 황급히 뛰어가고 있다.

메넬리크가 손을 들어 그를 부른다.

「르네, 우릴 따라오게! 저쪽으로!」

르네는 무작정 사람들을 따라 뛰기 시작한다.

메넬리크가 멀리 보이는 콘크리트 구조물을 향해 앞장서 휠체어를 굴린다.

「어디로 가는 거죠?」

「방공호. 로켓포 공격이 시작됐어. 길게 설명할 시간이 없으니 일단 지하로 내려가고 얘기는 나중에 하세.」

르네는 지하로 통하는 계단을 내려가고 메넬리크는 장애인용 엘리베이터를 이용한다. 지하철 승강장처럼 생긴 넓은 공간이 지하에 마련돼 있다. 키부츠 주민들이 속속 모여든다. 사이렌 소리가 그칠 줄을 모른다.

두 번째 폭발음과 함께 큰 진동이 온다. 르네는 키부츠 사람들의 침착한 대응에 깜짝 놀란다. 각자 할 일을 알고 있는 듯 차분하고 정확하게 행동하는 그들에게서 집단적 공포감이라고는 느껴지지 않는다.

이런 상황에 익숙하다 보니 로켓포 공격을 태풍이 오는 것과 크게 다르지 않다고 생각하는 거야. 그래서 이렇게 침착할 수 있는 거야.

안으로 조금 들어가자 형광등이 환하게 켜진 넓은 공간이 나온다.

곳곳에 운동 기구가 놓여 있고 심지어 농구도 할 수 있게 꾸며져 있다.

한쪽에서 접이식 매트리스를 나눠 주고 있다. 바닥에 표시된 줄에 맞춰 나란히 매트리스를 깔고 잠을 자게 될 모양이다.

르네가 멜리사와 알렉상드르를 발견하고 다가간다.

메넬리크가 어떤 청년의 도움을 받아 프랑스인 친구들 옆에 자리를 잡는다.

「오델리아가 안 보이네요?」

멜리사가 묻는다.

「몇 가지 챙겨 올 게 있다고 했으니 금방 도착할 거야.」

「대체 무슨 일 때문에 폭격을 하는 거죠?」

멜리사가 묻는다.

메넬리크가 난처해하다 결국 입을 연다.

「그게…… 자네들 때문인 것 같아.」

「우리들 때문이라고요?」

멜리사가 눈을 휘둥그렇게 뜬다.

「레바논 남부에서 헤즈볼라가 쏘는 로켓탄들이야. 그 무기들은 이란에서 대주고 있지. 알아크사 모스크 지하에 무단출입한 프랑스인들이 여기 숨어 있다는 걸 헤즈볼라가 알게된 모양이야.」

「젠장, 그 정보를 흘렸을 사람은 딱 한 명뿐이야…….」

르네의 얼굴이 붉으락푸르락한다.

「귀스타브 드 몽벨리아르…….」

멜리사가 꼭 집어 이름을 말한다.

「우리를 팔아 레바논〈친구들〉과의 관계를 강화하려는 속셈이었던 게 분명해.」

멜리사가 씩씩거린다.

「이스라엘 전역에는〈아이언 돔〉이라는 미사일 방어 체제가 갖춰져 있네. 하지만 그것만으로 모든 공격을 차단하는건 불가능하지.」

「지금 날아오는 로켓탄들은 그 방공망을 뚫고 떨어지는셈이군요.」

멜리사가 한탄한다.

「우리한테는 아주 드문 일은 아니야. 시아파 헤즈볼라가무슨 꼬투리라도 잡아 공격을 감행하는 데는 다 이유가 있지. 이렇게 로켓탄 재고를 소진해야 이란에서 계속 무기를공급받을 수 있거든.」

대피소에 들어온 이후 알렉상드르는 무슨 이유인지 입도

뻥긋하지 않고 있다.

르네가 그를 향해 몸을 돌린다.

「무슨 일 있어요?」

「자네가 반칙을 썼어. 미래를 보러 가는 반칙을 써 그 시합에서 이긴 거야.」

「에이, 결과에 깨끗이 승복하는 패자의 모습을 보여 주세요. 제 입장이었으면 똑같이 그러셨을 거 아니에요.」

「내가? 미래를 보고 왔을 거라고? 난 방법도 모르잖아! 설령 안다고 해도 그런 짓은 하지 않았을 거야.」

알렉상드르가 분을 삭이지 못하고 씩씩거린다.

「〈수단과 방법을 가리지 말자〉, 〈누구든 최고가 이기는 게임이다〉라고 말씀하셨던 분이 누군데요.」

알렉상드르가 달려들어 르네의 멱살이라도 잡을 기세다.

「아유! 두 분 이제 그만 좀 할 수 없어요? 꼴사나울 지경이에요! 방금 메넬리크 학장님이 우리 때문에 이 사달이 났다고 한 거 못 들었어요? 좀 조용히 있는 게 도리가 아닐까요?」

알렉상드르는 아랑곳하지 않고 언성을 높인다.

「어떻게 반칙을 쓸 생각을 하나!」

마침 오델리아가 등장해 싸움이 중단된다.

「믿기지 않는 일이 벌어지고 있어요!」

그녀가 상기된 얼굴로 말한다.

「무슨 일인데 그래?」

메넬리크가 묻는다.

「굳은 밀랍 속에 갇힌 여왕 꿀벌 말이에요…… 회생시킬 수 있을 것 같아요.」

「〈회생〉시킬 수 있다니?」

오델리아가 가방에서 금속 상자를 꺼내 뚜껑을 연다. 바닥에 빨간색 벨벳 천이 깔려 있고 그 위에 여왕 꿀벌이 갇혀 있는 오렌지색 반투명 밀랍 조각이 올려져 있다.

「탄소 연대 측정부터 해봤는데, 이 여왕 꿀벌은 12세기에 살았던 게 맞아요. 그런데 현미경으로 들여다보다 놀라운 점을 하나 발견했어요. 이 여왕 꿀벌은 유리화 상태예요.」

「그게 무슨 뜻이죠?」

「생물체를 극저온 상태에서 보존하는 냉동 보존이라는 기술이 있어요. 섭씨 영하 150도 이하의 액체 질소를 이용해 냉동 보존하는 방법이죠.」

「동면과 비슷한 원리 같네요?」

멜리사가 호기심을 나타낸다.

「정확해요. 쉬운 사례를 하나 들어 설명해 볼게요. 캐나다에서 두꺼비들이 한겨울 호수의 얼음 속에서 몸이 냉동된 상태로 발견된 적이 있어요. 그런데 몸을 해동하자 두꺼비들이 다시 살아났죠. 그들은 몸이 얼기 전에 먹이를 구했던 장소까지 기억하고 있었어요.」

「피가 얼면 세포핵이 손상되는 줄 알았는데요.」

르네가 과학 교사였던 어머니와 오래전에 나눈 대화를 떠올리며 말한다.

「그건 맞아요. 그런데 캐나다에서 발견된 이 두꺼비 종의 몸에서는 지방과 당분이 함유된 어떤 물질이 생성돼 세포의 손상을 막아 주고 있었어요.」

「엔진에 넣는 부동액처럼 말이죠?」

「맞아요, 천연 부동액인 셈이었죠. 그 발견으로 이식용 장기를 보관할 때 얼음이 아닌 글리세린을 사용하는 길이 열렸어요.」

「그게 이 여왕 꿀벌과 무슨 관련이 있는 거죠?」

르네가 의아한 표정으로 묻는다.

「꿀 말이에요! 꿀이 글리세린과 똑같은 역할을 한 덕분에 피가 굳지 않은 상태에서 여왕 꿀벌이 영구 보존될 수 있었던 거예요. 꿀은 변질되지 않으니까 벌을 〈소생〉시키는 것이 가능하죠.」

「그 말은 이 여왕 꿀벌이 온전히 다시 살아날 수 있다는 뜻인가요?」

르네가 믿기지 않는 듯 눈을 깜박 감았다 뜬다.

「맞아요. 만약 여왕 꿀벌이 살아나서 알을 낳으면 그 알이 라시오글로숨 도르키니 유충이 되는 거죠……. 등검은말벌을 물리칠 수 있는 슈퍼 꿀벌이.」

오델리아의 얘기를 들으며 모두가 어리둥절해한다.

이 여왕 꿀벌이 〈유리화〉 상태라는 거지?

르네가 돌처럼 단단하게 굳은 오렌지색 밀랍 조각을 집어 올리며 벅찬 감격에 휩싸인다.

르네 63이 동료들한테 들었다면서 『꿀벌의 예언』을 언급한 이유가 바로 이것 때문이었을까?

이 여왕 꿀벌이 바로 내가 찾던 성배(聖杯)였는지도 몰라. 9백 년간의 잠에서 마침내 깨어나게 될 3센티미터짜리 백설 공주.

2053년의 세계를 구할 1121년의 여왕 꿀벌.

〈비엔〉이라는 이름 속에 이미 그 단서가 있었던 거야.

바로 지근거리에서 포격 소리가 들려온다.

행여 깨지기라도 할까 오델리아가 르네의 손에서 밀랍 조각을 집어 상자에 넣는다.

르네는 감격에 차 잠시 할 말을 잊는다. 이 어마어마한 발견이 가져올 파장을 생각하자 가슴이 쿵쾅거린다. 그는 자리에서 일어나 두리번거리며 화장실을 찾는다.

한 여성이 그런 그를 보고 히브리어 안내판이 붙은 문을 손으로 가리킨다.

르네는 화장실에 들어가 변기 뚜껑을 닫고 그 위에 가부좌를 틀고 앉는다. 숨을 깊이 들이마신 다음 눈을 감고 과거로 스며든다.

61

살뱅이 한숨을 내쉬고 나서 드보라가 건네는 꿀물로 목을 축인다. 그가 펜을 잡고 펼쳐진 양피지 위로 다시 고개를 숙인다.

「끝나려면 아직 멀었어요?」

「마지막 장을 다듬는 중이에요. 이 예언서의 백미죠. 보고도 믿기지 않을 내용이에요…….」

드보라가 남편의 목을 어루만져 주고 나서 목뒤에 입맞춤한다. 그녀가 그의 뭉친 어깨 근육을 풀어 주면서 묻는다.

「언제쯤 마무리가 될 것 같아요?」

살뱅이 절단된 팔 쪽을 다른 팔로 쓱쓱 긁으면서 호쾌하게 대답한다.

「오늘 밤에.」

드보라가 그의 입술에 입을 맞추고 침실이 있는 2층으로 올라간다.

밖에 어둠이 짙게 깔린다. 예루살렘 도성 안에 있는 집들의 지붕 위로 둥근 달이 솟아오른다. 살뱅이 촛대에 불을 켜고 책상으로 돌아와 앉는다.

책상에 앉은 채 눈을 감자 등 뒤에서 어떤 존재가 느껴진다.

나일세, 자네 수호천사 성 르네. 신경 쓰지 말고 하던 일 계속하게. 응원하러 온 것이니까.

살뱅 드 비엔이 몇 가지 사소한 수정을 거치고 나서 예언을 다시 읽어 본다.

〈2053년에 세계 인구는 150억에 도달하게 된다. 그런데 꿀벌의 실종으로 식량 생산이 급감하자 세계적으로 갈등과 긴장이 고조된다. 곳곳에서 국지전이 벌어지다 결국 세계 대전으로 번진다. 일명 배고픔의 전쟁으로 불리는 제3차 세계 대전이 발발하는 것이다.〉

살뱅이 책장을 넘기는 모습이 보인다.

다른 장이 또 있단 말이야?

르네의 눈앞에서 믿을 수 없는 일이 벌어지고 있다.

이게 어떻게 된 일일까?

분명히 난 2053년까지만 구술해 줬는데 어떻게 다른 장이 있을 수 있는 거지? 설마, 살뱅이 내가 얘기해 준 것보다 더 먼 미래를 알고 있다는 건 논리적으로 말이 안 돼.

그런데 사실이다. 아무리 봐도 2053년 뒤에 장이 하나 더 있다.

족히 몇 페이지는 돼 보인다.

살뱅이 나보다 더 먼 미래에서 온 정보를 받아 적은 게 틀림없어. 그가 미래에 대해 나보다 훨씬 많이 알고 있어.

르네는 살뱅이 수정 중인 양피지를 어깨 너머로 내려다본다.

밤인 데다 방이 어두워 전체가 선명하게 보이지는 않는다. 앞머리 몇 글자만 희미하게 눈에 들어온다.

〈마침내 그 순간이 도래하게 될 것이다. 심장이……〉

현관 쪽에서 무슨 소리가 들리자 살뱅이 황급히 예언서를 덮는다.

아까 자러 올라갔으니 드보라일 리는 없다.

침입자야!

살뱅이 재빨리 의자에 놓인 검을 집어 혁대에 매달린 검집에 꽂는다. 그가 하나밖에 없는 손으로 불을 밝힌 촛대를 들고 출입문 쪽으로 걸어간다.

「누구야!」

어둠 속에서 긴 망토를 입고 나무로 만든 가면을 얼굴에 쓴 모습이 어렴풋이 보인다. 성난 얼굴을 한 가면의 입술이 아래로 실그러져 있고 찡그린 눈썹은 가운데로 모여 있다.

「당신 누구야? 누군데 남의 집에 들어왔어?」

실루엣이 망토 밑에서 검을 뽑아 드는 걸 보고 살뱅이 즉시 촛대를 내려놓고 검을 빼 상대를 겨눈다.

두 칼날이 격렬하게 맞부딪친다.

2층에서 밀랍으로 귀를 막고 자고 있는 드보라는 아무 소리도 듣지 못한다.

가면을 쓴 사내의 검술이 보통이 아니다. 살뱅이 일격을 당해 그만 손에서 검을 놓치고 만다.

그가 검을 집으려고 허리를 숙이는 순간 가면 사내가 검 손잡이로 그의 관자놀이를 가격한다. 살뱅은 무릎이 꺾이며 바닥에 얼굴을 박는다. 정체불명의 사내는 살뱅이 엎어진 틈을 타 방에서 예언서를 집어 온다.

안 돼, 그것만은 안 돼! 저자가 내 예언서를 훔쳐 가게 할 순 없어! 지금은 안 된단 말이야! 일어나, 살뱅! 얼른 일어나!

사내가 살뱅의 집에 불을 지른다.

연기 냄새를 맡은 드보라가 그제야 잠이 깨 아래층으로 뛰어 내려온다. 벌써 불길이 방을 집어삼킨다. 그녀는 살뱅을 부축해 일으키고 나서 자초지종을 듣고는 단검 하나를 챙겨 즉시 함께 도둑을 뒤쫓기 시작한다.

환한 보름달이 인적 없는 예루살렘의 좁은 골목을 비추고 있다. 살뱅과 드보라는 거리를 두고 도둑의 뒤를 쫓는다.

추격을 눈치채지 못한 가면 사내가 도시 북쪽을 향해 빠르게 걸음을 옮긴다. 가축 시장을 지나 방향을 틀더니 성 다미아노 교회 쪽으로 올라간다.

잠시 후 그가 지붕이 유난히 낮아 보이는 집으로 들어간다. 살뱅과 드보라가 즉시 그를 뒤따라 안으로 들어간다. 실내에 불이 환하게 켜져 있다.

등을 보이고 있던 사내가 발소리를 들었는지 갑자기 예언서를 내려놓고 쇠뇌를 집어 든다. 그가 홱 돌아서더니 여전히 가면을 쓴 채 르네와 드보라를 향해 활을 겨눈다.

「그 원고 이리 내!」

살뱅이 검을 빼 들고 소리를 지른다.

드보라가 옆으로 살짝 비켜선다. 가면 사내는 당장이라도 활시위를 당길 태세다.

「내 물건이니 돌려주시오.」

살뱅이 한결 차분한 목소리로 말을 하면서 예언서가 놓여 있는 테이블을 향해 다부지게 걸음을 뗀다.

가면을 쓰고 있어 더 거칠어진 사내의 숨소리가 방을 가득 채운다. 사내가 활을 겨눈 채 앞을 가로막자 살뱅이 뒷걸음질 친다. 벽에 등이 닿는 순간 움찔하더니 필사적으로 검을 뻗는다. 동시에 가면 사내는 활시위를 당긴다.

안 돼, 죽으면 안 돼!

르네의 정신이 소리친다.

시위를 떠난 쇠뇌촉이 마치 슬로 모션처럼, 그러나 가차 없이 살뱅을 향해 날아간다.

화살촉이 옷을 뚫고 피부를 지나 가슴뼈 사이를 통과해 심장에 깊숙이 박힌다.

기사 살뱅이 눈을 휘둥그렇게 뜬 채 입을 헤벌려 마지막 숨을 쉬고는 뒤로 쓰러진다. 즉시…… 숨이 끊어진다.

62

방공호 화장실에 앉아 있는 르네는 갑작스러운 죽음이 닥친 사람처럼 동공이 커지고 입은 벌어지고 눈썹은 치켜 올라간다.

안 돼, 안 돼, 안 돼, 일어나선 안 될 일이 일어났어…….

몸이 석상처럼 굳어 있다.

르네가 손가락 하나를 움직여 본다. 손끝에 미세한 떨림이 느껴진다. 눈꺼풀에 힘을 주어 감았다 다시 떠본다. 가슴을 짚어 자신이 어떤 몸으로 존재하는지 확인한다. 심장 박동이 느껴지는 걸 보니 살아 있다. 그가 심호흡을 한다.

르네는 자신의 이름과, 자신이 살고 있는 시공간을 떠올린다. 살아 있는 건 분명하다.

이럴 수가. 이렇게 일찍 죽으면 어떡해. 제3차 세계 대전 이후의 일을 알아내기도 전에 죽으면 어떡하냐고.

르네는 충격에 휩싸여 몸을 일으켜야겠다는 생각도 하지 못한다.

내 눈으로 봤는데도 믿기지 않는 일이야. 현재의 나한테 없는 정보를 과거의 내가 어떻게 가지고 있었을까. 그런 일이 어떻게 가능할까……. 혹시 지금의 나와 30년 뒤의 나 사이에 있는 〈근미래의 나〉, 그러니까 르네 34 혹은 르네 35가 살뱅에게 예언을 불러 준 걸까?

그렇다면, 미래의 나인 르네 34, 그 가설 속 르네 34는 왜 나한테는 그걸 알려 주지 않는 걸까?

한 가지 가능성이 퍼뜩 머리에 떠오른다.

떼쓰는 아이 말을 금방 들어주지 않듯이 나한테 일종의 통과 의례를 거치게 하려는 의도일까. 그래서 르네 34가 살뱅한테만 미래를 알려 준 걸까.

르네가 계속 생각을 이어 나간다.

그게 아니라면 혹시, 지금 내가 하는 행동이 그 미래를 좌우하게 된다는 뜻일까? 내가 지금 어떤 행동을 하느냐에 따라 르네 34가 구술하는 2101년의 모습도 달라지게 된다는 뜻일까…….

그렇다면 르네 34가 구술하는 예언서의 마지막 장 내용을 결정하는 사람은 다름 아닌 바로 내가 되는 거야! 그러니까 내가 지금 마지막 장의 내용을 모르는 건 지극히 당연한 거지. 아직 정해지지 않았으니까…….

바로 앞쪽에서 거대한 폭발음이 들려오자 르네는 정신이 번쩍 든다. 그가 머리를 세게 턴다.

그의 마음속에 확신에 가까운 의심이 일어난다.

가스파르야. 살뱅의 살해범은 의심의 여지 없이 가스파르야.

르네가 벌떡 일어나 화장실 문을 열고 나가더니 알렉상드르 쪽으로 걸어간다. 간이침대에 앉아 명상 중인 알렉상드르의 멱살을 잡아 바닥에 넘어뜨린다. 두 남자가 뒤엉켜 바닥에 나뒹군다.

「내가 가만히 안 두겠어! 이 나쁜 놈!」

르네가 갑자기 반말을 쓰며 은사를 향해 고래고래 소리를 지른다.

주변에서 미처 말릴 사이도 없이 그가 알렉상드르에게 올라타 목을 조르기 시작한다.

알렉상드르가 숨이 막혀 시뻘건 얼굴로 헉헉댄다. 그가 목을 빼려고 발버둥을 칠수록 르네는 손아귀에 더 힘을 준다.

「당신이라고 실토해!」

르네가 악을 쓴다.

상대가 무슨 말인가를 하려고 하지만 목이 졸린 상태라 제대로 뱉지 못한다.

「당신이 날 죽였다고 실토하란 말이야!」

르네가 분을 참지 못해 펄쩍펄쩍 뛴다.

멜리사가 다가와 말려도 소용이 없자 남자 세 명이 달려오더니 르네의 손을 억지로 풀어 알렉상드르에게서 떼어 낸다.

알렉상드르가 목을 붙잡고 캑캑 소리를 낸다.

「당신이 쇠뇌로 나를 쐈어! 비겁한 자들의 무기라고 당신 입으로 말해 놓고 그걸로 나를 죽였어!」

르네가 다시 달려들어 목을 조를 기세다.

르네가 진정하는 기미를 보이지 않자 남자들이 그를 잡고 놓아 주지 않는다.

멜리사가 르네를 보며 묻는다.

「대체 뭐 때문에 이렇게 흥분하는 거야?」

그녀가 아버지에게 다가가 진정하도록 도와준다.

르네가 사람들에게 붙잡힌 채 악을 쓴다.

「뭐 때문에 흥분하냐고? 〈그의〉 전생이 〈내〉 전생을 살해하고 〈내〉 예언서를 훔쳐 갔어!」

멜리사가 소란한 분위기를 가라앉히려고 애쓴다.

「당신 논리대로라면, 물론 그 논리가 의미가 있다고 가정할 때 말이야, 아버지가…… 다시 말해 〈아버지의 전생〉이……
〈당신의 전생〉을 죽였다는 건데, 설령 그렇다 쳐도 전생의
죄를 현생의 사람에게 묻는 건 어불성설이 아닐까?」

「그가 한밤중에 가면을 쓰고 우리 집에 들이닥쳐 예언서
를 훔쳐 갔어! 집에 불까지 질렀어! 그러고는 바로 내 코앞에
서 활시위를 당겼어!」

「무슨 말인지 난 통 모르겠군.」

알렉상드르가 겨우 호흡을 가다듬고 나서 말한다.

「거짓말! 당신이 아니라면, 정체가 탄로 나는 게 두려운 사
람이 아니라면 왜 가면을 썼을까?」

르네가 몸을 빼려고 발버둥 치면서 고함을 지른다.

「두 사람 다 그만 좀 해요!」

멜리사가 참다못해 소리를 빽 지른다.

「지금이 어떤 상황인지 분간이 안 돼요? 하늘에서는 폭탄
이 떨어지는데 전생 얘기나 하며 싸우고 있으니 기가 찰 노
릇이네요.」

「말 한번 잘했네! 생난리 좀 그만 떨면 안 되겠어요?」

남자 하나가 짜증을 내며 프랑스어로 말한다.

「우리가 로켓포 공격을 받는 게 당신들 때문인 걸 알았으
면 조용히라도 있는 게 최소한의 도리 아닌가요?」

그가 옆 사람들에게 자기가 한 말을 히브리어로 알려 주자
주변에서 힐난하는 눈빛으로 일제히 르네 일행을 쳐다본다.

르네와 알렉상드르는 그제야 자신들이 얼마나 밉살스럽
게 굴었는지 깨닫는다.

「무슨 일인데 그래?」

메넬리크가 휠체어를 밀며 다가온다.

르네가 진정된 것 같아 보이자 남자들이 그를 놓아준다.

「알렉상드르가 날 죽였어요.」

르네가 말끝에 다시 득달같이 알렉상드르에게 달려든다. 사람들이 즉시 둘을 다시 떼어 놓는다.

「내가 아니라고 맹세할 수 있어.」

아직 얼굴이 벌건 채로 알렉상드르가 말한다.

「〈당신의〉 가스파르가 〈내〉 예언서를 훔치고 〈나〉를 죽인 게 아니라고? 내가 죽던 순간에 당신이 명상 중인 걸 내 눈으로 똑똑히 봤는데도? 당신이 가스파르를 조종하고 있었잖아!」

「내가 전생에 가 있었던 건 맞지만, 가스파르는 자네의 부고를 들을 때 아내인 미리암과 함께 있었어. 절대 내가 한 짓이 아니라는 말이야!」

그럼 대체 누구의 소행이란 말인가?

「자네 예언서가 탐났으면 뭐 하러 내가 굳이 가면까지 쓰고 훔치러 갔겠나.」

「가장 절친한 친구인 당신이 나를 배신한다는 걸 모르게 하려고 그랬겠지.」

「다시 맹세하지만, 난 절대 아니야. 내가 뭘 걸고 맹세했으면 좋겠나…….」

그가 잠시 고민에 잠기더니 말한다.

「……좋아, 내 딸을 걸지.」

자신의 전부나 다름없는 딸을 걸고 맹세하는 걸 보니 진심인 모양이야. 그렇다면 내가 지금 아무 증거도 없이, 전생의 그와 현재의 그에 대해 조금 아는 걸 가지고 무턱대고 그를 범인으로 몰고 있는 건지도 몰라.

분위기가 조금 누그러지기 시작한다.

또다시 밖에서 강한 폭발음이 들린다. 이전 소리들과는 비교도 할 수 없이 큰 소리다.

「이번에는 여기서 멀지 않은 곳에 떨어진 게 분명해. 집 한두 채는 다시 지어야 할지도 모르겠어.」

이런 일에 이골이 난 듯 메넬리크가 태연하게 말한다.

「이 나라에 평화가 찾아오는 건 불가능한 일인가요?」

화제를 바꾸려고 멜리사가 메넬리크에게 묻는다.

「6천 년이 넘는 원한의 역사가 이 지역 사람들의 DNA에까지 새겨져 있어 쉽지 않을 거야. 복수심, 살인과 강간과 약탈과 침략의 욕망, 상대를 개종시키고 싶은 열망이 이들의 핏속에 흐르고 있지. 이스라엘은 예로부터 히타이트족, 아시리아인, 필리스틴족, 나바테아, 바빌론, 페르시아, 이집트, 그리스, 로마, 튀르크족, 프랑크인을 위시한 외세의 각축장이었어. 이 땅에서는 끊임없이 전쟁이 벌어졌지. 아프리카와 아시아 사이에 빗장처럼 걸려 있는 영토라서 그럴 거야.」

알렉상드르가 아니라면 대체 누가……?

르네의 속생각이 그만 입 밖으로 튀어나온다.

「당신이 아니라면 대체 누가……?」

「다른 일곱 기사 중 하나겠지. 예언서의 존재를 아는 사람은 딱 아홉 명뿐이니까.」

알렉상드르가 대답한다.

혹시나 해서 주변을 지키던 사람들이, 기운이 다 빠져 차분해진 르네가 금테 안경의 안경알을 닦는 걸 보고는 이제 끝났으리라 생각하며 흩어진다.

다시 거대한 포격음이 들린다.

스피커를 통해 흘러나오는 히브리어 안내 방송을 메넬리크가 통역해 준다.

「드론을 띄워 로켓탄 발사 지점을 포착하려고 애쓰고 있지만, 이란의 신식 로켓 발사기들이 지프 차량들에 탑재돼 이동하고 있기 때문에 쉽지 않다는군. 저들의 미사일과 그걸 요격하려는 우리 드론들이 경쟁을 벌이는 상황이야. 요즘 이란이 물량 공세를 퍼붓고 있어. 이란산 로켓탄 수천 발을 이참에 헤즈볼라가 다 소진할 모양이야.」

「결국 무기가 떨어져야 상황이 끝나겠군요. 그렇겠죠?」

멜리사가 묻는다.

「아무래도 조금 더 지하에 머물러야 할 것 같군.」

메넬리크가 한숨을 내쉰다.

키부츠 주민들이 잠자리에 들기 전에 기분 전환을 하려고 애쓰는 모습이 보인다.

노인들은 삼삼오오 체스와 포커, 브리지 게임을 즐기고 큰아이들은 탁구와 테이블 축구 게임, 보드게임에 열중한다.

가져온 노트북을 전원에 연결해 들여다보는 사람들이 곳곳에 보인다. 음악을 듣는 사람들은 다들 헤드폰을 머리에 쓰고 있다.

오델리아는 애지중지하는 여왕 꿀벌에게서 눈을 떼지 못한다. 혹시라도 난리 통에 화석이 깨질까 안절부절 불안해하는 눈치다.

「일전에 로켓 공격으로 키부츠 내 벌통이 전소한 적도 있었죠.」

그녀가 프랑스인 손님들 쪽을 보며 말한다.

한쪽 구석에서 어린아이들이 만화 영화가 나오는 TV 화면에 눈을 박고 있다. 아이들의 깔깔대는 웃음소리가 다른 스크린 앞에 모여 뉴스 채널의 방송을 지켜보는 어른들의 긴장된 표정과 대조를 이룬다.

지하 대피소 생활은 이들에게 익숙한 일상이 됐어. 전쟁이 그렇게 만든 거야.

「인터넷을 할 거면 와이파이에 접속하게.」

메넬리크의 말에 르네가 얼른 스마트폰을 켜 프랑스 뉴스를 확인한다. 프랑스 언론에서는 이 사건을 전혀 다루고 있지 않다.

알렉상드르가 손에 새로 붕대를 감는 걸 도와주면서 멜리사가 귓속말로 묻는다.

「아빠가 그랬어요, 안 그랬어요?」

「난 안 그랬어. 맹세할 수 있어! 정말이야.」

「물론 난 아빠를 믿어요. 르네가 진정되면 같이 한번 얘기를 해볼게요.」

그 얘기는 이제 할 만큼 했다고 르네는 속으로 생각한다.

그의 관심사는 이제 오로지 예언서의 마지막 장, 다시 말해 그가 알고 있는 것을 뛰어넘는 미래 세계에 대한 예언뿐이다.

르네가 서둘러 화장실로 향한다.

살뱅은 죽었지만 분명히 환생했을 거야. 아마 예언서의 행방을 뒤쫓고 싶다는 바람을 가지고 이승을 떠났을 테니 그의 다음 생으로 가서 확인해 보자. 28번 문을 열어 보면 뭔가 더 분명해질 거야.

르네의 정신은 순식간에 전생의 복도 한가운데에 가 있다.

혹시나 하는 마음에 27번 문의 손잡이를 돌려 보지만 꿈쩍도 하지 않는다.

그는 전생의 같은 장면으로 두 번 돌아갈 수 없다는 퇴행 최면의 원칙을 다시 한번 확인한다.

VOD 서비스와 똑같이 단 한 번만 재생할 수 있다는 원칙이 적용되는 것이다.

27번 전생과는 이제 영원히 작별이구나. 아듀, 살뱅.

다음 생으로 가보자.

그가 28번 문 앞으로 자리를 옮겨 손잡이에 손을 얹는다. 문을 열고 안으로 들어가 다시 닫는다.

늘 그렇듯 안개가 자욱하다. 안개가 서서히 걷히면 전생의 모습을 단계적으로 발견하게 될 것이다.

그가 다급한 마음으로 손부터 내려다본다. 살뱅보다 살결이 희고 깨끗하며 부드러워 보인다.

털이 거의 없네.

여자로 살았던 전생인가?

하지만 팔찌나 반지는 끼고 있지 않아. 어쨌든 손톱을 물어뜯는 습관이 있는 사람인 건 분명해 보여.

아니야, 여자는 아닌 것 같아. 아무리 봐도 남자의 손이야. 피부색과 부드러운 살결로 봐서 아주 젊은 백인 남성인 것 같아.

발을 내려다보니 검은색 가죽 신발을 신었다. 몸을 따라 시선을 천천히 위로 올리자 초록색 바지와 갈색 튜닉이 보인다.

이제야 몸의 윤곽이 전체적으로 눈에 들어온다. 그가 얼굴로 손을 가져간다. 콧수염도 턱수염도 만져지지 않는다. 대신 머리를 어깨에 닿을 정도로 길게 길렀다.

르네는 전생의 이름과 사는 시대, 사는 곳을 떠올리려고 애쓰지만 결국 실패한다.

머릿속에 아무 정보도 잡히지 않는다.

손에 긴 칼날 같은 게 쥐어져 있는 느낌이 온다.

혹시 검인가?

안개가 완전히 걷히고 보니 그건 검이 아니라 구이용 쇠꼬챙이다. 그는 지금 주방 한쪽 구석에서 통닭구이용 닭을 꼬챙이에 끼우는 중이다. 바로 옆에 있는 또래 청년은 토끼를 씻어 내장을 빼고 배 속에 여러 가지 채소를 집어넣고 있다. 주변 사람들 모두가 음식을 만드느라 바쁘다. 그가 있는 곳은 중세 시대 유럽의 어느 주방이다. 온갖 음식 냄새가 뒤범벅돼 그의 코끝에 와 닿는다.

「어이! 넋 놓고 뭐 하는 거야, 에브라르? 지금이 공상이나 할 때야?」

주방장으로 보이는 사내가 그에게 소리를 지른다.

내 이름이 에브라르구나. 난 지금 식당 주방에서 일하고 있어.

에브라르가 얼른 다시 쇠꼬챙이에 닭을 끼우기 시작한다. 그러더니 갑자기 인상을 찡그리며 양손으로 관자놀이를 꾹꾹 누른다.

「어제 너무 마신 거 아니야?」

옆에서 토끼를 손질하는 동료가 한마디 한다.

「그런 거 아니야, 갑자기 내가 내가 아닌 것 같아서 그래. 오늘 날짜가 며칠이야? 지금 우리가 있는 데가 어디야?」

「대체 무슨 엉뚱한 소리를 하는 거야? 오늘은 1291년 4월 14일이야. 우린 아크레에 있는 성채에 있고. 저녁에 2층에서 성전 기사단의 회합이 있어서 저녁 식사 준비를 하느라 다들이 난리잖아.」

63 므네모스: 물고기의 상징

로마의 지배가 계속되자 유대 전통주의자들은 저항의 필요성을 설파하기 시작했다. 이들 중에 특히 요하난이라는 이름을 가진 인물을 따르는 사람들이 많았다. 민중 봉기를 우려한 유대 왕 헤로데 안티파스는 요하난을 잡아들여 교수형에 처했다.

그러자 요하난의 제자이자 히브리어로 〈구원자〉를 뜻하는 예슈아라는 이름을 가진 이가 죽은 스승의 뜻을 이어받았다. 그는 물고기 형상을 자신들의 상징이자 식별 표시로 삼았다. 예슈아는 유대 땅을 점령한 로마인들, 그리고 그들의 존재를 눈감아 주는 심약하고 비겁한 유대교 사제들을 비난하다 결국 체포돼 재판을 받았다. 그는 서기 33년, 십자가형에 처해진다.

당시 예슈아의 제자들에 대한 박해를 주도하던 사울이라는 자가 있었다. 그는 어느 날 문득 자신이 잘못된 편에 서 있었음을 깨닫는다. 생전에 예슈아가 했던 설교의 내용을 접하고 감명받은 그는 36년, (그러니까 그가 만나 보지도 못한 예슈아가 사망하고 3년 뒤) 이스라엘 땅에만 국한되지 않고 전 세계에 파급될 만한 힘을 지닌 새로운 유대교 교파를 만든다.

요하난은 그리스어로 이오아네스(우리말로는 요한), 예

슈아는 이에수스(우리말로는 예수)라고 불렸다. 사람들은 예수라는 이름에 〈크리스트(우리말로는 그리스도)〉를 덧붙여 불렀는데, 〈신께 축복받은 자〉를 뜻하는 이 크리스트라는 말은 나중에 〈메시아〉라는 단어가 되는 히브리어 마시아의 그리스어 번역에 해당한다. 사울이 이끈 교파는 훗날 〈그리스도교〉로 불리게 되었고, 이들은 물고기 대신 예슈아가 처형된 십자가를 상징으로 삼았다.

사울은 (라틴어로는 파울루스라고 부르는) 바울로로 개명한다. 그의 교파는 성경을 핵심 교리로 삼고 유대교 시조인 아브라함, 이삭, 야곱, 모세, 그리고 예언자 이사야, 예레미야, 에스겔, 다니엘을 숭배한다는 점에서는 정통 유대교와 같았지만, 여러 면에서 뚜렷한 차별점이 있었다. 가령, 할례의 필요성에 의문을 제기했고 식사와 관련된 여러 유대 율법을 폐기하기도 했다. 바울은 히브리 성서인 『구약 성서』의 후속편 격인 『신약 성서』를 예슈아-예수의 생애를 중심으로 편찬하자고 제안했다.

뛰어난 조직가이기도 했던 바울은 그리스도의 생애와 사상에 기반한 이 새로운 교파의 세력을 확장하는 데 온 힘을 쏟았다. 그는 (친구였던 바르나바와 함께) 지중해 연안을 두루 여행하면서 여러 유대교 종파 중 하나에 지나지 않았던 자신의 교파를 독자적인 종교로 만드는 데 성공한다.

유대 땅에서는 반란이 계속됐고, 그때마다 로마군에 의해 유혈 진압됐다.

폰티우스 필라투스(본티오 빌라도) 총독이 유대 땅을 다스린 10년 동안 스스로 메시아를 자처했던 유대인 130명이 처형됐고, 반란에 가담한 유대인 12만 명이 죽임을 당했다.

64

에브라르가 계속 눈을 비빈다.

「왜, 계속 머리가 아파?」

옆에 있는 청년이 묻는다.

「이상해. 마치 누군가가 내 머릿속에 들어온 느낌이었어.」

「몸을 움직이면 좀 나아질 거야. 자, 이 포도주 단지부터 2층으로 올려 줘. 구이 요리가 나올 때까지 목을 축이면서 기다리시라고 해.」

그가 에브라르에게 주석으로 만든 항아리 두 단지를 건넨다. 향긋한 냄새가 나는 자줏빛 액체가 찰랑거리고 허브가 몇 잎씩 띄워져 있다. 술을 들고 2층에 있는 방으로 들어가자 연갈색 샤쥐블을 걸친 기사 스무 명가량이 긴 테이블에 둘러앉아 있다. 끝이 벌어진 빨간색 십자가가 옷에 큼지막하게 박혀 있는 게 보인다.

방 안 분위기가 무겁게 가라앉아 있다. 말을 하는 사람이 없다. 구석에서 음유 시인이 하프를 뜯으면서 시를 읊고 있지만 흥이 난 사람은 없어 보인다.

다른 사람들보다 머리통 하나는 더 큰 기사 하나가 눈을 감고 손으로 턱을 괸 채 앉아 있다. 에브라르는 괜히 술을 따르다 잠을 깨울까 봐 그의 앞에서는 각별히 조심스럽게 행동한다. 그런데 너무 긴장한 탓인지 그만 그의 앞에 있던 포크를 쳐서 떨어뜨리고 만다.

쨍그랑 소리가 나자 기사가 눈을 번쩍 뜬다. 에브라르가 깜짝 놀라 항아리를 들고 뒷걸음질 치다 그의 튜닉에 술을 쏟는다.

「죽을죄를 졌습니다, 나리!」

에브라르가 자신의 옷자락으로 얼룩을 닦으려는 순간 장신의 기사가 갑자기 그의 손을 낚아채듯 잡는다. 그가 에브라르의 손을 세게 틀어쥐고 놔주지 않는다.

「넌 누구냐?」

기사가 묵직한 음성으로 묻는다.

「죄송합니다, 실수로 그랬습니다!」

「네 이름이 뭐냐?」

「에브라르 앙드리외입니다, 나리! 얼른 가서 옷을 빨아 오겠습니다.」

기사의 얼굴이 금세 부드럽게 변한다.

「놔둬라, 별일 아니니까. 그런데 넌 몇 살이냐?」

「열일곱 살입니다.」

「에브라르. 조금 전에 내가 눈을 감고 있었는데, 너는 내가 자는 줄로 알았더냐?」

「네, 나리.」

「그래, 사실은 내가 명상 중이었다. 신께 징표를 하나 주십사 부탁드리고 있었지. 작금에 우리가 처한 위기 상황을 반전시킬 방법을 내게 가르쳐 줄 강력하고도 확실한 징표를 내려 달라고 말이야. 바로 그 순간에 네가 나를 깨웠구나. 마치 하나의 응답처럼 말이야. 그러니 나는 신께서 내게 주신 징표가 바로…… 너라고 생각할 수밖에 없지 않겠느냐.」

거구의 기사가 손가락 끝을 에브라르의 가슴팍에 댄다.

이 이상한 해석을 듣던 다른 기사들이 시선이 순간 에브라르에게로 쏠린다. 청년은 얼굴이 벌겋게 달아올라 어찌할 바를 몰라 한다.

「내가 너를 기다리고 있었구나.」

기사가 한마디 덧붙인다.

「내 말이 믿기지 않느냐?」

「전 잘 모르겠습니다, 나리.」

에브라르는 그저 주방으로 도망쳐 내려가고 싶을 뿐이지만 기사가 그를 붙잡고 놓아주지 않는다. 그가 에브라르의 손목을 잡으며 말한다.

「자, 가자!」

기사가 자리에서 일어나 에브라르를 문 쪽으로 데리고 간다.

「내가 기다리던 운명의 징표가 바로 너인 걸 알았으니 내가 네게 응당 줘야 할 것을 주마.」

순간 무거운 침묵이 기사들의 식사 자리를 덮는다.

거구의 기사가 에브라르를 데리고 방을 나와 복도를 따라 걷다 계단을 내려가기 시작한다.

「넌 내가 누군지 아느냐?」

기사가 에브라르에게 묻는다.

「성전 기사단 단장님이신 줄 압니다.」

청년이 눈을 아래로 내리깐 채 대답한다.

「내 이름도 아느냐?」

「모릅니다, 나리.」

「난 기욤 드 보죄다. 기사가 되고 싶으냐?」

「저는 그런 영광을 누릴 자격이 없는 놈입니다, 나리.」

「우리 기사단에서는 모두가 평등하다. 오직 경험의 차이가 있을 뿐이지. 그래서 젊은 세대에게 경험을 전수할 책임이 우리 나이 든 기사들에게 있는 것이야. 그런데…….」

그가 문을 열고 횃대 하나를 꺼내 불을 붙이더니 방향을 틀어 다른 복도로 꺾어 들어간다.

「그런데 실타래처럼 엉킨 상황에서 뜻밖의 응답이 온 거야. 내가 신께 도움을 요청하던 그 순간에 자네가 내 눈앞에 나타났으니 해결의 실마리를 쥔 사람은 바로 자네라는 뜻이네. 에브라르 앙드리외.」

「저요? 저 같은 무지렁이가 무슨!」

「그건 무한한 가능성을 품고 있다는 뜻이기도 하지!」

「명령입니까, 나리? 제가 충성 서약을 해야 합니까?」

「나한테는 즉석에서 단원을 받아들일 수 있는 권한이 있네. 내가 묻는 말에 답하게. 정혼한 여자가 있나?」

「없습니다.」

「채무 관계가 있나?」

「없습니다.」

「다른 기사단에 속하진 않았는가?」

「아닙니다.」

「몸과 마음이 두루 건강한가?」

「네, 그렇다고 생각합니다.」

「형을 받았거나 파문당한 적이 있는가?」

「없습니다.」

「좋네. 자넨 열여섯을 넘긴 자유로운 신분의 사내에다 성한 몸을 가졌어. 기사단장의 자격으로 자네에게 이 순간부터 성전 기사의 자격을 부여하겠네.」

그가 붉은 십자가가 그려진 자신의 샤쥐블을 벗어 에브라르에게 걸쳐 준 다음 검으로 한쪽 어깨를 쳐 서훈식을 마친다.

「자, 이걸로 식은 끝났으니 이쪽으로 나를 따라오게.」

그들은 구불구불하게 이어지는 복도를 한참 동안이나 걸어간다.

「형제, 자넨 지금 우리가 지키고 있는 아크레가 십자군에게 어떤 정치적 의미를 띠고 있는지 아는가?」

「튀르크족 침략자들에게 맞서는 십자군의 마지막 거점 도시라고 들었습니다.」

「튀르크족은 무슬림을 통칭하는 말이야. 지금 우리가 상대하는 적은 정확히 말하면 술탄 알아슈라프 칼릴이 이끄는 맘루크 군대지. 술탄은 아크레를 자신의 땅으로 여겨 수단과 방법을 가리지 않고 수복하려고 하네. 이 일에 자신의 명예를 걸고 있어. 그동안 내가 평화로운 타협책을 시도해 봤지만 모두 실패하고 말았네. 이제 남은 건 복수심과 증오에 기반한 폭력과 파괴의 해결 방식밖에 없어. 어떻게든 막아 보려고 애를 썼건만 이제 아크레 사람들은 엄청난 희생을 치를 수밖에 없게 됐네.」

거구의 단장이 하고 싶은 말을 꾹 참는 사람처럼 입술을 앙다문다.

「라틴 제국의 제후들에게 끝까지 협상을 통한 해결을 제안했지만 그들은 입장 차이만 확인하며 허송세월하더군. 그러다 뒤늦게 내놓은 해법이라는 게 성벽을 강화하고 병사들의 용맹함을 믿고 결사 항전하자는 거야. 병사들의 영웅적

기상으로 이 거점을 지켜 내자는 거지.」

「그게 틀린 방법입니까?」

「헛소리지! 용맹함과 영웅주의는 구경꾼들에게야 눈요기가 될 수 있겠지만 병사들에게는 죽음을 의미할 뿐이네. 그건 내가 바라는 바가 아니야. 난 그 제후들과 달리 미래를 바라보고 있네.」

「저한테 영웅이 되지 말라는 말씀이신가요?」

「절대 그러지 말게. 무조건 살 궁리를 하게. 살기 위해서라면 망설이지 말고 도망치게. 비겁하지만 살아 있는 병사가 죽어서 영웅이 된 병사보다 훨씬 값어치가 있네. 어쨌든 그게 내 신조일세.」

「우리는 무슬림들을 격퇴할 겁니다!」

「불가능한 얘길세. 막강한 무기를 보유한 적군이 4월 5일 이곳에 당도해 이미 공성전에 돌입한 상태라네. 군세가 어마어마하더군. 술탄 알아슈라프 칼릴의 병력은 아군과는 비교할 게 못 돼. 절대적으로 수적 우위에 있지. 그들은 보병 16만에 기사 6만이지만 우리는 기껏 보병 1만 4천에 기사 7백에 불과하니까. 게다가 얼마 안 되는 보병도 오합지졸이야. 전투 경험이 없는 비무장 순례자들까지 적잖이 섞여 있지.」

「우리 병력이 적군의 10분의 1밖에 되지 않는군요…….」

「한 가지 또 저들이 유리한 게 있네. 적은 1만 명에 달하는 노예를 끌고 왔어. 술탄은 이들을 동원해 우리 성벽 밑을 파서 무너뜨릴 계획이지. 어디 이뿐인 줄 아는가? 저들이 가진 캐터펄트, 망고넬, 발리스타 같은 투석기들은 또 우리가 어떻게 막아 내겠나…….」

「망고넬은 처음 들어 보는데요, 나리…… 아니, 단장님?」

「적진으로 발사체를 쏘아 보내는 막강한 파괴력을 가진 기계식 무기지. 적들이 벌써 우리 성문 앞에 스무 기가량 설치해 놓았네.」

기욤 드 보죄와 젊은 기사는 큼직한 자물쇠가 달려 있는 철문 앞에 이르러 걸음을 멈춘다. 기사단장이 두툼한 열쇠를 꺼내 자물쇠 안으로 밀어 넣는다. 톱니바퀴가 몇 번 잘카닥 잘카닥하더니 끽 소리를 내며 빗장이 풀린다. 안으로 들어가자 방 한가운데 궤짝이 하나 놓여 있다. 기욤 드 보죄가 정교한 시계 장치를 연상시키는 잠금장치를 조작해 궤짝을 연다. 그가 손에 든 횃불로 안을 들여다보더니 책 한 권을 꺼낸다.

「우리 기사단이 보유한 가장 귀한 보물일세.」

그가 에브라르를 돌아보며 엄숙한 표정으로 말한다.

「저를 여기로 데려오신 이유가 뭡니까?」

「이 필사본을 주려고. 자네가 이걸 지켜야 하니까.」

「왜 접니까?」

「자네가 바로 그 결정적 순간에 내 옷에 포도주를 쏟았으니까.」

기욤 드 보죄가 설명한다.

「난 신께서 주시는 징표를 무조건 믿는 사람일세. 자네를 믿어야 한다고, 자네한테 이 일을 맡겨야 한다고 모든 것이 내게 말해 주고 있네.」

「이건 어떤 책입니까?」

「우리 기사단을 창립한 초대 아홉 기사 중 한 분인 살뱅 드 비엔이 쓴 예언서일세. 그분 성인 비엔이 저지 독일어로 〈꿀벌〉을 뜻해 〈꿀벌의 예언〉이라는 제목을 붙였다더군. 그분이 성전산의 솔로몬 성전 지하에 있던 축소 성전을 발견할 수 있게 길을 안내한 것도 꿀벌이었다고 들었네.」

젊은 기사는 뭔가 복잡하고 위험한 일에 끌려들었다는 느낌이 들어 미간을 찌푸린다.

나더러 이 예언서를 지키라고? 방금 기사단장한테 들은 얘기가 그의 가슴을 짓누른다. 도저히 빠져나갈 구멍이 없어 보이자 그가 포기하는 심정으로 몇 가지 궁금한 점을 단장에게 물어본다.

「이 예언서에는 어떤 내용이 들어 있는지요?」

「미래에 벌어질 사건들이 아주 상세히 적혀 있다네. 아주 먼 미래, 정확히는······ 2101년의 일까지 말이야.」

「그게 가능한 일인가요?」

「기사 드 비엔의 꿈속에 성 르네라는 그의 수호천사가 나타나 예언을 해준 걸 양피지에 받아 적었다더군.」

「이 책은 기사단의 소유입니까?」

「물론일세. 난 성전 기사단의 14대 단장으로서 이 예언서를 안전하게 지킬 책임이 있네.」

별안간 밖에서 거대한 충격음이 들려온다. 성벽의 돌들이 무너져 내리는 소리가 귀를 먹먹하게 한다.

「적군의 투석기에서 날아온 바윗덩어리들이 성벽 한쪽을 허물어뜨린 모양일세. 내가 내일 기사들을 이끌고 돌파를 시도해 적의 투석기들을 해치우고 와야겠네.」

또다시 거대한 굉음이 들려오는 걸 보니 성벽 다른 곳에 또 구멍이 뚫린 모양이다.

기욤 드 보죄가 에브라르의 어깨를 잡고 눈을 맞춘다.

「형제, 내가 죽으면 자넨 곧장 여기로 와야 하네. 이 예언서를 지킬 책임은 자네에게, 오롯이 자네 한 사람에게만 있다는 걸 기억하게.」

　기사단장이 청년의 손에 철문 열쇠와 예언서 궤짝의 잠금 장치를 여는 작은 열쇠를 쥐여 준다.

　「왜 하필 접니까?」

　「열일곱 살짜리 청년이 이런 귀한 예언서를 몸에 지니고 있을 거라고는 아무도 상상하지 못할 테니까.」

65

끈질긴 노크 소리가 르네를 명상에서 끌어낸다. 밖에서 히브리어가 들려온다. 나무라는 투가 분명하다.

르네는 급작스럽게 현실로 돌아온다.

이런 곳은 사람 수에 비해 화장실이 적은 게 문제지. 지금까지 방해받지 않고 앉아 있을 수 있었던 것도 기적이야.

그는 밖에 들리라고 일부러 물을 내린 다음 영어로 미안하다고 웅얼웅얼하면서 밖으로 나온다.

그는 간이침대에 돌아와 앉는다.

손목시계의 시침이 어느덧 자정을 가리키고 있다. 방공호에 들어온 사람들 대부분이 잠들어 있다.

알렉상드르가 코 고는 소리가 요란하게 들린다. 반면 멜리사는 조용히 눈을 감고 있다.

르네는 스마트폰을 열어 메모를 하기 시작한다.

〈에브라르 앙드리외. 아크레. 1291년 4월 14일.〉

그는 그래픽 앱을 이용해 에브라르가 일하던 주방부터 기사들이 회합을 갖던 2층 방, 그리고 복도를 통해 지하로 내려가면 나오던 필사본이 보관된 방까지 성채 내부 구조를 상세히 그린다.

별안간 그는 한 가지 생각에 사로잡힌다.

당장 아크레로 가야겠어.

그는 접이식 매트리스에 누워 몸을 뒤척이면서 최근에 벌어진 일들을 복기한다.

가면을 쓴 사내가 예언서를 훔쳐 가긴 했지만 결국에는 기사단이 가지고 있었어.

기사단장들이 목숨을 걸고 그 책을 지켜 왔던 거야.

르네가 누운 상태에서 정보를 검색한다.

무슬림들이 예루살렘을 다시 함락하자 성전 기사단은 민간인들과 함께 아크레로 도망쳐 와 그곳을 저항의 마지막 거점으로 삼는다. 1291년 4월 15일, 성이 포위된 상태에서 기욤 드 보죄가 적군의 투석기를 불태우기 위해 기사들을 이끌고 성문 돌파를 시도하지만, 말들이 막사의 밧줄에 발이 걸려 넘어지는 바람에 실패하고 만다.

로켓탄들이 거대한 휘파람 소리를 내며 날아와 방공호 벽을 뒤흔들어 놓는다. 이 와중에도 알렉상드르는 숨을 푸푸거리며 자고 있다.

「무서워.」

어둠 속에서 여자의 목소리가 들린다.

멜리사…….

「옆으로 가도 돼? 혼자 자기 싫어서 그래…….」

그녀가 다가와 르네의 어깨에 몸을 기대고 눕는다.

몸을 심하게 떨고 있다.

르네와 멜리사는 몸을 딱 붙이고 한 매트리스에 눕는다.

바로 옆 매트리스에서 가느다란 교성이 들려온다. 모두가 귀마개를 하고 있어 그 소리를 듣는 사람은 르네와 멜리사뿐이다.

위험이 닥쳐와도 매 순간을 뜨겁게 살려는 게 인간의 본성이지.

「후회막심이야. 이 나라에 오지 말았어야 했어. 다들 정신이 나갔어!」

「내일 포격이 그치는 대로 여기를 나가자. 아코에 가보고 싶어.」

「아코?」

「아크레의 현대식 히브리어 이름이야. 여기서 북쪽으로 150킬로미터 떨어진 하이파만(灣)에 면해 있는 도시지.」

그녀가 그에게 기댄 채 몸을 동그랗게 만다.

「이제 잠잠해지는 것 같아.」

무슨 소리라고는 명시하지 않고 르네가 말한다.

「날 꼭 안아 줘.」

멜리사가 말한다.

르네가 그녀를 안은 팔에 힘을 준다.

멜리사의 얼굴이 르네의 코앞에 와 있다. 얼굴이 닿는 순간 그녀의 뺨에서 물기가 느껴진다.

공포에 질려 있어.

「더 꼭 안아 줘, 부탁이야.」

그녀의 몸에서 오팔과는 너무도 다른 감촉이 느껴진다.

멜리사에게서 백단향의 향기가 나.

그녀의 작은 체구가 그의 품 안으로 쏙 들어온다.

폭발음이 울릴 때마다 그녀가 르네를 안은 팔에 필사적으로 힘을 주는 게 느껴진다. 밤이 점점 깊어 간다. 서서히 긴장이 풀린 멜리사가 잠에 곯아떨어진다. 르네 역시 깊은 잠에 빠진다.

66

멜리사는 자신이 르네에게 안겨 누워 있는 것을 발견하고 깜짝 놀라 일어난다.

그녀는 조용히 자신의 매트리스로 돌아와 담요를 머리까지 끌어 올려 덮고는 다시 잠을 청한다.

르네도 잠이 깬 한밤중에 그녀가 자신의 곁으로 왔던 순간을 떠올리며 묘한 심경이 된다.

창문이 없는 방공호 안에서는 밤낮을 분간하는 게 불가능하다. 손목시계를 내려다보니 7시 20분을 가리키고 있다.

밖은 해가 떴겠어. 우리가 꽤 오래 같이 누워 있었구나.

아직 대부분의 사람들은 자고 있다. 포격 소리는 이제 멎은 것같이 느껴진다. 잠이 없는 아이들 몇 명이 이른 아침부터 TV 앞에 모여 만화 영화를 보고 있다. 조금 떨어진 곳에서는 어른들이 초췌한 모습으로 뉴스가 나오는 스크린에 눈을 박고 있다.

이제 폭격이 끝난 걸까?

다시 선잠이 들었던 르네는 천장 형광등에 불이 켜지는 게 느껴져 눈을 뜬다. 사람들이 하나둘 자리에서 일어나 밤새 뭉친 근육을 풀어 주고 스트레칭을 한다. 방공호 한쪽 구석에 테이블 몇 개가 설치되더니 그 위에 커피와 간단한 아침 거리가 올라온다.

르네는 자리에서 일어나 테이블로 향한다. 알렉상드르와 멜리사, 메넬리크, 오델리아도 다가와 함께 모여 선다.

「맹세컨대 난 자넬 죽이지 않았어.」

알렉상드르가 다시 지나간 얘기를 꺼내며 말문을 연다.

「내가 돌아가서 확인해 봤어. 자네 시체도 내 눈으로 직접 봤어. 가스파르가 얼마나 충격을 받았는지 몰라. 수사가 이루어졌지만 결국 범인은 잡지 못했네. 하지만…….」

「그 말씀 믿어요.」

르네가 중간에서 말을 끊는다.

돌변한 르네의 태도가 믿기지 않는 듯 알렉상드르가 눈을 동그랗게 뜬다. 그가 르네를 와락 껴안는다.

「보기 좋군!」

메넬리크가 환하게 웃는다.

오델리아가 그들에게 꿀병을 내민다.

「내 밑에 있는 연구생들이 딴 꿀이에요. 이 맛으로 하루를 열면 에너지가 저절로 생기죠.」

다섯 사람은 꿀을 바른 빵에 커피를 곁들여 아침 식사를 한다.

「손은 어때요? 좀 나았어요?」

알렉상드르가 붕대를 풀어 오델리아에게 보여 준다.

「당신이 꿀을 발라 준 게 확실히 효과가 있네요.」

「등검은말벌이 일으켜 놓은 문제를 꿀벌이 해결해 준 셈이네요.」

오델리아가 흡족해한다.

멜리사는 르네의 시선을 피하기만 하면서 말 한마디 하지 않는다.

어젯밤 일이 부끄러운 모양이야.

「더 이상 폭발음은 들리지 않는데 언제까지 여기 있어야 하죠?」

르네가 묻는다.

메넬리크가 멀리 있는 TV 스크린에 눈길을 준다.

「우리 드론들이 주요 로켓탄 발사 지점들을 무력화하는 데 성공한 모양이야.」

「저들이 보유한 포탄 재고가 바닥나서 그럴지도 모르죠. 무기가 떨어지면 휴전을 하자고 하는 게 그들 방식이니까. 그렇게 시간을 벌어 놓고 다시 무장에 들어가잖아요.」

옆에 있던 사람이 불쑥 대화에 끼어든다.

여기서는 이렇게 툭툭 남의 대화에 끼어드는구나. 다 같은 공동체 식구라고 생각해서 그런 건가……. 하지만 무람없이 남의 대화에 끼어드는 풍경이 나한테는 좀 생소해.

르네는 〈가족적인〉 공동체의 성격에서 비롯된 또 하나의 놀라운 장면을 접한다. 사람들이 스스럼없이 남의 접시에서 음식을 집어 먹는 게 아닌가.

키부츠 사람들은 평소 그렇게 음식을 나눠 먹듯 오늘은 안보와 지정학 관련 최신 정보를 나누며 아침 식사를 하고 있다.

이 사람들 문제는 이 사람들 문제고 난 내 문제가 따로 있어.

「지금 위로 올라가서 아코로 갈 생각이에요.」

르네가 사람들에게 커피를 따라 주면서 말한다.

갑작스러운 말에 다들 놀라움을 금치 못한다.

「내 전생을 아코에서 만났어요.」

르네가 태연하게 말한다.

「아마 그는 거기서 목숨을 잃었을 테지만『꿀벌의 예언』은 남아 있을 가능성이 높아요…….」

「이런, 또 시작이야!」

멜리사가 한숨을 푹 내쉰다.

메넬리크는 르네의 말을 진지하게 받아들이는 눈치다.

「최근 우리 고고학 발굴단에서 성전 기사단이 지하에 판 통로들을 새로 발견했네. 아크레 항구에 도착한 무기를 성 안으로 들여오기 위해 팠으리라 추정하네. 마침 내 친구가 그 발굴 현장의 감독을 맡고 있으니 원한다면 직접 가서 볼 수 있게 도와주겠네.」

「정말 잘됐네요. 현장에 가서 보면 제가 찾는 게 있었던 장소를 기억해 낼 수 있을 것 같아요.」

메넬리크가 제복 차림의 군인들이 모여 식사 중인 앞 테이블로 가서 상황을 확인하고 돌아온다.

「집중 포격은 일단 멎은 것 같다는군. 하지만 정말로 멎은 건지 우리를 지상으로 유인해 다시 기습 포격을 퍼붓기 위한 함정인지는 몇 시간 더 기다려 봐야 알 수 있다네.」

「지금 당장 올라가면 안 돼요?」

르네가 조급함을 드러내자 메넬리크가 잠시 고민하는 듯하다 대답한다.

「안 될 건 없지만 위험은 오롯이 자네 몫이네.」

「나도 같이 가겠네.」

어젯밤에 다툰 일이 마음에 남아 있던 알렉상드르가 대뜸 말한다. 친구에게 의리를 보여 주고 싶은 것이다.

「나도 갈게.」

멜리사도 함께 가겠다고 한다.

「그렇다면 안내는 내가 맡아야겠군.」

메넬리크가 당연하다는 듯이 말한다.

이렇게 해서 네 사람은 원시 꿀벌 여왕이 손상될까 봐 걱정하는 오델리아만 대피소에 남겨 두고 지상으로 올라온다.

막상 밖으로 나와 보니 로켓탄 대부분이 과수원이나 밭에 떨어져 피해가 생각만큼 크지는 않다. 한 방갈로 지붕에 불발탄 하나가 화살촉처럼 꽂힌 것을 제외하면 건물 피해는 거의 없어 보인다.

르네 일행은 가방에 짐을 싼 다음 메넬리크가 운전하는 수동 기어 자동차를 타고 키부츠를 떠난다.

로켓포 공격의 목표물이었던 키부츠에서 멀어지자 일상적인 풍경이 펼쳐지고 있다. 차들이 지나다니고 사람들이 한가로이 거리를 거닌다. 카페테라스에 앉아 있는 밝은 표정의 사람들에게서 그늘이라고는 찾아볼 수 없다.

「여기서 살다 보면 그런 조그만 걱정거리쯤은 아무것도 아니게 되지.」

운전대를 잡은 메넬리크가 말한다.

「폭격이나 테러가 있고 나서 사람들은 기다리지 않고 금방 일상을 회복해. 적에게 보란 듯이 일상으로 돌아오는 거야. 자신들한테 공포를 심는 건 불가능하다는 걸 보여 주려는 거지.」

「극심한 스트레스 속에 살다 보면 자연스럽게 운명론자가 되지 않을까.」

알렉상드르가 한마디 한다.

메넬리크가 모는 차는 동서로 짧은 이스라엘을 횡단해 아코 근처에 있는 한 키부츠에 도착한다. 마침 점심시간이어서

공동 식당에 사람들이 모여 있다. 르네는 키부츠는 다 비슷
비슷하다는 생각을 한다.

르네 일행이 빈 테이블을 찾아 앉는 동안 메넬리크는 수시
로 걸음을 멈춰 사람들과 악수를 나눈다. 그가 한참 만에야
르네 일행이 앉아 있는 자리로 온다. 길고 갸름한 얼굴에 알
이 작고 동그란 안경을 낀 남성이 메넬리크와 같이 걸어
온다.

「내 친구 알베르트 비톤을 소개하겠네. 이 친구도 프랑스
어를 할 줄 알지.」

르네와 멜리사, 알렉상드르가 자리에서 일어나 그와 인사
를 나누며 악수를 한다.

「이 세 사람은 모두 역사를 전공한 대학교수네. 이 친구들
도 자네처럼 시간 여행을 한다네.」

메넬리크가 〈이 친구들도 자네처럼 해양 잠수를 한다네〉
라고 하듯 심상한 말투로 한마디 덧붙이고 나서 눈을 찡긋
한다.

「자네가 무슨 일을 했는지 설명해 주게, 알베르트.」

「난 대학에서 물리학을 전공한 후에 프랑스와 스위스 국
경에 있는 유럽 원자핵 공동 연구소에서 입자 가속기와 관련
된 일을 했어요. 지하에 거대한 고리 모양으로 만들어져 있
는 LHC[4]라는 기계 말이에요. 입자를 가속시켜 몇 분의 1초
뒤로 가는 것이 내가 참여한 프로젝트의 목표였죠. 그 미미
한 결과를 내기 위해 어마어마한 에너지를 사용했어요. 당신
들은 어떤 방법을 사용해 시간을 거슬러 올라가는지 궁금하
군요.」

4 Large Hadron Collider. 거대 강입자 충돌기.

「르네와 내가 쓰는 방법은〈자가 퇴행 최면〉이에요.」

알렉상드르가 대답한다.

「난 금시초문인데, 그게 뭐죠?」

알베르트 비톤은 마치 새로 발명된 첨단 기계를 궁금해하는 듯한 말투로 묻는다.

「시간과 공간에 정신을 투사하는 일종의 명상법이에요. 르네와 나는 요즘 이 방법을 써서 우리가 전생에서 함께 큰일을 도모했던 시대에 다녀오고 있죠.」

알베르트는 특별히 놀라는 눈치가 아니다.

「난 과학자지만 공식적으로 인정되지 않은 이론들에도 배타적이진 않아요. 우리 키부츠에 저명한 물리학자 데이비드 봄이 살았던 적이 있어요. 내 옆 방갈로에 사는 이웃이었죠. 그분은 양자 물리학과 명상, 불교를 통합적인 관점으로 바라봤어요.」

「그분이 크리슈나무르티와 나눈 대화를 담은 대담집『시간의 종말』을 나도 읽었어요. 말씀에서 대단한 직관이 느껴지더군요.」

알렉상드르가 감동한 표정으로 말한다.

「데이비드 봄은 우리 키부츠에서 몇 년이나 살았어요. 전체론적인 우주관을 가진 분이었죠. 달라이 라마와 친구로 지냈다고 들었어요. 운 좋게 그분과 대화할 기회가 있었는데, 양자 물리학과 영성을 넘나들며 흥미진진한 얘기가 오갔죠. 당신들처럼 그분도 시간을 여행하는 두 가지 방법이 있다고 믿었어요. 하나는 입자 가속기를 이용하는 것이고 또 하나는 정신을 이용하는 것이라고 했죠.」

「그럼 당신도 우리가 하는 말을 믿어요?」

르네가 놀란 얼굴을 하고 묻는다.

「당신들 말이 사실일 확률은 50 대 50이에요. 슈뢰딩거의 고양이와 똑같죠.」

「아하.」

멜리사가 웃는다.

「1935년, 물리학자 에르빈 슈뢰딩거가 밀폐된 상자에 고양이를 한 마리 넣고 실험한다는 가정을 했어요. 이 상자 안에 우연한 방식으로 작동하는 독가스 살포 장치가 있다고 상상해 봐요. 시간이 지난 뒤에 독가스가 상자 안에 퍼져 고양이가 죽었을 가능성은 50퍼센트죠. 슈뢰딩거는 관찰자가 상자 안을 들여다보지 않는 한 고양이가 죽었을 가능성도 50퍼센트, 살았을 가능성도 50퍼센트라고 했어요. 관찰자가 상자를 열어 그 안을 확인해 보는 순간 현실이 어느 한쪽으로 고정된다는 거죠…….」

이럴 수가, 르네 63의 얘기와 똑같은 맥락의 얘기야! 고정되지 않은 여러 개의 평행 현실이 존재한다는 거야……. 베스파 로슈푸코가 우연히 미래를 보게 됐기 때문에 (달리 말하면 슈뢰딩거의 고양이 상자를 열었기 때문에) 현재가 변했다는 거지.

「슈뢰딩거는〈관찰자가 관찰 대상을 변하게 한다〉라는 결론을 내리죠.」

알베르트 비톤이 말끝을 잇는다.

「그래, 당신들은 정신의 타임머신을 타고 얼마나 먼 과거까지 다녀올 수 있나요?」

「우린 중세까지 갔다 왔어요.」

알렉상드르가 목에 힘을 준다.

「당신들이 나보다 한참 앞섰군요. 나는 기껏해야…… 1초

뒤로 간 게 다거든요. 그것도 원자보다 작은 입자인 중성자를 가지고 말이에요. 그 대단한 성취를 한다고 에너지는 또 얼마나 많이 썼겠어요.」

알베르트가 혼자 실소하다 목이 메어 캑캑거린다.

「당신 같은 과학자가 이렇게 열린 자세를 보인다는 게 놀랍기도 하고 반갑기도 하군요. 대부분 그렇지 않거든요.」

알렉상드르가 신이 난 표정이다.

「과학에서는 열린 자세가 가장 중요하죠. 위대한 과학적 발견들은 먼저 〈생각〉을 거친 후에 물리적 실험을 통해 완성되는 거예요. 가령 달 착륙을 예로 들어 보자면, 쥘 베른 같은 사람들이 오래전에 먼저 그걸 상상하고 나서 우주선 아폴로 11호가 그 꿈을 현실에서 실현했죠. 시간 여행도 마찬가지예요. H. G. 웰스가 그 유명한 동명의 책에서 시간 여행을 이미 언급했으니 언젠가는 반드시 실현될 거예요. 그날이 언제 올지 우리가 모를 뿐이죠.」

멜리사가 얇은 비스킷 하나를 집어 쪼개려는 순간 비스킷이 흰 가루로 부서진다.

「이건 뭐예요?」

「무교병이라는 거예요.」

알베르트 비톤이 대답한다.

「마침 오늘이 유월절이에요. 이날에는 평상시에 먹는 빵을 먹지 않아요.」

「여긴 우리 키부츠보다 종교적 전통이 좀 강해.」

메넬리크가 슬쩍 덧붙인다.

「이런 특별한 빵을 먹는 이유라도 있나요?」

「모세가 히브리 민족을 이끌고 이집트를 탈출해 사막에

들어섰을 때 한 사람이 물었어요. 〈누가 소금을 챙겨 왔소?〉 그러자 금방 누군가 대답해요. 〈내가 챙겨 왔소.〉 이런 식으로 밀가루, 설탕, 후추, 커피, 겨자, 콘플레이크 등등이 있는지 모두 확인하죠…….」

「웃자고 하시는 얘기죠?」

멜리사가 알베르트를 쳐다본다.

「맞아요, 농담이에요. 이야기에 생생함을 불어넣기 위한 내 나름의 방식이죠. 아무튼 히브리인들은 빵을 부풀리는 데 필요한 효모를 아무도 챙겨 오지 않았다는 사실을 깨닫게 돼요.」

「출애굽길에 오른 2백만 명 중에 어떻게 그 생각을 한 사람이 단 한 명도 없었을까?」

알렉상드르가 고개를 갸우뚱한다.

「그러게 말이에요. 어쨌든 사막에서 효모를 구할 방법이 없자 히브리인들은 효모 없이 빵을 만들기로 하죠. 당연히 반죽은 부풀지 않았어요. 이 〈망각〉을 기억에 새기기 위해 우리는 일주일간 효모가 들어간 음식은 먹지 않아요. 잘 살펴보면 음식 중에 효모가 들어가는 게 상당히 많아요.」

메넬리크가 설명을 보충한다.

「이 기간에는 다른 발효 식품도 일절 먹지 않는다네. 일반 빵은 물론이고 포도주나 치즈 같은 것도. 이런 것들은 우리 몸속에서 발효 작용을 일으키지.」

「부엌 찬장을 정리할 좋은 기회죠.」

알베르트가 웃으면서 한마디 덧붙인다.

설명을 듣고 나서 보니 식당 메뉴 중에 효모가 들어간 음식은 눈을 씻고 찾아봐도 없다.

「배 속을 통해서도 역사를 기억하겠다는 생각인 거야.」

메넬리크가 말을 잇는다.

「유대교 축일은 다 특정 음식이나 식사법과 관계가 있어. 가령 유월절 저녁에는 모세의 이집트 시절을 기억하기 위해 견과류를 으깨 꿀이나 포도주 등을 섞어 만든 하로세트라는 음식을 먹지. 이집트에 포로로 끌려갔던 우리 조상들이 피라미드 건설에 동원됐던 역사를 떠올리기 위해 벽돌을 굽는 데 사용됐던 진흙과 똑같은 색의 음식을 먹는 거야. 쓴맛이 나는 뿌리채소를 먹는 것도 고달팠던 이집트 노예 생활을 기억하기 위해서고. 소금물에 담긴 파슬리 같은 걸 먹기도 하는데, 소금물은 이집트에서 흘린 눈물을 상징하지.」

어떤 맛이 특정 사건과 결합되면 강한 정서적 반응을 일으킨다는 점에서 프루스트의 마들렌과 비슷해. 앞으로 나도 이 미각적 기억의 기술을 적극 활용해 봐야겠어.

「맛이 괜찮은데요.」

부서진 무교병 조각을 입 안에 넣고 음미하며 멜리사가 말한다.

「나무를 심으며 자연의 소중함을 되새기는 식목일에 해당하는 투 비슈바트에는 다양하고 이국적인 과일들을 먹는다네. 출애굽 때 지었던 초막을 기억하는 날인 초막절에는 대추야자를 먹고, 유대인 말살을 시도한 바빌론의 총리대신 하만의 음모를 분쇄한 것을 기념해 만들어진 부림절에는 달콤한 과자를 먹지.」

「혹시 꿀을 먹는 축일도 있나요?」

르네가 궁금한 마음에 물어본다.

「물론 있어요. 당신들 크리스마스에 해당하는 하누카라

는 유대교 축제예요. 빛의 축제라는 뜻이죠. 아이들은 이날 꿀을 실컷 먹어요.」

알베르트 비톤이 즉각 르네의 궁금증을 풀어 준다.

「하누카에는 솔로몬 성전 파괴를 잊지 않기 위해 삶은 달걀을 먹기도 한다네.」

메넬리크가 한마디 덧붙이고 나서 즉시 말끝을 단다.

「솔로몬 성전 얘기가 나왔으니 말인데, 사실 우리가 여기까지 온 건 그것 때문이야.」

메넬리크가 알렉상드르에게 자초지종을 설명하라고 손짓한다.

「우리가 예루살렘에서 〈불법〉 유적 발굴을 좀 하는 바람에 문제가 생겼었죠.」

알렉상드르가 겸연쩍어한다.

「아, 코텔 지하에 들어간 사람들이 바로 당신들이었군요? 뉴스에서 봤어요.」

「우리가 찾는 걸 목전에 두고 어떻게 그냥 돌아 나올 수 있었겠어요.」

알렉상드르가 자신들의 행동을 정당화하려고 애를 쓴다.

「쉬운 일은 아니지만 우린 결코 포기하지 않을 겁니다. 도리어 그 반대예요.」

르네의 목소리에 힘이 들어간다.

「결국 또 엉뚱한 짓을 벌이러 아코까지 온 거군요…….」

프랑스인들이 기분이 상해 미간을 찌푸리자 알베르트가 얼른 수습에 나선다.

「농담이에요.」

잠시 어색해진 분위기를 깨고 메넬리크가 말문을 연다.

「알베르트는 알리야[5]를 선택한 딸 바네사와 같이 살기 위해 은퇴 후에 이스라엘로 왔어.」

「가족이 가장 중요하니까요. 손자들을 보면서 살려고 이주한 거예요. 지금 여기서 다 같이 살고 있죠.」

알베르트가 덧붙인다.

「알베르트는 요즘 아크레 성전 기사단 성채의 유적 발굴에 참여하고 있어. 늦은 나이에 〈고고학 수습생〉이 됐지.」

메넬리크가 알베르트 쪽으로 몸을 돌리며 묻는다.

「언제 우리를 발굴 현장으로 데려다줄 수 있나? 내 친구들이 직접 가서 기시감을 확인해 보고 싶어 하는데.」

「초저녁에 가세. 여기선 더위 때문에 낮잠이 신성한 것 취급을 받네.」

「난 안 가고 좀 쉬어야겠어.」

메넬리크가 르네 일행에게 말한다.

마침 키부츠 안에 호텔이 있어 프랑스인 세 사람은 각자 방을 하나씩 잡고 메넬리크는 친구인 알베르트의 집에서 묵기로 한다.

르네 일행은 호텔 방에 짐을 풀고 시원한 실내에서 휴식을 취하며 탐사 시간을 기다린다.

르네가 욕실 세면대 앞에 서서 거울을 들여다보는데 밖에서 문 두드리는 소리가 들린다.

멜리사가 문턱에 서 있다.

「어젯밤 일을 사과하러 왔어. 내가 무슨 생각으로 그랬는지 모르겠어.」

「신경 쓰지 마.」

5 디아스포라 상태의 유대인들이 조국인 이스라엘로 귀환하는 것.

멜리사가 볼일이 남은 사람처럼 떠나지 않고 서 있다.

「같이 한잔할래?」

르네가 그녀의 눈치를 살피다 조심스럽게 말을 꺼낸다.

갑자기 그녀의 휴대폰이 진동음을 내며 울린다. 그녀가 발신자를 확인하는 듯하더니 몇 걸음 옮겨 전화를 받는다. 통화 내용이 르네의 귀에 작게 들려온다.

「싫어…… 싫다고. 싫어…… 싫다니까.」

그녀가 전화를 끊는다.

「누구야?」

르네가 묻는다.

「브뤼노. 돌아오고 싶어 해.」

「……당신도 같은 생각이야?」

「돌아온다는 건 다시 시작한다는 뜻이잖아. 그런다고 달라지는 건 아무것도 없을 거야.」

간밤에 멜리사와 키스를 하지 않은 건 최대의 실수였어.

자신을 쳐다보는 멜리사의 눈빛에 무언의 메시지가 담겨 있는 것 같은데 그걸 해독할 길이 없어 르네는 쩔쩔맨다.

늦었지만 지금이라도 시도할까?

두 사람이 망부석처럼 서서 서로를 바라보는 동안 긴 몇 초가 흐른다. 그러다 멜리사가 쌩 몸을 틀더니 자기 방으로 가버린다.

이번에도 한발 늦었어.

르네는 착잡한 마음으로 생각을 딴 데로 돌리려고 애쓴다. 뜻대로 되지 않아 휴식을 포기하고 결국 명상 자세를 잡는다. 그는 28번 문을 열고 안으로 들어간다.

67 므네모스: 로마를 불태운 황제 네로

서기 64년 7월 18일, 로마의 황제 네로는 도시 계획 차원에서 열네 개 구역 중 세 곳의 빈민 밀집 지역을 대대적으로 정비하기로 결정한다.

그는 불결한 이 세 구역을 가장 빨리 정비하는 방법은 부수고 다시 짓는 것이라고 판단해 병사들을 시켜 그 일대에 불을 지르게 한다.

그런데 불이 바람을 타고 걷잡을 수 없이 번지는 바람에 애초에 목표했던 세 구역 외에도 일곱 곳이 추가로 타버리고 만다. 화마를 피한 곳은 열네 구역 중 네 구역에 불과했다.

로마 주민들에게 제대로 위험을 경고하지도 않은 상태에서 추진된 네로식 〈도시 계획〉으로 인해 결국 3만 명의 사망자와 20만 명의 이재민이 발생한다.

백성들의 분노가 들끓고 반란이 일어날 조짐이 보이자 원로원에서는 황제의 폐위를 요구한다. 곤경에서 빠져나올 방법을 궁리하던 네로는 재난의 일차적 책임을 유대인들에게 돌린다. 네로는 당시 교세가 날로 확장되고 있던 교파인 기독교에도 책임을 묻는다.

네로는 기독교인들을 잡아들여 고문을 통해 거짓 자백을 받아 내고 서커스에서 사자들의 먹잇감으로 내었으며 갖가지 기상천외한 처형 방식을 동원해 로마 시민들이 눈요깃거리로 삼게 했다. 체포된 사람들이 너무 많아 서커스 처형 방식만으로는 역부족이라는 판단이 들자 네로는 그들을 길거리에서 산 채로 불에 태워 죽이라고 명령한다. 그것이 감히 로마를 불태우려 했던 기독교인들이 속죄하는 길이라고 그는 주장했다.

그렇게 수만 명의 기독교인이 길거리에서 불에 타 죽었다. 생존자들은 네로가 변덕을 부리면 언제 목숨이 위태로워질지 모른다고 느껴 로마를 탈출하기 시작한다. 그들이 대거 피난처로 택한 곳이 바로 그리스의 키프로스섬이었다.

68

시간을 갈라놓는 안개가 걷히는 순간 귀를 찢는 듯한 굉음
이 들린다.

벽이 무너져 내리는 소리에 이어 전쟁 구호와 비명, 검이
맞부딪치면서 나는 금속성 소리가 귀에 닿는다.

튀르크족이 십자군을 상대로 대대적인 공세를 펼치기 시작했어.

먼지구름이 하늘을 뒤덮는다. 쨍그랑쨍그랑 쇠가 부딪치
고 깨진 돌덩이가 날아다닌다.

에브라르가 이리 왔다 저리 갔다 하고 있다.

이런, 하필 한창 정신이 없을 때 왔구나. 열일곱 살짜리가 버텨
내기 쉽지 않을 텐데 걱정이네…….

쩽경쩽경 칼 부딪치는 소리가 요란하다. 말들이 히힝 소
리를 내며 앞발을 들어 올린다.

「형제들! 이쪽으로!」

기사 하나가 소리친다.

한 무리의 기사들이 방어진을 짜는 모습이 보인다.

길고 지루한 공방이 이어지더니 승리의 함성 소리가 들려
온다. 기사들은 일단 아크레 구호 기사단 본부로 퇴각한다.

전투가 중단된 틈을 타 시신들이 옮겨지고 부상자들은 안
전한 곳으로 이송된다.

「일단 기습을 막아 내는 데는 성공했소.」

기욤 드 보죄가 말문을 연다.

「하지만 이런 식으로 언제까지 버틸 수 있겠소? 내가 협상을 하고 오겠소. 술탄 알아슈라프 칼릴은 내가 그동안 양측이 공존할 수 있게 얼마나 노력했는지 잘 알고 있소. 나 역시 그를 높이 평가하고 있소. 술탄은 이탈리아 순례자들이 아랍 상인들을 무참히 살해한 사건을 내가 가장 먼저 비난하고 우리 측의 잘못을 인정했다는 사실을 참작해 줄 것이오.」

한 시간이 지나 드 보죄가 돌아오더니 기사들을 향해 말한다.

「협상에 성공했소. 술탄의 기사들을 성내로 들여보내 줄 테니 주민들의 안전을 보장해 달라고 요구했소. 주민들이 먼저 안전하게 도시를 떠나는 모습을 확인한 뒤에 우리도 이곳을 떠날 것이오.」

나팔 소리가 높게 울려 퍼진다.

맘루크 기사 1천 명이 주민들이 대피해 있던 성전 기사단의 첫 번째 성채로 진입한다.

평화롭던 분위기가 갑자기 바뀌며 사방에서 비명 소리가 터져 나온다.

기사 하나가 얼굴이 백지장이 되어 기욤 드 보죄에게 달려온다.

「술탄의 군사들이 남자들의 목을 베고 여자들을 욕보이고 있습니다!」

「저들이 평화 협정을 깼으니 우리도 다른 도리가 없소. 자, 갑시다, 형제들.」

드 보죄가 기사들을 향해 비장한 목소리로 말한다.

「저들은 1천 명이고 우린 1백 명에 불과하지만 일당백의 기세로 한번 싸워 봅시다!」

기사들이 즉각 검과 도끼와 창, 방패를 집어 들고 뛰어나가 말 등에 올라 고삐를 잡는다.

맘루크 기사들도 다시 말에 올라 시야가 확 트인 곳에 집결한다. 드디어 전투가 시작된다.

십자군 기사 대 무슬림 기사.

〈신이 그것을 바라신다!〉 기독교 기사들이 외친다.

성전 기사들은 수적 열세에도 효율적인 전술을 구사하며 용맹하게 싸운다. 구호 기사단까지 가세해 싸우지만 성전 기사들은 난전을 펼치다 결국 후퇴하기로 결정한다.

구호 기사단 단장 장 드 빌리에는 그간의 불편한 관계를 잊고 최선을 다해 곤경에 처한 경쟁 기사단을 도와준다.

두 기사단은 일체가 되어 생탕투안 문의 탑을 수성하는 데 성공한다.

기사 에브라르도 맘루크 병사 하나와 근접전을 펼치는 중이다. 엉뚱하게도 그는 상대의 피부색에 관심을 가진다. 얼굴은 까무잡잡한데 눈이 파란 게 신기하다는 생각이 드는 순간 그는 일전에 주방 요리사한테 들었던 말을 떠올린다. 무슬림의 특수 민병대는 강제로 개종당한 기독교인 노예들로 이루어졌다고 그는 말했다. 지금은 족보를 따질 때가 아니라고 생각하며 에브라르가 세게 머리를 턴다. 적군 병사는 그보다 키가 크고 나이도 더 많아 보인다. 상대가 만곡도(彎曲刀)를 높여 휘두르며 선제공격을 해 온다. 칼날이 에브라르의 귀에 닿을 듯이 스쳐 지나간다. 상대의 온몸에서 살의가 느껴진다.

에브라르는 신장과 체격의 약점을 빠른 몸놀림으로 보완

하기 위해선 결투를 두뇌 싸움으로 만들어야 한다고 생각한다. 적군 병사는 허약한 애송이 하나를 상대하느라 시간을 낭비 하는 게 짜증이 나 조바심치는 눈치다. 그가 갈수록 신경질적으로 변해 전략은 없고 힘만 들어간 검술을 구사한다. 에브라르는 날아오는 칼을 피하기만 하면서 상대의 허점을 발견하려고 애쓴다.

에브라르는 왼손잡이인 맘루크 병사가 팔을 뻗었다 넣는 짧은 순간에 그의 왼쪽 옆구리가 무방비로 노출되는 것을 확인하고는 몸을 잽싸게 숙여 칼을 찔러 넣는다.

적병은 고통스럽다기보다 엉성한 상대의 칼에 찔려 전사의 삶을 마감하게 된 게 어처구니없다는 표정으로 눈을 휘둥그렇게 뜨고 에브라르를 응시한다.

에브라르는 성전 기사단 교관들의 간명한 가르침을 그대로 실전에 적용했을 뿐이다. 힘을 써서 공격하려 하지 말고 상대 검술의 기승전결을 이해해 수비의 허점을 찾아내라. 이것은 감정을 실어 검을 휘두르지 않고 머리를 쓸 때만 가능하다. 〈관찰하고, 생각하고, 찌른다.〉

인상을 찡그리며 바닥에 쓰러지는 맘루크 병사와 눈이 마주치는 순간, 태어나 처음으로 사람을 죽여 본 에브라르는 복잡 미묘한 감정을 느낀다.

이 사람한테도 가족이 있고 자식이 있을 거야. 남편을, 아버지를 잃은 가족들은 얼마나 큰 슬픔을 안고 살아가게 될까. 나는 방금 내 존재를 이어 가기 위해 다른 존재를 멈춰 세웠어. 다른 상황에서 만났다면 친구가 됐을지도 모르는 사람을 말 한마디 나눠 보지 않고 죽였어.

복잡한 심사를 달랠 시간도 없이 에브라르는 또 다른 적병을 상대한다. 맘루크 병사가 분노에 일그러진 표정으로 도끼를 휘돌리며 다가온다. 도끼날이 바람 소리를 내며 에브라르의 귓전을 스치고 지나간다.

이제 막 전사의 입문식을 마친 에브라르는 삶을 새로운 관점에서 바라보게 된다.

내가 죽지 않으려면 상대를 죽여야 한다. 내가 죽는 순간 그걸로 모든 것은 끝이다.

에브라르는 신들린 듯이 칼을 놀려 상대의 숨통을 단번에 끊어 놓는다. 이제 죽은 병사의 아내와 자식들 생각에 마음이 어수선해지는 일은 없다. 그를 사로잡는 생각은 단 하나.

얼마나 더 죽여야 끝날까?

시간이 갈수록 그의 검술이 노련미를 더해 간다. 동료 기사들이 옆에서 죽기 살기로 싸우고 있다. 간혹 눈을 부릅뜬 채 쓰러지는 기사들도 있지만 대부분 살아서 굳건히 자기 자리를 지킨다.

맘루크족이 수천 명의 노예를 동원해 땅 밑을 파놓아 두 번째 성채는 이미 상당히 기울어져 있었다. 이 상태에서 공격이 개시되자 금세 새로운 탑 주변의 성벽 일부가 무너져 내리며 거대한 구멍이 뚫린다. 진입로를 확보한 적들이 성안으로 물밀듯이 쏟아져 들어온다.

술탄의 군사들과, 성전 기사단과 구호 기사단 소속의 기독교 기사들이 성안에서 또다시 격돌한다. 기욤 드 보죄는 아직 적들에게 넘어가지 않은 아크레항을 통해 주민들을 탈출시킬 것을 지시한다.

성내로 진입한 맘루크 군대가 무차별적인 학살을 자행하자 성전 기사들이 그들의 전진을 조금이라도 늦추기 위해 필사적으로 검을 휘두르며 맞선다.

기욤 드 보죄가 전투 도중 겨드랑이에 화살을 맞고 쓰러지자 기사들이 그를 들것에 실어 성전 기사단 요새로 옮긴다. 단장이 자신을 에워싼 채로 서 있는 형제 기사들을 향해 말한다.

「난 곧 죽을 목숨이니 티보 고댕, 자네가 뒷일을 맡아 주게. 어서 여길 빠져나가 키프로스섬에 있는 우리 기사단 성채로 가게!」

단말마의 고통 속에서도 단장은 마지막 힘을 짜내 기사들을 한 명씩 호명한다.

「잠깐! 에브라르는 어디 있나?」

젊은 기사는 침통한 표정으로 단장 바로 뒤에 서 있다.

「이 형제를 우선적으로 배에 태우게!」

단장이 꺼져 가는 목소리로 명령한다.

「사력을 다해 이 형제를, 이 형제와 그가 운반하는 물건을 지켜야 하네. 나한테 약속해 주게, 티보.」

「약속드립니다.」

에브라르 앙드리외와 티보 고댕은 횃불을 들고 요새와 항구를 연결하는 미로 같은 비밀 통로를 뛰어간다. 공성구들이 만들어 내는 포격음이 터널 안까지 들려온다. 이미 천장 곳곳은 당장이라도 무너질 듯 내려앉아 있다.

「이러다 이 안에서 죽겠군!」

티보가 숨을 헐떡이며 말한다.

「힘을 냅시다, 형제. 우린 중차대한 일을 맡았습니다. 단장께서 저한테 이 일을 맡기면서 말씀하셨어요. 이 책에 우리 기사단의 미래는 물론 이 세계 전체의 미래가 걸려 있다고…….」

르네 일행이 아코항에 면한 구도시의 성벽 위에 서 있다. 파도가 찰싹거리면서 성벽 아래쪽을 때리는 소리가 들린다.

알베르트 비톤이 품에 감싸 안기라도 할 듯이 수평선을 바라본다. 그가 벅차오르는 감정을 억누르느라 애를 쓰는 게 느껴진다.

「우린 지금 성전 기사단의 아크레 요새가 있던 자리에 서 있어요.」

그가 북쪽을 향해 몸을 돌린다.

「저쪽에는 구호 기사단 성채가 자리하고 있었죠. 성전 기사단과 구호 기사단, 이 두 기사단에 소속된 수도사 기사들은 성지로 통하는 이 취약한 관문을 지키는 일에 목숨을 바쳤어요. 나중에 독일 기사단도 합류했는데, 그들의 성채는 저쪽에 있었어요.」

알베르트가 손가락으로 구도시 동쪽을 가리킨다.

「구호 기사단은 하얀 십자가, 성전 기사단은 빨간 십자가, 독일 기사단은 검은 십자가를 각각 상징으로 삼았지.」

알렉상드르가 아련한 표정을 짓는다.

알베르트가 설명을 이어 간다.

「살라딘이 1187년에 다시 예루살렘을 함락하자 프랑크인 왕과 귀족들은 포로로 잡혀 노예 신세가 됐죠. 얼마 후 티베리아스까지 적의 수중에 들어가자 아크레를 지키던 조셀랭 드 쿠르트네는 명예로운 항복을 위해 살라딘과의 협상을 선택했어요. 이집트와 시리아를 통치하던 술탄도 아크레 같은 융성한 해외 상관(商館)을 보존하는 것이 자신에게 유리하다고 판단했죠.」

주변에서 일본인 관광객들이 포즈를 취하며 사진을 찍는 모습이 보인다.

「1189년 6월, 잉글랜드의 리처드 1세와 프랑스의 필리프 오귀스트왕, 그리고 성전 기사단 단장 로베르 드 사블레가 군대를 이끌고 빼앗긴 것을 되찾으려고 다시 성지에 상륙했어요.」

「제3차 십자군 원정이 시작된 거지.」

알렉상드르가 한마디 한다.

「세 사령관은 아크레 포위전에 돌입했어요. 그런데 그때 리처드 1세가 특이한 아이디어를 하나 내요. 십자군은 투석기를 이용해 성벽 너머로…… 벌통을 날려 보내죠!」

이 말에 르네의 한쪽 눈썹이 찡긋 올라간다.

「기사들이 공격을 개시했을 때 사라센 병사들은 꿀벌에 쏘여 제대로 방어조차 할 수 없었어요. 그렇게 아크레는 다시 기독교인들의 수중에 돌아왔죠.」

나와 꿀벌의 인연이 이렇게 깊었구나.

「아크레를 되찾은 십자군은 요새화에 들어갔어요. 베네치아와 피사, 제노바에서 온 상인들, 심지어는 게르만 상인들까지 이 전략적 요충지를 아시아 교역의 주요 거점으로 삼았죠. 이곳은 랍비 마이모니데스가 의학을 가르친 곳이기도 해요. 당시 리처드 1세가 아프다는 소식을 전해 들은 살라딘이 자신의 주치의이자 최고의 〈명의〉이던 마이모니데스를 보내 치료하게 해주죠. 아직은 두 사령관 간의 현명한 소통이 가능하던 때의 일이에요.」

알베르트와 르네 일행은 성벽을 내려와 한 오래된 동네의 복잡한 골목길로 들어선다.

골목 끝에 온갖 조명 기구와 녹슨 자전거, 세탁기, TV가 산더미처럼 쌓여 있는 게 보인다. 멀리서는 불법 쓰레기 매립장인 줄 알았는데 다가가 보니 골동품을 판매하는 노점이다. 이 가게 앞에서 알베르트가 걸음을 멈추더니 건너편에 보이는 커다란 철문을 향해 걸어간다. 여기가 바로 유적 발굴 현장의 출입문이다.

알베르트가 철문에 걸린 맹꽁이자물쇠의 비밀번호를 눌러 풀고 문을 연다. 안으로 들어서자 높은 석조 아치가 나타난다.

「성전 기사단 박물관은 현대적으로 잘 꾸며져 있지만 그건 관광객들을 위한 전시용 건물이에요. 지금부터 내가 당신들한테 보여 주는 것은 아무도 모르는 무대의 뒷면이죠. 내가 참여하고 있는 유적 발굴 현장이에요. 2019년, 이곳에서 다큐멘터리를 촬영할 때 한 고고학자가 기자를 깜짝 놀라게 할 만한 것을 찾다가 우연히 이 터널을 발견했어요. 그 후에 공중 레이저 스캐닝을 통해 터널 입구가 있었을 위치를 알아냈죠. 오늘은 다른 사람들이 다 일을 쉬기 때문에 우리끼리 조용히 현장을 둘러볼 수 있을 거예요.」

알베르트가 세 프랑스인에게 손전등을 하나씩 나눠 준다. 손전등을 받아 들고 몇 발짝 옮기자 계단이 하나 나타나고 이내 긴 통로가 이어진다.

알베르트가 앞장서 걸으며 자외선 불빛을 벽에 비추자 암호화된 글자나 숫자와 함께 십자가, 삼각형, 별 모양의 표지들이 눈에 들어온다. 아치형 회랑처럼 생긴 매끈한 벽이 꽤 길게 이어진다. 터널 바닥은 대체로 평평하다.

잠시 후 제단이 설치된 공간이 눈앞에 나타난다.

「여긴 어디죠?」

르네가 묻는다.

「성전 기사들이 위에 있는 교회를 축소해 만들어 놓은 소규모 예배당이죠.」

알베르트가 아치 구조물들에 불빛을 비추자 스테인드글라스만 없을 뿐 영락없는 대성당의 모습이 드러난다. 아치 모양으로 쌓인 큰 돌들이 완벽하게 깎여 있는 게 보인다.

새로운 터널을 다시 통과해 계단을 내려가자 큼지막한 벽돌을 쌓아 만든 방이 하나 나타난다.

「성전 기사들이 회의를 했던 곳이죠.」

르네가 눈을 감고 뭔가 느껴 보려고 애쓴다.

묘한 감정이 그를 훑고 지나간다.

내가 여기 왔었어.

「절 따라오세요.」

르네의 말이 벽에 반사돼 울린다.

「무슨 일인가?」

알렉상드르가 눈을 반짝인다.

「전생에 봤던 풍경의 잔상이 남아 있어요.」

르네가 흙더미가 쌓여 있는 곳을 향해 걸어가더니 손으로 흙을 파헤치기 시작한다. 그가 손짓해 일행을 부른다. 커다란 돌덩이들을 옆으로 밀어내자 새로운 터널의 입구가 나타난다.

「아, 이런 터널이 있는 줄은 몰랐어요.」

알베르트 비톤이 놀라움을 감추지 못한다.

터널을 따라가자 계단이 나오고 이 계단은 다시 문으로 쓰였으리라 짐작되는 구멍들이 뚫린 통로로 이어진다.

「뭐 기억나는 거라도 있나?」

알렉상드르가 흥분한 표정으로 묻는다.

르네가 일행에게 자리를 비켜 달라고 부탁한 뒤 방 한가운데 서서 눈을 감는다. 그는 마지막에 에브라르가 있었던 장소로 다시 돌아간다.

70

「저거예요!」

에브라르는 티보 고댕과 함께 예언서가 든 궤짝이 보관된 방에 와 있다. 그는 기욤 드 보죄가 준 열쇠를 꽂아 궤짝을 연 다음 귀한 보물을 꺼내 손에 든다. 가죽 표지에 망치로 두들 겨 새긴 꿀벌 무늬가 시선을 사로잡는다.

「잠깐만!」

티보가 에브라르를 제지한다.

「배를 타고 도망쳐야 하니 손상되지 않게 미리 단단히 포 장을 해놔야지. 물이 닿기라도 하면 양피지의 글자들을 알아 볼 수 없을 테니까.」

티보가 다른 방으로 가서 몇 가지 도구를 들고 와 포장을 시작한다. 밀랍을 입힌 캔버스 천으로 사본을 싸더니 두꺼운 천으로 한 번 더 꽁꽁 싸 상자에 넣는다. 이 상자를 역시 밀랍 을 입힌 가죽 봉투에 넣은 다음 마지막으로 어깨끈이 달린 두꺼운 가죽 가방에 넣는다.

에브라르는 가방을 어깨에 둘러메고 티보 고댕과 함께 계 단을 통해 항구와 곧바로 연결되는 깊은 지하 터널로 내려 선다.

두 기사는 터널 안 작은 지하 교회 앞에서 발걸음을 멈춘 다. 제단 앞에 무릎을 꿇고 앉아 기도를 올린다. 티보 고댕이 두 손을 모으고 말한다.

「자비로우신 하느님, 부디 저희 형제들과 자매들을 불쌍히 여겨 구원해 주소서. 이 예언서와 이 예언서를 소지한 이를 보살펴 주소서.」

그들은 항구 쪽으로 걸음을 재촉한다. 터널 밖은 그야말로 아비규환이다. 그리스의 불이라 불리는 무기들이 무서운 화염을 내뿜으며 날아다녀 사람들을 공포에 몰아넣고 있다. 집들이 불타는 매캐한 연기 냄새와 눈앞 바다의 아이오딘 냄새가 공기 중에 뒤섞여 떠 있다. 인간들이 비명을 내지르며 허둥지둥 뛰어다니는 광경을 갈매기 떼가 비웃듯이 내려다본다. 몇 척 안 되는 배에 서로 오르려고 악다구니를 쓰는 사람들 위로 성벽을 점령한 맘루크 병사들이 화살을 소나기처럼 쏘아 댄다.

성전 기사단 십자가가 찍힌 돛이 펄럭이는 배가 보인다. 티보 고댕이 이미 만원 상태의 배에 에브라르를 밀어 넣고 나서 선장에게 이 승객과 그의 귀중한 짐을 각별히 신경 써 달라고 부탁한다. 그가 에브라르에게 말한다.

「나는 마지막 남은 성전 기사들과 함께 여기서 싸워야 하니 자네 혼자 배를 타고 떠나게. 신께서 그것을 바라신다면, 우리가 이 지옥에서 살아남는다면 키프로스섬에서 재회하게 될 걸세.」

티보 고댕이 다시 부두로 뛰어내린다.

철럭 밧줄이 풀리는 소리가 들리더니 배들이 바다로 나아가기 시작한다. 마치 유성우라도 내리듯 성벽 꼭대기에서 불화살이 쏟아져 내린다.

배 한 척에 화살 하나가 명중해 불이 붙자 승객들이 바다로 뛰어들어 허우적거리는 모습이 보인다. 투석기에서 날아온 발사체를 맞은 배들은 선체에 구멍이 뚫려 물속으로 가라앉는다.

에브라르가 탄 배의 선장이 선미에 설치된 들보처럼 생긴 두툼한 방향타를 움켜쥐고 돌리기 시작한다. 배가 빠른 속도로 적의 사정권에서 벗어난다.

에브라르는 갑판에 서서 자신이 속했던 세계의 종말을 무력하게 지켜본다. 항구를 굽어보는 외곽 성벽은 이제 터번을 두르고 뾰족한 투구를 쓴 적병들에게 점령당했다. 적들이 화살촉에 밧줄 부스러기를 감고 불을 붙여 쏘자 불화살이 음산한 휘파람 소리를 내며 뱃전으로 날아든다. 아포칼립스의 전조처럼 느껴진다.

「에브라르! 나 좀 살려 줘!」

그와 함께 주방에서 일했던 동료가 파도에 휩쓸려 소리를 지른다.

「배를 세워요!」

에브라르가 선장을 향해 고함을 친다.

하지만 방향타를 부여잡은 선장은 들은 척도 하지 않는다.

「저 사람을 살려야 해요!」

갑자기 에브라르의 머릿속에 목소리가 들린다.

안 돼, 그만둬. 넌 예언서를 안전하게 지킬 생각만 해. 그게 너한테 가장 중요한 일이야.

얼마 전과 똑같이 머리가 깨질 듯이 아파 오면서 안에서 소리가 나는 것 같다.

목소리는 금세 사라졌지만 배는 이미 먼바다로 향하고 있어 키를 돌리기는 불가능하다.

물 위로 솟아 있던 친구의 팔은 이미 파도가 삼켜 보이지 않는다.

해안에서 멀어질수록 바람이 거세진다.

에브라르는 중앙 돛대에 기대서서 예언서가 든 가방을 가슴에 꼭 붙여 품는다.

풍랑이 일어 배가 좌우로 기우뚱거린다.

멀리 보이는 아크레에서 시커먼 연기 기둥들이 하늘로 치솟고 있다.

에브라르는 생각에 잠긴다.

글을 배워 두지 않은 게 이렇게 후회가 될 줄이야. 글을 읽을 줄 모르니 이 귀한 책에 뭐라고 쓰여 있는지, 무슨 이유 때문에 이 책을 필사적으로 지켜야 하는지 알 길이 없어.

당장 뒤집히기라도 할 듯 배가 옆질을 한다.

에브라르는 한기를 느껴 성전 기사단 망토를 단단히 여민다.

이런 중차대한 임무를 나한테 맡긴 이유가 뭘까?

가방 속 필사본이 얼마나 대단한 것이기에 목숨을 걸고 지켜야 한다는 걸까?

그의 궁금증을 풀어 주려는 듯 머릿속에서 목소리가 들리기 시작하자 에브라르가 도리질을 하면서 양쪽 관자놀이를 손으로 때린다.

이건 광기의 목소리야. 그걸 듣기 시작하면 난 실성해 버리고 말 거야.

그가 딴 데로 정신을 돌리려고 손을 꽉 깨문다. 일부러 통증을 유발해 자신을 괴롭히는 목소리를 잊어버리려는 것이다.

에브라르에게 깃든 르네 톨레다노가 생각한다.

그가 나를 거부하고 있어.

젠장, 이렇게 황소고집인 전생은 처음 만났어.

앞으로는 그가 자는 동안에만 암시를 하는 게 좋겠어. 등에 하얀 날개를 달고 수호천사 성 르네의 모습으로 나타나면 훨씬 자연스럽게 나를 받아들일지도 몰라.

살뱅한테도 통했으니 에브라르한테도 통하지 않을까?

배에 탄 사람들은 대부분 아이와 여자, 그리고 노인이다. 다양한 교파의 사람들이 한데 뒤섞여 있다. 키를 잡은 선장을 비롯해 성전 기사들도 열댓 명 눈에 띈다.

에브라르 앙드리외가 선장에게 다가가 묻는다.

「키프로스섬으로 가고 있는 거죠?」

「그렇소. 자네한테 있는 그 귀한 물건을 거기로 가져가야 한다더군.」

선장이 에브라르를 아래위로 훑어보고 나서 말끝을 단다.

「아주 중요한 임무라고 들었는데, 그런 걸 맡기에는 형제의 나이가 너무 어린 게 아닌가 싶소.」

「언제쯤 도착하게 됩니까?」

에브라르가 묻는다.

「바람에 달렸소. 키프로스섬은 우리가 있던 아크레 요새에서 77리그[6] 떨어져 있소. 지금 속도대로 항해를 계속한다면 이틀 뒤면 충분히 도착할 수 있소. 밤에는 다른 사람이 교대로 키를 잡을 거요.」

해가 수평선 뒤로 넘어가자 어스름이 점점 짙어 간다. 사람들이 갑판 곳곳에 자리를 잡고 밤을 맞을 준비를 한다. 에

6 league. 1리그는 약 4.8킬로미터.

브라르도 선미 난간에 기대앉아 망토를 이불 삼아 잠을 청한다. 그는 몸을 웅크린 채 가방에 얼굴을 박고 마침내 단잠이 든다.

그는 꿈을 꾼다.

한 천사가 나타난다.

그는 등에 크고 하얀 날개를 달고 알이 작은 금테 안경을 썼다.

만나서 반갑구나, 에브라르. 나는 너의 수호천사인 성 르네다. 내가 늘 곁에서 너를 지켜 준다는 것을 잊지 말거라. 앞으로 너와 대화를 나누면서 유익한 조언을 많이 해주마.

에브라르가 갑자기 잠이 깨 검지 두 개를 십자가 모양으로 포개 치켜들더니 하늘을 올려다보며 소리를 지른다.

「Vade retro, satanas! 마귀는 썩 물러가라! 당장 내 머리에서 나가지 못할까!」

젠장, 날 악마로 여기는 모양이야. 이거 참, 운수 탓을 할 수도 없고…….

에브라르가 무릎을 꿇고 앉아 두 손을 모으고 머리를 조아린 채 중얼중얼한다.

「성 베네딕트시여, 저를 위해 전지전능하신 주님께 빌어주소서, 악령들이 제 몸에서 나가게 해주소서…….」

살뱅이 어쩌다 이런 미신에 사로잡힌 한심한 인간으로 환생했을까. 앞으로 소통할 일을 생각하니 눈앞이 아득해.

르네는 에브라르가 휴식을 취할 수 있게 일단 꿈에서 사라지기로 한다.

다시 잠이 든 에브라르는 이상한 꿈을 또 꾸지는 않는다. 눈을 떠보니 선장이 방향타를 쥐고 있다. 눈을 조금 붙였는지 쌩쌩한 얼굴로 항로를 주시한다.

배는 순조롭게 항진 중이다. 날씨는 쾌청하고 바다는 잔잔하다. 배가 순풍을 타고 미끄러지듯 나아간다. 해일처럼 밀려왔던 불행이 제풀에 지쳐 물러난 것일까.

에브라르는 쇠사슬 갑옷을 벗고 빨간 십자가가 그려진 망토만 걸친 채 바다를 응시한다. 뱃머리 쪽에서 돌고래들이 장난을 치고 있다.

모든 게 순조로워. 난 이렇게 살아 있고, 귀중한 책도 내 품에 안전하게 있어. 그리고 조금만 있으면 기독교인들만 있는 섬에 도착하게 될 거야.

멀리 있는 해안선의 윤곽이 희미하게 보인다.

「저기가 키프로스섬입니까?」

에브라르가 선장에게 다가가 묻는다.

「더 정확히 말하면 리마솔 항구요.」

배 앞머리가 항구를 바라보며 나아가기 시작하는데 난데없이 우현 쪽에 배 한 척이 나타난다.

에브라르는 바르바로이 해적들의 습격을 받았다고 생각해 몸을 덜덜 떤다. 그런데 가까이 다가오는 배의 돛폭에 검은색 십자가가 크게 그려져 있다. 이 십자가는 독일 기사단의 상징이다.

에브라르는 그들 역시 맘루크의 공격을 피해 아크레를 빠져나왔을 것이라고 추측한다. 저쪽에서 배를 가까이 붙이겠다는 신호를 보내온다.

잠시 후 빨간색 십자가가 그려진 배와, 가장자리에 띠가 둘러진 검은색 십자가 깃발이 펄럭이는 배가 선체를 맞대자 밧줄로 만든 가교가 놓인다. 독일 기사 한 명이 이쪽 배로 건

너온다. 잠시 후 열댓 명이 줄줄이 그를 따라 다리를 건너온다.

선장이 그들의 우두머리인 듯한 장신의 사내와 얘기를 나눈다. 금발 장발에 턱수염이 덥수룩한 그 우두머리가 갑자기 언성을 높이자 둘 사이에 거친 대화가 오가기 시작한다. 상대가 선장에게 뭘 달라고 요구하는데 선장이 거부하는 눈치다.

독일 기사가 득달같이 검을 뽑아 선장의 배를 가른다. 선장이 바닥에 쓰러진다.

믿을 수 없는 장면이 르네의 눈앞에서 펼쳐지고 있다.

대체 이게 무슨 일이야?

이것을 신호탄 삼아 독일 기사들이 성전 기사들을 베기 시작한다. 성전 기사들은 미처 검을 꺼내 보지도 못하고 쓰러진다. 승객들이 겁에 질려 비명을 내지르며 갑판 구석으로 몰려간다.

금발의 독일 기사가 사람들을 향해 큰 소리로 말한다.

「우린 사람을 찾으러 온 거지 당신들을 해치러 온 게 아니오. 당신들 중에 우리가 찾고 있는 물건을 소지한 사람이 있다는 걸 알고 왔소. 그 물건만 손에 넣으면 우린 조용히 돌아갈 것이오.」

다들 숨죽인 채 말이 없다.

당장 도망치지 않으면 안 돼.

에브라르가 사태를 파악하고 난간 너머로 바닷물을 흘깃 쳐다본다.

지금 뛰어내릴까?

헤엄은 칠 줄 알지만 해안까지의 거리가 꽤 멀어 보여 쉽게 마음을 정하지 못한다.

「지금부터 우리가 원하는 걸 찾을 때까지 당신들을 한 사람씩 죽일 생각이오. 아직 살 기회는 얼마든지 있으니 그 물건을 누가 가지고 있는지 어서 말하시오.」

말이 떨어지기 무섭게 성전 기사 한 명의 목이 달아난다.

「잠깐만, 내가 본 게 그거 같아요!」

한 아낙이 몸을 덜덜 떨더니 손가락으로 에브라르를 가리킨다.

「저 사람!」

「저 사람이 어쨌다는 건가?」

「배가 출발할 때부터 지금까지 무슨 보물이라도 들었는지 가방을 품에서 떼어 놓지 않았어요.」

독일 기사 세 명이 달려와 순식간에 에브라르를 에워싼다. 바다로 뛰어드는 건 이미 늦었다고 판단한 에브라르가 용총줄을 붙잡고 중앙 돛대를 기어오르기 시작한다. 무거운 쇠사슬 갑옷을 입은 독일 기사들이 망토만 걸친 에브라르에 비해 동작이 굼뜬 건 당연하다. 그들이 갑옷을 벗어야겠다고 판단했을 때 에브라르는 이미 활대까지 올라가 있다.

금발 우두머리가 부하 기사들에게 신호를 보내 다시 밑으로 내려오게 하더니 돛대 아래쪽을 도끼로 찍게 한다.

곧 활대를 포함한 돛 전체가 쓰러지면 그는 가방과 함께 바닥으로 추락할 것이다. 에브라르는 혁대를 풀어 가방을 배에 단단히 묶고 바닷물로 뛰어내릴 준비를 한다. 방향을 정하려고 밑을 내려다보는 순간 정신이 아찔해진다.

올라올 때는 이렇게 높은 줄 몰랐어.

가슴이 덜컥대며 현기증이 난다. 그는 물은 무서워하지

않지만 높은 곳에만 서면 다리가 후들거린다. 아크레에서 또래들이 절벽에서 바다로 뛰어내릴 때도 그는 멀리서 구경만 했다.

이 높이에서는 도저히 자신이 없는데.

도끼질이 계속되자 돛대가 기우뚱한다. 에브라르가 눈을 질끈 감는다. 내면의 목소리가 또 들린다.

뭐 하고 있어! 어서 뛰어!

에브라르가 다시 눈을 뜬다.

악마가 또 들어왔어!

갑판에서 사람들이 그가 뛰어내리지 않는 이유를 궁금해하며 돛대 꼭대기를 쳐다보고 있다.

몸을 던지듯이 해야 갑판 위로 떨어지지 않을 거야.

아래에서 쏜 쇠뇌촉 하나가 그를 아슬아슬하게 비켜 지나간다.

뭘 꾸물거리는 거야! 어서 뛰어내려, 젠장!

에브라르는 무릎을 굽히고 심호흡을 한 다음 하늘을 날 듯이 팔을 쫙 펼치면서 눈을 감는다. 그의 몸이…… 공중으로 날아오른다.

화살들이 날아오기 시작한다.

바닷물에 몸이 닿는 순간 위에서 쇠뇌촉이 비 오듯 쏟아져 내린다. 그는 잠수한 상태에서 해안까지 헤엄쳐 가기로 한다. 화살을 피하려면 최대한 오래 숨을 참아야 한다. 에브라르는 허파가 불붙는 것 같을 때만 한 번씩 물 밖으로 고개를 빼 시원한 공기를 들이마신 다음 금세 다시 잠수해 팔을 휘젓는다. 책이 든 가방을 배에 매달고 헤엄치자니 공기의 저항을 크게 받을 수밖에 없다.

어느 지점에 이르자 화살의 사정권에서 벗어났다는 확신이 든다. 팔 근육이 터질 듯이 아프지만 그는 쉬지 않고 헤엄친다. 탈진 일보 직전에 절벽 아래 내포(內浦)에 닿는다. 그는 모래사장으로 올라가 바위 뒤에 몸을 숨긴다. 바다 쪽을 보니 성전 기사단의 배가 화염에 휩싸여 있다.

독일 기사단이 목격자를 남기지 않으려고 배에 불을 지른 거야.

돛에 검은색 십자가가 그려진 배에서 작은 쪽배 하나를 바다로 내리는 게 보인다. 예닐곱 명의 기사가 타고 있다.

날 끝까지 추격해 잡으려는 모양이야.

급히 몸을 숨길 곳을 찾던 에브라르는 바위틈에서 오목한 공간을 발견한다. 밖에서 보이지 않게 몸을 깊이 밀어 넣고 나서 해안으로 다가오는 쪽배를 주시한다. 기사들이 두리번거리며 그를 찾고 있다. 물에 젖은 망토를 걸치고 있던 에브라르가 갑자기 한기를 느낀다. 그가 참다못해 되게 재채기를 한 번 하자 독일 기사들이 노를 저어 그가 숨어 있는 바위 쪽으로 다가오기 시작한다.

심장이 두방망이질을 해댄다. 검이 있으면 휘둘러 보기라도 할 텐데 에브라르에게는 지금 책이 든 가방밖에 없다.

「저쪽이야!」

기사 하나가 조금 전 모래에 찍힌 발자국들을 손으로 가리킨다.

「잡았다, 이놈!」

기사가 바위틈에서 에브라르를 발견하고 검을 휘두르지만 쇠사슬 갑옷을 입어 몸놀림이 둔하다. 에브라르는 안고 있던 가방으로 그의 관자놀이를 세게 내리치고는 모래사장을 뛰어 달아난다.

네가 찾는 물건이 이거다, 이놈아.

독일 기사가 비틀거리는 틈을 타 그는 죽을힘을 다해 내달
린다.

한참 만에 고개를 드는 순간 앞을 가로막은 금발의 독일
기사가 보인다. 그를 향해 쇠뇌를 겨누고 있다.

「네놈이 아무리 빨라도 이 쇠뇌촉만큼 빠르겠냐.」

한번 붙어 볼까 아니면 이대로 달아날까. 혼자이긴 하지
만 상대에게서는 살의가 느껴진다.

「어이, 애송이 친구, 어리석은 짓 하지 말고 그 가방 어서
이리 내.」

기사가 활을 겨눈 채 다가와 가방을 낚아챈다. 그가 쇠뇌
를 내려놓고 가방을 들여다보는 틈을 타 에브라르는 다시 줄
행랑을 놓는다.

뒤를 돌아보니 기사 둘이 여전히 뒤쫓아 오고 있지만 무장
한 상태는 아니다. 망토만 걸친 에브라르는 맨발로 가벼운
걸음을 놓으며 추격자들을 따돌린다.

보호 장비 때문에 몸이 둔해 빨리 뛰지 못하니 아이러니가 아닐
수 없어.

추격자들의 모습은 이제 보이지 않는다.

에브라르는 갑옷도 검도 예언서도 없이 혼자 터덜터덜 걷
다 마을을 하나 발견한다. 검은색 옷을 입은 노파 셋이 의자
를 놓고 마을 입구에 나란히 앉아 있다.

「여기가 어딥니까?」

그가 프랑스어로 묻자 한 노파가 다행히 알아듣고 대답
한다.

「리마솔.」

「성전 기사단 성채로 가는 길을 좀 가르쳐 주시겠어요?」

노파들끼리 말을 주고받더니 이가 다 빠져 하나도 없는 이가 멀리 있는 작은 건물 하나를 손으로 가리킨다. 에브라르는 한걸음에 달려간다.

잠시 후, 그는 장작불이 빨갛게 타는 따뜻한 방에 앉아 있다. 몸을 떨고 있는 그에게 기사 하나가 담요를 가져다준다. 에브라르는 한 아낙이 들고 온 빵 한 덩이와 수프를 순식간에 먹어 치우고 나서 벽난로 앞으로 다가가 몸을 덥힌다.

낯익은 얼굴이 방으로 들어온다.

티보 고맹. 두 기사는 서로의 목을 껴안으며 가벼운 포옹으로 재회의 기쁨을 나눈다.

「필사본은 잘 가지고 있나?」

티보가 걱정스럽게 묻는다.

「아니요.」

에브라르가 몸 둘 바를 몰라 한다.

「죄송합니다. 누가 훔쳐 갔어요.」

방 안에 있는 사람들 모두가 경악하는 표정을 짓는다. 긴 침묵이 흐른다.

「우리 배가 공격을 당했어요.」

에브라르가 자초지종을 설명한다.

「바르바로이 해적들 짓인가?」

「아니요. 같은 십자군한테 공격당할 줄은 차마 상상도 못 했어요! 독일 기사단의 소행이에요.」

「그럴 리가!」

티보 고맹이 고개를 가로젓는다.

「형제 기사들이 우리한테 그런 짓을 했을 리가. 방금 자네가 한 말을 책임질 수 있나? 증거나 증인이 있어?」

「그들이 배에 불까지 질렀어요. 승객들은 다 불타 죽었을 거예요…….」

「필사본은?」

티보가 재촉하듯 묻는다.

「배에 필사본이 있는 걸 알고 공격했던 거예요……. 저는 아슬아슬하게 배에서 뛰어내려 헤엄을 쳐 해안에 도착했어요. 기진맥진해서 바위 뒤에 숨어 있다가 해안까지 저를 뒤쫓아 온 놈들에게 결국 발각됐고, 가방은 빼앗겼어요.」

티보 고댕이 뭔가 골똘히 생각하는 듯하다 에브라르를 똑바로 쳐다본다.

「독일 기사단이 확실한가?」

「테두리에 띠를 두른 검은색 십자가를 제 눈으로 똑똑히 봤어요. 우두머리로 보이는 자는 거구에 턱수염을 길게 기르고 있었어요.」

티보 고댕이 입술을 앙다문다.

「그가 있는 곳을 내가 아네.」

명상에서 깬 르네가 눈을 뜬다.

키프로스로 가야겠어.

71 므네모스: 유대 전쟁

서기 66년, 유대인 출신의 로마 역사학자 플라비우스 요세푸스가 〈유대 전쟁〉이라고 명명한 전쟁이 일어난다. 뛰어난 전략가들이 이끈 유대인 열심당 군대가 로마 점령군의 두 개 군단을 격파한다. 패배를 인정할 수 없었던 로마 황제는 유대 땅에 대한 통제권을 되찾기 위해 티투스 장군을 지휘관으로 하는 군대를 파견한다. 티투스는 이미 세 개 군단만으로 소아시아에서 일어난 반란을 모두 진압한 바 있는 명장이었다. 하지만 이번에는 여섯 개 로마 군단에다 외국 지원병 부대까지 가세해 장기간 포위 작전을 펼친 끝에야 힘겹게 예루살렘을 함락한다.

서기 70년, 예루살렘을 수중에 넣은 로마군은 약탈을 자행하고 솔로몬 성전을 불태웠다.

하슈모나이 왕가 출신의 베레니케왕이 자청해 티투스 장군의 첩이 되었지만 그의 화를 누그러뜨릴 수는 없었다(17세기에 활약한 프랑스의 위대한 극작가 장 라신은 이 일화에서 영감을 얻어 희곡 『베레니스』를 쓰기도 했다).

예루살렘이 함락되자 마지막까지 저항했던 열심당 유대인들은 몸을 피하기 위해 한 요새로 달아난다. 불모의 땅 바위 절벽 위에 지어진 마사다(히브리어로 〈마사다〉는 요새라는 뜻이다)는 그들에게 천혜의 요새였다.

사막 한가운데였지만 마사다 안에는 샘이 있어 농작물을 기를 수 있고 가축들에게 물도 먹일 수 있었다. 심지어는 사람들이 몸을 담그고 수영도 할 수 있었다. 한마디로 사막의 오아시스였던 셈이다.

로마 점령군을 피해 마사다로 모여든 유대인들의 숫자는 1천 명이 넘었다. 이들은 요새 안에 머문 3년 동안 1만 명이 넘는 로마 군대에 맞서 싸웠다. 저항군을 지휘한 사령관 엘라자르는 야간 기습 공격을 통해 로마군 야영지 여러 곳을 파괴하는 전과를 올리기도 했다.

요새를 포위한 로마군은 저항군의 전의를 꺾고 진입로를 확보할 목적으로 이스라엘인 노예들을 대거 동원해 성벽 꼭대기에 닿는 비탈길을 절벽에 만들기 시작했다. 서기 73년 4월 15일, 마사다는 결국 로마군에 함락당하고 만다.

하지만 성채에 진입한 로마군이 본 것은 열심당 유대인들의 시체뿐이었다. 그들은 항복하느니 차라리 죽음을 택한 것이었다.

로마의 속박에서 벗어나 자유롭게 살길 원했던 많은 유대인들이 이 사건을 기점으로 이스라엘 땅을 떠났다. 대규모 제1차 디아스포라(그리스어 단어 〈디아스포라〉는 흩어짐을 뜻한다)가 일어난 것이다.

이스라엘 땅을 떠난 사람들은 여러 곳으로 흩어져 활발한 공동체를 이루어 살았다. 그들이 정착한 대표적인 곳은 북아프리카의 카르타고와 알렉산드리아, 중동의 다마스, 안티오키아, 바빌론, 현재 튀르키예 땅인 고대 도시 페르가몬과 에페수스, 오늘날 그리스 땅에 속하는 아테네, 델포이, 테살로니키, 이탈리아의 카푸아, 나폴리, 밀라노, 프랑스의 마르세

유와 리옹, 그리고 에스파냐의 톨레도, 코르도바, 카디스 등
이다.

72

페리보트의 앞머리가 물살을 가른다.

그리스와 튀르키예의 정치적 갈등 때문에 라르나카 국제 공항은 물론 섬의 작은 공항들까지 폐쇄됐다. 르네 일행은 이스라엘 하이파항에서 출발하는 배편을 이용해 키프로스로 향한다.

메넬리크는 이들과 동행하지 않는다.

그리스 회사 소유의 대형 왕복선이 서쪽을 향해 항진한다.

지금 나는 9백 년 전 에브라르가 카라카 범선을 타고 지나갔던 뱃길을 따라가고 있어.

르네는 뱃전에 서서 바다를 바라보며 읽을 수도 없는 예언서 때문에 운명이 바뀐 에브라르를 떠올린다.

용감하고 순발력이 뛰어난 청년이야.

문득 살뱅 때와 똑같은 방법으로 소통을 시도한 것은 잘못이라는 생각이 든다.

그는 살뱅과 다른 사람이야. 다른 부모에게서 태어나 다른 환경에서 자랐어. 그만의 상처와 공포가 있다는 걸 고려해야 했어. 에브라르가 앞으로 날 악마 취급할 텐데 어떡하지. 정신 대 정신의 만남을 첫 단추부터 잘못 끼우고 말았어.

갈매기 한 마리가 물고기를 잡으러 쏜살같이 다이빙하는 모습이 보인다.

인간은 자기 자신을 평가하고, 자책하고, 후회하는 데 대부분의 시간을 써. 하지만 저 갈매기는 물고기를 못 잡아도 개의치 않아. 금방 잊어버리고 다음 단계로 나아가지. 동물은 인간처럼 실수와 실패에 발목 잡히지 않아.

바닷바람에 머리가 헝클어진 채 뱃전에 서 있는 멜리사의 모습이 「타이타닉」 속 케이트 윈즐릿을 떠올리게 한다. 르네는 차마 디캐프리오 흉내를 낼 엄두는 내지 못하고 그녀를 물끄러미 바라보기만 한다.

키부츠 방공호에서 그 일이 있고 난 후 왠지 나와 거리를 두려고 애쓰는 모습이야. 그날 밤 내게 보였던 다정한 제스처를 후회하고 있는 걸까.

「난 당신과 아버지가 퇴행 최면 때문에 이 모든 일을 벌이고 있다는 게 지금도 믿기지 않아.」

멜리사가 르네를 쳐다본다.

「우리가 하는 시간 여행의 진실성을 여전히 의심하는 거야?」

「당연하지. 통념에서 한참 벗어나니까. 그걸 받아들이려면 얼마나 많은 〈믿음〉이 필요한지 알기나 해?」

「하지만 부인할 수 없는 증거들이 있잖아. 알아크사 모스크 지하에서 발견한 축소판 솔로몬 성전, 예언서가 보관된 방으로 통하는 아크레 성채의 지하 터널. 이 두 개가 당신 눈에는 순전히 우연으로만 보여?」

「그냥 운이 좋았던 거 아닐까.」

「당신은 안 되니까 질투가 나는 거 아니야?」

멜리사가 르네를 빤히 쳐다본다.

「난 왜 안 될까? 당신은 그 이유가 뭐라고 생각해?」

르네가 표현을 고르느라 애를 쓴다.

「당신은 자신이 모든 걸 통제해야 속이 시원한 사람이야. 합리적으로 설명이 가능한 것이라야 받아들이지. 하지만 이건 달라. 마음을 비워야 가능해. 잠자는 것과 비슷해. 잠이 올까 안 올까 생각하지 말고 마음을 비우고 몸의 긴장을 풀어야 해.」

「그 퇴행 최면의 밑바탕에 깔린 논리가 과학적이라는 확신이 나는 없어.」

「비행기의 원리를 한번 생각해 봐. 그 무거운 쇳덩이가 수백 명의 승객과 그들의 무거운 짐에다 어마어마한 양의 등유까지 싣고도 구름처럼 하늘에 떠 있을 수 있는 건 승객들의 믿음 때문인지도 몰라. 승객 하나가 벌떡 일어나 〈쇠가 어떻게 공기보다 가벼워? 그건 논리에 맞지 않아〉 하고 외치는 순간 비행기는…… 추락할지도 모르지.」

멜리사의 얼굴에 모처럼 만에 미소가 번진다.

「당신은 모든 것을 믿음의 문제로 바라본다는 거야?」

「인간은 과학적으로 검증이 불가능한 것들을 믿음을 통해 존재하게 만들지.」

르네가 자신의 생각을 조금 더 풀어놓는다.

「가령 신 같은 거?」

「그렇지. 그런 거창한 얘기까지 할 것도 없이 우리 일상에도 그런 예가 수두룩해. 가령 자전거 말이야. 자전거는 그걸 타는 아이가 넘어지지 않는다는 믿음이 있어야 굴러갈 수 있어. 관성의 법칙과 속력의 관계에 대한 설명은 아이에게 아무 의미가 없어. 불가능하다는 생각이 드는 순간 아이는 페달을 힘껏 밟지 않아. 그러면 자전거에서 떨어지는 거지.」

바다는 잔잔하고 하늘은 티 하나 없이 깨끗하다. 르네가 진지하게 설명을 이어 간다.

「직립 보행도 마찬가지야. 키 175센티미터의 영장류가 걸을 때 지면과 닿는 부분이라곤 좁은 발바닥 두 개가 전부야. 그런데 어떻게 균형을 잃지 않고 몸을 지탱할 수 있을까? 과학자인 알베르트 비톤도 우리 얘기에 전혀 거부감을 보이지 않는 걸 당신도 봤잖아.」

멜리사가 긴 한숨을 내쉰다.

「나한테 문제가 있다는 건 인정해. 난 뭐든 이해가 돼야 받아들일 수 있어. 그리고 모든 걸 통제하고 싶어 하는 성격인 것도 맞아.」

「우리는 누구나 자신이 가진 한계가 객관적이고 보편적인 것이라고 생각해.」

르네와 멜리사는 행복한 기분에 젖어 말없이 수평선을 바라본다.

그때 알렉상드르가 그들을 발견하고 다가와 나란히 뱃전에 선다.

「내 느낌을 확인하고 싶어서 가스파르 위멜의 전생에 다시 갔다 왔네.」

그가 르네 쪽으로 몸을 튼다.

「자네를 죽인 건 내가…… 다시 말해 그가 아니라고 확실히 말할 수 있어. 가스파르에게 암시해 다른 성전 기사들 중에 용의자가 있는지 찾아보라고 했는데 아무에게서도 혐의점을 발견하지 못했네. 한 사람도 빠짐없이 알리바이가 있더군.」

「그건 그렇고, 독일 기사단에 대해 좀 아시는 거 있어요?」

「아크레에서 창단된 기사단이지. 지난번에 알베르트 비톤이 그들의 성채가 있던 자리를 알려 주던 거 기억날 거야. 독일 기사단은 구호 기사단과 성전 기사단이 만들어진 후에 게르만인 순례자들을 보호할 목적으로 생겼네.」

「그게 몇 년이죠?」

「아마 1190년일걸. 확인해 보세.」

알렉상드르가 스마트폰을 켜 페리의 와이파이에 접속한 다음 화면을 들여다보더니 말한다.

「맞아, 정확해.」

「예루살렘 함락 1백 년 뒤, 그리고 아크레 함락 1백 년 전이군…….」

알렉상드르가 검색한 내용을 이어서 읽어 준다.

「독일 기사단의 창립자이자 초대 단장은 하인리히 발포트였어.」

「1291년에 단장을 맡았던 사람은 누구죠?」

알렉상드르가 스마트폰을 들여다보며 대답한다.

「기사 콘라트 폰 포이히트방겐이군. 13대 단장이야. 그 역시 독일 귀족 출신이었다고 설명이 나와 있어.」

알렉상드르가 그의 얼굴이 새겨진 조각을 찍은 사진을 보여 준다. 검은색 십자가가 박힌 흰 망토를 걸치고 턱수염을 길게 기른 금발의 사내.

르네가 사진을 가리키며 몸을 소스라뜨린다.

「맞아요, 이 사람.」

「이 사람이라니?」

「키프로스로 가는 배에서 날 죽이려고 했던, 예언서를 빼앗아 간 바로 그 사람이에요. 그는 내가 예언서를 가지고 배에 탔다는 걸 알고 있었어요. 우리 성전 기사단 내부에 독일 기사단의 첩자나 배신자가 있었던 게 분명해요. 그렇지 않았다면 내가, 아니 내 전생인 에브라르 앙드리외가 예언서를 가지고 배에 탄 걸 알 리가 없었겠죠.」

알렉상드르가 르네의 어깨에 팔을 얹는다.

「나는 자네 편이라는 걸 믿어 주게. 살뱅의 예언서가 나쁜 놈들 손에 들어가지 않도록 나 또한 최선을 다하겠네.」

여전히 그에게 믿음이 가지 않지만 르네는 고개를 끄덕이고 나서 화제를 돌린다.

「우리가 가는 섬에 대해 좀 아세요?」

「키프로스 말인가?」

알렉상드르가 기다렸다는 듯이 대답한다.

「키프로스섬은 솔로몬왕 시절에 구리 생산지로 유명했어. 〈키프로스〉라는 이름도 그리스어로 〈구리〉를 뜻하는 쿠프로스에서 왔지. 이 섬도 이스라엘 못지않게 외세의 각축장이 됐어. 바빌로니아, 페르시아, 그리스, 로마……. 현대에 들어서는 영국까지 눈독을 들였지. 제2차 세계 대전 직후 나치 강제 수용소에서 살아남은 유대인들이 엑소더스호를 타고 이스라엘 땅으로 향하던 중 영국군에 의해 유럽으로 강제 송환됐는데, 그들 중 일부는 다른 불법 체류자들과 함께 이 섬에 수용됐지. 이 사건은 나중에 미국 배우 폴 뉴먼이 주연한 영화 〈엑소더스〉로 만들어지기도 했어.」

알렉상드르가 학생을 가르치는 교사의 말투로 설명을 이어 간다.

「1960년 마침내 영국에서 독립하지만, 1974년 튀르키예가 섬 북쪽을 침공하지. 섬 전체 인구의 10퍼센트를 차지하

는 소수 무슬림 튀르키예어 사용자를 보호한다는 게 그 〈아
틸라〉 작전의 명분이었어. 튀르키예군이 점령한 곳에 살았
던 기독교인들은 남쪽으로 쫓겨났지. 이때부터 섬 북쪽은 튀
르크키예가, 남쪽은 그리스가 분할 통치하기 시작했어. 수도
인 니코시아 한가운데 장벽이 생겼지.」

「베를린 장벽과 똑같네요?」

멜리사가 신기해한다.

「그렇지. 자본주의와 공산주의 간의 냉전이 아니라 그리
스도교와 이슬람교의 냉전이라는 게 다를 뿐이야.」

알렉상드르가 다시 르네 쪽을 쳐다본다.

「이보게, 1099년 예루살렘 성벽 앞에서 자네를 만난 건 내
게 일대 사건이었네. 내가 가스파르에게 예언서와 연관이 있
는 사람으로 환생하라고 암시했으니 우린 조만간 전생에서
다시 만나게 될 걸세.」

「친구로요, 아니면 적으로요?」

르네가 금테 안경을 콧등으로 내리며 냉소적으로 말한다.

「당연히 친구로 만나야지! 독일 기사단으로 환생하는 건
상상하기도 싫네. 자네 질문의 의도가 그거였다면 말이야.」

「어떻게 됐는지 당장 가서 확인해 볼까요.」

「좋네.」

두 남자는 배에서 유일하게 조용한 곳을 찾아 안으로 들어
간다.

그들은 한 사람이 운신하기도 힘든 비좁은 화장실 안에서
변기 뚜껑을 절반씩 차지하고 등을 맞대고 앉는다. 배가 파
도에 가불거리며 앞으로 나아가는 사이 그들은 각자의 전생
으로 돌아가기 위해 눈을 감는다.

73

1291년 5월 30일 밤.

해안 마을 파마구스타 인근에 있는 독일 기사단 성채 위에 반달이 걸려 있다. 달빛에 비친 요새는 으스스한 분위기를 풍겨 다가가고 싶은 마음이 싹 달아나게 만든다.

하지만 멀리서 성채를 바라보는 에브라르의 마음은 급하기만 하다. 그가 빠른 걸음을 놓는다.

잘 먹고 푹 쉰 덕에 몸에는 힘이 넘친다.

성전 기사단장 티보 고댕은 소규모 병력을 이끌고 독일 기사단 요새를 공격해 예언서를 찾아오려던 마음을 바꿔 야간 특공 작전을 결정했다. 두 기독교 기사단 간의 충돌은 결국 이슬람 세력에게만 득이 될 것이라 판단했기 때문이다.

에브라르는 이번 작전에 올리비에 부샤르와 함께 투입됐다. 올리비에 부샤르는 영국 왕 리처드 1세가 아크레 공략을 위해 떠나면서 섬을 맡긴 성전 기사단 키프로스 사령관 아르노 부샤르의 아들이다.

두 특공대원은 어떠한 희생을 치르더라도 반드시 필사본을 되찾아 오라는 임무를 받고 몇 시간 전 니코시아 성채를 출발했다.

드디어 눈앞에 독일 기사단 요새가 보인다. 첫 번째 성벽을 수월하게 넘었다고 생각하는 순간 어둠 속에서 장애물이 나타난다. 유령 같은 실루엣들이 바닥에서 몸을 일으켜 미끄러지듯 다가온다.

「우리를 불쌍히 여겨 버리지 말아 주세요!」

떨리는 음성이 들려온다.

「제발 부탁이에요. 우릴 좀 도와주세요.!」

놀란 눈을 한 얼굴들이 희미한 달빛 속에서 두 성전 기사를 뚫어져라 쳐다보고 있다.

「한센인들이야! 우리가 들어와 있는 곳이 요새에 딸린 한센인 수용소인 모양이야.」

올리비에가 에브라르에게 작은 목소리로 말한다.

흐느적거리는 수십 개의 실루엣이 그들을 향해 손을 뻗는다.

「에브라르, 절대 저들과 몸이 닿으면 안 돼.」

올리비에가 경고한다.

두 기사는 한센인들 사이를 요리조리 빠져나가기 시작한다. 앞에서 갑자기 손이 뻗어져 나와 급히 뒷걸음질 치던 에브라르가 몸의 중심을 잃고 기우뚱한다. 그는 올리비에라 생각하고 옆 사람의 팔을 붙든다. 그런데 그 팔이 쑥 뽑혀 나온다. 팔이 자신의 손에 들려 있는 걸 보고 에브라르가 기겁하며 달아난다. 상대방의 얼굴에서는 고통스러운 표정이 전혀 읽히지 않는다.

추격자들이 금세 수백 명으로 늘어난다. 그들은 공격할 의도가 있는 게 아니다. 간절히 도움을 요청하고 있을 뿐이다. 올리비에가 그들과 부딪혀 바닥에 넘어지면서 횃불을 손에서 놓친다. 무수한 손들이 순식간에 그를 에워싸 뒤덮어 버린다.

「어서 가, 에브라르, 도망쳐.」

「너는?」

「난 가망이 없으니까 포기해.」

어느 순간부터 더 이상 그의 목소리가 들리지 않는다.

에브라르는 검을 손에 쥔 채 달빛에 의지해 성채로 다가간다. 첫 번째 성벽보다 훨씬 높은 두 번째 성벽을 준비해 온 쇠갈고리로 찍으면서 올라가기 시작한다.

성루에 올라서는 순간 발소리가 들려 재빨리 몸을 숨긴다. 그는 발소리가 지나가길 기다렸다 가까이 보이는 문을 통해 요새 안으로 들어간다. 계단이 나온다. 여기 와본 적이 있는 올리비에가 내부 구조를 자세히 설명해 줬는데, 막상 와보니 어디가 어딘지 분간이 되지 않는다. 벽에 걸려 있는 검은색 십자가가 찍힌 방패들이 공포감을 자아낸다.

한 복도에 이르자 안에서 비명 소리가 터져 나온다. 그리스 농민들이 내는 소리가 분명하다. 파마구스타의 독일 기사단은 반란을 일으킨 농민들을 잡아들여 감금해 놓고 축성 공사에 동원한다고 올리비에가 말해 준 적이 있다. 에브라르가 문 아래 통풍구를 통해 안을 들여다본다. 어둡고 휑한 감방에서 쇠사슬에 몸이 묶여 있는 포로들의 모습이 보이자 가슴이 아파 온다.

그는 마음을 다잡고 다시 발걸음을 옮긴다. 속히 예언서 필사본을 찾아서 밖으로 나가야 하는데 비슷비슷한 복도들이 계속 나타나 길을 잃었다는 느낌마저 든다.

별안간 옆에서 문이 하나 열리며 손 두 개가 나타나더니 그의 어깨를 잡아 안으로 끌어당긴다. 에브라르는 순식간에 어떤 방 안에 들어가 있다.

「쉿!」

뒤에서 그를 잡고 있는 사람이 손으로 입을 틀어막는다.

에브라르가 재빨리 몸을 빼 뒤돌아서며 검을 뽑아 든다. 키가 크고 몸이 호리호리한 여성이 앞에 서 있다. 새파란 눈동자가 박힌 동그란 얼굴과 얼굴을 감싼 긴 금발 머리가 눈에 들어온다.

「메신저 비둘기를 통해 당신이 온다는 연락을 받았어요. 내가 도와줄게요. 내 도움 없인 어려울 거예요.」

에브라르는 일단 그녀를 믿어 보기로 한다.

그녀가 방 뒤쪽에 있는 문을 손으로 가리키고 나서 앞장서 걷는다. 문은 또 다른 복도로 통한다.

「당신은 필사본이 어디 있는지 알아요?」

에브라르가 뒤따라가며 묻는다.

「여기선 요즘 그 얘기뿐이에요. 미래를 예언하는 책이라던데, 맞아요?」

「당신은 누구예요?」

「내 이름은 클로틸데, 콘라트 폰 포이히트방겐이 내 남편이에요.」

「그 필사본을 훔쳐 간 사람이 바로 당신 남편이에요.」

「나도 알아요. 당신이 누군지도 난 알아요. 당신 이름은 에브라르 앙드리외죠.」

그들은 끝없이 이어지는 복도를 따라 걸으며 작은 목소리로 대화를 나눈다.

「지금 동료들을 배신하고 있는 거 아니에요?」

「그렇게 간단히 말할 수 있는 상황은 아니에요. 성전 기사단이 나한테 연락을 한 건 내가 당신들 단장과 아주 가까운 사이…… 내 말은, 친한 친구 사이이기 때문이에요.」

「티보 고맹 단장이 당신 친구라고요?」

에브라르가 눈을 동그랗게 뜬다.

「목소리 낮춰요. 임무를 완수하려면 신중하게 행동해야 해요.」

그녀가 야단치듯 주의를 준다.

여러 개의 방을 지나 나선형 계단을 내려가자 육중한 문이 나타난다. 클로틸데가 옷소매 안에서 열쇠를 꺼내더니 문을 연다. 방으로 들어서자 다종다양한 무기와 갑옷, 검과 도끼, 창이 보인다. 일렬로 세워져 있는 방패들에는 하나같이 검은색 십자가 무늬가 찍혀 있다.

클로틸데가 큼지막한 맹꽁이자물쇠가 달린 궤짝 하나를 가리킨다.

「저거예요.」

그녀가 작은 열쇠를 또 하나 꺼내더니 궤짝을 열고 뚜껑을 들어 올린다. 가죽 표지 위에 망치로 두들겨 꿀벌 문양을 새긴 예언서 필사본이 그 안에 들어 있다.

등 뒤에서 삐걱하는 소리가 들려 그들이 일제히 문 쪽으로 고개를 돌린다.

콘라트 폰 포이히트방겐!

「클로틸데!」

독일 기사가 눈을 부릅뜨고 소리를 지른다.

「너, 너도 누군지 알겠구나. 배에서 만났던 그 애송이 성전 기사 아니냐.」

그가 눈 깜짝할 사이에 장검을 꺼내 휘두르기 시작한다. 에브라르도 짧은 검을 쥔 손에 힘을 준다. 검투는 당연히 거

구에 장신인 콘라트 폰 포이히트방겐에게 유리하다. 하지만
에브라르는 무서운 집중력과 에너지를 보여 주며 민첩한 동
작으로 상대의 검 끝을 피한다. 그는 기습적으로 날아오는
칼날을 피해 뒷걸음질 치다 바닥에 넘어지면서 결국 검을 손
에서 놓친다. 속수무책이다. 이제 내리꽂힐 검에 머리가 두
동강 날 일만 남았다. 그런데 갑자기 검이 공중에서 멈춰 떠
있는 듯한 느낌이 드는 순간, 콘라트 폰 포이히트방겐의 동
공이 커지고 입이 헤벌어진다.

클로틸데가 항아리를 집어 남편의 머리를 내리친 것이다.
쨍그랑 소리를 내며 콘라트의 검이 바닥으로 떨어진다. 독일
기사의 몸이 서서히 앞으로 기울더니 관절이 풀린 꼭두각시
인형처럼 쓰러진다. 클로틸데가 에브라르에게 서두르자는
손짓을 하고 나서 나선형 계단을 앞장서 올라가기 시작한다.
탑 꼭대기에 이르러 한 방으로 들어가자 안에 비둘기가 가득
하다. 클로틸데가 한 마리를 조심스럽게 잡아 가방에 넣은
다음 어깨에 멘다. 그들은 계단을 되돌아 내려가 터널을 지
난 다음 해안으로 나간다. 내포에 작은 돛배 한 척이 묶여 있
다. 비상 나팔 소리가 해안가까지 들려온다. 클로틸데가 얼
른 배로 뛰어올라 밧줄을 풀자 에브라르가 어깨가 부서져라
노를 젓기 시작한다. 가까이서 고함 소리가 들리더니 화살이
날아오기 시작한다. 클로틸데가 돛을 높이 올린다.

배는 마침내 화살의 사정권에서 벗어나 물살을 가로지르
며 앞으로 나아간다.

클로틸데가 키를 잡고 있다.

「어디로 가는 거죠?」

그녀는 아무 말 없이 간간이 부두 쪽에 눈길을 주면서 돛

폭이 팽팽히 부풀어 올랐는지 확인할 뿐이다. 잠시 후 그녀의 시선이 편안하게 수평선으로 향한다.

하늘에 뜬 반달이 그녀의 얼굴 위로 뽀유스름한 빛을 비추고 있다. 해안은 시야에서 사라져 보이지 않는다.

「올리비에는 같이 안 왔어요?」

「아, 그게…… 늦어지는 일이 생기는 바람에.」

에브라르가 대답을 머뭇거린다.

「사실은 한센인들한테 잡혔어요.」

「미리 주의를 줄 걸 잘못했네. 알다시피 독일 기사단은 구호적 성격을 표방하며 출발했어요. 성채 옆에 나란히 한센인 수용소를 지은 건 나름대로 양심에 떳떳하기 위한 방편이었죠. 당연히 불청객의 접근을 막으려는 속셈도 있었을 테고.」

「그렇게 말하는 당신은…… 독일 기사단 소속 아닌가요?」

에브라르가 궁금증을 참지 못하고 묻는다.

「독일 기사단 소속 기사였던 우리 아버지가 나를 열세 살에 콘라트 폰 포이히트방겐과 정혼시켰어요. 물론 내 의사는 묻지도 않았죠. 그래 놓고는 게르만 성지 순례자들을 공격한 튀르크족과 싸우다 돌아가셨죠.」

그녀가 키에서 손을 떼지 않은 채 별을 올려다본다.

「내가 안전한 곳을 알아요. 바로 니코시아에 있는 성전 기사단 저택이죠. 독일 기사단이 감히 거기까지 쫓아오진 못할 거예요.」

클로틸데가 별자리를 보면서 방향을 가늠하고 나서 항로를 변경한다. 야간 항해에 익숙한 듯한 그녀를 에브라르가 경외심 가득한 눈으로 바라본다.

그녀가 필사본을 가리키며 묻는다.

「읽어 봤어요?」

「난 글을 읽을 줄 몰라요.」

에브라르가 살짝 얼굴을 붉힌다.

「뭐라고? 성전 기사가 글을 읽을 줄 몰라?」

그녀가 갑자기 반말을 쓰면서 눈을 동그랗게 뜬다.

「난 아크레에서 태어났어요. 어렸을 때 부모가 성채 앞에 버리고 간 걸 성전 기사들이 거둬 자식처럼 길렀대요. 몸을 쓰고 무기만 다룰 줄 알지 정신을 고양할 기회는 없었죠. 그래도 주방 보조로 오래 일한 덕에 요리 실력은 이제 웬만해요. 언젠가 기회가 되면 당신한테, 아니…… 너한테 내 비장의 메뉴를 선보일게. 하루 종일 불 앞에만 서 있다 보니 배움은 부족했어……. 주방장이 나한테 그럴 시간을 주지도 않았고.」

「네가 성전 기사인 건 맞지, 그렇지?」

「그건 맞아. 사실은 얼마 안 됐어. 아크레에서 포탄이 날아다니는 난리 통에 기사단장께서 이 임무를 수행하라고 나한테 입단 서약의 특권을 주셨지.」

클로틸데는 적잖이 놀라는 눈치다.

「그러니까 필사본을 가지고 있으면서도 읽지를 못했다는 거네…….」

「아마 그래서 기욤 드 보죄 단장께서 날 선택하셨을 거야. 아무나 이 필사본을 읽어선 안 되니까.」

「난 글을 읽을 수 있어. 갑자기 그 예언서에 쓰인 미래가 무척 궁금해지네.」

「지금 우리 미래는 빨리 안전한 곳으로 항해해 가는 네 능력에 달렸어.」

클로틸데가 대답 대신 빙그레 웃는다. 그녀가 에브라르에게 잠시 키를 맡아 달라고 하더니 가방에서 종이와 펜, 잉크를 꺼내 뭔가 쓰기 시작한다. 그러고 나서는 메모를 통에 넣어 비둘기 다리에 묶는다. 그녀가 격려하듯이 비둘기 머리를 한 번 쓰다듬어 주고는 하늘로 날려 보낸다.

「종이에 뭐라고 썼어?」

「우리가 곧 도착할 거라고. 네 형제 기사들이 마중을 나올 거야.」

배에 속도가 붙기 시작한다.

「네가 우릴 도와주는 이유가 뭐야?」

에브라르와 클로틸데가 나란히 서서 수평선을 응시하고 있다.

「내 윤리 규범이 독일 기사단보다는 성전 기사단에 더 가깝기 때문이야. 난 아버지나 남편의 신념이 아니라 내 신념에 따라 행동하는 자유로운 여성이야.」

「지금 네가 하는 행동이 엄청난 화를 불러올 거야…….」

「알고 있어. 그런데 내가 너를 돕는 데는 다른 이유가 하나 더 있어. 내 꿈에 가끔 나타나는 수호천사께서 널 도와주라고 하셨어. 희생이 따르더라도 반드시 도와주라고.」

「방금 수호천사라고 했어? 그거참 신기한 우연의 일치네……. 난 요즘 머릿속에 악마가 나타나 수호천사 행세를 하는 바람에 머리가 깨질 듯이 아프거든.」

아니야, 난 악마가 아니라니까. 난 너의…… 미래야. 네 편이고 네 동지란 말이야.

「악!」

에브라르가 고통스러운 듯 두 손으로 머리를 감싼다.

「이거 봐, 또 시작이라니까!」

그가 머리를 흔들어 댄다.

「무슨 일이야?」

「그 악마가 이따금 이렇게 내 머릿속에 나타나! 누가 내 몸에 들어온 것 같은 끔찍한 느낌이 들어! 게다가 말까지 해!」

「뭐라고 하는데?」

「방금 〈난 네 편이고 네 동지야〉라고 했어.」

「보통 일이 아닌 것 같으니 빨리 구마사를 만나 보는 게 좋겠어. 니코시아의 성전 기사단에 유능한 분이 한 분 계신다고 들었어.」

몇 시간 뒤 배가 섬의 남쪽 해변에 도착한다. 성전 기사 한 명이 말 세 마리를 나무 밑에 묶어 놓고 해변에서 그들을 기다리고 있다.

「올리비에는 어디 있소?」

기사가 주변을 한번 둘러본다.

「저기…….」

한센인들에게 붙잡혀 질식했어요.

「……싸우다 그만 상대의 검에 찔렸어요.」

클로틸데가 얼른 둘러댄다.

「필사본은 가지고 왔소?」

그녀가 메고 있던 가죽 가방을 열어 보여 준다.

「수고했소! 자, 어서 갑시다.」

일행이 니코시아의 성전 기사단 거점에 도착하고 나서야 새벽 동이 희뿌옇게 터 오기 시작한다. 2년 전에 완공된 아야 소피아가 웅장한 위용을 자랑하며 그들을 맞는다. 성당 옆에 바로 성전 기사단의 저택이 있다.

자고 있던 티보 고댕이 일어나 밖으로 나온다. 그가 클로틸데를 보자마자 반갑게 포옹하는 걸 보고 에브라르는 클로틸데의 말대로 두 사람이 무척 가까운 사이라고 생각한다.

「이제 다 해결됐으니 조용히 예언서를 읽어 볼 시간이네요.」

클로틸데가 우쭐해서 말한다.

「나도 들을 수 있게 큰 소리로 읽어.」

에브라르가 한술 더 뜬다.

「나도 내가 목숨을 걸고 지킨 게 뭔지 알고 싶으니까.」

티보 고댕이 완강히 고개를 젓는다.

「일단 이 보물을 안전한 장소로 옮기는 게 최우선이야. 두 사람은 날 따라와. 그리고 거기 자네, 자네도 같이 가세.」

그가 옆에 서 있는 경비병을 향해 말한다.

티보 고댕이 저택 지하로 내려가더니 포도주 통이 가득한 방으로 들어간다. 통 하나를 옆으로 밀자 바닥에 덮개 문이 보인다. 그가 뚜껑을 들어 올리더니 비밀 장소에 필사본을 넣는다.

「독일 기사단이 이걸 찾아내진 못할 거야.」

그가 경비병에게 지시한다.

「여긴 아무도 출입시켜선 안 되네. 지금부터 이 문 앞에서 24시간 보초를 서게. 힘들면 다른 경비병과 교대하도록 해.」

「언제쯤 예언서를 읽어 볼 수 있어요?」

클로틸데가 재촉하듯 묻는다.

「일단 두 사람은 푹 쉬도록 해.」

기사단장이 대답한다.

「단장님, 우린 정말로 그 예언서 내용이 궁금합니다.」

에브라르가 졸라 댄다.

티보 고댕이 난처해하며 고개를 가로젓는다.

「이 예언서가 사실이라면 최소한의 사람만 읽는 게 좋을 거야.」

「뭘 걱정하는 거죠?」

클로틸데가 묻는다.

「예언이 실현되지 않을까 봐.」

클로틸데와 에브라르는 단장의 알쏭달쏭한 답변을 수긍하지 못하는 눈치다.

「단장님, 저희 둘은 이 예언서를 지키기 위해 엄청난 위험을 감수했습니다. 당연히 그 내용을 알 권리가 있다고 생각해요!」

젊은 성전 기사가 고집을 부린다.

티보 고댕이 턱수염을 매만지면서 두 사람을 쳐다본다.

「자네들은 이 예언서가 일으킬 파장을 알지 못해. 이렇게 한번 생각해 봐. 만약 자네들이 죽는 날짜를 미리 안다면 어떨까. 이판사판이라 생각하고 무모한 짓도 서슴지 않을 거야. 자네들이 열심히 준비하고 있는 일이 실패한다는 걸 미리 알면 어떨까. 아는 순간 포기해 버리고 말겠지. 정반대로 성공한다는 걸 미리 알면 어떨까. 당연히 노력을 게을리하겠지. 미래를 아는 게 독이 될 수도 있다는 말을 나는 지금 하는 거네.」

에브라르와 클로틸데는 예언의 역설을 이해하려고 애를 쓴다.

「미래를 아는 게 반드시 좋은 것만은 아니야. 우리를 앞으로 나아가게 하는 건 오히려 무지와 호기심, 신비의 힘이지.

만약 모든 것이 이미 쓰여 있다면…… 우린 행동의 동력을 잃게 될 거야.」

실망이 이만저만이 아니지만 에브라르는 마땅히 반박할 근거를 찾지 못한다.

「기욤 드 보죄 단장께서는 자네한테 예언서를 안전하게 지키라고 했지 그걸 읽으라고 하시진 않았네.」

티보 고댕이 쐐기를 박는다.

「그럼 나는 읽어도 되는 거죠?」

클로틸데가 도발적으로 묻는다.

「이 예언서는 그 내용을 이해할 수 있고 예언이 지닌 막강한 힘을 남용하지 않을 사람만 읽어야 해. 갈수록 미래의 일을 너무 앞서 알아선 안 된다는 확신이 드네. 차라리 예언서가 없는 것만 못할 수도 있어. 미래를 아는 게 우리한테 부메랑처럼 돌아올 수도 있는 위험한 일이라는 뜻이야.」

「그럼 앞으로 누가 이 예언서를 읽게 돼요?」

「나와 내 뒤를 이을 성전 기사단 단장들. 우린 그걸 읽을 준비가 된 사람들이니까. 예언을 단 한 마디도 발설하지 않을 수 있을 만큼 대범하고 강한 사람들이니까. 사사로운 이해관계와 개인적인 감정에 휘둘리지 않고 오로지 인류의 대의를 위해 희생할 각오가 된 사람들이니까.」

기사단장이 경비병 하나를 더 부른다.

「이 젊은 친구들을 2층으로 안내해 주게.」

에브라르와 클로틸데는 각자의 방으로 들어간다. 작은 욕조가 하나 있고 두툼한 매트리스가 깔린 침대가 놓여 있는 안락한 방이다. 테이블 위에 음식과 포도주, 시원한 물이 담긴 항아리가 올라와 있다.

에브라르는 허기진 배를 채우고 나자 나른해지며 졸음이 몰려오는 걸 느낀다. 그는 금세 잠에 곯아떨어진다.

누가 흔들어 깨워 일어나 보니 그의 앞에 사제 한 명이 서 있다.

「급히 구마사를 찾는다고 해서 왔네. 자네 머리에 마귀가 들어왔다고?」

잠이 덜 깬 에브라르가 눈을 비빈다.

「제 머릿속에서 어떤 목소리가 크고 또렷하게 울려요. 기도를 해도 그때뿐이지 시간이 지나면 다시 들려요.」

젠장! 나한테 이렇게까지 하다니.

에브라르에게 깃든 르네가 생각한다.

사제가 가방에서 주섬주섬 십자가와 약병들을 꺼낸다.

「일단 그 마귀의 이름이 뭔지, 어떤 사탄 교파에 속하는지부터 알아내야 하네. 그게 가장 중요해. 상대의 정체를 정확해 파악해야 물리칠 방법을 찾아낼 수 있지.」

구마사가 비장한 표정을 짓는다.

「자기 이름이 르네라고 했어요.」

그냥 르네가 아니고 〈성 르네〉. 난 〈성 르네〉야.

「앗, 목소리가 또 들려와요! 마귀가 나타났어요!」

난 네 수호천사라니까.

「여전히 천사 행세를 해요!」

「악이 육화하면 얼마든지 그럴 수 있네. 그 악마가 온갖 재주를 부릴 줄 아는 모양이군. 천사 행세까지 하는 걸 보면 보통 타락한 놈이 아니야.」

아니라니까, 난 진짜로 너의 수호천사야.

「계속 자기가 천사라고 우겨요.」

149

에브라르가 신음하듯 말한다.

「악마 르네는 내 말을 똑똑히 들거라.」

사제가 에브라르를 쳐다보면서 소리친다.

「당장 이 몸에서 나오지 못할까!」

그렇겐 못 하지. 에브라르는 예언서와 나를 이어 주는 유일한 매개인데 내가 어떻게 나가겠어. 절대 그렇겐 못 해.

「너는 어떤 이단에 속하는 악마냐? 네 정체를 밝혀라.」

사제가 고래고래 소리를 지른다.

이 답답한 양반한테 내가 너의 미래에서 왔다고 말해.

「저의…… 〈미래〉에서 왔다는데요.」

에브라르가 머릿속에서 들리는 목소리를 그대로 사제에게 전한다.

「이 악마는 악질 중에서도 악질인 게 분명하네.」

사제가 전문가인 양 판단을 내린다.

「내 생각엔 바알세불 아니면 바포메트야. 아무래도 두 번째일 가능성이 조금 더 높네. 바포메트는 주로 성전 기사들을 공격하는 마귀거든.」

살다 살다 이런 궤변에 모욕은 처음이네. 날 바포메트 취급을 해? 나처럼 선한 영혼을?

구마사가 무릎을 꿇고 앉아 손을 모으고 기도를 시작한다. 성호를 긋고 자리에서 일어나더니 한 손을 에브라르의 이마에 얹는다.

「마귀 바포메트는 당장 여길 떠나거라!」

사제가 에브라르의 머리에 성수를 뿌린 뒤 이마에 십자가를 갖다 댄다.

난 바포메트가 아니래도 그러네. 내 이름은 르네야. 난 성 르네라고!

「정체를 밝히지 않고 계속 자기가 〈르네〉라고만 우기는데요.」

「네가 누구든 불순한 영혼은 당장 이 몸을 떠나거라. 내 앞에 있는 하느님의 종을 포위해 공격하는 너와 네 지옥의 무리들에게 경고하노니, 지체 없이 이 몸에서 나가거라.」

이 정도로 포기할 내가 아니지.

「전지전능하신 하느님, 제 기도를 들어주시고 에브라르를 구해 주소서. 바포메트든 바알세불이든 르네든 악마의 충복이 에브라르 형제의 몸을 떠나게 해주소서!」

내 말 잘 들어, 에브라르. 난 우리 둘이서만 얘기하고 싶으니 당장 이 어릿광대를 방에서 내보내 줄래?

「다시 목소리가 들려요!」

에브라르가 공포에 질려 사지를 벌벌 떤다.

「악마의 목소리가 화가 잔뜩 나 있어요! 저와 둘이서만 얘기해야 한대요.」

「절대 그놈과 소통해선 안 되네, 형제. 내가 전구 기도로 자네를 지켜 주겠네.」

사제가 다시 십자가를 에브라르의 이마에 갖다 댄다.

「마귀는 당장 이 몸을 떠나거라!」

쯧, 아무래도 오늘 밤에 에브라르를 설득하는 건 힘들겠어. 할 수 없지, 오늘은 포기하자. 한마디만 더 하고 그가 잠들 수 있게 물러나 주자.

으흠…… 에브라르, 내 말 들리나? 나야, 수호천사 성 르네. 생각해 봤는데, 네가 편안히 쉴 수 있게 난 이만 가줄게.

「기적이 일어났어요!」

청년이 소리친다.

「신부님의 구마 의식이 통했어요. 마귀가 저한테 그만 가보겠다고 하는 걸 보니 신부님 기도에 설득된 모양이에요.」

「할렐루야!」

사제가 손을 머리 위로 들어 올리면서 소리를 지른다.

「우리가 악을 물리쳤네.」

사제와 에브라르가 함께 무릎을 꿇고 앉아 기도를 올린다. 구마사는 여러 번 성호를 긋고 십자고상에 입을 맞추고 나서 사탄의 하수인과 싸워 이겼다는 생각에 흐뭇한 미소를 지으며 돌아간다.

「마귀가 나한테 된통 걸려 혼쭐이 났으니 다시는 자네를 찾아와 괴롭히지 않을 걸세.」

사제가 문턱에 서서 큰소리를 친다.

에브라르는 안도하는 마음으로 침대에 돌아가 눕는다. 그는 푹신한 침대에서 이내 깊은 잠에 빠진다.

74 므네모스: 시몬 바르 코크바의 반란

서기 132년, 로마 황제 하드리아누스는 유대 땅을 여행하고 나서 옛 솔로몬 성전 터에 유피테르 신전을 건축하라고 명령한다. 그렇지 않아도 긴장감이 팽팽했던 유대 땅에서 황제의 결정은 물잔을 넘치게 한 한 방울의 물이 되었다.

이에 시몬 바르 코크바라는 유대인 지도자가 해방 운동을 조직해 로마 점령군을 상대로 두 번째 반란을 일으켰다. 서기 70년에 일어난 제1차 유대 전쟁에 이어 제2차 유대 전쟁이 시작되는 순간이었다.

시몬 바르 코크바는 군대를 꾸려 로마군을 상대로 전쟁에 돌입했다. 뛰어난 전략가였던 그는 기동력과 공격성을 갖춘 유대 해방군을 지휘해 두 개의 로마 군단을 섬멸했다.

바르 코크바는 예루살렘을 해방하고 로마가 점령했던 유대 땅을 모두 수복했다. 그는 유대 독립 국가의 수립을 선포한 뒤 군대를 창설했다. 또한 독자적인 화폐를 만들고 제1차 유대 전쟁 시 파괴된 솔로몬 성전의 재건을 지시했다.

하지만 하드리아누스 황제가 직접 군대를 이끌고 반란군을 진압하기 위해 유대 땅에 당도했다. 이번에는 두 개 군단이 아닌 여덟 개 군단으로 이루어진 대군이었다. 로마군은 초토화 작전을 펼치면서 민간인들을 몰살했다.

로마군의 보복은 잔인한 방식으로 오랫동안 계속되었다.

로마인 역사학자 카시우스 디오에 따르면, 이 전쟁이 지속된 3년간 로마군 수만 명이 목숨을 잃었다. 하지만 로마군은 유대인 58만 명을 죽였고, 요새화된 도시 50개와 985개 마을을 파괴했다고 그는 기록하고 있다.

시몬 바르 코크바는 서기 70년 제1차 유대 전쟁 때 혁명군이 마사다에 은신했던 것처럼 군대를 이끌고 베타르 요새로 이동해 항거를 이어 가지만, 서기 135년에 결국 로마군에 투항한다.

유대인들의 끈질긴 저항은 하드리아누스 황제의 분노를 불러일으켰다. 그는 유대 왕국을 〈필리스틴〉에서 파생한 팔레스타인이라는 이름으로 부르게 했다. 예루살렘의 이름도 아일리아 카피톨리나로 바꾸게 했다.

이스라엘 땅에서의 삶이 녹록지 않자 많은 유대인들이 망명을 택한다. 그들은 서기 70년 제1차 유대 전쟁 이후 지중해 연안에 만들어진 유대인 공동체들에 합류하거나 새로운 땅에 정착했다. 망명길에 오른 유대인들은 남쪽으로는 에티오피아, 북쪽으로는 튀르키예와 루마니아, 헝가리, 심지어는 슬라브족 땅에까지 공동체를 만들었다. 서쪽으로는 프랑스와 게르마니아, 잉글랜드, 스코틀랜드, 그리고 동쪽으로는 인도의 코친과 뭄바이, 중국의 카이펑에도 유대인 공동체가 형성됐다.

제2차 유대 전쟁이 실패로 끝나자 첫 번째보다 훨씬 큰 대규모의 디아스포라가 다시 한번 일어나게 된 것이다.

75

풍랑이 일어 배가 심하게 옆질을 한다. 승객들의 몸이 이리저리 쏠린다. 변기 뚜껑에 나눠 앉아 있던 알렉상드르와 르네도 순간 몸의 중심을 잃고 바닥으로 떨어지며 뒤엉켜 나뒹군다.

그들이 명상을 중단하고 함께 밖으로 나가자 사람들이 이상한 시선으로 그들을 쳐다본다. 르네와 알렉상드르는 태연하게 바bar로 걸어간다.

전생이 나를 악마 취급하고 있어. 전생하고는 무조건 소통이 잘 되리라고 믿었는데 그게 아니었어. 내가 착각했던 거야.

생각이 꼬리에 꼬리를 물고 이어진다.

이렇게 되고 보니 확신이 없어져. 과거의 나를 만나면 왠지 마음에 차지 않을 것 같아. 5년 전의 나를 만나면 짜증부터 날 것 같아. 청소년 시절의 풋내 나는 나를 만나면 헛바람만 잔뜩 든 멍청이라는 생각이 들 것 같아.

마치 과거의 자신들과 결별하려는 듯 르네가 몸을 푸수수 턴다.

그는 서로 다른 나이의 르네 톨레다노들이 한자리에 모여 있는 모습을 상상한다. 친구가 되고 싶은 사람이 단 한 명도 없다. 아무도 마음에 들지 않는다.

마음에 안 들기는 예순세 살의 르네 톨레다노도 마찬가지야. 우울증에 알코올 의존증까지 있고 청결 감각도 상실했지. 게다가 맥주와 단맛에 중독된 비만 초기 단계고. 한마디로 인생 낙오자야.

그런 자신을 머리에 떠올리는 순간 르네는 씁쓸한 기분이 된다.

명상에서 깬 뒤로 한동안 얼떨떨해 있던 알렉상드르가 갑자기 씩 웃으며 자랑하듯 르네에게 말한다.

「클로틸데가 바로 나야.」

남자일 때보다 여자일 때가 더 낫네요.

르네가 속으로 생각하면서 미소를 지어 화답한다.

「자네 좀 이상해 보이는데, 무슨 일 있나? 혹시 아직도 나에 대한 의심을 떨치지 못한 거 아니야?」

그냥 속 시원히 말해 버리는 게 낫겠어.

「전생이 저를 마귀 취급하면서 구마 의식을 했어요. 나는 그가 행복하기만을 바라는데 그는 나를 이렇게 배척하니 기분이 이상해요.」

「중세 시대에는 마귀니 악마니 사탄이니 하는 것들이 횡행했다는 걸 자네도 잘 알잖아.」

「물론 알죠. 그런데 사람들과 부대끼다 보니 그때가 몽매한 시대였다는 걸 깜빡하고 있었나 봐요. 게다가 살뱅과는 아무 문제가 없었으니까. 살뱅한테 통했으니 이번에도 천사로 등장하면 소통이 원활할 줄 알았죠.」

르네가 작은 한숨을 내쉬고 나서 말끝을 댄다.

「그건 그렇고, 왠지 저도 클로틸데가 선생님일 것 같았어요. 이제는 여자의 모습을 하셔도 선생님 영혼을 알아볼 수 있을 것 같아요.」

스탠드 앞에서 그들과 나란히 앉아 술을 마시던 한 남자의 귀에 이 대화가 들렸는지, 그가 이상한 눈으로 그들을 빤히 쳐다본다.

「이제 자네도 알았을 거야. 내가 남편을 배신해 가면서까지 위험을 감수한 덕에 자네가 예언서를 되찾을 수 있었어.」

「그건 그렇지만…….」

「내가 자네의 적이 아니라는 증거야. 내가 예언서를 훔치지도 자네를 죽이지도 않았다는 말이야. 이 정도면 내가 이 일에 얼마나 진심인지 자네가 알아줘야 하는 거 아닌가.」

르네가 바텐더를 손짓으로 불러 포도주 두 잔을 주문한다. 르네와 알렉상드르가 건배한다.

「고마워요, 클로틸데…….」

「아닐세, 에브라르…….」

추억에 사로잡혀 있는 그들을 향해 멜리사가 걸어온다.

「두 분 어디 계셨어요? 걱정했잖아요.」

「화장실 안에 있었어.」

르네가 대답한다.

「같이?」

「함께 명상을 했어.」

이번에는 알렉상드르가 대답한다.

「그렇게나 오래요?」

「우리 둘 다 과거에서 이것저것 처리할 일이 많았어.」

르네가 알렉상드르를 향해 눈을 찡긋해 보인다.

멜리사까지 합석해 한참 재밌게 대화를 나누는데 스피커에서 라르나카 항구에 도착했음을 알리는 안내 방송이 흘러나온다.

르네 일행은 짐을 챙긴 다음 줄을 서서 하선한다. 그들은 그리스 세관을 통과하고 나서 자동차를 빌려 니코시아로 향한다.

「그래, 예언서는 다시 찾았어?」

멜리사가 궁금해하며 르네에게 묻는다.

「응, 당신 아버지 덕분에.」

「어디 있는지도 이제 알아. 니코시아에 있는 성전 기사단 저택 지하에 있어.」

「혹시…… 우리 미래에 대한 예언은 읽어 봤어?」

「제3차 세계 대전이 끝난 후 2101년까지 벌어질 일을 예언한 마지막 장의 내용은 아직 몰라.」

르네가 안타까워하는 표정을 짓는다.

몇 시간을 달려 그들은 키프로스의 수도인 니코시아에 도착한다.

「드디어 유럽의 마지막 분단 도시에 도착했군.」

알렉상드르가 살짝 들뜬 목소리로 말한다.

「관광 안내 책자들에는 이 도시가 〈지중해의 베를린〉이라고 소개돼 있지.」

일행은 철조망을 둘러친 벽을 따라 걷는다.

「이스라엘에서도 봤지만 여기 또한 〈노 맨스 랜드〉야. 유엔 평화 유지군 통제하에 있는 완충 지대지.」

르네는 오래된 석조 주택들을 바라보면서 묘한 감회를 느낀다.

알렉상드르와 내 전생이 있던 곳에 지금 우리가 다시 와 있어.

르네 일행은 도시 남쪽 그리스 지역에 있는 한 호텔에 여장을 푼다. 뾰족한 종루와 십자가가 솟아 있는 교회 건물들이 곳곳에 보인다.

성전 기사단 저택은 튀르키예 관할인 도시 북쪽에 위치해 있다. 그들은 다시 렌터카에 올라 국경 세관을 통과한다. 니코시아 북쪽 또한 교당들이 수두룩하다. 건물 꼭대기에 십자가가 아니라 초승달 장식이 걸려 있는 게 차이일 뿐이다.

「튀르키예 정부는 도시 북쪽을 이슬람화해 자신들의 존재를 정당화하려고 애쓰고 있어. 역사는 반복된다고 할까. 십자군 전쟁은 아직 끝나지 않았어. 다른 모습으로 현재에도 여전히 진행 중이야.」

알렉상드르의 표정이 어둡게 변한다.

도시 곳곳에 아크레에서 쫓겨 온 십자군 기사들의 흔적을 간직한 건물들의 잔해가 보인다. 멜리사가 스마트폰으로 구호 기사단과 성전 기사단, 독일 기사단의 거점들뿐 아니라 제노바인, 베네치아인, 아르메니아인 거주지들의 위치도 알아내 두 일행에게 알려 준다.

모두가 이 섬으로 도망쳐 왔어. 성지에서 쫓겨난 그리스도인들에게 이 섬은 마지막 안식처이자 요새였던 거야.

높이가 족히 30미터는 넘어 보이는 완벽한 정육면체 모양의 흰색 건물이 그들 앞에 나타난다. 바로 성전 기사들이 살았던 곳.

바로 여기야.

르네는 건물을 보자마자 알아차린다.

「바로 여기야!」 알렉상드르가 확인해 주듯이 말한다.

성전 기사단 저택은 작은 박물관으로 변해 있다. 입구에 그리스어가 아니라 튀르키예어와 영어로 안내문이 붙어 있다. 일행은 입장권을 구입해 안으로 들어간다. 13세기를 재현해 놓은 여러 개의 방에 유물들이 전시돼 있다. 그대로 보존된 건물 벽체와 내부 장식이 전혀 어울리지 않는다고 알렉상드르와 르네는 생각한다.

「내가 왔던 곳이야.」

알렉상드르가 감격에 차 말한다.

「맞아요.」

르네가 고개를 끄덕인다.

「우리 보물은 과연 어디에 있을까요?」

멜리사의 어조에 호기심과 비아냥이 뒤섞여 있다.

알렉상드르가 경비원 한 사람을 붙잡고 영어로 묻는다.

「지하로 내려가 봐도 됩니까?」

「거긴 아무것도 볼 게 없어요. 청소 도구와 전시하지 않는 유물들이 보관돼 있죠.」

순간 알렉상드르와 르네가 눈빛을 교환한다. 이심전심.

경비원들이 멀어지자 멜리사가 커다란 눈을 굴리며 귓속 말한다.

「설마 이번에도 한밤중에 지하로 내려갈 생각은 아니겠죠. 그렇잖아도 정치적, 종교적으로 긴장이 고조된 곳에서 또 다시 외교 분쟁을 일으키는 짓을 해서는 안 돼요. 〈Errare humanum est, perseverare autem diabolicum.〉실수는 인간적이지만 그것을 반복하는 건 악마적이다.」

그러나 두 시간 뒤, 일행은 몰래 숨어 박물관이 문을 닫기를 기다리고 있다. 한때 성전 기사단 저택이었던 이 박물관에는 다행히 경보 장치가 없다.

세 사람은 지하로 통하는 문을 밀고 스마트폰 불빛에 의지해 계단을 내려간다. 별다른 장애물을 만나지는 않는다. 그들이 도착한 방에는 포도주 통들 대신 빗자루와 양동이, 청

소용 세제가 담긴 상자들이 어수선하게 놓여 있다.

바닥에 깔린 카펫을 들추자 덮개 문이 보인다.

문을 들어 올리자…… 텅 비어 있다.

알렉상드르는 실망감을 감추지 못한다.

「분명히 여기였어!」

자신의 전생이 예언서를 지킨 중요한 인물이었다는 걸 딸 앞에서 과시하고 싶었던 알렉상드르가 눈을 부라리며 소리친다.

르네와 알렉상드르는 예언서가 담긴 금속 상자가 혹시 방 구석에 쌓인 잡동사니와 쓰레기 사이에 섞여 있지 않은지 꼼꼼히 확인한다.

방을 이 잡듯 뒤져도 예언서는 나오지 않는다.

「예언서가 이 방에서 사라지는 계기가 된 어떤 사건이 분명히 있었을 거예요.」

르네가 눈을 반짝인다.

「클로틸데와 에브라르가 여기 머무는 동안 그 일이 벌어졌을까요?」

르네가 말끝을 단다.

「그때 티보 고댕이 경비병 하나를 문 앞에 세워 두던 거 자네도 기억하지?」

알렉상드르가 추리에 가세한다.

「에브라르는 2층에 있는 방에 있었어요.」

르네가 말한다.

「클로틸데도.」

알렉상드르가 조금 전 지나쳤던 잡동사니 더미에 다시 눈길을 준다. 먼지를 뒤집어쓴 마대 몇 개에 녹슨 검들이 담겨 있다.

「역사적인 물건들이 이렇게 방치되고 있으니 안타깝군.」

그가 속상한 얼굴로 검 한 자루를 꺼내 녹슨 칼날을 매만 진다.

손잡이에 아직 빨간색 십자가 무늬가 선명한 검들도 눈에 띈다.

르네가 텅 빈 덮개 문 안쪽을 한 번 더 꼼꼼히 살핀다.

「여기가 분명한데…….」

르네가 미련을 버리지 못하는 눈치다.

「보다시피 지금은 아무것도 없어. 뭘 기대했어? 당신의 예 언서가 1291년부터 지금까지 이 지하실에 꼼짝 않고 있을 줄 알았어?」

르네와 알렉상드르가 서로를 쳐다보며 아쉬운 마음을 나 눈다.

「이제 예언서의 행방을 뒤쫓는 건 불가능해 보여.」

멜리사가 한마디 한다.

알렉상드르와 르네가 다시 시선을 주고받는다. 이번에도 이심전심.

우리한테는 불가능한 일이 아닐 수도 있어.

일행은 그만 포기하고 돌아가기로 한다. 잠시 후, 문을 열 고 박물관 밖으로 나온 그들의 손에 빨간 십자가 문양이 새 겨진 검이 한 자루씩 들려 있다. 멜리사가 그리스 관할 구역 으로 다시 넘어가기 위해 접경 지역을 향해 차를 몬다.

그녀가 백미러를 보며 말한다.

「우리를 뒤따라오는 차가 있어요.」

멜리사가 차를 세우자 뒤차 역시 멈춰 선다. 차 두 대가 헤드라이트를 환히 켠 채 도로 위에 정차해 있다.

「누굴까요?」

멜리사가 백미러에 다시 눈길을 주며 불안한 목소리로 말한다.

「박물관 경비원들은 아닐 것 같은데.」

그녀가 다시 차를 출발시켜 전속력으로 달리기 시작하자 뒤차가 금세 따라붙는다. 한밤중 니코시아 튀르키예 관할 구역의 구불구불한 도로에서 추격전이 벌어진다. 운전대를 잡은 멜리사의 심장이 벌떡거린다. 조수석에 앉은 알렉상드르가 스마트폰의 GPS 기능을 켜 길을 가르쳐 주려고 하지만 차가 질주하는 상황에서는 별 도움이 되지 않는다.

앞에 막다른 길이 나타난다. 눈이 부실 정도로 조명이 환하게 켜져 있고 모래 자루들이 높이 쌓여 있다.

「남북을 나누는 장벽이야.」

알렉상드르가 말한다.

군인들의 모습은 보이지 않는다.

뒤따라온 자동차 한 대만이 더 이상 도망칠 곳이 없게 된 먹잇감의 상태를 살피는 포식자처럼 그들을 향해 헤드라이트를 비추며 서 있다.

「차에서 내리세.」

알렉상드르가 차 문을 열면서 검 한 자루를 집어 든다. 그가 멜리사와 르네에게도 눈짓을 보낸다.

세 명의 역사학자는 검을 꼭 쥐고 뒤차를 향해 걸어간다. 차 문이 열리더니 복면을 쓴 사람이 운전석에서 내린다.

「당신 누구요?」

알렉상드르가 영어로 묻는다.

상대가 대답 대신 권총을 꺼내 그들을 겨눈다.

르네 일행은 즉시 검을 땅에 내려놓고 머리 위로 손을 올린다.

상대가 위협을 계속하며 르네 일행의 차로 다가가 트렁크를 열고 안을 살핀다. 고개를 넣고 한참 동안 트렁크 안을 뒤지고 나서 세 사람에게 다가와 다짜고짜 몸수색을 한다.

「뭘 찾는 겁니까?」

르네가 영어로 묻는다.

사내가 대꾸 없이 세 사람의 몸을 더듬으며 수색을 계속한다.

이자가 예언서를 찾고 있는 것 같아. 예언서의 존재를 어떻게 알았을까?

부르릉 하는 자동차 엔진 소리가 들리더니 경찰차 한 대가 다가온다.

복면을 쓴 사내가 조용히 차에 올라타더니 눈 깜짝할 사이에 시야에서 사라진다.

경찰관 두 명이 차에서 내려 걸어오더니 르네 일행의 여권을 확인한 후 가까운 경찰서까지 동행할 것을 요구한다.

르네와 알렉상드르, 멜리사는 두둑한 살집에 검은 콧수염을 간잔지런하게 기른 경감과 마주 보고 앉아 있다. 그의 뒤쪽 벽에 에르도안 대통령의 위압적인 초상화가 걸려 있다.

「우리가 쫓기다 그 사람한테 위협당하는 장면을 다 보셨죠? 딱 그때 형사님들이 현장에 도착했어요.」

알렉상드르가 영어로 설명한다.

경감이 팔짱을 풀더니 멜리사에게 검은색 스카프를 한 장 건넨다.

「마담, 대화를 이어 가기 전에 먼저 정숙한 자세를 갖춰 줬으면 합니다. 이걸로 머리카락을 가려 주시죠. 부탁합니다.」

가타부타 논하는 걸 허용하지 않겠다는 말투다. 멜리사는 그가 시키는 대로 네모난 천으로 머리를 싸 묶는다.

「머리카락이 빠져나왔군.」

경감이 매섭게 멜리사를 쳐다본다.

「남자들을 흥분시킬 만한 자세는 삼가요. 다 댁을 위해서 드리는 말씀이니까.」

멜리사가 군말 없이 말을 듣자 상대가 그제야 흡족한 표정을 짓는다.

「이제 얘기를 들어 봅시다. 이 검들은 누구 거죠?」

경감이 묻는다.

「우린 소르본 대학에서 역사를 가르치는 교수들이에요. 이 검들은 우리가 연구하는 유물들입니다.」

알렉상드르가 그럴듯하게 둘러댄다.

경감이 여권 세 개를 차례로 펼쳐 본다.

「이스라엘에서 왔습니까?」

「네. 하지만 우린 유대인은 아니에요.」

멜리사가 대답한다.

「우린 기독교인이에요.」

알렉상드르가 목에 건 십자가 목걸이를 손으로 가리키며 덧붙인다.

「어쨌든 간에 당신네 조상들은 십자군 전쟁 때 우리 영토를 유린했지.」

「그건 아주 오래전의 일이죠. 이제 시효가 끝난 얘기 아닙니까?」

「우린 잊지 않았습니다. 이 땅에서 역사는 현재 진행형이죠. 나는 이번 사건을 검으로 무장한 세 기독교인이 튀르키예 관할 구역에서 혼자 있던 민간인을 위협한 사건이라고 규정합니다.」

「그가 먼저 우리를 권총으로 위협했어요. 그 전에 우리 차를 계속 뒤따라왔고요!」

알렉상드르가 언성을 높인다.

「그건 당신들 관점이지 내 관점은 달라요. 나는 당신들이 이 문제를 일으킨 장본인이라고 생각하니까. 일단 오늘 밤에는 당신들을 유치장에 구류해 놓고 신병 처리를 생각해 보도록 하지.」

세 사람은 즉시 유치장에 수감된다. 제법 널찍한 공간에 긴 의자가 몇 개 놓여 있다. 한 사내가 구석에서 코를 골며 자는 중이다. 르네가 속삭이듯 일행에게 말한다.

「아까 우리를 위협한 사내의 손목 안쪽에 문신이 새겨져 있는 걸 봤어요. 늑대 한 마리가 바위 위에 있고 밑에는 초승달이 그려져 있었어요.」

「회색 늑대단 소속이야…….」

멜리사가 심각한 표정을 짓는다.

「튀르키예 파시스트 단체예요……. 1968년 군인 출신인 알파르슬란 튀르케시가 만들었죠. 회색 늑대단은 반공산주의, 반그리스, 반아르메니아, 반쿠르드족, 반유대인, 반기독교인은 물론 동성애 혐오를 표방해요. 이집트에서 러시아에 이르는 오스만 제국 시절의 영토를 되찾아야 한다고 주장하죠. 튀르키예 여당의 행동파 무장 조직이라고 이해하면 돼요. 서구식 민주주의를 혐오하는 회색 늑대단은 어떤 도발도

서슴지 않는 무서운 자들이에요.」

「어떻게 그렇게 잘 아니?」

알렉상드르가 신기해하며 딸을 쳐다본다.

「브뤼노와…… 친분이 있거든요. 파시스트 조직들은 인터넷상에서 다 연결돼 있어요.」

「파시스트들이 이슬람 단체와 손을 잡는다는 말이야? 그게 가능할까?」

르네가 고개를 갸웃한다.

「극단주의자들은 종교와 국가에 상관없이 같은 가치를 공유하기 때문에 얼마든지 가능해. 민족주의와 독재적 지배자에 대한 숭배, 그리고 폭력성이 이들을 하나로 묶어 주지. 극우주의자들과 튀르키예 이슬람주의자들은 자연스럽게 동맹 관계가 될 수밖에 없어. 이들은 공동의 적을 가졌거든.」

「무슨 말 하려는 건지 아니까 그만하세요, 아빠. 극좌와 극우가 맞닿아 있다는 논리잖아요.」

「객관적으로 인정할 건 인정해야지. 무솔리니와 히틀러, 스탈린, 마오쩌둥, 피노체트, 폴 포트, 호메이니, 바샤르 알아사드 사이에 얼마나 공통점이 많니. 흔들어 대는 깃발의 색깔이야 검은색, 빨간색, 녹색으로 다를지 몰라도 그들이 지향하는 건 하나야. 전체주의 사회.」

「그렇게 싸잡아 비난하지 마세요! 공산주의는 추구하는 이상이 있단 말이에요.」

「어쨌든 그들 역시 손에 피를 묻히지 않았니. 네가 이상적이라고 주장하는 그 사회들에는 자유가 없어. 언론에는 재갈이 물려 있고 야당이라는 개념조차 없어. 권력자들이 끼리끼리 자원을 독점하고 있을 뿐이야.」

167

르네가 부녀에게 목소리를 낮추라는 시늉을 하면서 유치장 구석의 사내를 손으로 가리킨다.

설마 스파이는 아니겠지? 프랑스어를 알아들으면 어떡하지?

「1291년에 독일 기사단이 우리가 탄 배를 뒤지고 7백 년이 지나 지금 다시 튀르키예 파시스트들이 우리가 탄 차를 뒤진다……. 뭔가 일맥상통하는 것 같은데요.」

르네가 생각을 굴린다.

「제1차 세계 대전 때를 떠올려 보세요. 그때 독일이 아르메니아인들을 학살하는 튀르키예 정부를 도와줬어요.」

「회색 늑대단과 검은 십자가가 손을 잡을 이유가 어디 한두 가지겠나.」

알렉상드르가 르네의 논리에 동조한다.

르네가 자신감에 차 추리를 펼친다.

「아크레 성전 기사단 내부에 예언서의 존재를 독일 기사단에 알려 준 배신자가 있었던 게 분명해요. 그렇지 않았다면 그들이 내가 예언서를 들고 배에 탔다는 걸 알았을 리가 없어요.」

듣고만 있던 멜리사가 끼어든다.

「그로부터 장장 730년이 흐른 지금까지도 성전 기사단과 독일 기사단이 다른 세력과의 연합을 거듭하면서 예언서를 차지하기 위해 경쟁을 벌이고 있다?」

분위기가 숙연해진다. 세 사람이 말없이 시선을 교환한다.

멜리사가 방에 가서 쉬어야겠다며 먼저 자리에서 일어난다. 두 남자는 약속이나 한 듯 자가 최면을 통해 다시 과거로 돌아간다.

76

클로틸데와 에브라르가 간밤에 니코시아 성전 기사단 저택에서 푹 자고 일어나 식당에서 아침을 먹고 있다.

성전 기사들의 아침 메뉴는 라드를 바른 빵과 무수프다.

클로틸데가 에브라르에게 속삭인다.

「지난밤 꿈에 또 내 수호천사 성 알렉상드르가 나타났어.」

「나는 한동안 시달렸는데 어젯밤에 구마사가 와서 해결해 줬어.」

「성 알렉상드르가 내게 반드시 예언서를 읽어 봐야 한다고 하셨어.」

그들이 함께 식사하고 있는 수도사들과 기사들의 눈치를 살핀다.

「우리가 괜히 그 고생을 한 게 아니잖아.」

「티보 고댕이 우리를 신뢰하지 않는 이유를 모르겠어.」

에브라르가 장단을 맞춘다.

「우리가 예언을 읽고 나면 어린애들처럼 입이 근질거려 참지 못할 거라고 생각해 혼자서만 읽으려는 거겠지!」

「주전 1천 년 즈음에 세상의 종말이 도래한다고 믿었던 적이 있었어.」

클로틸데가 눈을 반짝거리며 말한다.

「조만간 죽겠구나 하고 전 재산을 교회에 기부한 사람이 한둘이 아니었지. 영혼이 지옥에 떨어지지 않고 구원받길 바랐던 거야. 하지만 온다던 세상의 종말은 오지 않았고 사제들만 부자가 됐지.」

「무지와 공포가 정신을 통제하는 가장 효율적인 수단이라는 뜻으로 말한 거지?」

에브라르가 클로틸데를 똑바로 쳐다본다.

「맞아. 늑대에 대한 공포에 사로잡혀 있는 한 양 떼는 양치기의 지시를 따를 수밖에 없어. 설령 그 늑대가 상상 속의 늑대라 하더라도 말이야. 교황청은 그걸 간파한 거야.」

「성전 기사들도 마찬가지야. 나는 티보 고맹 단장이 우리가 예언에 접근하지 못하게 막는 이유가 뭔지 알 것 같아.」

클로틸데가 에브라르에게 몸을 바짝 붙이면서 귓속말을 한다.

「그 필사본을 우리 품으로 되찾아 오는 게 어때?」

「경비병이 지키고 있잖아.」

「내가 경비병의 주의를 분산시킬 테니 네가 그사이에 지하실에 들어가 가지고 나와.」

「너무 위험해 보이는데.」

「중요한 일에는 위험이 따르는 게 당연해. 우린 이보다 더한 일도 해냈어. 독일 기사단 성채에서 무시무시한 내 남편이 가로막아 서는데도 예언서를 들고 도망쳐 나왔잖아.」

클로틸데와 에브라르는 조용히 식사를 마친 뒤 방으로 가는 척하다 살그머니 지하실 쪽으로 향한다.

예상대로 경비병이 문 앞에서 보초를 서고 있다.

클로틸데가 다가가 말을 시키자 에브라르가 몰래 뒤로 돌아가 그의 머리를 방망이로 내리친다. 클로틸데가 정신을 잃고 쓰러진 그의 허리춤에 매달린 열쇠를 빼 문을 열고 안으로 들어간다. 그들은 포도주 통을 옆으로 밀어낸 다음 덮개 문에 부착된 자물쇠 밑으로 검을 넣어 힘을 세게 준다. 자물쇠가 문에서 떨어져 나온다. 클로틸데가 덮개를 열고 필사본을 꺼내 지하실에 뒹굴던 가죽 가방에 넣은 다음 어깨에 멘다. 그들은 재빨리 지하실 밖으로 나와 위로 올라온다.

건물 안이 소란스러워지는 걸 보니 경비병이 비상사태가 발생했음을 기사들에게 알린 모양이다.

클로틸데와 에브라르는 마구간으로 달려가 말 두 마리를 밖으로 꺼낸다.

쉬지 않고 달리다 웬만큼 성전 기사단과 거리가 멀어졌다고 느끼자 에브라르가 묻는다.

「이제 어디로 가야 하지?」

이미 계획이 짜여 있는 듯 클로틸데가 차분하고 결연하게 대답한다.

「라르나카.」

「네 수호천사가 거길 가르쳐 줬어?」

「요즘 성 알렉상드르가 자주 꿈에 나타나긴 해.」

「왜 하필 라르나카야?」

「여기서 가장 가까운 항구야. 거기 도착해 키프로스를 떠나는 큰 배를 알아보려고. 그걸 타고 멀리 도망치자.」

「잠깐 말에서 내려 예언서를 읽어 보면 안 될까?」

에브라르가 조심스럽게 운을 뗀다.

「말발굽 자국이 아직 바닥에 선명하게 남아 있어. 성전 기사단이 그걸 보고 우릴 추격하기 시작했을 거야. 이 강을 거슬러 올라가 그들에게 혼선을 일으키는 게 좋겠어.」

그들은 니코시아에서 동쪽으로 한참 말을 달린 끝에 라르나카 항구에 도착한다. 클로틸데가 정박 중인 배 몇 척에 다가가 얘기를 나누고 돌아온다.

「됐어. 우리를 태워 줄 배를 찾았어. 조만간 출항할 거래.」

클로틸데가 선체에 〈포세이돈〉이라고 크게 쓰인 중형급 선박 앞으로 에브라르를 데려간다.

「선주는 어떻게 설득했어?」

「몸에 걸치고 있던 보석을 다 풀어서 줬어. 배를 탈 수 있게 됐으니까 아까워도 어쩔 수 없지. 서쪽으로 항해할 예정이라니 앞으로 튀르크족 해적이나 맘루크들을 만날 위험은 없을 거야.」

선장이 부두에 서서 포세이돈호에 태울 선원들을 고르느라 분주하다.

「언제 출발한대?」

「선원도 모집해야 하고 배의 상태도 살펴야 하기 때문에 출항 준비에 시간이 좀 걸릴 거래. 항해할 동안 먹을 식량도 실어야 하고 손상된 돛이 없는지 확인도 해야겠지.」

「그동안 우리는 예언서나 읽으면서 기다릴까?」

클로틸데와 에브라르가 부두 끄트머리에 자리를 잡고 앉아 필사본을 펼친다. 클로틸데가 미간을 찌푸린다.

「내가 들을 수 있게 큰 소리로 읽어.」

에브라르가 옆에서 재촉하듯이 말한다.

「다 읽어 주기엔 너무 내용이 길어. 일단 내가 읽고 나서 너한테 내용을 요약해 줄게.」

궁금해 미칠 지경이지만 에브라르는 참고 기다린다.

「이제 됐어? 뭐라고 쓰여 있는데?」

「대충 보니까 2101년까지의 미래를 예언하고 있어.」

「2101년이라고!」

에브라르가 믿기지 않는 듯 눈을 동그랗게 뜬다.

「그래, 2101년에 무슨 일이 벌어진대?」

클로틸데가 망설이는 눈치를 보인다.

「에브라르, 배를 타고 가면서 얼마든지 끝까지 다 읽을 시간이 있을 테니 지금은 앞부분부터 시작해 읽자. 우리가 죽고 나서 한참 뒤에 벌어질 일보다는 살아 있을 때 일이 더 궁금하지 않아?」

에브라르가 고개를 끄덕이자 클로틸데가 쐐기를 박는다.

「그 예언이야말로 우리 인생과 직결된 거잖아. 혹시 우리한테 무슨 일이 벌어질지 알 수 있을지도 몰라.」

아니야! 그게 아니라니까!

에브라르의 머릿속에서 목소리가 들려온다.

너는 2101년에 벌어지는 일을 알아야 해! 그게 내가 알고 싶은 거야! 내가 아직 모르고 있는 예언서의 마지막 장…… 제발 부탁이야, 에브라르! 어서 마지막 장을 읽자고 해!

이제는 익숙해진 두통이 다시 시작되자 젊은 성전 기사가 인상을 찡그린다.

「무슨 일이야?」

클로틸데가 걱정스럽게 묻는다.

「마귀야! 그 악마가 다시 찾아왔어!」

주먹으로 관자놀이를 세게 치자 두통이 좀 가라앉는다. 에브라르가 이마에 앉은 모기를 쫓듯 고개를 흔들어 댄다.

「그래, 클로틸데, 예언서에 뭐라고 쓰여 있어?」

「가슴이 벌렁거려.」

「빨리 말해 봐.」

「이 예언서에 따르면 기독교인들은 다시 예루살렘을 되찾지 못한대. 반면에 튀르크 제국은 날로 강성해져 키프로스섬에 있던 기독교인들마저 축출한다는 거야.」

별안간 거대한 그림자가 하나 땅에 드리워진다.

「내 예언서를 훔쳐 무사히 달아날 수 있을 줄 알았지?」

콘라트 폰 포이히트방겐이 그들을 내려다보고 있다.

「포세이돈 선주가 보통 계산이 빠른 놈이 아니야. 우리한테 정보를 주고 돈을 더 받아 챙기더라고……. 자, 그 예언서 당장 이리 내.」

에브라르가 재빨리 검을 뽑아 상대에게 겨눈다.

독일 기사는 에브라르가 내민 짧은 검을 봤는지 못 봤는지 아내인 클로틸데에게 걸어간다. 검은색 십자가가 찍힌 망토를 걸친 사내 둘이 숨을 헐떡이며 이쪽으로 달려오고 있다.

클로틸데가 재빨리 부두 가장자리에 가 서더니 필사본을 쥔 손을 바닷물 위로 치켜들고 흔들어 댄다.

「가까이 오면 놔버릴 거야.」

「당장 이리 줘, 클로틸데. 너희 둘 목숨은 살려 줄 테니까.」

그가 거리를 좁혀 온다.

「농담 아니야, 콘라트. 거기서 한 발짝이라도 더 움직이는 순간 예언서는 바다로 직행이야!」

그녀의 성품을 누구보다 잘 아는 콘라트가 완강한 태도 앞에서 잠시 멈칫한다.

「거짓말.」

「확인하고 싶어?」

「감히 그러진 못할 거야. 그 순간 인류 전체의 미래에 대한 비전이 사라지게 된다는 걸 누구보다 당신이 잘 알 테니까.」

「당신 같은 사람 손에 예언서가 들어가는 것보다 차라리 그게 나아. 한 발짝만 더 움직이면 그걸로 끝이야.」

사본이 그녀의 엄지와 검지 사이에 위태롭게 끼워져 있다.

안 돼! 절대 안 될 말이야! 그런 위험을 감수해선 안 돼.

무력하게 지켜볼 수밖에 없는 르네가 발을 동동 구른다.

콘라트가 경고를 무시하고 발을 떼자 클로틸데가 손에서 필사본을 놓는다.

르네의 정신은 슬로 모션처럼 몇 초가 천천히 흐르는 것을 느낀다.

물과의 거리가 점점 좁혀진다.

이때 에브라르가 반사적으로 몸을 하늘로 솟구쳐 그 돌이킬 수 없는 접촉을 막아 낸다.

그가 예언서를 손에 들고 착지하는 순간 독일 기사 둘이 달려든다. 에브라르는 예언서를 겨드랑이에 낀 채 기사 둘을 상대한다. 클로틸데도 필사적으로 콘라트에게 달려들어 때리고 물어뜯는다.

중과부적임을 깨달은 에브라르가 필사본을 겨드랑이에 낀 채 뒷걸음질을 친다. 갑자기 등에 담장이 닿는 게 느껴진다. 더 이상 물러날 데가 없다.

그 순간, 마치 구세주처럼 부두 반대편에 성전 기사들이 등장한다.

「형제들, 이쪽이오, 도와주시오! 성전을 위하여!」

에브라르가 소리를 지른다.

성전 기사들이 소리를 듣고 달려오기 시작한다.

그중에는 티보 고댕의 얼굴도 보인다. 그가 독일 기사단

단장을 상대로 목숨을 건 결투를 시작하자 어중이떠중이가 구름 떼처럼 모여든다.

두 기사단장이 주거니 받거니 하며 현란한 검술을 펼친다. 날아오는 검을 피해 몸을 살짝 숙였다 용수철처럼 뛰어오르거나 허공에서 360도 몸을 빙그르르 돌려 떨어지면서 역공을 펼치는 모습에 관중은 넋을 놓는다.

다른 기사들까지 부두로 달려와 가세하자 싸움은 금방 성전 기사단에게 유리하게 전개된다. 독일 기사들이 승산이 없다고 판단해 달아나기 시작한다.

「다시 만나게 될 것이다!」

콘라트 폰 포이히트방겐이 티보 고댕을 향해 소리친다.

「똑똑히 들어라! 너희 둘이 어디에 있든 우린 반드시 찾아내 그 필사본을 우리 수중에 넣고 말 것이다!」

티보 고댕이 벅찬 표정으로 클로틸데를 끌어안는다. 그러고 나서 에브라르 쪽으로 몸을 돌리더니 장갑을 벗고 손바닥을 펴서 내민다.

「그거 이리 주게.」

티보 고댕이 엄한 목소리로 명령한다.

에브라르가 꿈쩍도 하지 않는다.

「자넨 나한테 복종할 의무가 있네, 형제.」

「기욤 드 보죄 단장님께서는 저한테 이 사본을 지키라는 임무를 주셨는데, 왜 단장님께서는 저한테서 이걸 빼앗으려고 하시는지 이해하지 못하겠습니다.」

「그분이 돌아가시고 내가 새로운 단장이 됐으니 자넨 내 명령에 따라야 하네. 드 보죄 단장이 자네한테 맡긴 임무는 예언서를 형제 기사들에게 전하는 것이지, 그걸 자네에게 가지고 있으라는 게 아니었네. 그러니 당장 이리 주게.」

에브라르가 고집을 피우며 고개를 가로젓자 기사들이 그를 에워싸고 억지로 빼앗으려 한다. 티보 고댕이 즉시 그들을 제지한다.

「자네 고집에 감탄했네, 에브라르. 내 명령보다 예언서에 더 충실한 자네 모습이 기특하군.」

거칠게 다루면 오히려 역효과가 날 것이라고 판단한 기사단장이 부드러운 음성으로 말을 이어 간다.

「필사본을 지키려고 자네가 어떤 고생을 했는지 내가 잘 아네. 하지만 독일 기사단이 그걸 손에 넣기 전에는 절대 물러서지 않으리라는 걸 알아야 해. 그들은 지금도 기회만 노리고 있을 걸세. 지금으로서 사본을 지킬 최선의 방법은 자네가 그걸 들고 이 섬을 떠나는 거야.」

티보 고댕이 가까이 정박 중인 포세이돈호에 시선을 던지더니 비장한 표정으로 말한다.

「형제 에브라르, 자네한테 무척 까다로운 임무를 하나 맡기려고 하니 지금부터 내 말을 잘 듣게. 이 길로 배를 타고 파리로 떠나게. 방문 기사 자격으로 파리 성전 기사단 성채에 가서 사령관인 내 친구에게 이 예언서를 전달하게. 단, 조건이 하나 있네. 절대 예언서를 읽지 않겠다고 맹세해야 하네.」

「하지만…….」

「사족은 달지 말게. 필수 불가결한 조건이니까. 자네 스스로뿐만 아니라 어느 누구에게도 이 예언서를 읽게 하지 않겠다고 맹세한다면 우리 기사단의 전폭적인 지원을 받게 될 걸세. 내 조건을 받아들이지 못하겠다면 우리 얘긴 여기서 끝이네.」

「나도 같이 갈래.」

클로틸데가 끼어든다.

「그렇다면 클로틸데 너도 예외가 아니야. 똑같은 서약을 해야 해.」

「갈증을 느끼는 사람 옆에 물잔을 놔두고 마시지 못하게 하는 건 너무 가혹한 형벌이야.」

클로틸데가 어떻게든 단장을 설득하려고 애쓴다.

「영원히 금지한다는 의미는 아니야.」

그가 여지를 남긴다.

「좀 더 기다렸다 마시면 지금보다 쾌감이 몇 배는 더 커질 거야.」

망설이던 에브라르가 클로틸데와 시선을 교환하고 나서 고개를 끄덕인다. 클로틸데 역시 제안을 받아들인다.

「저는 절대 예언서를 읽지 않고 파리 성전 기사단 단장께 전해 드릴 것을 서약합니다.」

에브라르가 무릎을 꿇고 서약을 마치자 클로틸데도 따라 한다.

「저도 서약합니다.」

그러자 티보 고맹이 편지를 한 장 쓰고 나서 날짜를 적고 서명한 다음 편지지를 접는다. 초에 불을 붙여 촛농을 편지지의 접힌 부분에 떨어뜨린 다음 반지로 꾹 눌러 문장을 새기고 봉인한다.

「파리에 도착하면 이 임무 지시서를 파리 성전 기사단 단장에게 전달하게.」

티보 고맹이 편지를 한 장 더 쓰고 사인을 마치더니 이번에는 봉인하지 않고 에브라르에게 준다.

「이건 통행증일세. 가는 길에 만나는 성전 기사들에게 이 문서를 보이면 모두가 성심성의껏 도와줄 걸세.」

성전 기사단장은 젊은 기사의 목을 끌어안아 가벼운 포옹을 하고 나서 엄숙한 표정으로 그를 쳐다본다.

「이 세계의 미래가 자네 손에 달렸네, 형제.」

단장이 포세이돈호 선장에게 묵직해 보이는 주머니 하나를 건넨다.

「이분들을 프랑스까지 잘 모시게! 목적지는 마르세유일세! 무사히 도착하면 이만큼 수고비를 더 지급하라고 미리 메신저 비둘기를 통해 저쪽에 알려 놓겠네.」

선장이 주화가 든 주머니를 건네받아 무게를 가늠해 보면서 고개를 끄덕인다.

「제가 파리에 도착해 뵈어야 하는 파리 성전 기사단 단장님의 존함이 어떻게 되십니까?」

에브라르가 티보 고맹에게 묻는다.

「자크 드 몰레일세.」

마지막으로 동료들과 포옹을 나눈 뒤 에브라르와 클로틸데는 포세이돈호에 오른다.

77 므네모스: 제2차 디아스포라

제2차 디아스포라 당시 이스라엘 땅을 떠난 유대인들 중에 과학에 관심을 가지고 탐구하는 사람들이 생겨났다.

이들은 그리스 학자들, 특히 밀레도스의 수학자 탈레스, 철학자 피타고라스, 천문학자 헤라클레이토스, 의사 히포크라테스에게 지대한 영향을 받았다. 유대인 학자도 아닌 이들의 저작이 유대인 필경사들에 의해 필사되고 주석이 달려 유대인 도서관에 보관됐고, 많은 유대인들에게 읽혔다.

이집트 알렉산드리아의 철학자 필론은 유대인이지만 그리스어로 저술 작업을 했다. 그는 신을 일종의 발명가로 여겨 〈우주의 위대한 설계자〉라고 지칭했다. 필론은 그리스식 민주주의야말로 이상적인 정치 제도라고 여겼다. 그는 그리스 과학서들이 유대인 공동체들에서 읽히는 데 지대한 공헌을 했다.

북아프리카에 정착한 유대인 공동체들에서는 의학, 그중에서도 해부학과 약학, 외과학이 발달했다. 히브리 의사들은 히포크라테스와 아리스토텔레스, 디오스코리데스, 갈레노스의 저서를 교본 삼아 의학을 공부했다. 〈움마님〉으로 불리던 히브리 의사들은 의술 분야에 몇 가지 중요한 혁신을 도입했다. 수술에 앞서 손 씻기, 미크바 목욕, (함께 먹으면 소화 불량을 일으키므로 일부 식품의 동시 섭취를 금하는 등의) 식이 요법, 히브리어로 〈다바르〉라고 불리는 언어를 통한 치유, 다시 말하자면 심리 치료의 도입이 그 대표적인 예다. 이 유대인 의사들은 식물을 치료에 활용하기도 해, 만드라고라는 진통제로, 졸인 무화과는 위궤양 치료제로 썼다. 그들은 봉합 수술과 제왕 절개, 절단 수술도 시행했다.

이 의사들은 살던 곳에서만 의술을 펼치는 데 그치지 않고 멀리까지 가서 지식을 전파하기도 했다.

78

「그만 가보세요.」

콧수염이 달린 경감이 르네 일행에게 여권을 돌려주며 말한다.

「우리를 공격한 가해자는 어떻게 처리할 건가요?」

알렉상드르가 묻는다.

「가해자가 있다면 그건 바로 당신들입니다.」

흥분하지 말자. 상대를 자극해 봤자 좋을 게 하나도 없어.

「검은 우리가 가져가도 됩니까?」

르네가 묻는다.

「이런 십자가 장식이 있는 물건은 어차피 우리한테는 아무 가치가 없어요. 제일 빠른 비행기 편으로 파리로 돌아가세요. 다시는 이 땅에 발을 들여놓지 말고. 내 말 알아들었습니까?」

두 시간 뒤, 르네 일행은 폐쇄됐다 열린 라르나카 공항에 와 있다. 각자의 짐 가방에 넣은 검이 보안 검색대의 엑스선 촬영에 걸려 그들은 지금 세관에 붙잡혀 있다.

「걱정 말아요. 우린 이 검을 들고 비행기를 납치할 의도가 조금도 없으니까.」

알렉상드르가 분위기를 부드럽게 만들어 보려고 영어로 농담을 던진다.

그리스인 세관 직원이 검 세 자루를 한참 살펴보고 나더니 영어로 묻는다.

「어디서 난 거예요?」

「아주 오래된 구옥에서……. 튀르키예 관할에 있는.」

르네가 대답한다.

〈튀르키예〉라는 단어에 직원이 움찔하고 알레르기 반응을 보인다.

「아, 그쪽에서 온 물건이라면…… 당신들 마음대로 가져가요. 그놈들은 우리 교회를 빼앗아 억지로 모스크로 만들어 놓고 있단 말이에요.」

세관 직원이 보고 있던 뉴스가 뜬 스마트폰 화면을 내밀어 보여 준다. 눈이 있으면 보라는 뜻이다. 그의 얼굴이 붉으락푸르락한다.

「그놈들이 어떤 놈들인 줄 알아요? 우리 땅을 매일 야금야금 침범해 들어오죠! 이거 봐요. 이번에 또 그리스 해역에 시추선을 띄웠네! 키프로스가 아예 자기들 거라고 생각하는 거지! 21세기에 오스만 제국을 재건하겠다고 설치는 놈들이에요!」

멜리사가 그의 흥분을 가라앉히려고 한마디 한다.

「역사가 하는 딸꾹질 같은 거죠. 해결되지 않고 남아 있던 문제들이 현재에까지 영향을 미치는 거예요.」

세관 직원이 어깨를 으쓱해 보이고 나서 다시 검 세 자루를 검사한다.

그가 손잡이에 찍힌 문양을 가까이서 들여다보며 손으로 가리킨다.

「십자군이 쓰던 검이군요. 그렇죠?」

「아, 네…… 글쎄요, 잘 모르겠어요.」

직원이 변덕을 부릴까 봐 겁이 난 알렉상드르가 대충 얼버무린다.

하지만 그는 함박웃음을 지으며 대꾸해 온다.

「이 검들을 프랑크인 병사들한테 주고 우리를 좀 도와주러 오라고 전해 줘요! 우리를 튀르크족 손에 넘기지 말라고! 당신네 대통령한테 우리 바다를 침범한 놈들의 시추선을 쫓아내 달라고 나 대신 부탁 좀 해줘요.」

9백 년 전 벌어진 십자군 전쟁이 끊임없이 현재에 되살아나는 게 지겨워진 알렉상드르가 긴 한숨을 내쉰다.

르네 일행은 일이 마무리된 다음 세관 사무실을 나와 공항 라운지에서 탑승을 기다린다.

르네가 알렉상드르에게 말을 건다.

「자크 드 몰레라는 이름…… 듣는 순간 뭔가 낯설지 않다고 느꼈는데, 생각해 보니 바로 그 자크 드 몰레예요. 체포돼 고문을 받다가 결국 화형까지 당한 성전 기사단 최후의 단장, 화형대에서 박해자들을 향해 저주를 퍼부었던 그 사람, 맞죠?」

「〈클레멘스 교황! 필리프왕! 나는 당신들을 1년 안에 신의 법정으로 소환해 응당한 벌을 받게 할 것이오. 저주할지어다! 저주할지어다! 당신들 13대 혈족에 이를 때까지 모조리 나의 저주를 받을 것이오!〉」

알렉상드르가 연극배우처럼 과장된 목소리로 소리친다.

「실제로 그렇게 됐죠. 교황과 왕이 얼마 후에 죽었고 그들의 일가친척 상당수가 의문의 사고를 당했으니까. 모리스 드 뤼옹이 오래전에 쓴 『저주받은 왕들』이란 책에 그런 내용이 나와요.」

르네가 말한다.

「우리들 시대, 그러니까 클로틸데와 에브라르의 시대에 벌어지는 일은 조만간 자크 드 몰레가 예언서에서 읽게 될 거야…… 성전 기사단의 종말이 가까워졌다는 것을 알게 되는 거지.」

알렉상드르의 표정이 어둡게 변한다.

「제가 살뱅한테 자크 드 몰레의 죽음에 관한 예언을 불러 줄 때, 그런 참혹한 디테일까지 알려 주진 않았어요.」

멜리사는 두 사람의 얘기를 듣는 둥 마는 둥 한다.

「미안하다, 멜리사. 우리가 자꾸 전생 얘기만 하는구나.」

「곰곰이 생각해 보니까 내가 이 정신 나간 짓에 몰입이 안 되는 이유를 알 것 같아요.」

「그거야 네가 긴장을 풀고 마음을 비우지 못하니까 그렇지.」

알렉상드르가 답답하다는 듯 말한다.

「그게 아니에요. 더 근본적인 이유는 내 마음속에 전생을 방문하는 게 좋은 일이 아니라는 생각이 자리 잡고 있어서예요. 물론 두 분이 정말로 전생을 방문한다는 전제하에.」

멜리사의 목소리에서 평소보다 더 자신감과 확신이 느껴진다.

「여행 내내 생각을 참 많이 했어요. 성서에 천사가 인간에게 남긴 지문에 관한 얘기가 나와요. 아기가 세상에 태어날 때 천사가 〈쉿, 네 전생들은 모두 잊어버리렴〉 하면서 손가락을 갖다 대 생긴 자국이 우리 입술과 코 사이에 있는 인중이라는 거죠. 그렇게 해서 인간은 태어나는 순간 과거의 자신을 완전히 잊어버리게 돼요. 그게 바람직한 거예요. 설령 자신이 누구였는지 기억해 낼 수 있다고 하더라도 그게 무슨 도움이 되죠?」

「현재의 자기 자신을 더 잘 알 수 있게 되지 않을까?」

알렉상드르가 생각나는 대로 말한다.

「그건 유년의 고통스러운 기억에 새로운 상처를 더하는 것일 뿐이에요! 만약 전생의 인연이 현재로까지 이어진다고 가정해 봐요. 그러면 우리가 지난 생에서 만났던 사람들을 다시 만나게 될 가능성이 크죠. 친구였는지 원수였는지도 모르면서 말이에요. 지금의 아내가 전생에 자신의 형이었다는 걸 알게 되면 얼마나 께름칙하겠어요? 지금의 아버지가 전생에 자신과 철천지원수였다는 사실을 알고 나면 당연히 복수심이 생기지 않겠어요?」

멜리사가 계속 자신의 논리를 펼친다.

「르네, 당신의 유람선 공연장 이름이 판도라의 상자라고 했지? 그 이름이 어떤 무의식적인 직관을 반영하는 것 같지 않아? 그리스 신화는 우리한테 인류의 모든 악을 담고 있는 그 신비의 상자를 열지 말라고 얘기하고 있어. 차라리 잊히는 편이 더 나은 기억들도 있다고 말하고 있지. 현생의 감정들만으로도 벅찬 마당에 전생들의 고통스러운 기억까지 더할 필요가 뭐 있을까?」

르네와 알렉상드르는 마땅히 반박할 말이 떠오르지 않는다.

하지만 르네는 그냥 물러서지 않는다.

「나는 전생의 발견이 발명과 비슷한 측면이 있다고 생각해. 이 도구를 누가 어떻게 사용하느냐에 모든 것이 달렸다는 점에서 말이야. 불을 한번 예로 들어 볼게. 불로 음식을 만들 수도 있지만 숲을 태울 수도 있어. 망치로 집을 짓는 사람도 있지만 그걸로 남의 머리를 내리치는 사람도 있지. 원자핵은 어떻고. 원자력 발전으로 전기를 생산하기도 하지만 원자 폭탄을 만들기도 하잖아. 인터넷도 그래. 진실에 접근하는 통로가 되기도 하지만 동시에 가짜 뉴스가 퍼지는 창구가 되기도 해. 다시 말하지만, 어떤 의도를 가지고 발명품을 사용하느냐가 관건이야.」

「좋아, 그럼 나한테 한번 말해 봐. 전생을 방문하는 게 어떤 장점이 있지?」

르네가 고심 끝에 대답한다.

「우리가 단지 한 개체로서의 인간에 불과한 게 아니라 그이상의 존재라는 자각이 가능해져. 우리 영혼은 불멸하기 때문에 다른 육체를 빌려 거듭 태어난다는 걸 알게 되는 거지.」

멜리사는 시종 무표정이다. 르네의 말에 공감하지 못하는게 분명하다.

「당신이 강조했듯이 그 도구는 당연히 좋은 용도에 써야하지. 하지만 세상에는 의식이 깨어 있는 사람들만 존재하는게 아니야. 라블레도 말했지. 〈의식이 없는 과학은 영혼의 폐허에 불과하다〉고. 장난치는 아이들 손에 불과 망치와 원자핵을 맡길 순 없다는 뜻 아닐까?」

「맞는 말이야. 우리가 가진 이 정신의 도구는 너무도 위력적이기 때문에 아무나 써선 안 돼. 그 중요성을 이해할 만큼교육받은 사람들만이, 그래서 남용하지 않을 사람들만이 써야 해. 」

「르네와 나는 이미 발을 너무 깊숙이 담갔어. 되돌아가기

엔 너무 멀리까지 와버렸지. 계속 앞으로 나아가는 수밖에 다른 도리가 없어.」

알렉상드르가 딸을 보며 진지한 얼굴로 말한다.

르네가 미간을 모으며 한마디 덧붙인다.

「멜리사 말이 다 틀린 건 아니에요. 아이러니한 게 뭔지 아세요? 전생에 다녀오는 횟수가 늘수록 아무렇게나 갔다 와서는 안 된다는 생각을 하게 돼요.」

르네의 입장이 돌변한 것 같아 놀라면서도 알렉상드르는 잠자코 듣기만 한다.

「우리가 살았던 전생의 대부분은 무척 비참한 삶이었잖아요.」

르네가 설명을 덧붙인다.

「내 전생들의 가장 큰 걱정거리는 다름 아닌 음식이었어요. 하루 종일 끼니를 때울 생각만 했죠. 살뱅은 청결과는 거리가 먼 삶을 살았고, 에브라르는 문맹이었어요. 지식이 대중화된 시대를 사는 우리들이 글을 읽을 줄 모르는 사람의 심정이 어떤지 상상이나 할 수 있을까요? 요즘은 평범한 사람도 레오나르도 다빈치보다 아는 게 훨씬 많아요! 원자, 빅뱅설, 세균, 자기장, 전기…… 오늘날에는 다 상식에 속하는 것들이죠. 지금의 잣대로 보면 우리 조상들은 모두가…… 무식한 사람들이었어요.」

멜리사가 픽 웃음을 터뜨린다.

「말 잘했네. 그렇게 생각하면 더더욱 과거로 돌아가 보고 싶지 않아!」

「그때는 상수도가 있길 했나 위생 개념이 있길 했나. 아무것도 없었어. 공연장이나 극장도 없던 시절이야. 여가라는 개념도 없었지. 내가 다녀온 대부분의 전생에서 난 수영도 할 줄 몰랐어!」

르네가 기가 막힌다는 표정으로 고개를 설레설레 젓는다.

「당신 말이 맞아. 그런 과거를 우리는 싹 잊고 살고 있어. 현대인들은 풍족하게 먹고 안전하게 사는 걸 당연하게 여기잖아. 교육 또한 당연한 권리라고 생각하고.」

멜리사가 맞장구를 친다.

「말이 나왔으니 말인데, 중세인들이 사용하는 어휘가 너무 한정적이어서 솔직히 놀랐어. 사제들을 제외하면 대부분의 사람들이 책을 읽는 등 문화생활을 누릴 수 없던 시대다 보니 제한된 어휘로만 자신들의 생각을 표현했지. 당연히 세계를 바라보는 시각과 감정의 폭이 좁을 수밖에 없었을 거야. 대표적으로 에브라르가 그런 경우였어. 노스탤지어라는 단어를 모르면서 어떻게 그 감정에 젖을 수 있겠어?」

르네가 멜리사의 말을 받아 덧붙인다.

「당신 말을 들으니 전생에 가보고 싶은 마음이 싹 달아나. 모르는 게 약이라는 생각이 들어.」

멜리사가 입꼬리를 올리며 웃는다.

「중세 시대에는 신생아 넷 중 하나는 한 살도 되기 전에 죽었고, 운 좋게 살아남은 아기도 둘 중 하나는 열 살을 넘기기가 힘들었어. 질병과 전쟁 때문에 평균 수명은 서른다섯 살에 불과했지.」

멜리사가 르네의 눈을 똑바로 쳐다본다.

「내가 이런저런 부정적인 얘기는 했지만 당신과 아버지의 경험을 지켜보면서 많은 생각을 하게 된 건 사실이야. 우주여행처럼 정신의 여행이 우리를 멀리 나아가게 할지도 모른

189

다는 결론에 도달하게 됐어. 솔직히 우리는 우리가 가진 정신의 도구들을 효율적으로 사용하는 방법을 아직 많이 몰라……. 하지만 당신과 아버지는 그걸 직관적으로 발견한 것 같아.」

「상상력은 기술보다 더 빨리, 더 먼 곳으로 우리를 데려가주지.」

르네가 신이 난 표정으로 한마디 덧붙이자 멜리사가 그런 그를 다정하게 바라본다.

파리행 비행기의 탑승구 주변에 점점 사람들이 모여들기 시작한다. 알렉상드르의 스마트폰이 호주머니에서 진동하는 소리가 들린다. 화면에 〈오델리아 아야누〉라는 이름이 뜨자 알렉상드르가 조금 떨어진 곳으로 가서 전화를 받더니 금세 다시 돌아와 르네에게 휴대폰을 내민다.

「받아 봐, 오델리아가 자네하고 통화하고 싶대.」

「안녕하세요, 오델리아.」

「방금 알렉상드르한테 파리행 비행기의 탑승을 기다리는 중이라고 들었어요. 이거 보통 우연이 아닌 것 같은데요? 나도 내일 파리로 가게 됐어요. 지금 빌레트 과학 박물관에서 외래종 동식물 전시와 그 퇴치에 관한 학술회의가 열리고 있는데 연사로 초청받아 꿀벌과 등검은말벌에 대해 발표할 예정이에요. 이번 전시를 주관한 국립 농업 및 식품, 환경 연구소INRAE 소장이 나와 친분이 두터운 사람이에요. 꿀벌 문제에 관심이 아주 많죠. 우리 거기서 다시 만나면 어때요?」

「좋아요.」

「아, 그리고 르네, 당신이 준 원시 여왕벌 연구에 많은 진척이 있었어요.」

「〈꿀벌의 네안데르탈인〉말씀인가요?」

「맞아요. 여왕 꿀벌을 깨워 살릴 가능성이 더 커졌어요. 만약 성공하면 현재의 토착종보다 훨씬 강하고 경쟁력 있는 꿀벌 품종이 만들어질 거예요. 이 주제로 막 첫 번째 논문의 집필을 끝냈어요. 파리에 도착하면 INRAE 연구진의 도움을 받아 여왕벌을 깨우게 될 거예요. INRAE가 이런 까다로운 실험에 필요한 첨단 장비를 갖추고 있거든요.」

「메넬리크 학장님도 같이 오시나요?」

르네가 묻는다.

「물론이죠. 우리 파리에서 다시 만나 꿀벌을 지키기 위한 방법을 함께 고민해 봐요.」

「좋죠. 그럼 안녕히 계세요, 오델리아.」

「곧 다시 만나요, 르네.」

르네가 전화를 끊는다. 알렉상드르가 스마트폰을 건네받더니 금방 다시 오델리아에게 전화를 건다.

「오델리아, 다시 알렉상드르 랑주뱅이에요.」

「네, 알렉상드르. 무슨 일이에요?」

「파리에 도착하면 소르본 대학에서 묵는 게 어때요?」

「괜히 번거롭게 하고 싶지 않아요. 우린 호텔에 묵으면 되니 걱정 마세요. 주최 측에서 이미 방을 잡아 놨을 거예요.」

「학장 관사에서 묵는 게 훨씬 편할 거예요. 외국에서 온 학자들이 묵고 갈 수 있게 방이 별도로 준비돼 있어요. 우리 셋을 키부츠에서 환대해 준 데 대한 보답 차원이기도 하지만, 앞으로 학자 대 학자로서 역사와 과학 분야의 학문적 교류를 이어 가기 위한 출발점이기도 해요.」

오델리아가 제의를 수락하자 알렉상드르가 기분 좋게 전

화를 끊는다.

르네 일행은 파리행 그리스 비행기에 탑승한다. 승무원이 물티슈를 나눠 주자 그들이 얼른 받아 든다. 차가운 감촉이 손끝뿐 아니라 가슴속까지 후련하게 해주는 기분이다.

비행기가 이륙을 시작하자 쉼표 모양을 한 키프로스섬이 시야에서 멀어진다. 섬 한가운데 높이 솟은 산이 르네의 시선을 사로잡는다.

올림포스산.

그리스 북쪽에 위치한, 신들이 살았다는 그 올림포스산과 이름이 똑같은 쌍둥이 산이야. 모르긴 몰라도 그리스인들이 자신들의 문화적 영향력을 과시하기 위해 붙인 이름이 아니었을까.

승무원이 기내식을 내려놓고 간다.

르네는 음식을 앞에 두고 창밖에 펼쳐지는 하늘에서 눈을 떼지 못한다.

살뱅과 에브라르는 지금 내 눈앞에 보이는 광경을 꿈에도 상상 못 했을 거야. 구름 위에 이렇게 맑고 깨끗한 하늘이 펼쳐져 있다는 걸 어떻게 알 수 있었겠어.

멜리사와 알렉상드르가 꾸벅꾸벅 졸다 잠이 든다. 르네는 다시 명상에 잠긴다. 예언서를 되찾아 들고 파리로 향한 에브라르에게 어떤 일이 벌어지는지 궁금해서 참을 수가 없다.

79

클로틸데와 에브라르가 탄 배는 라르나카 항구를 출발해 기항하지 않고 오스만 제국 해안선을 따라 쭉 항해한다.

먼바다로 나와 서쪽으로 항진하던 포세이돈호는 이오니아해에 이르러 여러 차례 거친 풍랑을 만나며 좌초 위기를 겪는다.

배가 무사히 시칠리아섬에 입항해 잠시 정박하는 동안 부서진 선체를 수리하고 찢어진 돛들을 꿰맨다.

시칠리아를 떠나 사르데냐 방향으로 항해하던 도중에 배가 바르바로이 해적들의 공격을 받는 바람에 클로틸데와 에브라르는 하마터면 알제의 노예 시장으로 팔려 갈 뻔하기도 한다.

포세이돈호는 코르시카섬을 바라보며 북쪽으로 항로를 튼다. 코르시카섬 서쪽 해안을 따라 위로 올라가던 배는 바다로 나가 북서쪽으로 항해한 끝에 백작령 프로방스의 대도시인 마르세유에 입항한다. 키프로스섬을 떠난 지 열이틀 만에 2천7백 킬로미터를 주파해 마침내 목적지에 도착한 것이다.

클로틸데는 예언에 대한 궁금증을 꾹 참으면서 티보 고갱과의 약속을 지켰다. 긴 항해를 하는 동안 에브라르는 그녀의 용기와 결의에 여러 번 감탄했다.

단장이 써준 통행증 덕분에 그들은 성전 기사단 마르세유 지부에서 한나절 휴식을 취하고 나서 말 두 필과 파리까지 가는 길을 표시한 지도를 얻어 다시 여정에 오른다. 툴루즈 백작령인 몽펠리에에서 잠시 숨을 돌린 뒤 오베르뉴로 향한다. 오베르뉴에서 노숙 중에 굶주린 늑대 무리를 만나지만 죽기 살기로 횃불을 휘둘러 무사히 죽을 고비를 넘긴다.

그들은 부르고뉴 공작령에 도착해 뷔르 마을의 성전 기사단 성채에서 또다시 형제 기사들의 환대를 받는다. 음식을 대접받고 휴식을 취한 둘은 새 말을 얻어 타고 마을을 떠난다. 막 숲에 들어섰을 때 산적 떼가 나타나지만 훈련된 용맹한 군마들 덕분에 목숨을 건진다.

다행히 느베르 백작령과 오를레앙 공작령을 통과하는 여정은 그간의 고생에 비하면 아무것도 아니라고 여겨진다.

드디어 파리의 성벽이 눈앞에 나타난다. 클로틸데와 에브라르는 산티아고 데 콤포스텔라로 떠나는 순례자들이 이용하는 생자크[7] 문 앞에 도착해 감격에 젖는다. 그들은 성안으로 들어가 생자크 대로를 따라 파리 중심부로 향한다.

말로만 듣던 그 유명한 프랑크인들의 수도에 도착한 두 사람은 호기심 가득한 눈으로 사방을 두리번거린다.

클로틸데는 마인츠에서 태어나 어린 시절을 보내고 남편을 따라 성지로 갔다 키프로스에 정착했고, 에브라르는 아크레에서 태어나 키프로스로 간 뒤 한 번도 그 항구 도시를 떠난 적이 없으니 두 사람은 눈앞의 모든 것이 놀랍고 신기할 따름이다. 그간의 고생은 벌써 싹 잊고 파리의 매력에 빠져

---

7 우리나라에서 성 야고보라 부르는 인물. 프랑스에서는 생자크, 에스파냐에서는 산티아고라 한다.

있다.

그들은 파리의 거대함에 제일 먼저 압도당한다. 하지만 드넓은 도시는 걷는 사람, 말이나 수레에 탄 사람, 당나귀나 노새에 올라탄 사람들로 발 디딜 틈 없이 붐빈다. 사람들이 웃고 떠들고 소리 지르고 욕하면서 거리를 지나다닌다.

질퍽질퍽한 길 한가운데로 흐르며 쓰레기를 실어 나르는 도랑에는 어김없이 돼지들과 쥐들이 모여들어 청소부 역할을 한다. 에브라르와 클로틸데는 어느 교회와 붙어 있는 공동묘지의 무덤들이 파헤쳐져 있어 깜짝 놀란다. 개들이 얕은 무덤에서 해골 조각을 꺼내 입에 물고 뛰어다닌다.

이스라엘과 키프로스에는 가는 곳마다 고양이가 있었는데 파리에서는 한 마리도 보이지 않아 그들은 의아하게 여긴다.

「와, 이 많은 술집들 좀 봐. 길모퉁이마다 하나씩 있어!」

클로틸데가 눈을 휘둥그렇게 뜬다.

「누가 우릴 미행하는 것 같으니까 돈주머니에나 신경 써.」

에브라르가 귓속말을 한다.

그녀가 슬쩍 뒤를 돌아본다. 거리를 유지하고 있긴 하지만 분명히 그들을 뒤따라오는 사람들이 있다.

클로틸데와 에브라르는 시테섬으로 건너가는 다리에 들어선다. 작업장이나 가게인 듯한 작고 비좁은 목조 건물들이 다리 양옆에 빼곡하게 늘어서 있다. 다리 아래로 흐르는 센강에도 물건을 실어 나르는 크고 작은 배가 수천 척 떠 있다. 배와 배 사이에 걸친 판자들 위로 사람이 지나다니는 모습도 보인다.

그들은 1160년에 시작된 공사가 아직 끝나지 않은 노트르

담 대성당 건축 현장부터 둘러본다. 거대하게 솟은 두 탑은 요새를 방불케 하며 엄숙한 분위기를 자아내고, 화려한 조각이 새겨진 출입문과 막 공사가 끝난 위아래 가로 회랑을 장식한 두 개의 원형 창은 지나가는 이들의 발걸음을 붙잡는다.

두 젊은이는 높은 벽에 둘러싸여 시테섬 서쪽을 차지하고 있는 팔레 루아얄 앞을 지나간다. 호기심 많은 행인들이 까치발을 해봤자 밖에서는 생트샤펠 성당의 지붕과 첨탑밖에 보이지 않는다.

그들은 계속 말을 타고 뫼니에[8] 다리를 건너간다. 곡식 자루를 실은 당나귀들 사이를 비집고 지나가느라 한참 걸려 그랑 샤틀레 앞에 도착한다. 그들은 시장이 서 있는 그레브 광장으로 향한다. 어마어마한 규모에 눈이 휘둥그레진다. 정체를 알 수 없는 온갖 냄새를 풍기는 노점들이 즐비하다.

바닥에는 채소와 과일이 쌓여 있고 진열대 위에는 파리 떼에 뒤덮여 잘 보이지도 않는 생선과 고기가 놓여 있다. 윙윙거리는 소리에 귀가 다 먹먹할 지경이다.

천막 안에서 꼭두각시극과 불을 뿜는 묘기가 펼쳐지고 있다. 어떤 곳에서는 곰이 재주를 부리기도 한다. 맨바닥에 구경꾼 몇을 모아 놓고 광대들이 손재주를 부리는 모습이 보인다. 피리를 부는 음악가들 앞으로 관중이 모여든다. 부랑자와 도둑이 부지기수로 많다.

「정신 바짝 차려.」

클로틸데가 에브라르에게 말한다.

「그 고생을 하고 여기 와서 가방을 잃어버린다는 건 말이 안 되지.」

8 방앗간 주인이라는 뜻.

196

「빨리 자크 드 몰레 단장을 만나 예언서 내용을 물어보고 싶어. 읽고 나서 말해 달라고 하는 것까지 안 된다고 하진 않겠지…….」

그들은 도시 북쪽으로 올라간 뒤 성전 문을 통해 성 밖으로 나간다. 밖은 바로 성전 거리로 이어진다. 넓은 길을 한참 따라가다 보니 마침내 높은 담장에 둘러싸인 성전 기사단 영지가 나온다.

성채를 마주하는 순간 에브라르는 자부심을 느낀다. 검, 벽걸이 장식, 신발, 망토까지 십자군과 관련된 물건들을 판매하는 상점들이 곳곳에 있다.

성전 거리는 그동안 지나온 거리들과는 비교할 수 없을 만큼 깨끗하다. 누추하고 꾀죄죄한 행인들도 거의 눈에 띄지 않는다. 성전 거리에서는 북쪽에 있는 몽마르트르 언덕과 풍차들이 한눈에 들어온다. 조금 동쪽으로 고개를 돌리면 몽포콩 교수대가 보인다. 하늘로 치솟은 음산한 장대 끝에 갈고리가 달려 있고 거기에 교수형이 집행된 죄수들이 매달려 있다. 막 형이 집행된 시체들은 까마귀 떼에 뒤덮여 있고 오래된 시체들은 하얀 백골 상태다.

뷔르 성전 기사들한테 선물받은, 빨간 십자가가 새겨진 망토를 입고 에브라르가 거리를 걸어가자 지나가던 행인들이 정중하게 인사를 건네 온다.

「여기선 왕의 근위대보다 성전 기사들이 더 존경을 받는 것 같아 보여.」

클로틸데가 신기해하며 말한다.

드디어 성전 기사단 영지가 눈앞에 보인다. 입구에는 도개교가 설치돼 있고, 좌우에는 감옥으로 쓰이는 탑이 두 개서 있다. 십자가가 그려진 옷을 입은 성전 기사단 경비병들이 오가는 행인들과 기사들의 움직임을 주시하며 입구를 지키고 있다. 에브라르가 다가가 통행증을 내밀자 경비병이 말은 마부에게 맡기고 걸어서 안으로 들어가라고 한다. 영지에 들어서는 순간 에브라르와 클로틸데는 또 한 번 눈이 휘둥그레진다. 정원과 텃밭과 넓은 농경지가 펼쳐져 있다. 마구간에는 일개 군단이 타도 될 만큼 많은 수의 말이 매여 있다.

기사들이 거주하는 여러 채의 건물과 안뜰을 지나 안으로 계속 들어가다 보니 커다란 교회가 나온다.

「샌트마리 성당이오. 예루살렘의 성묘 교회를 본떠 지은 것이지.」

「영지 규모가 어마어마하네요…….」

클로틸데가 입을 다물지 못한다.

「용감한 필리프 3세께서 12아르팡[9]이나 되는 넓은 땅을 우리에게 하사해 주신 덕에 그레브 광장 근처의 첫 번째 영지에서 옮겨 오게 됐소. 성채를 보호하기 위해 높은 성벽을 쌓은 다음 총안을 뚫고 촘촘히 망루를 세우는 데 오랜 시간이 걸렸소. 요새화 작업은 지금도 계속되고 있지.」

「여기가 팔레 루아얄보다 훨씬 넓은 것 같아요.」

클로틸데의 말에 경비병이 자부심 가득한 미소를 짓는다.

영지 한가운데 있는 사각형 모양의 큰 탑이 그들의 시선을 사로잡는다. 사각형의 꼭짓점 자리에 지붕이 뾰족한 작은 탑 네 개가 기대어 서 있다.

「저 큰 건물은 뭔가요?」

9 arpent. 프랑스에서 과거에 쓰이던 단위로 1아르팡은 약 5천1백 제곱미터.

198

「작년에 완공된 성전 탑이오. 높이가 25투아즈[10]에 이르고 벽체 두께도 2투아즈가 넘어요. 왕궁의 재정과 세수를 우리 성전 기사단이 맡아 관리하고 있는데, 바로 저기에 우리가 지키는 국고가 있소. 그만 갑시다, 기사단장께서 계신 데가 저기요.」

사각형 탑에 이르자 건물을 빙 둘러 깊고 넓은 구덩이가 파여 있는 게 보인다. 경비병이 동료에게 소리를 질러 신호를 보내자 도개교가 내려와 구덩이에 걸쳐진다.

「성안에 성이 하나 더 있는 셈이네요.」

클로틸데가 눈을 휘둥그렇게 뜬다.

「그렇소. 여긴 외부의 공격에 대비해 만들어진 피난처이자 방어 기지요. 이 안에는 우물과 화덕, 방앗간, 지하실은 물론 성당까지 갖춰져 있소. 적이 공격해 왔을 때 생존이 가능하도록 만반의 준비가 돼 있지.」

성전 기사단은 무적의 기사단이야.

에브라르는 우쭐한 기분에 젖는다.

4층으로 이루어진 탑은 천장이 유난히 높다. 에브라르와 클로틸데는 경비병을 뒤따라 계단을 올라간다. 큰 방 앞에 이르자 경비병이 방을 지키는 성전 기사에게 다가가 몇 마디 나누고 돌아온다.

「단장께서 당신들이 도착한 걸 알고 계시오. 지금은 중요한 방문객들과 담소 중이니 잠시 기다리면 접견 차례가 올 것이오.」

복도에 서서 한 시간쯤 기다리자 두 사람이 단장의 방에서 나오는 게 보인다. 고급스러운 옷을 입은 그들의 뒤를 성전

10 toise. 1투아즈는 약 2미터.

기사 둘이 묵직한 궤짝을 나눠 들고 따라간다. 기사들이 걸음을 뗄 때마다 짤랑짤랑 주화 부딪치는 소리가 들린다.

「저 사람들은 누구예요?」

클로틸데가 묻는다.

「필요한 얘기면 단장께서 해주실 거요.」

드디어 접견 차례가 온 클로틸데와 에브라르가 안으로 들어간다. 단장의 방이라는 게 믿기지 않을 만큼 실내가 소박하게 꾸며져 있다. 벽에 걸린 액자에는 빨간색 십자가가 그려진 망토를 입은 기사 둘이 말 한 마리에 올라타 검을 휘두르는 장면이 그려져 있다.

숱 많은 턱수염을 길게 기른 거구의 기사단장이 보인다. 옥좌를 연상시키는 높은 의자에 앉아 있던 자크 드 몰레가 내려와 클로틸데와 에브라르를 맞는다.

「오느라 고생 많았소, 형제.」

단장이 손으로 에브라르의 목을 살짝 감으며 성전 기사식 포옹을 한다.

그러고 나서 클로틸데 쪽으로 몸을 돌린다.

「만나서 반갑소, 클로틸데.」

「제 이름을 어떻게 아세요?」

그녀가 깜짝 놀라며 묻는다.

「손님의 신상을 미리 파악하고 맞는 거야 당연한 일 아니겠소. 메신저 비둘기를 통해 받은 서신에 당신들에 관한 대략적인 정보가 쓰여 있었소. 솔직히 처음에는 두 사람이 호위 없이 이동하는 게 불안했소. 하지만 이렇게 보물을 들고 안전하게 도착한 걸 보니 해외 기사단을 책임지고 계신 티보 고맹 단장께서 현명한 결정을 내리셨다는 생각이 드오. 당신들은 우리 성전 기사단을 위해 대단히 중요한 임무를 성공적으로 완수했소.」

클로틸데가 무릎을 살짝 굽혀 인사한다.

「뵙게 되어 무한한 영광입니다, 나리.」

「우리 성에 온 걸 진심으로 환영하오.」

단장이 친절하게 대답한다.

「벽의 두께가 어마어마해 안전하긴 하겠습니다만 방이 너무 낡고 누추해 보입니다!」

에브라르의 말에 자크 드 몰레가 빙그레 웃는다.

「우린 공식적으로 탁발 수도회를 표방하고 있소. 아무것도 소유해선 안 된다는 뜻이오. 우리는 오로지 가난하고 불쌍한 자들을 먹이고, 병든 자들을 치료해 주고, 성지 수복을 위한 준비를 할 뿐이오. 그게 바로 우리의 사명이오.」

「조금 전에 이 방에서 금화가 가득 든 궤짝이 나가는 것 같던데, 혹시 제가 잘못 봤나요, 나리?」

클로틸데가 당돌하게 묻는다.

자크 드 몰레가 의자로 돌아가 앉는다.

「굳이 감출 일도 아니니 얘기해 주겠소. 당신들에 앞서 이 방에 있던 두 사람은 앙게랑 드 마리니와 기욤 드 노가레요. 각각 재무 대신과 법무 대신이지. 나와 가까운 사이요. 그리고 아까 본 그 궤짝은…… 필리프 전하께서 군대를 모집하시는 데 필요해 가져가는 돈이오.」

「그 돈을 빌려주신 거예요?」

클로틸데가 눈을 동그랗게 뜬다.

「우리의 목표는 예루살렘을 되찾는 것이오. 알다시피 우리 기사단은 아크레에서 참패를 당했소. 아 참, 에브라르 자네도 거기 있었으니 잘 알겠군…….」

젊은 성전 기사가 맘루크 군대에 도시가 함락되던 순간을 떠올리며 고개를 끄덕한다.

「우린 다시 성지로 다시 돌아가 싸울 생각이오. 폐하께서 신규 군자금이 필요한 건 그 때문이오. 조만간 새로운 십자군 원정대가 꾸려지게 되면 내가 사령관을 맡을 것이오. 내가 앞장서서 성전산에 발을 디딜 순간을 고대하고 있소.」

「그러시길 바랍니다, 나리.」

클로틸데가 정중하게 말한다.

「나한테 전할 물건은 가지고 왔소?」

자크 드 몰레가 긴 턱수염을 매만지며 묻는다.

에브라르가 가방에서 예언서 필사본을 꺼내 건네자 그가 조심스럽게 받아 들고는 여러 겹으로 된 포장을 벗기기 시작한다. 꿀벌 한 마리가 새겨진 표지가 드러나는 순간 그가 감격한 표정을 짓는다. 그가 밀랍을 입힌 포장지들을 한쪽에 차곡차곡 포개 쌓아 놓는다.

「이 안에 미래가 들었군…….」

그가 말을 잇지 못한다.

「당장 읽어 보실 거죠, 나리?」

클로틸데가 조바심을 친다.

「티보 고댕 단장께서 명확히 해두셨듯이 오직 성전 기사단 단장만이 이 예언서를 읽을 자격이 있소. 당분간 예언서는 아무도 모르는 안전한 장소에 보관될 것이오. 내가 단장 자리에 오르면 그때 읽어 볼 생각이오. 다른 기사가 단장으로 선출되면 나는 당연히 이 필사본에는 눈길도 주지 않을 거요.」

자크 드 몰레가 손뼉을 딱 치자 경비병 둘이 방으로 들어와 필사본을 들고 나간다.

「신께서 도운 덕분에 자네가 무사히 임무를 완수했다오, 형제.」

자크 드 몰레가 에브라르를 보면서 말한다.

「자넨 여기에 원하는 만큼 머물러도 좋네. 하지만 클로틸데, 당신은 아무래도 영지에서 나가야 할 것 같소. 순결 서약을 한 기사들이 여인의 존재를 불편해할 게 분명하니까.」

「무슨 말씀인지는 알겠습니다만, 제게는 갈 곳이 없어요. 이 임무를 수행하기 위해 모든 걸 버렸어요. 게다가 무일푼이에요.」

자크 드 몰레가 클로틸데 쪽으로 몸을 기울인다.

「클로틸데, 방금 전에 말했듯이 우린 예루살렘을 해방하기 위해 사상 최대 규모의 군사를 일으켜 다시 원정길에 오를 것이오. 그러려면 선의를 가진 모든 세력의 동참이 필요하오…….」

클로틸데가 갑자기 불안감을 느끼며 눈썹을 치켜올린다.

「안으로 들여보내게.」

자크 드 몰레가 경비병에게 명령한다.

방 안쪽에 나 있는 문에서 콘라트 폰 포이히트방겐이 걸어나오는 순간 클로틸데가 공포에 질려 몸이 굳는다.

「그렇게 두려워할 필요 없소.」

자크 드 몰레가 그녀를 안심시키려고 애쓴다.

포이히트방겐이 성전 기사단장 앞에 와서 무릎을 꿇고 손에 입맞춤한 다음 클로틸데를 쳐다본다.

「이렇게 건강한 모습으로 다시 만나 얼마나 기쁜지 모르겠어.」

그가 무표정한 얼굴로 암송이라도 하듯 말을 뱉는다.

클로틸데가 눈물을 떨구자 자크 드 몰레가 다가와 그녀의 어깨를 잡고 눈을 맞춘다.

「두 사람 사이에 최근 불화가 있었다는 걸 알고 있소. 당신이 남편 동의 없이 에브라르와 도망쳤다는 것도……. 다시 말하지만, 모든 기독교인들, 그리고 당연히 모든 기독교인 병사들은 하나로 뭉쳐야 하오. 아크레에서 우리가 참패한 데는 십자군 지휘관들 간의 불화와 갈등도 크게 작용했소. 우리가 사소한 차이를 극복하고 하나가 되었더라면 지금도 여전히 거기에 있었을 거요. 이젠 과거의 분열을 뒤로하고 일치단결해 공동의 적과 싸울 때요.」

자크 드 몰레가 방 안을 왔다 갔다 하며 말을 이어 간다.

「당신이 도착하기 전에 먼저 콘라트와 단둘이 얘기를 나눴소. 있는 그대로 솔직히 말하겠소. 콘라트는 다 알고 있었소. 첩자도 있고 메신저 비둘기도 있는데 그가 어떻게 모를 리가 있겠소. 영지에 도착했을 때만 해도 그는 당신들 둘을 향한 적개심에 불타고 있었소. 하지만 우리 두 기사단의 출발점도 결국은 그리스도의 사랑의 메시지가 아니냐며 설득하자 그가 마음을 누그러뜨렸소. 반목과 대결보다는 협력이 서로를 위해 좋지 않겠냐고 하자 그가 내 뜻을 이해하고 받아들였소. 안 그렇소, 형제?」

「물론이오.」

「사람은 얼마든지 변할 수 있다는 믿음을 가져야 하오. 클로틸데, 당신은 성스러운 우리 십자군 원정대에 독일 기사단의 동참을 약속받는 증표가 될 것이오.」

클로틸데의 얼굴이 여전히 딱딱하게 굳어 있다.

「결국 내가 함정에 빠진 거네요. 당신들은 지원군이 필요해 아내를 혐오하는 내 남편에게 나를 넘긴 거예요.」

「신실한 기독교인인 콘라트가 당신을 용서해 줄 거요, 클로틸데.」

그녀는 애원하고 발버둥 쳐도 소용없다는 걸 안다. 에브라르처럼 그녀도 시키는 대로 하는 수밖에 없다.

「예언서는 어떻게 하실 거죠?」

클로틸데가 냉정을 되찾으려고 안간힘을 쓰며 묻는다.

「그 문제에 대해서도 콘라트와 합의를 봤소. 성전 기사단이 예언 내용을 독일 기사단에게 해롭게 쓰지 않는다는 조건을 달아, 독일 기사단이 소유권을 포기하기로 했소. 앞으로 우리 두 기사단의 공동 목표는 한 가지뿐이오. 우리는 예루살렘을 탈환하고 성전산에 다시 둥지를 틀 것이오.」

「이제 예언을 알 길은 영원히 없어졌네?」

에브라르가 혼잣말하듯 중얼거린다.

자크 드 몰레가 대답한다.

「그게 자네를 위해서도 좋은 일이야. 자네는…….」

에브라르가 화를 참지 못하고 맹랑하게 말끝을 단다.

「……미래를 모르는 편이 낫다, 이 말씀인가요?」

「미래의 신비를 간직한 채 사는 게 낫다는 말일세. 미래가 선사하는 놀라움을 누리면서 사는 게 더 좋지 않겠나? 그런 기쁨을 스스로에게서 빼앗을 이유가 없지 않은가. 내 말이 틀렸나?」

제3막   **마지막 꿀벌**

80

습격이 시작된다. 침입자들이 목표물을 향해 일제히 날아오른다. 노란 벽에 둘러싸인 도시 주변에서는 임박한 재난의 낌새를 알아채지 못한 구성원들이 평소처럼 태평하게 각자 맡은 일에 열중하고 있다. 수만 개체가 모여 사는 도시에서 어느 누구 하나 위험을 감지하지 못했다는 게 이상할 정도다. 공격군의 수는 쉰에 불과하지만 그들은 딱딱한 껍질로 뒤덮인 머리와 두껍고 윤이 나는 여러 겹의 판으로 보호되는 가슴팍을 지녔다. 무엇보다 놀라운 건 길이여서, 5센티미터에 이르는 개체도 드물지 않다! 반면에 공격당한 도시에서는 힘깨나 쓰는 구성원도 1.5센티미터를 넘기지 못한다. 설상가상으로 침입자들은 강력한 무기까지 보유하고 있다. 검처럼 날카로운 아래턱이 바로 그것이다.

매큼한 냄새 입자가 공기를 통해 통로로 퍼져 나가면서 경계경보가 발령된다.

「등검은말벌이다!」

벌집 안은 순식간에 공포에 휩싸이며 아수라장이 된다. 벌들이 일정한 간격을 두고 배로 바닥을 두드리기 시작하자 북소리 같은 진동음이 도시 전역에 울려 퍼지며 전쟁 발발을 알린다.

「비상사태다! 적이 침입했다!」

위력적인 적들 앞에서 갈팡질팡하던 꿀벌들은 벌통 입구로 모여들어 봉쇄 작전을 펼친다. 몸으로 일종의 마개를 만들어 적군의 도시 진입을 막으려는 조치다.

하지만 이 작전만으로 공격군의 기세를 꺾기는 역부족이다. 등검은말벌들은 입구를 가로막은 꿀벌 수비대를 발톱이 달린 발로 움켜잡아 순식간에 머리를 떼어 버린다. 몸통에서 떨어져 나온 꿀벌들의 머리와 다리, 가슴과 배가 벌통 아래쪽에 나뒹굴며 쌓인다.

등검은말벌들은 공중에 정지한 상태로 떠 있는 까다로운 비행술을 능숙하게 구사한다. 그렇게 부동자세를 유지하고 있다가 벼락같이 먹이를 향해 달려드는 것이다. 멀리서 보면 마치 말벌들이 무리를 지어 노랗고 검은 열매를 따는 것처럼 보인다.

꿀벌 병사들은 항복이나 패주를 택하지 않고 죽을 각오로 싸운다.

적군 하나를 집중 포위해 공격하는 전술을 구사해 보지만 결과는 신통치 않다. 등검은말벌들은 금세 포위를 뚫고 나온다. 꿀벌들의 입장에서는 결과적으로 소중한 시간만 허비한 셈이 된다. 꿀벌 1백여 마리가 등검은말벌 한 마리를 몇 초 동안 에워싸고 제지하는 사이 바로 옆에서 꿀벌 수백 마리가 목숨을 잃는 일이 반복된다. 사체 더미가 점점 높이 쌓여만 간다. 입구 봉쇄에 이어 집중 포위 작전까지 실패로 돌아가자 꿀벌들은 더 이상 방법을 찾지 못하고 벌집 안쪽으로 후퇴한다. 여왕 꿀벌이 유충 방 구역에서 새끼들에게 몸을 붙인 채 공포에 떨며 최후를 기다린다. 마지막 남은 병사들이 방진을 치고 결사 항전을 외친다. 그들은 여왕벌과 미래 세대의 꿀벌들을 지키기 위해 기꺼이 목숨을 내놓을 준비가 되어 있다.

쉰 마리의 등검은말벌 공격군이 궂은일을 처리하기 위해 여왕의 봉방이 위치한 벌집 안쪽으로 진격한다.

마지막 남은 여왕의 호위병들을 제거하는 건 식은 죽 먹기나 다름없다. 드디어 여왕의 차례. 무리 중 가장 투실한 말벌이 여왕 꿀벌에게 다가가 목을 눌러 숨통을 끊어 놓더니 아래턱을 까딱 놀려 머리를 잘라 버린다. 여왕 꿀벌의 머리통이 공동묘지로 변한 벌집 안을 데굴데굴 구르다 멈춘다.

침략자들이 벌집 입구로 돌아 나와 꿀벌 사체 더미 위를 빙빙 날며 선별 작업에 들어간다. 머리와 다리와 배는 버리고 비타민이 가장 많이 함유된 가슴 부위만 골라내 작게 토막 친 다음 흐물흐물하게 으깬다.

마지막 화면에는 머리가 노랗고 몸통은 하얀 말벌 유충 하나가 클로즈업으로 잡힌다. 똥똥하게 생긴 등검은말벌 유충이 죽은 꿀벌 토막으로 만든 이유식을 배가 터져라 맛있게 먹고 있다.

81

캄캄했던 실내에 불이 환하게 들어온다. 빌레트 과학 박물관 강당의 객석을 가득 메운 청중들은 방금 본 영상의 충격에서 금방 헤어나지 못하는 눈치다.

오델리아 아야누가 학술 발표를 위해 연단으로 올라가 연설대 앞에 선다.

객석에는 과학자들은 물론 정치인들도 여럿 와 앉아 있다.

「조금 전에 보신 화면은 곤충 모양의 초소형 드론에 카메라를 장착해 벌집 내부와 외부에서 동시에 촬영한 것입니다. 영상을 보시고 궁금하신 점이 있나요?」

조용한 객석에 파리 한 마리가 윙 소리를 내며 날아다닌다. 아무도 손을 드는 사람이 없다.

객석 맨 앞줄에 안 튀피고[11] 파리 시장이 앉아 있다. 그녀의 양옆에는 환경당 소속의 도시 계획 담당 보좌관인 알렉상드라 오셰르와 빌레트 과학 박물관 관장인 뱅상 바기앙이 자리하고 있다.

안 튀피고 시장이 손을 들자 직원이 마이크를 갖다준다.

「등검은말벌이 어떻게 처음 국내에 유입됐나요?」

「프랑스에 등검은말벌이 처음 출현한 것은 2004년 11월이에요. 로트에가론 지방 토냉스시에 거주하는 한 개인 사업

11 안 튀피고는 현 파리 시장인 안 이달고를 패러디해 만든 이름이다.

자가 중국에서 도자기를 수입했는데, 컨테이너에 등검은말벌 여왕벌이 한 마리 들어 있었죠. 딱 한 마리가…… 그런데 수정 상태의 이 여왕벌이 산란을 했고, 그 알들에서 태어난 새 여왕벌들이 분봉해 계속 벌집을 만들었던 거예요. 그 도자기 컨테이너 속 여왕벌 한 마리가 이 모든 사태의 출발점이었던 셈이죠.」

「등검은말벌이 어떻게 그렇게 빠른 속도로 토착종들을 밀어낼 수 있었죠?」

「옛날부터 양봉을 하는 사람들은 순한 벌만 골라서 길렀어요. 꿀을 채취할 때 벌에 쏘이는 게 싫었으니까요. 그러다 보니 꿀벌은 점점 전투력을 상실해 자기방어도 불가능할 지경이 됐죠.」

강연장이 웅성웅성한다. 인간 사회도 꿀벌과 똑같은 실수를 저지르고 있는지 모른다고 생각하는 참석자들이 한숨을 내뱉는다. 비폭력 원칙만 외치다가는 결국 스스로의 안전조차 지킬 수 없게 되는 것 아닐까?

오렐리아 아야누가 잠시 뜸을 들이고 나서 프로젝터와 무선으로 연결된 리모컨을 눌러 지도 한 장을 띄운다.

「등검은말벌의 벌집은 제거하지 않으면 이듬해에 네 개로 늘어납니다. 어마어마한 속도로 번식하는 거죠. 2005년, 그러니까 토냉스시에 최초로 등검은말벌 여왕벌이 유입된 지 딱 1년 만에 로트에가론 지방 전체로 등검은말벌이 퍼져 꿀벌 군락의 30퍼센트가 파괴됐어요. 2006년에는 아키텐 지방에까지 피해가 확산되더니, 2009년에는 급기야 프랑스 전역에서 등검은말벌이 발견됐어요. 이때부터 사람의 사망 사고도 잇따랐죠. 등검은말벌의 침에 쏘이면 알레르기 반응이 일어나 혈관 부종으로 이어져요. 침을 한번 박아 넣으면 빼지 못하고 죽는 꿀벌과 달리 등검은말벌은 여러 번 침을 쏠수 있어요. 그러는 사이 우리 몸에 많은 양의 벌 독이 주입돼 사망에 이르게 되는 거예요. 프랑스에서만 매년 1백여 명이 등검은말벌에 쏘여 사망한다는 통계가 있어요.」

오델리아가 이번에는 세계 지도를 스크린에 띄운다.

「2019년, 에스파냐부터 스웨덴까지 유럽 전역으로 등검은말벌이 확산된 사실이 확인됐죠. 2021년부터는 제가 사는 이스라엘에서도 발견됐고, 아메리카 대륙, 오스트레일리아, 심지어 아프리카 대륙으로까지 퍼져 나갔어요. 확산 경로는 프랑스의 경우와 유사해, 정원 용품, 도자기 화분, 상자형 화분 등에 붙어 이동했죠. 이제 전 세계 어디에도 등검은말벌이 서식하지 않는 곳이 없어요. 게다가 작년부터는 변이종까지 발견돼 앞으로 더 큰 문제를 일으킬 거예요. 변이한 등검은말벌은 기존 말벌보다 덩치도 크고 공격적이며 무엇보다 번식력이 더 뛰어나요.」

「확산을 막을 방법은 없습니까?」

과학 박물관 관장 뱅상 바기앙이 묻는다.

「등검은말벌의 원산지인 중국에는 포식자가 존재합니다. 천적 관계인 새들이 나무 위에 지어진 등검은말벌의 벌집을 공격하죠. 촘촘하고 두터운 깃털이 벌침으로부터 새들을 보호해 준다고 해요. 하지만 이 새들은 중국에만 서식해요. 포식자가 없는 것도 문제지만 더 심각한 원인은 기후예요. 겨울에 강추위가 찾아와야 여왕벌의 개체 수가 조절되는데, 지난 몇 년간은 그렇지 못했죠. 지구 온난화로 따뜻한 겨울이 이어지는 동안 여왕벌들의 생존율이 엄청나게 높아졌어요.

강연 시작 전에 안 뛰피고 시장님께 들었는데, 파리 시청의 벌통들뿐만 아니라 오페라 가르니에 지붕과 뤽상부르 공원에 있는 벌통들까지 등검은말벌의 공격을 받아 모두 파괴됐다고 하더군요.」

「그걸 막을 방법이 없습니까?」

뱅상 바기앙이 다시 묻는다.

「제가 사는 키부츠에서는 암탉을 풀어놓아 등검은말벌을 잡게 하고 있어요. 벌들이 낮게 날 때 암탉이 뛰어올라 잡는 거죠. 파리 시내에서는 상상도 할 수 없는 일이지만, 벌통을 지키는 좋은 방법이긴 한 것 같아요.」

알렉상드라 오셰르가 입을 실쭉한다.

「그건 간단하게 도입할 수 있는 방법은 아닐 것 같네요.」

「밖에 풀어놓으면 닭들이 햇볕을 쬐며 운동까지 할 수 있으니 일석이조일 텐데, 아쉽네요.」

오델리아가 대답한다.

「양계장에서 사육되는 닭들은 그게 불가능하잖아요. 꿀벌을 잡아먹은 등검은말벌을 잡아먹은 암탉…… 고기 맛이 좋을 것 같은데. 혹시 달콤한 맛이 나려나?」

오델리아의 말에 청중이 웃음을 터뜨린다.

「암탉을 풀어놓아 등검은말벌을 잡는 건 우리 키부츠에서만 쓰는 방법이 아니에요. 미국 플로리다주의 키웨스트에서도 그렇게 하죠. 신기한 건 닭들이 거리를 활보하면서도 차에 치여 죽는 일이 거의 없다고 해요.」

쫓기듯 걷는 성질 급한 파리지앵들이 암탉들 사이로 지나다니는 상상을 하며 객석이 탄성을 터뜨린다.

청중의 반응을 확인한 오델리아가 흐뭇한 표정으로 사진

한 장을 더 스크린에 띄운다. 이번에는 인간과 꿀벌이 공존한 역사에 대해 청중에게 들려줄 생각이다.

「꿀벌은 인류 역사에 결정적인 역할을 한 곤충이에요. 벌꿀은 선사 시대에 동굴에 살던 인간에게 최초의 단맛을 선사했죠. 이후로 인간은 빵을 만들고 잼을 만드는 데 벌꿀을 썼고, 알코올 음료를 주조하는 데도 사용했어요.」

그녀의 뒤쪽에 걸린 스크린에 고대인들의 모습을 새긴 저부조 작품이 등장한다.

「그리스 신화 속 시간의 신 크로노스는 아내 레아가 자식을 낳을 때마다 모두 잡아먹었어요. 레아는 아들 제우스가 태어나자 크레타섬으로 몰래 빼돌리죠. 어린 제우스는 섬에서 님프 멜리사가 주는 꿀을 먹고 자랐어요. 성인이 된 제우스는 아버지 크로노스에게 맞서기 위해 한 가지 꾀를 생각해 내요. 구토를 유발하는 액체를 잔에 담은 뒤 가장자리에 꿀을 발라 크로노스에게 건네죠. 그걸 마신 크로노스는 그동안 삼켰던 자식들을 모두 토해 내게 돼요. 이렇게 다시 살아난 크로노스의 자식들은 올림포스의 신들이 되죠. 이 이야기는 꿀이 가진 달콤함이 시간의 폭력으로 생긴 폐해를 바로잡는 도구로 쓰일 수 있다는 뜻으로도 해석할 수 있죠.」

또 다른 고대 저부조 작품이 화면에 나타나자 오델리아가 설명을 이어 간다.

「이 작품 역시 고대 그리스 작품인데, 조각에 등장하는 엘레우시스 신전의 여사제들은 〈꿀벌〉이라는 이름으로 불렸죠.」

이번에 보이는 건 파피루스에 그린 고대 이집트 여인의 초상화.

「꿀은 인류 최초의 약이라 해도 과언이 아니에요. 썩지 않아 영구 보존이 가능한 꿀은 상처를 아물게 하죠. 이집트인들은 꿀벌이 지상에 떨어진 태양의 눈물이라고 생각했어요. 꿀벌이 망자의 저승길을 안내해 준다고도 믿었죠.」

이번에는 영화 「십계」의 포스터. 찰턴 헤스턴의 얼굴이 화면에 크게 떠 있다.

「성서에는 기원전 1300년 하느님께서 모세에게 약속하신 땅이 〈젖과 꿀이 흐르는 땅〉이라고 표현돼 있죠.」

화면은 금세 한 조각 작품을 찍은 사진으로 바뀐다.

「여기 옥좌에 앉아 있는 사람은 솔로몬왕이에요. 기원전 1000년, 솔로몬왕은 인간이 본받아야 할 이상적인 지혜의 모델이 꿀벌이라고 했어요.」

오델리아가 리모컨을 누르자 성 안드레아 십자가에 매달린 죄수들을 그린 그림이 나타난다. 벌 떼에 뒤덮인 모습이다.

「솔로몬왕은 성전 설계를 맡은 천재 건축가 히람을 살해한 범인들의 배를 갈라 벌통을 집어넣는 형벌을 내렸죠.」

고대 형벌 방식에 혐오감을 표현하는 소리가 객석 곳곳에서 들린다.

「기원전 550년, 그리스 철학자 피타고라스는 제자들에게 벌집이야말로 조화로운 공동체의 완벽한 모델이라고 가르쳤어요. 그는 이탈리아의 크로토네에 학교를 지어 꿀벌 사회의 작동 원리에 따라 운영했죠.」

이번에는 턱수염을 기른 토가 차림의 남자가 화면을 꽉 채운다.

「플라톤이에요. 아기인 플라톤의 입술에 꿀벌이 내려앉아 지혜를 전수했다는 얘기가 전해져 오죠. 꿀벌은 그런 방법으로 신성한 아기들을 지목했다고 해요. 비단 그리스뿐만 아니라 인도와 중국, 마야 문명에도 이와 비슷한 이야기가 존재하죠.」

오델리아가 사진을 계속 바꿔 띄우면서 설명을 이어 간다.

「기원전 320년, 아리스토텔레스 역시 벌집을 모델 삼아 학교를 만들었어요. 그는 꿀벌이 인간보다 지능이 뛰어나다고 믿었죠. 아리스토텔레스는 훗날 알렉산드로스 대왕이 되는 어린 왕자에게 꿀벌 숭배를 가르쳤어요.

초기 기독교인들에게 꿀은 그리스도의 은혜를, 꿀벌의 침은 그의 고통을 의미했어요. 색슨족은 저승길을 〈꿀벌의 길〉이라고 부르기도 했죠. 메로빙거 왕조의 왕들은 꿀벌이 행운을 불러온다고 믿어 보석에 꿀벌 문양을 새기게 했어요. 훗날 메로빙거 왕조의 후계자를 자처한 나폴레옹 역시 똑같이 따라 했죠.」

알렉상드라 오셰르가 손을 들고 질문한다.

「궁금한 게 있어요. 지구상에 어떻게 꿀벌이 출현하게 됐는지 알려져 있나요?」

「꿀벌은 개미, 등검은말벌과 함께 말벌에서 분화돼 나왔죠. 고릴라와 침팬지, 인간이 같은 조상을 둔 영장류 동물인 것과 같아요. 원시 말벌을 조상으로 둔 개미와 꿀벌, 등검은말벌은 일종의 〈사촌 형제〉인 셈인데, 먹이가 이들을 저마다 다르게 진화시켰다고 이해하면 돼요. 꿀벌은 식물성, 등검은말벌은 동물성, 개미는 잡식성이죠. 이 세 막시류 곤충은 여러 가지 차이점에도 불구하고 한 가지 커다란 공통점이 있어요. 군집 생활을 하며 한 마리의 여왕을 중심으로 계급 체계가 짜여 있죠.」

오델리아가 노란 빛깔의 투명한 돌을 찍은 사진을 보여
준다.

「지금까지 알려진 가장 오래된 꿀벌은 1억 년 전에 살았던
것으로, 2006년 미얀마에서 화석이 발견됐어요. 발견 당시
호박 화석 속 꿀벌의 다리가 꽃가루로 덮여 있었다고 해요.
시간이 흐르면서 벌집의 크기가 커지고 개체 수도 점점 늘어
나, 수백만 마리의 꿀벌이 살고 있는 벌집도 발견됐죠. 꿀벌
은 생애 주기 동안 하는 일이 계속 바뀌어요. 일벌이 보육사
벌이 되고, 집을 짓던 벌이 탐험을 떠나기도 하죠. 꿀벌은 화
학 전문가이기도 해요. 꿀 외에도 벌집의 벽체가 되는 밀랍
과 프로폴리스, 로열 젤리를 생산하죠.」

「꿀벌이 어떤 방식으로 의사소통을 하는지 무척 궁금하
네요.」

뱅상 바기앙이 눈을 반짝이며 묻는다.

「여러 가지 방법이 있어요. 첫 번째는 춤이에요. 꿀벌은 밀
원(蜜源)이나 물의 위치를 알려 주기 위해 공중에서 8 자 모
양을 그리죠. 이 8 자의 기울기는 태양을 기준으로 목표물이
있는 위치와 목표물까지의 이상적인 비행경로를 나타내요.
윙윙거림의 주파수는 목표물까지의 거리를 뜻하죠. 8 자를
그리는 횟수는 벌집으로 가져올 수 있다고 판단하는 꿀의 양
을 나타내요.」

오델리아가 짧은 동영상을 하나 틀어 꿀벌이 공중을 날며
8 자형 춤을 추는 장면을 청중들에게 보여 준다.

「두 번째는 진동이에요. 탐험을 마치고 벌집으로 돌아온
꿀벌은 날개를 파드닥거려 자신이 발견한 것을 다른 벌들에
게 알려 주고, 꿀이나 꽃가루를 수확해 오려면 몇 마리가 날

아가야 하는지 말해 주죠. 세 번째는 냄새예요. 더듬이를 가진 곤충이 다 그렇듯 꿀벌도 페로몬을 내뿜어 소통해요. 페로몬은 일종의 비말로, 인간 언어로 치자면 문장에 해당하죠. 꿀벌은 페로몬을 방출해 후각적 소통을 하는 거예요. 네 번째는 노래예요.」

오델리아가 새로운 동영상을 틀어 보여 준다. 화면 속에 여왕 꿀벌 네 마리가 보인다. 다른 꿀벌들에 비해 덩치가 확연히 커서 한눈에 여왕벌임을 알 수 있다. 각각의 여왕벌 몸통에는 번호가 쓰인 빨간색 스티커가 붙어 있다.

「우리 연구진은 이 실험을 위해 벌집 안에 마이크를 설치했어요. 지금부터 여러분께서 들으실 소리는 아무 데서나 쉽게 들을 수 없는 귀한 소리예요. 화면 속 여왕벌 네 마리가 부르는 노랫소리인데, 특정 시기에만 벌집에서 들을 수 있죠. 여왕을 선출할 때 나는 소리예요. 경쟁 관계에 있는 여왕벌 후보들이 벌집을 통치할 여왕벌을 정하기 위해 죽음의 결투를 청할 때 내는 소리죠. 이 혈투에서 단 한 마리만 살아남아요.」

스피커를 통해 귀에 익숙한 일벌들의 윙윙거리는 소리를 뚫고 찢어질 듯이 날카로운 소리가 연속적으로 들려온다. 흡사 돌고래 울음소리 같기도 하다.

기이한 소리에 청중이 놀라는 표정을 짓는다.

「마지막으로 미각을 통한 화학적 소통 방법이 있어요. 꿀과 프로폴리스, 로열 젤리는 맛이 다 다르게 만들어지는데, 꿀벌들은 이 맛을 보고 개체 수를 늘려야 하는지 줄여야 하는지 판단해요. 꿀을 먹으면서 우리는 꿀벌의 내부 정보까지 먹는 셈이죠.」

환경당 소속 시장 보좌관이 다시 발언권을 요청해 묻는다.

「현재 꿀벌의 상황은 어떤가요?」

「재난 수준이에요.」

오델리아가 심각한 표정으로 대답한다.

「전 세계적으로 꿀벌이 실종되는 추세예요. 프랑스의 경우 매년 꿀벌 군락의 30퍼센트가 사라지고 있죠. 여러 가지를 그 원인으로 꼽을 수 있어요. 첫 번째는 살충제(그중에서도 특히 네오니코티노이드)를 비롯한 농약 사용의 일반화예요. 두 번째는 1980년부터 중국에서 유입된 바로아 디스트럭터, 일명 꿀벌응애의 급속한 확산이에요. 세 번째가 바로 제가 아까 말한 등검은말벌의 침투예요. 2004년부터 프랑스에 유입되기 시작한 이 공격적인 외래종 말벌이 빠른 속도로 퍼지며 꿀벌 군락을 파괴하고 있죠.」

오델리아가 마무리 발언에 들어간다.

「전체 식물종의 80퍼센트가 꿀벌이 있어야 번식을 할 수 있어요. 꿀벌의 실종은 우리가 그 파장을 예측하기 힘든 어마어마한 환경 재난을 불러올 거예요. 꿀벌에 의한 수분을 사람이나 로봇을 이용한 인공 수분으로 대체하려는 시도를 이미 중국에서 한 바 있어요. 하지만 효율이 형편없었죠. 꿀벌을 구하는 일은 여러 가지 환경 문제 중 하나에 그치지 않습니다. 그것은 우리의 생존을 위한 투쟁입니다.」

객석에서 큰 박수가 터져 나온다.

「이 매력적인 곤충에 대해 좀 더 알고 싶으신 분들은 로비에 마련된 전시 공간을 둘러보세요. 대형 유리 상자에 들어 있는 등검은말벌의 벌집을 직접 눈으로 보실 수 있는 좋은 기회예요. 완벽하게 밀폐된 상자에 들어 있으니 걱정하지 않으셔도 돼요. 바로 옆에는 꿀벌 집도 똑같은 방식으로 전시돼 있으니 함께 비교하면서 구경하시면 좋을 겁니다.」

그녀가 프로젝터를 끄고 나서 마지막 인사말을 한다.

「발표를 마치기 전에 이런 귀한 기회를 주신 안 튀피고 파리 시장님, 도시 계획과 생태 담당 알렉상드라 오셰르 보좌관님, 그리고 빌레트 과학 박물관 뱅상 바기앙 관장님께 감사의 말씀을 전합니다. 또한 꿀벌의 중요성과 꿀벌의 위기에 관한 경각심을 일깨우기 위해 이번 전시를 기획하고 주관한 INRAE 관계자분들, 특히 이 자리에 와 계신 베스파 로슈푸코 소장님께 감사 인사를 드립니다.」

순간 객석에 앉아 있던 르네의 머리털이 곤두선다.

이럴 수가!

호명된 이들을 향해 뜨거운 박수갈채가 쏟아진다.

베스파 로슈푸코가 자리에서 일어나더니 마이크를 청해 아직 연단에 있는 오델리아를 향해 말한다.

「잠깐만요, 친애하는 오델리아. 당신이 여기 계신 분들 모두가 대단히 흥미를 느낄 어떤 것을 지금 가지고 있는 걸로 아는데요. 세상에 단 하나밖에 없는 그 귀한 것을 혹시 우리한테 보여 줄 수 있나요?」

오델리아가 난색을 표한다.

「이 자리가 그러기에 적당한 자리인지 모르겠네요.」

「우울하고 비관적인 결론보다는 희망이 담긴 마무리가 낫지 않을까요?」

이스라엘 과학자가 객석을 둘러본다. 청중 모두가 연단에 시선을 고정하고 있다.

「그렇다면야 뭐…… 좋아요, 제가 가지고 있는 건 지금 이

자리에도 와 있는 친구들한테 받은 거예요. 앞으로 꿀벌과 인간 모두에게 더 나은 미래를 열어 줄지도 모르는 것이죠. 조금 시기상조라고 느껴지긴 하지만…….」

강연자가 망설이는 게 느껴지자 청중은 더 호기심 어린 눈으로 연단을 응시한다.

「부탁해요.」

베스파 로슈푸코가 강권하다시피 하자 오델리아가 손가방에서 금속 상자를 꺼낸다. 그녀가 뚜껑을 열고 보석용 빨간 벨벳 받침대 위에 놓인 반투명한 오렌지색 조각을 엄지와 검지로 조심스럽게 집어 객석을 향해 보여 준다.

「이게 앞으로 우리의 희망이 될지도 모릅니다. 녹았다 다시 굳은 밀랍에 갇혀 유리화된 원시 여왕 꿀벌이에요. 9백 년 전에 살았던 것으로 추정되죠. 이 여왕 꿀벌이 등검은말벌의 침공을 막아 줄 해결책이 될 수 있을지도 몰라요.」

오델리아가 돌을 높이 들어 올린다.

「이 여왕 꿀벌은 지금 일종의 동면 상태에 있는데, INRAE 연구진이 이 잠든 꿀벌을 깨워 주길 간절히 바라요. 그렇게만 된다면 여왕 꿀벌이 알을 낳아 전투력과 저항력을 갖춘 새로운 세대의 꿀벌들이 탄생하게 될 거예요.」

안 튀피고 시장과 베스파 로슈푸코 INRAE 소장이 기립 박수를 치기 시작하자 청중도 일제히 자리에서 일어나 연단을 향해 뜨거운 박수를 보낸다.

오델리아는 고개 숙여 감사 인사를 한 뒤 소중한 여왕 꿀벌을 다시 상자에 담아 가방에 넣는다. 그리고 객석 뒤쪽에 있는 남편 메넬리크와 르네 일행에게 다가가 함께 강연장을 나선다.

「정말 흥미진진한 강연이었어요. 꿀벌들의 노랫소리를 들으면서는 나도 모르게 울컥했어요.」

알렉상드르가 오델리아를 칭찬해 준다.

「그건 전쟁의 시작을 알리는 소리 아니었나요? 여왕 꿀벌이 경쟁자들에게 결투를 청할 때 내는 소리? 제가 잘못 이해했나요?」

멜리사가 고개를 갸웃거린다.

「베스파 로슈푸코와 잘 아는 사이세요?」

르네가 오델리아에게 묻는다.

「물론이죠. 친구예요. 꿀벌 전문가가 많지 않아 서로 다들 알고 가깝게 지내죠. 그녀가 소장으로 있는 INRAE에는 우리 키부츠 연구 센터에는 아직 없는 첨단 장비가 있어요. 솔로몬 성전의 여왕 꿀벌을 깨우려면 그 장비가 반드시 필요해요.」

하필이면…….

「그건 그렇고, 『꿀벌의 예언』을 찾는 일은 어떻게 돼가요?」

「귀국 즉시 성전 기사단 파리 지부가 있던 자리에 가봤는데 옛 건물은 흔적도 남아 있지 않아요. 다른 방법으로 더 찾아봐야죠.」

르네는 뛰피고 시장과 진지하게 대화 중인 베스파 로슈푸코를 먼발치에서 바라본다.

분명히 날 봤을 거야. 서둘러 유람선을 처분해 손해 배상금을 지불해야겠어.

오델리아와 메넬리크는 트렁크에 휠체어를 실을 수 있는 대형 택시를 불러 타고 알렉상드르와 함께 박물관을 떠난다.

멜리사와 르네는 지하철을 타고 귀가한다. 르네는 빨리 집에 도착해 전생과 접속해야겠다는 생각에 마음이 급하다.

82

「당장 일어나! 설명은 나중에 해줄 테니까 일단 도망쳐!」

파리 성전 기사단 수도원 내 기사 숙소. 클로틸데 폰 포이히트방겐이 에브라르 앙드리외의 방에 들이닥쳐 다짜고짜 소리를 지른다.

창밖은 아직 새벽의 푸른 어둠에 잠겨 있다. 에브라르는 16년 전 클로틸데와 헤어지던 때가 마치 어제 일처럼 느껴진다. 그가 벌떡 일어나 앉더니 그녀를 빤히 쳐다본다.

「클로틸데! 지금 뭐 하는 거야? 여긴 어떻게 들어왔어?」

「일단 여기서 나가야 해, 에브라르! 얼른 옷부터 입어!」

그녀는 16년 전 그대로다. 세월이 비껴간 것처럼 활력이 넘치고 강단 있어 보인다.

에브라르가 침대에 걸터앉아 눈을 비비며 하품을 한다.

「아직 밖이 밝아 오지도 않았는데!」

그녀와 헤어지고 난 뒤, 성전 기사는 함께했던 모험의 순간들을 떠올리며 수시로 옛 추억에 잠기곤 했다. 5년 연상인 클로틸데는 파마구스타 인근 독일 기사단 성채에서 처음 만났던 순간이나 지금이나 매력이 넘치는 여성이라고 에브라르는 생각한다.

「서두르라니까, 에브라르!」

「하늘이 무너지기라도 했어?」

에브라르가 기다란 셔츠 위로 바지를 끌어 올려 입으며 말한다.

「독일 기사단 단장 지크프리트 폰 포이히트방겐과 법무 대신 기욤 드 노가레가 나누는 대화를 우연히 엿들었어.」

「네 남편과 성이 같은 걸 보니 가족인 모양이지?」

「콘라트의 조카야. 13대 단장이었던 콘라트가 죽고 나서 다른 사람을 한 명 거쳐 15대 단장에 다시 포이히트방겐 가문 사람이 선출된 거야. 지크프리트는 콘라트보다 훨씬 독하고 야심이 큰 인물이야. 슬라브 이교도들을 상대로 십자군 전쟁을 펼친다는 명목하에 포메라니아와 폴란드 땅을 침공해 무자비한 약탈을 저질렀지. 잔인하기로 이름난 사람이야. 그런 그가 노가레에게 예언서의 의미와 중요성에 대해 알려주는 걸 분명히 들었어.」

「예언서의 존재는 어떻게 알았을까?」

「독일 기사단 단장들끼리 주고받는 정보가 있었겠지. 어쨌든 지크프리트 폰 포이히트방겐의 얘기를 들은 기욤 드 노가레가 왕을 설득해 성전 기사단의 해체를 결정하게 했어.」

「네가 잘못 들었을 거야, 클로틸데. 우리 성전 기사단은 1만 5천 명의 병력을 보유하고 있어. 왕의 군대보다 훨씬 많은 숫자지! 게다가 튼튼한 요새들까지 갖추고 있고. 어디 그뿐인가. 백성들에게 인기도 많고 교황의 절대적인 지지까지 받고 있어. 아무리 필리프 4세라고 해도 그런 우리들을 함부로 건드릴 순 없어. 어떻게 우리를 체포하겠어? 말도 안 돼.」

「성전 기사들은 전국 각지에 흩어져 있잖아! 왕은 기습 효과를 노릴 거야. 지방의 치안 군졸들을 동원해 비밀스럽고 신속하게 행동에 돌입할 거래. 왕국 전역에서 동시다발로 대규모 검거 작전을 펼칠 것이라는 얘기를 내 두 귀로 똑똑히 들었어.」

「대규모 검거 작전이라고! 언제? 정확한 날짜를 들었어?」

「세네샬[12]들에게 준비하고 대기하라는 통지를 이미 내려 보냈어. 메신저 비둘기가 서신을 전하면 그다음 날 전국 각지에서 동시에 검거 작전을 펼친다는 계획이야.」

「머리 잘 썼네. 그렇게 하면 정확한 날짜가 새 나갈 위험이 없겠지.」

클로틸데가 감정을 조절하려고 애쓰느라 잠시 말이 없다.

「있잖아, 에브라르, 그 메시지가 바로 어제 도착했어. 그 말은 검거 작전이 펼쳐지는 날이…….」

「오늘이구나?」

그녀가 어두운 표정으로 고개를 끄덕인다.

「1307년 10월 13일 금요일 새벽, 성전 기사들이 미처 방어 태세를 갖추기 전에 전격 체포하라는 명령이 떨어졌어. 독일 기사단 수천 명도 헌병 제복을 입고 왕의 군사들에게 힘을 보텔 거야.」

에브라르 앙드리외는 이제 정신이 번쩍 든다.

그는 뛰다시피 해 신임 기사단장 처소로 향한다. 단장인 자크 드 몰레는 성당 안에 있다. 성단 앞에서 기도 중인 그에게 에브라르가 다가가 무릎을 꿇는 모습을 클로틸데가 멀리서 바라보고 있다.

에브라르가 단장에게 낮은 목소리로 말한다.

「형제, 오늘 새벽에 왕이 우리를 상대로 대규모 검거 작전을 펼친답니다! 속히 단원들에게 알리고 몸을 피하시죠.」

12 프랑스의 지방 행정관.

「나도 알고 있네.」

자크 드 몰레가 차분한 어조로 대답한다.

「아신다고요?」

단장이 성호를 긋고 나서 몸을 일으키더니 에브라르를 뚫어져라 쳐다본다.

「예언서를 읽어 이미 알고 있네. 자네가 나한테 1291년에 전달한 그 예언서 필사본 말이야, 에브라르.」

「알면서도 가만히 계신 이유가 뭡니까?」

자크 드 몰레가 물음엔 답하지 않고 중얼거린다.

「살뱅 드 비엔이 우리가 체포되는 날짜와 시간까지 예언해 놓았더군.」

「그런데도…… 이렇게 아무것도 하지 않고 계신 겁니까?」

「지금 하고 있지 않은가. 자네가 보듯 난 지금 나와 우리 형제 기사들의 영혼을 위해 기도하고 있네.」

「기사단에게 알리셨어야죠!」

「알릴 사람들에겐 이미 알렸고 해야 할 일도 다 했네. 3일 전 밤에 수레도 하나 밖으로 내보냈어. 자네도 기억하지?」

「물론이죠.」

「그 수레에 금과 성유물을 비롯해 우리 기사단의 귀중한 재산을 다 실어 보냈네.」

「수레는 어디로 갔습니까?」

「노르망디 지조르에 있는 우리 기사단 성채로 갔네. 거기서 다시 프랑스 왕국 밖으로 나가게 될 거야.」

「그런데 형제 기사들은 왜 도피시키지 않으셨습니까?」

「우리 목숨이야 대단한 게 아니니까. 중요한 건 우리 기사단의 목표와 계획이지. 우리 영혼이 빛을 발하기 위해서 육신은 사라져야 하네. 난 우리 기사단과 나 자신의 종말을 돌이킬 수 없는 것으로 판단하고 이미 받아들였네. 그것은 예언서에 적힌 미래이기도 해. 하지만 우리 중 누군가는 살아남아 보이지 않는 곳에서 우리의 대의를 실현하기 위해 계속 일해야 하네. 자네도 그중 한 사람이야. 자네한테 임무를 하나 새로 맡기겠네. 아마 자넨 기꺼이 맡겠다고 할 거야. 이번에도 예언서를 지키는 임무니까.」

자크 드 몰레가 에브라르와 눈을 맞추며 미소를 짓는다.

「자네에게, 자네 단 한 사람에게 이 막중한 일을 맡기려고 하네.」

「저는 이해가 되지 않습니다! 이렇게 당하고 있을 수만은 없어요. 우리한테는 병력도 무기도 있습니다. 백성들의 지지도 있고요!」

자크 드 몰레가 양손으로 에브라르의 어깨를 잡더니 힘을 주며 그를 똑바로 쳐다본다.

「자네한테 설명해 줄 게 있네. 혹시 〈에그레고르〉라는 말을 들어 봤는지 모르겠군……. 〈무리〉를 뜻하는 라틴어 그렉스grex에서 파생된 단어야. 에그레고르는 신념을 공유하는 생각들의 집합체라고 이해하면 되네. 우리들의 영혼이 모여 비가시 세계에서 응집력 있는 하나의 구름 같은 걸 만드는 거야. 그레고리오 성가를 들어 봤지? 성가를 합창하는 사람들의 목소리가 단순한 목소리의 합을 넘어 어떤 통일된 소리를 내지 않던가. 에그레고르도 마찬가지야. 집단적 정신이 가진 위력의 표현이지.」

「우리 성전 기사들이 일종의 영혼 공동체를 이룬다는 말씀인가요?」

「바로 그 말이야! 이 공동체는 어떠한 시련도 견딜 수 있는 강한 힘을 지녔어. 오늘 우리에게 벌어지는 슬픈 일은 육신에 가해지는 위해일 뿐일세. 어떤 의미에서는 우리에게 필요한 일인 거지. 그리스도께서 우리를 위해 돌아가셨듯이, 오늘 우리의 희생은 비록 물질세계에서는 보이지 않을지라도 비물질세계에서는 위력적인 정신적 흐름을 만들어 낼 걸세. 우리의 고통과 우리 존재의 소멸은 그 거대한 대의를 위해 치러야 하는 사소한 희생에 불과하네.」

비상사태를 알리는 다급한 나팔 소리가 한 번 길게 울려 퍼진다. 이내 뒤따르는 나팔 소리들이 귀를 먹먹하게 만든다. 성당 밖에서 뛰어다니는 사람들의 발소리가 요란하게 들려온다.

자크 드 몰레는 조금도 표정의 변화가 없다.

기사 하나가 숨을 헐떡이며 성단 앞으로 뛰어온다.

「헌병대가 수도원을 포위했습니다. 어떻게 할까요?」

「그냥 가만히 있게.」

기사단장이 에브라르의 손을 꼭 잡으며 말한다.

「우리 모두를 위해 반드시 임무를 완수해 주게.」

드 몰레가 가방 하나를 그에게 내민다. 에브라르가 아크레에서 예언서를 넣어 가지고 왔던 가방과 거의 흡사한 그 가방에는 이번에도 예언서가 들어 있다.

「유종의 미를 거둔다는 마음으로 예언서를 끝까지 책임지고 지켜 주게. 다른 건 아무것도 중요하지 않아. 인간의 목숨은 대양에 넘실거리는 파도와 같아서, 생겨났다 사라지는 게 당연하네. 하지만 이 예언서는 단단한 바위처럼 남아서 살아남는 사람들이 위업을 이룰 수 있도록 나침반 역할을 해주어

야해.」

「살아남는 사람들이 무슨 위업을 이루어야 합니까?」

「예언서의 마지막 장에 그 내용이 나와 있네.」

「제발 더 자세히 말씀해 주세요…….」

밖은 고함과 명령 소리가 어지럽게 뒤섞여 일대 혼란을 이룬다.

자크 드 몰레는 클로틸데가 옆으로 다가와 서는 것도 인지하지 못할 만큼 말에 집중하고 있다. 무엇인가에 홀린 것처럼 보인다.

「예언서에 따르면 이 세계는 3보 전진 2보 후퇴의 법칙을 따를 것이라고 하네. 3보 전진의 단계에서는 공감과 연민에 바탕을 둔 조화로운 세상을 향해 나아가지. 인류의 평화와 연대를 위해서 말이야. 그러다 갑자기 폭력과 몽매주의와 야만이 지배하는 위기의 순간이 찾아온다는 거야. 그러면 인류는 진보를 멈추고 후퇴하는 거지. 2보 후퇴의 시기야.」

「후퇴라면 구체적으로 뭘 뜻하죠?」

「감염병과 재난이 닥치고 학살과 전쟁이 벌어지는 거야. 어리석음이 득세하니 광신주의가 발동하겠지. 불공정이 세상을 지배하고 냉소에 찬 왕들과 거짓말을 일삼는 대신들이 권력을 휘두를 거야…….」

「그게 바로 미남 왕 필리프와 노가레 같은 자들이 활개 치는 세상 아닐까…….」

클로틸데가 혼잣말하듯 말한다.

「2보 후퇴의 위기 뒤에는 어김없이 3보 전진의 시기가 다시 온다고, 이렇게 전진과 후퇴를 거듭하는 가운데 인류는 꾸준히 앞으로 나아간다고 예언서에는 쓰여 있네.」

에브라르와 클로틸데는 혼란스러운 와중에 단장이 이토록 추상적인 개념을 자신들에게 차분히 설명해 주고 있다는 사실이 놀랍기만 하다.

「인류의 수가 늘어나면 성스러운 사람도 많아지지만 추악한 인간도 그만큼 많아지게 돼 있네.」

자크 드 몰레가 허공을 응시한다.

바깥은 이미 아비규환의 아수라장이다.

「그래서 마지막 장에는 뭐라고 쓰여 있던가요?」

클로틸데가 바깥에서 들리는 소리에는 신경 쓰지 않으려고 애쓰며 묻는다.

「『꿀벌의 예언』마지막 장 말인가? 하! 혜안이 담겨 있더군. 인간이 진보와 쇠락의 순환에서 벗어날 수 있는 단순하고도 자연스러운 방법, 하지만 너무도 독창적인 방법이 쓰여 있네. 인간의 이기주의와 공포를 종식하기 위해 우리에게 새로운 차원의 상상력을 요구하더군. 하지만 불가능해 보이진 않았어. 다만, 거기에 도달하려면 여러 단계를 밟아야 하네. 어떤 단계들은 고통스럽게 느껴지기도 할 거야. 만약에 그 고통을 피하고 건너뛰려 한다면 우린 마지막 단계에 이르지 못할 걸세! 자, 이게 내가 현실을 받아들인 이유일세. 형제 기사들에게 위험을 알리지 않은 이유야. 필리프 4세의 졸개들에게 저항 없이 내 몸을 내어 주려는 이유일세.」

「마지막 장에 대해 조금만 더 얘기해 주시면 안 돼요?」

에브라르가 소심하게 한마디 한다.

「절대 안 돼. 자네 생사가 달린 문제라서.」

자크 드 몰레는 바깥에서 벌어지는 비극에 무심한 듯 보인다.

「만약에 예언서에 쓰여 있다면, 자넨 언제 어떻게 죽는지 알고 싶은가?」

「글쎄요…….」

「내 이름은 여기 명시돼 있네. 내 마지막에 대해서도 나와 있더군. 그걸 읽는 우를 범한 게 무척 후회되네. 물론 그걸 읽은 덕분에 내 생명이 오늘 꺼지지는 않는다는 사실을 알고 있지만.」

자크 드 몰레가 제의실 쪽으로 천천히 걸음을 옮기자 에브라르와 클로틸데가 뒤따른다. 단장이 키 낮은 서랍장에서 양피지 한 장과 펜, 그리고 잉크병과 밀랍 막대를 꺼낸다.

그가 촛대 불빛 아래서 편지를 한 장 쓰고 나서 끝이 벌어진 십자가 문장을 찍어 봉인한다.

단장이 고해실 안으로 들어가며 에브라르와 클로틸데에게 뒤따라오라는 신호를 보낸다. 세 곳을 손으로 누르자 벽이 뒤로 밀리면서 비밀 통로가 나타난다.

「여길 나가 편지에 적힌 주소를 찾아가게. 우리 기사단 일원은 아니지만 내가 전적으로 신뢰하는 사람이니 안심하고 편지를 전해도 되네.」

그가 촛대를 클로틸데에게 건네고 나서 에브라르를 꽉 껴안아 준다.

에브라르와 클로틸데가 문턱을 넘는 순간 바로 비밀 문이 닫힌다. 문 너머에서 고성이 들려온다. 에브라르는 무장한 군졸들이 들이닥쳐 기사단장을 우악스럽게 체포하는 모습을 틈새로 내다본다. 자크 드 몰레는 자신의 몸을 결박하는 병사들에게 조금도 저항하지 않는다.

에브라르와 클로틸데는 지하 통로로 이동하기 시작한다.

라틴어 문구들과 상징적인 그림들이 벽을 따라 이어진다.

「성전 기사들이 비상사태에 대비해 지하 통로를 미리 만들어 놨구나. 만반의 준비를 해놨어.」

비밀 통로는 어느 술집의 지하실과 연결된다. 지상으로 올라오자 성전 기사단 성채가 건너다보인다. 주 출입문이 활짝 열려 있고 무장한 왕실 근위대가 그 앞에 서서 오가는 사람들을 감시하고 있다.

에브라르와 클로틸데는 구경을 위해 모인 군중 속으로 슬그머니 섞여 들어간다. 밖으로 끌려 나오는 성전 기사들 중에는 얼굴에 피멍이 들고 피를 흘리거나 다리를 절뚝이는 사람이 부지기수다.

「위험을 무릅쓰고 나를 찾아온 이유가 뭐야?」

에브라르가 클로틸데에게 묻는다.

「내 수호천사 성 알렉상드르의 요청 때문이야.」

「그가 시키는 대로 했을 뿐이라고?」

「나는 당신과 내 운명이 얽혀 있다고 직관적으로 느껴. 우리가 〈영혼의 가족〉 같은 거라고 말이야. 이 표현은 성 알렉상드르한테 들었어. 영혼의 가족을 이루는 사람들은 상대를 만나는 순간 바로 이 사람이다, 하고 느낀대. 당신을 처음 봤을 때 나도 그런 느낌을 받았어.」

에브라르가 클로틸데를 빤히 쳐다본다.

몸이 포승줄로 묶인 성전 기사들을 이송을 위해 수레 여러 대에 나누어 태우고 있다. 무장한 왕의 군사들이 그들을 거칠게 수레 안으로 밀어 넣는다.

군졸 하나가 구경꾼들을 향해 소리친다.

「이놈들은 당신들 돈을 훔친 도둑놈들이오! 당신들한테

고리대금을 해서 번 돈으로 성안에서 고기 안주에 맥주를 마시면서 편안하게 부자로 살았소! 당신들이 가난한 건 이놈들 때문이오. 이놈들은 당신들을 거지 취급하지만 국왕 폐하께선 당신들을 사랑하고 계시오. 당신들이 이놈들한테 농락당하는 꼴을 더는 보지 않겠다고 말씀하셨소!」

운신할 공간도 없이 수레에 빽빽하게 타 있는 성전 기사들을 향해 썩은 과일과 쓰레기가 날아온다.

「어디 그뿐인 줄 아시오! 이놈들은 이단이오! 십자고상에 침을 뱉고 그리스도를 새긴 조각을 밟고 다니는 놈들이지. 자기들끼리 예사로 붙어먹는 놈들이야!」

마지막 한마디가 기름에 불을 붙인 듯 구경꾼들의 눈에서 불이 뿜어져 나온다. 어린아이들이 수레로 달려와 성전 기사들에게 몽둥이를 휘두른다. 침이 날아오고 쓰레기가 수레 위로 쏟아진다.

「혹시 성전 기사들이 눈에 띄거든 즉시 관청에 알리시오! 머릿수에 따라 포상금이 지급될 것이오.」

군졸이 악을 쓰며 소리를 지른다.

에브라르와 클로틸데는 그저 무력하게 이 광경을 지켜보고 있다.

「성전 기사들 앞에 힘든 날들이 펼쳐질 것 같아.」

클로틸데가 발을 동동 구른다.

「당신은 그만 독일 기사단으로 돌아가는 게 좋겠어. 옛 기사단장의 부인한테 설마 무슨 짓이야 하겠어. 잘 대접해 줄 거야.」

「그러겠지. 하지만 이젠 내가 더 이상 견디지 못하겠어. 독일 기사단은 이번 검거 작전의 공모자야. 아니, 이번 체포를 주도했지. 그런 놈들과 다시 인연이 얽히고 싶지 않아. 내가 바라는 건 당신과 함께 새로운 이상을 추구하는 일에 힘을 보태는 거야. 정복과 지배와 전쟁의 길이 아니라 평화의 길에 미약하게나마 기여하고 싶어.」

그들이 의미심장한 눈빛을 교환한다.

「여기서 더 지체해 봤자 저들을 구할 순 없어. 우리한테는 주어진 임무가 있으니 그만 떠나자.」

그들은 성전 대로를 따라가다 생타부아 거리로 들어선다. 광란이 펼쳐지는 걸 목격한 그들은 급히 생트크루아드라브르토느리 거리로 방향을 꺾어 가다가 생마르탱 거리로 접어든다. 샹주 다리를 통해 시테섬을 건너고 나서 센강 남쪽의 파리를 동서로 갈라놓는 생자크 대로를 따라 쭉 걷다가 아르프 거리로 방향을 튼다.

자크 드 몰레가 준 주소에 적힌 쿠프괼 거리[13]에 도착해 보니 아담한 건물이 한 채 서 있다. 로베르 드 소르봉이 60년 전에 설립한 이 신학교는 클뤼니 수도원의 파리 숙소와 마주 보고 있다.

에브라르와 클로틸데는 자크 드 몰레가 일러 준 대로 건물에 들어가 2층으로 올라간다. 번호가 붙은 문 앞에 이르러 노크하자 흰담비족제비 망토를 입고 챙 없는 모자를 쓴 남자가 안에서 문을 열어 준다. 입술이 얇고 콧날이 날카로운 사람이다. 그들은 눈초리가 유난히 매서운 이 사람이 재무 대신 앙게랑 드 마리니임을 금방 알아차린다.

「기다리고 있었네.」

그가 두 사람을 방으로 들인다.

---

13 소르본 거리rue de la Sorbonne의 옛 이름.

고급스러운 가구들로 채워진 작은 방 벽에 전투 장면을 그린 회화 작품이 여러 점 걸려 있다.

「나리가, 필리프왕의 국고를 관리하시는 분께서 어떻게!」

클로틸데는 자기도 모르게 언성을 높인다.

「나 스스로를 지키려면 그 방법밖에 없었네. 호랑이 굴로 들어가는 수밖에 없었어. 자크 드 몰레도 내 그런 선택을 이해해 줬지. 솔직히 지금 내가 그를 구할 수 있는 방법은 없네. 하지만 신분을 노출하지 않은 성전 기사로서 왕궁 내에서 비밀리에 기사단을 도울 방법을 모색 중이네. 내 친구가 자네들 편에 전달하는 편지에 적힌 임무를 수행하는 것도 그런 차원에서일세.」

에브라르가 가죽 원통을 내밀자 그가 서신을 꺼내 찬찬히 읽어 내려간다.

「뭐라고 쓰셨어요?」

클로틸데가 눈을 반짝인다.

「나한테 무슨 일이 있더라도 예언서를 지켜 달라는군. 그거 이리 주게.」

에브라르가 가방을 열어 필사본을 꺼내 그에게 건넨다.

앙게랑이 조심스럽게 받아 들고는 꿀벌이 새겨진 표지를 매만진다.

「국고를 관리하던 나한테 이제 성전 기사단 보물을 맡으라고 하는군.」

「기욤 드 노가레가 이 사실을 알게 되면 나리를 체포하진 않을까요?」

에브라르가 걱정스럽게 묻는다.

「폐하께서는 자주 농담처럼 내가 자신의 오른팔이고 노가

레가 왼팔이라고 하시지. 노가레가 내 철천지원수인 건 꿈에
도 모르시네. 난 노가레가 이 간교한 검거 작전을 기획하기
전부터 이미 그에게 치를 떨었네. 노가레가 눈독을 들이는
이 예언서 필사본을 내가 반드시 지켜야 하는 이유가 하나
더 있는 셈이야.」

「단장님을 살릴 방법이 정말로 없었습니까?」

에브라르가 도발적으로 묻는다.

마리니가 극심한 피로감을 느끼는 듯 잠시 눈을 감았다
뜬다.

「프랑스 왕국은 지금 파산 직전이네. 영국과 전쟁을 치르
느라 국고가 바닥나자 왕은 유대인 대부업자들한테 먼저 손
을 내밀었네. 상환할 때가 오자 그들을 잡아들여 추방하거나
화형에 처했지. 그러고 나서는 롬바르디아 고리대금업자들
한테 돈을 빌렸네. 그 돈 역시 갚지 않고 사람들을 처형해 버
리는 걸로 해결했지. 그다음 차례가 성전 기사단이었네.」

재무 대신이 한숨을 푹 내쉰다.

「나 역시 재무 대신 자격으로 성전 기사단을 설득해 나라
에 큰돈을 빌려주게 했네……. 그러고 나서 자네들을 제거하
라는 조언도 왕에게 했어.」

「그건 대신께서도 이 사태에 책임이 있다는 뜻이잖아요!」

클로틸데가 펄쩍 뛴다.

「어쩔 수 없었네. 그렇게 하지 않았다면 난 살아 있지 못했
을 거야. 그리고 당연히 노가레가 내 자리를 대신 차지했겠
지. 물론 내가 악의 공모자라는 사실은 부인할 수 없네. 하지
만 노가레가 내 자리에 있었다면 더 끔찍한 일을 저질렀을
거야.」

「나리, 나리께서는 언제부터 비밀리에 성전 기사단 활동을 하셨죠?」

클로틸데는 마리니를 믿지 못하는 눈치다.

「자크 드 몰레와 만난 그 순간부터. 그와 첫마디를 나누고 나서 나는 그가 내 …… 〈영혼의 가족〉이라는 걸 알았지.」

「그 말이 대신의 입에서 나오니 기분이 묘해지네요. 나리께 그 말은 어떤 의미가 있나요?」

「서로를 알기도 전에 영혼이 먼저 상대를 알아본다는 뜻이네. 가슴 깊숙한 곳에서 느껴지는 어떤 직관이지. 그와 나는 시작부터 그런 느낌을 가지고 대화를 나눴네. 그 느낌은 갈수록 확신으로 변했지. 나는 그가 대단한 사람이라고 생각했어. 그 첫 만남 이후 우리는 주기적으로 만났네. 그에게 참 많은 걸 배웠지. 사실 난 그를 만나기 전에는 성전 기사단이 그저 엘리트 기사 집단이라고 여겼지. 그런데 알고 보니 성지에서 튀르크족을 상대로 대단한 무훈을 세웠더군. 자크한테 그 얘기를 들으며 놀란 적이 한두 번이 아니었어. 무슬림들이 성전 기사들을 높이 평가했다는 얘기를 자크에게서 들었네. 약속과 명예를 소중히 여기는 그들을 적도 인정했다는 뜻이지. 무슬림들은 공성전을 펼치면서도 성전 기사단 성채들의 건축미를 부러워했다더군. 이건 종교의 차이를 뛰어넘는 어떤 보편적 개념들이 존재한다는 뜻 아니겠나.」

에브라르는 성전 기사들과 무슬림들 사이에 그런 상호 존중의 관계가 맺어질 수 있다는 사실이 놀랍기만 하다. 그는 기욤 드 보죄 단장이 아크레에서 술탄 알아슈라프 칼릴과 끝까지 협상을 모색했던 일을 머리에 떠올린다. 드 보죄 단장이 술탄을 칭찬했던 일은 아직까지 에브라르에게 인상적인 기억으로 남아 있다.

마리니가 두 사람에게 책상 앞에 놓인 큰 의자에 앉으라고 권한다.

「성전 기사들은 금융업의 귀재일세. 그들은 예치 제도라는 아주 유용한 제도를 발명했지. 가령 프랑스 순례자는 성지로 떠나기에 앞서 자기가 사는 지역의 성전 기사단 지부에 돈을 맡긴 뒤 그 액수가 적힌 교환증을 받네. 수중에 돈을 지니고 있지 않으니 성지로 가는 길에 강도를 당할 위험이 없지. 대신 목적지에 도착해서는 예루살렘의 성전 기사단 본부에 교환증을 보이고 자신이 맡긴 금액을 현지 통화로 받아 쓸 수 있네. 이 제도를 발명한 성전 기사단은 많은 수익을 올렸어. 기사단은 유럽에서는 물론 아시아 지역에서도 수백 개의 지부를 통해 막대한 부를 축적하고 그것을 엄격하게 관리했네. 성전 기사단은 손대는 일마다 수익을 창출했지. 그들의 사업 방식은 효과적일 뿐만 아니라…… 공정하네. 자신들을 위해 일하는 장인들과 농민들에게 후한 보수를 지급하지. 성전 기사단이 소작을 주는 땅들도 모두 수확이 좋네. 건물 또한 새로운 형식으로 아름답게 짓지. 나는 성전 기사단이 국내에서뿐 아니라 국외에서도 뿌리내린 데는 이런 여러 가지 이유도 한몫했으리라 생각하네.」

「그렇게 후한 평가를 내리면서 성전 기사단을 대체 왜 버리셨죠?」

클로틸데의 목소리가 한껏 격양돼 있다.

「성전 기사단은 왕이 아닌 교황에 소속된 집단이네. 이 나라 제2의 거부가 자신의 통제를 받지 않는다는 사실을 왕이 어떻게 받아들일 수 있겠나? 게다가 필리프 4세와 교황 클레멘스 5세는 사사건건 충돌하고 있었네. 성전 기사단은 그 힘겨루기의 희생양이 된 셈이야. 전적으로 정치적인 결정인 거지.」

「대신께서는 성전 기사단을 배신했어요!」

클로틸데가 핏대를 세우며 마리니를 쏘아본다.

재무 대신이 고개를 숙인다. 그의 초점 없는 시선이 벽에 걸린 그림들에 한참 머무른다.

「자크 드 몰레가 나한테 직접 이런 말을 한 적이 있네. 〈우리의 에그레고르가 살기 위해서는 자네가 우리를 배신해야 해. 내가 체포되게 만들어야 하네. 비록 자네가 내 목숨을 구할 순 없겠지만 그렇게 우리의 정신은 구할 수 있네.〉」

마리니가 앞에 놓인 예언서 표지를 애틋하게 어루만진다.

「이 책 내용을 알고 계세요?」

클로틸데가 묻는다.

「이 세계의 미래가 적혀 있다고 일전에 자크한테 들었네. 어쨌든 내가 아는 건 이 예언서에 오늘 벌어진 검거 작전 날짜가 적혀 있고, 자크와 나의 죽음에 대해서도 언급돼 있다는 사실이네.」

그는 입가에 미소를 피우지만 얼굴에는 그늘이 드리워져 있다.

「내가 죽는 날짜는 명시되지 않았다고 하네. 그날을 최대한 늦추기 위해 노력할 생각이야. 그래야 살아 있는 동안 자크와 나의 공통된 가치들을 실현하기 위해 내 역할을 할 수 있을 테니까.」

잠시 말이 없던 그가 말끝을 단다.

「자기가 죽는 날짜와 방식에 대해선 차라리 모르는 게 약이 아닐까? 자크는 가혹한 고문을 거쳐 유대인섬[14]에서 화형에 처해질 걸세.」

마리니가 어깨를 으쓱 추어올린다.

「자크 드 몰레는 진리라고 해도 무방한 인간사 작동 원리의 희생양이 된 것뿐일세. 도움을 간절히 요청하는 상대를 도와주면 처음에는 고맙다는 인사를 듣지. 하지만 나중에는 꼭 뒤통수를 맞게 돼 있어. 이게 인간사의 법칙이야.」

「성전 기사들한테 대체 어떤 죄를 뒤집어씌우는 거죠?」

클로틸데가 여전히 씩씩거리며 묻는다.

「기욤 드 노가레가 성전 기사들을 체포하고 필요하면 화형에 처하기 위해 만든 죄목이 한 1백 가지는 될 걸세. 교황께서는 여전히 심정적으로는 기사단을 옹호하시지만, 온갖증언이 나온 마당에 성전 기사단이 사탄과 손을 잡은 이단이라는 주장을 받아들이지 않으실 수가 없었지.」

「다 고문을 통해 강요된 허위 자백에 불과해요!」

에브라르가 펄쩍 뛴다.

「노가레는 성전 기사들이 주술사라고 주장하네. 자네들이 그리스도를 부인하는 의식으로 십자고상에 침을 뱉는다는 거야. 자기들끼리 관계를 하는 음란한 집단이라고도 떠들어 대네. 그게 사실이냐 아니냐는 조금도 중요하지 않아. 사람들은 그 말만 들어도 혐오감을 느껴 왕의 결정을 지지하게되니까. 젊은이들, 왕실 친위대가 추격에 나서기 전에 어서몸을 피하게.」

재무 대신이 에브라르와 클로틸데를 배웅해 준다.

---

14 센강에 떠 있던 작은 섬 중 하나로 지금은 사라지고 없다. 이 섬은 성전기사섬île des Templiers으로도 불렸다.

「빨리 피신할 곳을 찾게. 자네들은 대단한 일을 해냈으니 이젠 스스로의 목숨을 보전할 방법을 강구하게. 곳곳에 적들이 있으니 각별히 조심하게.」

「대신께서는 예언서를 어떻게 하실 생각이신가요?」

클로틸데가 문턱에 서서 묻는다.

「당분간은 여기에 보관할 생각이네.」

클로틸데와 에브라르가 건물 밖으로 나와 벽에 몸을 붙인 채 걷다가 슬쩍 행인들 사이에 섞인다. 갑자기 등 뒤에서 누군가 그들을 향해 소리친다.

「어이, 저놈! 내가 저놈을 성전 기사단 영지에서 봤어요! 저놈도 같은 패거리예요!」

행인들의 시선이 일제히 그들에게 쏠린다. 에브라르는 자신을 손가락으로 가리키고 있는 사내를 금세 알아본다. 일전에 기사단 구제소에서 먹여 주고 재워 준 걸인이다.

「저놈들을 잡아라. 성전 기사단이다! 놈들을 잡아가면 상금을 받을 수 있다!」

한 사내가 소리를 지르며 쫓아온다.

에브라르는 마리니한테 들었던 말을 떠올린다. 도움을 요청하는 상대에게 도움을 주면 당장에는 고맙다고 하지만 나중에는 뒤통수를 친다는 그 매정한 인간사의 법칙을.

에브라르와 클로틸데는 적의 가득한 군중의 눈빛에 공포를 느끼며 도망치기 시작한다. 그들은 좁은 골목으로 뛰어들어 행인들 속에 섞여 걷다가 길모퉁이에 있는 어느 주택의 포치 밑에 몸을 숨긴다. 한 무리의 여자들과 남자들이 합창하듯 고함치며 그들 앞을 지나간다.

「성전 기사들이다! 저쪽으로 갔어! 놈들을 잡자!」

클로틸데와 에브라르는 어둠이 깔리기 시작하고 나서야 다시 거리로 나온다. 클로틸데가 단호한 목소리로 에브라르에게 말한다.

「사태가 진정될 때까지 우리가 안전하게 있을 수 있는 곳은 단 한 곳뿐이야.」

「그게 어디야?」

「다른 선택의 여지가 없어. 파리 독일 기사단 수도원으로 가는 수밖에.」

83 므네모스: 카발라

2세기에 일어난 제2차 디아스포라 이후 유대인 공동체들에서는 과학과 의학 분야의 발전과 별개로 밀교적 사상인 카발라가 태동했다.

카발라를 통해 수학과 천문학, 물리학, 화학 분야의 지식이 전수됐다. 3세기와 8세기 사이 탈무드 율법학자들은 이상적인 성전(聖殿)인 〈헤칼로트〉[15]에 관한 책들을 썼다.

이후 중세 시대에 들어와 카발라 저작은 한층 풍성해졌다. 『창조의 책』과 『빛나는 책』 등 창조론에 관한 주요 저작들이 이때 랍비들에 의해 집필됐다. 카발라는 오랫동안 연금술과 깊은 관련을 맺었다.

카발라 사상을 이루는 기하학적 형태들과 수학적 구조들은 음악과 그림, 건축에 사용되기도 했다.

우리에게 가장 많이 알려진 카발라의 기하학적 형태 중 하나는 13세기 헤로나의 아즈리엘이 만든 생명의 나무다. 이 나무는 세피라라고 불리는 열 개의 원으로 이루어져 있는데, 이 원들은 히브리어 자모 스물두 개에 해당하는 스물두 개의 선(혹은 경로)으로 서로 연결돼 있다.

카발라는 미래를 예언하는 도구로 쓰이기도 했다. 히브리어 자모 스물두 개가 인간 존재의 진화 과정에서 생길 수 있

15 궁전이라는 뜻.

는 모든 가능한 상황을 나타내는 스물두 개의 상징적 이미지에 해당한다고 보았다.

　모세 5경을 가리키는 히브리어 〈토라〉는 〈타로〉의 기원이 됐다. 카드 속 그림을 해석해 누구나 쉽게 미래를 점칠 수 있는 마르세유 타로 카드는 중세인들에게 많은 인기를 끌었다.

84

예언서가 소르본에 있어요!

르네는 알렉상드르와 멜리사에게 문자를 보내 알리고 캠퍼스에서 만나기로 약속한다. 그는 지나가는 택시를 잡아타고 소르본 대학으로 향한다. 택시 기사가 틀어 놓은 라디오에서 뉴스가 흘러나온다.

「축구 경기 소식입니다. 사우디아라비아와 이란의 월드컵 예선전이 펼쳐졌습니다. 사우디아라비아 대표팀이 승리하자 바그다드와 베이루트에서 두 나라 정부가 지원하는 수니파 단체들과 시아파 단체들이 충돌해 폭력 사태가 발생했습니다. 바그다드에서는 1백여 명이 부상을 입고 수많은 상점이 약탈당했습니다. 베이루트에서는 한 사우디아라비아 단체가 입주해 있던 건물로 폭발물이 가득 실린 트럭이 돌진해 자살 폭탄 테러를 일으키는 바람에 최소한 열 명의 사상자가 발생한 것으로 전해졌습니다.

파리 기후 변화 회의가 중요한 의제에 대한 표결 없이 막을 내린 가운데 중국 대표는 다음과 같이 말했습니다. 〈자국의 생산 시설을 풀가동하느냐 마느냐는 각국이 자주적으로 결정할 문제입니다. 한 나라의 주권에 관련된 것이죠. 남의 나라 일에 감 놔라 배 놔라 하는 사람들은 저성장 정책이 불러올 파장부터 심각하게 고민해 봐야 할 것입니다. 공장 가

동을 환경 오염의 주범으로 지목한다고 해서 우리는 국민들을 실업자로 만들 생각은 조금도 없습니다.〉

유럽 대표들이 야유를 보내자 중국 대표는 다음과 같이 덧붙였습니다. 〈수시로 파업이나 일으키는 게을러빠진 유럽 노동자 수백만 명의 생산 활동을 줄이는 게, 당신들 나라에서 일상생활에 쓰이는 모든 물건들을 생산해 주는 의욕에 찬 10억 중국 노동자들에게 일을 적게 시키는 것보다 더 쉬울지도 모른다고 생각합니다. 환경 오염에 대한 불평불만을 쏟아 내는 당신들 꼴이 참 가관이라고 여겨집니다. 환경 오염이 싫으면 소비를 멈추면 될 거 아닙니까?〉

튀르키예 관련 소식입니다. 유럽 대표단이 난민 캠프 유지에 관해 튀르키예 대통령과 협상을 벌이기 위해 앙카라에 도착했습니다. EU 대표단은 난민 캠프들을 현재 상태로 유지하는 조건으로 튀르키예 정부에 60억 유로를 지원할 것이라고 발표했습니다. 튀르키예 정부는 EU에서 조속히 지원금을 주지 않을 경우 자국 난민촌에 머무르고 있는 아랍 전쟁 난민과 아프리카 경제 난민 수백만 명이 유럽 영토로 진입하는 상황을 방관할 것이라고 밝힌 바 있습니다. 튀르키예는 2021년 현 EU 집행위원장이 공식 방문했을 때 귀빈용 의자가 아닌 등받이 없는 소파에, 게다가 회담장 뒤쪽에 앉혀 놓았던 나라임을 청취자 여러분도 기억하실 것입니다. 이번 난민 처리 문제와 관련해 튀르키예 대통령은, 만약 EU 회원국 중 단 한 나라라도 아르메니아인 집단 학살을 인정한다면 지금 진행 중인 협상은 모두 무효가 될 것이라고 말했습니다.

과학 분야 소식입니다. 프랑스와 스위스 국경에 위치한,

고리 모양으로 생긴 직경 27킬로미터짜리 LHC를 관리하는 과학자들이 양성자 입자 하나를 1.7초 전으로 되돌리는 데 성공했다고 발표했습니다. H. G. 웰스의 소설 속 타임머신에 비하면 아무것도 아니지만, 이 1초는 우리 인류의 미래에 거대한 도약의 발판이 될 수 있을 게 분명합니다.

여러분이 공분을 느낄 만한 소식을 하나 전해 드리겠습니다. 소비자 총연맹UFC은 시중 슈퍼마켓에서 판매 중인 꿀의 90퍼센트가 벌꿀이 전혀 함유되지 않은 가짜 꿀로 판명되었다고 발표했습니다. UFC에 따르면, 꿀이라고 팔리는 제품들은 사실상 착색한 포도당을 주원료로 사용해 꿀맛을 화학적으로 만들어 낸 제품들에 불과하다고 합니다. 이런 사태가 벌어진 데는 꿀벌 개체 수의 감소가 결정적인 원인으로 꼽히지만, 농식품 산업 전반과 대형 유통업체에 대한 관리 감독과 규제가 부실한 것 또한 원인으로 지적되고 있습니다.

마지막으로 날씨 전해 드리겠습니다. 국가 기상 센터는 올해가 인류 역사상 가장 무더운 여름이 될 것이라고 예보했습니다. 이와 관련해……」

「라디오 좀 꺼주시겠어요?」

앞으로의 일을 머릿속에 그리며 생각을 집중하려는 르네가 택시 기사에게 부탁한다.

「당신은 세상 돌아가는 일에 관심이 없어요? 아님 날씨 따위는 몰라도 된다는 뜻이에요?」

기사가 백미러를 힐끔 쳐다본다.

없긴요. 관심이 있으니까 꺼달라고 그러는 거예요. 그래야 감정의 동요 없이, 무엇보다 화나지 않은 상태에서 차분하게 생각할 수 있으니까.

「잠을 잘 못 자서 그래요.」

르네는 괜한 논쟁을 벌이기 싫어 대충 둘러댄다.

택시 기사는 라디오 소리만 살짝 낮춘다. 르네는 뒷좌석에 앉은 채 눈을 감는다.

뉴스를 들으면 항상 끝에 가서는 기분이 가라앉으면서 우울해져. 지금은 그런 기분에 젖을 때가 아니야.

뉴스를 접할 때마다 왜 이렇게 낙담하다 못해 공포에 휩싸이게 되는 걸까.

소르본 광장에 도착하자 알렉상드르와 멜리사가 먼저 와 출입문 앞뜰에서 기다리고 있다. 뜻밖에 오델리아와 메넬리크의 모습도 보인다. 그들은 반가운 마음에 서로 포옹을 나눈다.

알렉상드르한테서 『꿀벌의 예언』이 지닌 의미와 중요성에 대해 설명을 들었다고 오델리아가 말한다. 자신이 연구하는 꿀벌이 인류의 미래와 전 세계의 평화에 생각지도 못한 방식으로 영향을 미친다는 걸 깨닫고 따라나서겠다고 했다며, 오델리아가 이 자리에 오게 된 경위를 메넬리크가 들려준다.

「아까 자네한테 문자를 받았을 때 처음에는 농담인 줄 알았네.」

알렉상드르가 말한다.

「등잔 밑이 어둡다는 말이 있잖아요. 바로 눈앞에 있는 걸 못 볼 때가 있죠. 일전에 제가 안경을 이마에 걸쳐 놓은 걸 모르고 한참을 찾은 적이 있어요.」

「이제 나도 시간 여유가 조금 생겼으니 도움이 됐으면 좋겠네요.」

오델리아가 르네를 보며 말한다.

「도움이 필요하면 나한테도 언제든 말하게.」

메넬리크도 한마디 한다.

「자, 그럼 이제부터 수색에 들어갈까요? 제가 아는 바로는 『꿀벌의 예언』이 마지막으로 보관되어 있던 장소가 바로 여기예요.」

「자초지종을 좀 설명해 주겠나?」

르네는 자신이 마지막으로 트랜스 상태에 들어갔을 때 시각화를 통해 본 것을 상세히 설명해 준다.

「필리프 4세의 재무 대신이 예언서를 여기에 숨겼단 말이지?」

멜리사가 르네에게 확인한다.

「소르본의 역사에 대해서야 내가 누구보다 잘 알지.」

알렉상드르가 잠시 생각을 모으고 나서 말끝을 단다.

「17세기에 리슐리외 추기경이 건물을 대대적으로 다시 짓게 하고 부속 예배당을 세웠어. 그 뒤에 19세기 들어서도 수없이 개축 공사가 있었지. 미리 말해 두지만, 1307년에 이 자리에 서 있었던 그 신학교는 자취가 거의 남아 있지 않다고 보면 돼.」

「그런 식으로 문제에 접근하면 안 돼요.」

르네가 손사래를 친다.

「우린 철저히 앙게랑의 입장에서 생각해 봐야 해요. 그런 고관이 귀하디귀한 물건을 과연 어디에다 숨겼을까?」

「문서 보관실 아니면 니코시아 성전 기사단 박물관처럼 상자나 잡동사니를 쌓아 놓은 지하실이 유력하지 않을까?」

멜리사가 아이디어를 낸다.

그들은 넓은 캠퍼스를 온종일 샅샅이 뒤지지만 아무것도 발견하지 못한다.

「이제 그만 다들 돌아가서 쉬어요. 난 계속 찾아볼게요. 어차피 난 사는 곳도 여기니까.」

「나도 돕겠네. 백지장도 맞들면 낫다고 하잖아.」

두 친구가 의기투합해 캠퍼스 내에 있는 가장 오래된 건물들을 체계적으로 탐색할 계획을 세운다.

「나는요? 난 안 끼워 줘요?」

오델리아가 뾰로통해 있다.

「설마, 내가 여자라서 그 일에 끼어들 자격이 없다고 생각하는 거예요?」

오델리아가 메넬리크에게 발끈하며 싸움이 시작되는 모습을 보고 나머지 세 사람은 당혹감을 감추지 못한다.

「아니, 여보, 그런 말이 어디 있어요?」

메넬리크가 강하게 부인한다.

「당신도 알다시피 우린 친구 사이고, 무엇보다 알렉상드르와 나는 이 학교를 내 집처럼 구석구석 아니까 그러는 거예요. 어차피 당신은 여기 와본 적도 없으니까…….」

「늘 이런 식이지. 역사가 소재로 등장하는 순간 당신은 날 그냥 배제해 버려요. 왜요, 역사와 과학은 서로 딴 세상 학문이라고 생각해서 그래요? 그런 거예요?」

사이 좋은 커플이 히브리어로 티격태격하는 모습을 보면서 르네는 묘한 기분이 된다. 그는 직업 탓에 서로 다른 세계관을 가지고 있던 역사 교사 아버지와 과학 교사 어머니가 수시로 싸우던 일을 떠올리며 추억에 젖는다.

저 두 사람은 마치 과학과 역사는 서로 상대 학문을 수용하며 양립하는 것이 불가능한 것처럼 의견 충돌을 일으키고 있어.

메넬리크도 공격을 당하고만 있지는 않는다. 히브리어로 오가는 대화의 톤으로만 짐작하건대 싸움의 소재가 사적인 영역으로 옮겨 가고 있는 듯하다. 아니면 해묵은 이야기를 다시 끄집어내고 있거나.

갑자기 오델리아가 말을 멈추더니 일행을 향해 말한다.

「미안해요, 친구들 앞에서 꼴사나운 모습을 보였네요. 이게 다 메넬리크 탓…… 아니, 이 사람이 너무 꽉 막혀서 그래요. 항상 자기가 옳아야 하죠. 좋아요, 당신이 이겼어요. 나는 방으로 갈게요. 남자들끼리 남아 대단한 일을 계속 도모해 보시죠. 그사이 나는 우리 여자들이 선사 시대부터 늘 해오던 일이나…… 음, 사냥 나간 남자들이 돌아오길 동굴에서 기다리고나 있을게요.」

그녀가 뭔가 다른 논리를 또 찾아내려고 하다가 생각이 떠오르지 않자 고개를 까딱하고는 돌아서 가버린다.

다른 세 사람은 난처한 눈빛을 교환하며 서 있는데 정작 당사자인 메넬리크는 휠체어에 앉아 아무렇지도 않은 듯 태연한 얼굴을 하고 있다.

어떤 면에서는 조금 안도감이 들기도 해. 완벽한 줄 알았던 부부도 다른 커플과 크게 다르지 않다는 걸 확인했으니까. 키부츠 공동체 생활과 이스라엘의 정치적 긴장도 커플 관계에는 영향을 끼치지 못하는 모양이야. 저 두 사람이 서로에게 하는 비난은 오팔이 마르쿠스한테 가면서 나한테 했던 비난과 하나도 다르지 않아.

알렉상드르가 분위기를 바꾸려고 한마디 한다.

「자, 음, 메넬리크와 나는 남아서 캠퍼스를 계속 뒤져 볼게. 이러니저러니 해봤자 결국 책 한 권 찾아내는 일이야…….」

85

책이 불타고 있다.

필리프 4세는 지난해 유대인들의 공식 추방을 지시하기 전에 분서부터 명령했다. 유대인들의 책에 이어 이제 성전 기사들의 책이 재로 변하고 있다.

이제 글자를 깨쳐 책을 읽을 수 있게 된 에브라르이기에 불붙은 장작더미 위로 책들을 던지는 모습이 더 충격적으로 다가온다. 파리 시내 광장 곳곳에서 똑같은 화형식이 진행 중이다.

책 다음은 사람 차례겠지.

에브라르와 클로틸데는 생드니 대로를 지나 생마글루아르 수도원에 도착한다. 국왕 필리프 4세가 새로 친구가 된 독일 기사단장 지크프리트 폰 포이히트방겐과 그의 기사들에게 임시 거처로 내준 곳이다.

독일 기사단은 교황에 직속하기 때문에 왕실 근위대 군졸들은 원칙적으로 수도원에 들어올 수 없다.

검은 십자가가 찍힌 망토를 걸친 경비병들이 클로틸데와 그의 동행에게 인사를 건넨다. 클로틸데는 몇 년째 지내고 있는 수도원 내 거처로 앞장서 향한다.

방에 들어서자마자 그녀가 털썩 침대에 눕는다. 에브라르는 침대 가장자리에 걸터앉는다.

「지긋지긋한 곳이지만 지금은 다른 선택의 여지가 없어. 조용해질 때까지 기다렸다가 앙게랑 드 마리니를 다시 찾아가 보자.」

「예언서의 마지막 장을 읽지 못한 게 이렇게 아쉬울 수가 없어.」

에브라르가 한숨을 내쉰다.

「미래의 세상은 어떤 모습일까? 2000년대라는 게 온다는 생각만 해도 아득하고 비현실적으로 느껴져.」

에브라르의 눈빛이 호기심으로 가득하다.

「너는 어떤 미래가 펼쳐지리라 생각해?」

클로틸데가 침대에 누운 채 묻는다.

「기독교 세계가 승리하고 우린 예루살렘을 되찾을 거야. 유대인들과 무슬림들도 결국에는 그리스도의 사랑의 메시지를 인정해 개종하게 될 거야. 그러면 이 세상에는 기독교인들만 존재하게 되겠지.」

그가 들뜬 목소리로 말한다.

「만약 그렇게 안 된다면?」

「성 요한의 〈묵시록〉을 보면 세상의 종말이 어떤 모습일지 대충 알 수 있어.」

에브라르가 말한다.

「〈묵시록〉의 네 기사를 말하는 거야? 그들이 탄 흰색 말과 빨간색 말, 검은색 말, 초록색 말이 각각 승리와 전쟁과 기근과 죽음을 상징한다는 거? 그게 밝은 미래가 아닌 것만은 분명하지.」

클로틸데가 입을 샐쭉한다.

「하지만 살아남은 자들은 평화를 되찾은 세상에서 살게

될 거야.」

「유대교 종말론에도 미래에 대한 묘사가 나와.」

「유대교 종말론이라는 게 있어?」

에브라르가 놀라 묻는다.

「다른 게 아니라 세상의 종말에 대한 유대교적 생각을 말하는 거야.」

「그래, 유대교에서는 뭐라고 하는데?」

「선지자 즈가리야와 에스겔에 따르면 일단 곡과 마곡의 전쟁 같은 고통의 시기가 찾아온다고 해. 그다음에는 승천한 예언자 엘리야가 다시 와서 새로운 메시아의 등장을 예고한대. 그러고 나서 죽은 자들이 부활하고 최후의 심판이 내려지고 나면 마침내 영원한 평화의 세상이 도래한다는 거야.」

에브라르는 클로틸데의 박학다식함에 속으로 무척이나 놀란다.

「난 말이야, 언젠가 우리가 세상의 끝에 도달하게 될 날을 상상하곤 해. 평평한 땅이 끝나는 곳에 이르면 물은 우주로 흘러가겠지.」

「나는 언젠가 하늘의 천사들이 모두 지상으로 내려오는 상상을 해. 천사들이 우리에게 말을 걸고 우리를 인도해 주는 날을.」

클로틸데가 얼굴에 미소를 지으며 말한다.

「악마들도 함께 내려오면 어떡해? 니코시아에서 구마사한테 들었는데, 악마는 천사로 위장해서 나타나기도 한대.」

「악마는 뿔이 달리고 혓바닥이 둘로 갈라져 있어, 에브라르.」

에브라르가 더 이상 반박하지 못하고 화제를 돌린다.

「미래에는 아주 멀리까지 날아가는 거대한 쇠뇌가 개발될 거라고 나는 생각해. 산만 한 바윗덩어리를 쏠 수 있는 투석기도 생길 거고. 우리한테 이런 무기가 있으면 예루살렘을 되찾는 게 쉬워지지 않을까? 클로틸데 당신은 어떤 미래를 그려?」

「나는 여자들이 직접 배우자를 선택하는 세상을 상상해. 혼인이 더 이상 두 가문의 일이 아닌 세상을 말이야. 그렇게 되면 우리 부모처럼 열세 살짜리 어린 소녀를 나이 든 부자에게 주는 일은 없어지겠지. 최소 열여섯은 될 때까지 기다렸다 의견을 물어본 뒤 결정하게 될 거야. 미래에는 여자들도 다 글을 읽게 될지 몰라. 당신은? 당신이 상상하는 미래를 더 얘기해 봐.」

「어쩌면 말 수십 마리가 동시에 앞에서 끄는 커다란 마차가 등장할지도 몰라. 그럼 지금보다 훨씬 빨리 원하는 곳에 갈 수 있을 거야. 수천 명을 태울 수 있는 거대한 배가 바다를 항해하는 모습도 머릿속에 그려져.」

「당신한테 미래는 그저 현재의 연장선일 뿐인 것 같아. 화살과 투석기, 마차, 배, 이런 게 크기만 커진 세상으로 미래를 그리는 것 같아!」

그녀가 짓궂게 말한다.

「도시들도 지금보다 엄청나게 커져 있을 거야.」

에브라르가 주눅 들기는커녕 한술 더 뜬다.

「콘스탄티노플보다도 큰 도시들이 생겨날지 몰라! 수만 명이 아니라 수십만 명이 사는 거대 도시들이 말이야!」

「그리고 사람들이 지금보다 훨씬 오래 살게 되지 않을까?」

클로틸데가 말한다.

「그러면 세상에 온통 노인들만 있겠네?」

「아니, 내 말은 아기들이 지금처럼 너무 어린 나이에 죽지 않을 거라는 거야! 그리고 어쩌면 우린 1백 살이 넘도록 살지도 몰라!」

에브라르가 웃음을 터뜨린다.

「1백 살이라고! 내가 당신의 어떤 점을 좋아하는 줄 알아? 바로 그 대책 없는 낙관주의야.」

문밖에서 갑자기 비명 소리가 들려온다.

「감옥에서 새어 나오는 소리일 거야. 지금 한창 성전 기사들을 고문하고 있을 테니까.」

격분해 몸을 일으키는 에브라르를 클로틸데가 손목을 세게 잡아 제지한다.

「우리가 어떻게 할 수 있는 일이 아니야. 우린 여기서 숨어 지내며 기다리는 수밖에 없어. 안전한 곳은 여기뿐이야.」

에브라르가 다시 침대에 앉는다.

「이제 우리 기사단이 세상에서 사라지는구나.」

그가 깊은 한숨을 내쉰다.

「갑자기 고아가 된 심정이야.」

「원래 고아라고 하지 않았어?」

「그랬지만 기사단이 내 새로운 가족이 돼줬지..」

그들이 갑자기 심각한 표정이 되어 서로를 쳐다본다.

「인간은 원래 혼자야.」

그녀가 말문을 연다.

「시련이 닥칠 때면 가끔 신이 우리한테 장난을 치는 게 아닌가 하는 생각도 들어. 좋은 걸 줬다가 다시 빼앗는 것 같거든.」

그녀가 시선을 바닥으로 떨군다. 에브라르는 그녀가 뭔가 다른 할 말이 있다고 느낀다.

「남편이 그립진 않아, 클로틸데?」

「아니, 죽은 지가 벌써 언젠데! 있잖아, 나는 선인과 악인이 절대적으로 구분된다고는 생각지 않아. 그리고 성전 기사와 독일 기사라고 해서 악행에서 예외일 수는 없다고 믿어.」

에브라르가 고개를 끄덕인다.

「맞는 말이야. 제라르 드 리드포르를 보면 알 수 있지. 그는 성전 기사였지만 배신자였어.」

「티베리아스 호수 인근에서 벌어진 하틴 전투에서 십자군이 참패했던 얘기를 하려는 거지?」

「그래. 1187년 7월, 십자군은 그 교활한 기사단장 제라르 드 리드포르 때문에 무슬림 군대에 최초의 대참패를 당했지. 살라딘은 그 배신자 한 명만 살려 주고 포로로 잡은 나머지 성전 기사들은 모두 처형했어. 우리가 예루살렘을 빼앗긴 데이어 아크레까지 내주게 된 데는 그 전투에서의 패배가 결정적으로 작용했어. 서아시아의 라틴 왕국이 붕괴한 건 결과적으로 그 리드포르 때문이야.」

「단 한 사람 때문에 역사가 후퇴할 수도 있다는 걸 극명히 보여 주는 사례지. 분명 성전 기사라고 다 좋은 사람만 있는 건 아니야.」

에브라르가 굳은 표정이 된다.

「하지만 자크 드 몰레 단장이 훌륭한 분이라는 건 내가 옆에서 지켜봐서 알아. 반면에 기욤 드 노가레는 추악한 인간이지.」

「아니, 그렇게 단순한 문제는 아니야. 내 수호천사도 그렇

260

게 이분법적으로 바라볼 수 있는 문제가 아니라고 했어.」

「또 〈네〉 성 알렉상드르 타령이야?」

「그분 말씀에 의하면 오늘날 벌어지고 있는 일은 모두 우리 선조들이 저지른 과오들의 결과래. 그러니 우리한테는 부모 세대보다 더 나은 세상을 만들 책임이 있대.」

「우리 부모는 어린 날 버렸고, 너희 부모는 널 강제로 결혼시켰어. 얼굴도 모르는 사람과 말이야······. 세상 어느 누구보다 우릴 사랑해야 할 사람들이 그런 짓을 우리한테 저질렀어. 그래서 나는 혈연으로 맺어지는 가족보다 영혼의 가족을 더 믿게 됐어.」

잠시 말이 없던 클로틸데가 느닷없이 에브라르의 손을 잡는다. 에브라르는 얼굴을 붉힐 뿐 잡힌 손을 빼지 않는다.

「미안해, 클로틸데. 성전 기사들은 모두 순결 서약을 한 수도사 기사들이야.」

그가 그녀의 눈길을 일부러 외면하며 시선을 내리깐다.

「당신이 속했던 수도사 기사단이 이제 세상에서 사라졌으니 그 서약에서도 자유로워진 거 아니야?」

「난 한 번도······ 그러니까 내 말은······ 난 사랑이라는 이름의 것들에 대해선 전혀 아는 게 없어.」

「나이를 서른셋이나 먹었는데도?」

「신성한 서약을 지켰으니까.」

에브라르가 속으로 생각한다.

내 입으로 동정임을 고백한 셈이 됐어.

「그랬다니 정말 대단해. 하지만 호기심 많은 당신 같은 사람이 감각적 쾌락을 경험해 보고 싶은 욕망이 정말로 조금도 없단 말이야?」

「너도 과부야, 클로틸데!」

「말 잘했어. 성전 기사단의 종말이 당신을 순결 서약으로부터 자유롭게 해준 것처럼 남편의 죽음은 나를 정절의 의무로부터 해방해 줬어……」

그녀가 에브라르를 뚫어져라 쳐다보고 나서 잡은 손을 자신의 코르사주 속으로 넣어 가슴 위에 얹는다. 마치 뜨거운 불판에 닿은 것 같아 에브라르가 얼른 손을 빼려 하지만 클로틸데는 더 힘을 주어 꽉 잡고 놓지 않는다.

「우리한테 닥칠 미래를 내가 알려 줄까?」

그녀의 목소리가 차분해진다.

「2000년의 일이 아니라 바로 내일의 일 말이야. 우린 며칠 뒤, 아니 몇 시간 뒤에 죽을지도 몰라. 그러니 사랑이라는 이름의 그 신기하고 놀라운 경험을 나랑 같이 해보자.」

「예수 그리스도께서는……」

「예수 그리스도께서는 〈서로 사랑하라〉고 하셨지. 그런데 수도복을 입은 우울한 표정의 늙은이들이 그분 말씀을 자기들 것이라며 독점해 버리고 말았어. 그러고는 악마라는 걸 발명해서 신도들이 자신들만을 유일한 구원의 창구로 여기며 두려움 속에 살게 했지. 자유롭게 사랑하는 행위에 타락이라는 이름을 붙이면 안 돼. 그렇다고 말하면서 자신들만 신의 뜻을 안다고 주장하는 사람들의 목적이 뭐겠어? 그들은 다른 사람들을 지배하려는 거야. 그들이 도덕 운운하는 건 사람들을 예속시키기 위한 거라고. 잘 생각해 봐! 신께서 나한테 아름다운 가슴을 주신 건 그걸 만져 주는 손길이 있어야 한다는 뜻이 아닐까?」

에브라르의 손에서 서서히 긴장이 풀리는 걸 수락의 메시

지로 받아들인 클로틸데가 다른 손을 잡아 자신의 반대쪽 가
슴에 올려놓는다.

「눈을 감고 당신을 위해 뛰는 내 심장의 박동을 느껴 봐,
에브라르.」

도망쳐! 당장 여기서 도망쳐!

「신께서 내게 이 입술을 주신 건 입맞춤에 쓰라는 거야.」

에브라르가 눈을 감자 클로틸데가 상대가 놀라지 않도록
천천히 얼굴을 내밀어 그의 입술에 자신의 입술을 포갠다.

도망치란 말이야, 당장!

에브라르가 괴로운 표정을 짓는다.

「무슨 일이야?」

클로틸데가 놀라서 묻는다.

「악마가 나타나서 또다시 나한테 말을 걸어. 당장 여기서
도망치래.」

그가 양손으로 관자놀이를 때리며 소리를 지른다.

「악마는 물러가라!」

이런 바보 같은 놈. 난 악마가 아니라 네 수호천사 성 르네라니
까. 몇 번을 말해야 알아. 당장 여기서 도망쳐. 높지 않으니까 창문
으로 뛰어내려!

클로틸데는 에브라르가 자신을 거부한다고 생각한다. 성
전 기사는 그녀의 마음을 헤아릴 여유도 없이 머릿속에 들어
온 기생충 같은 존재를 내보내려고 발버둥을 친다.

이때, 갑자기 문이 열리더니 무장한 독일 기사 두 명이 들
이닥친다. 순식간에 검 끝이 에브라르와 클로틸데의 목을 겨
눈다. 곧이어 제복에 왕실 문장이 새겨진 장교가 들어와 큰
소리로 외친다.

「필리프 국왕 폐하의 이름으로 너희들을 체포하겠다!」

군졸들이 뛰어들어 와 그들을 포승줄로 묶어 끌고 나가더니 수도원 뜰에 세워져 있는 수레에 태운다.

「난 고(故) 콘라트 폰 포이히트방겐 단장의 부인 클로틸데 폰 포이히트방겐이다!」

클로틸데가 단호한 목소리로 말한다.

군졸들은 아랑곳하지 않고 그녀와 에브라르를 거칠게 수레 안으로 밀어 넣는다. 부상을 입은 성전 기사들이 셔츠 차림으로 수레 안에 타고 있다. 군졸들이 에브라르와 클로틸데에게도 겉옷을 벗고 셔츠만 걸치라고 명령한다. 덜커덩하며 수레가 움직이기 시작한다.

모여든 구경꾼들이 증오에 차 소리친다.

「도둑놈들! 고리대금업자들! 바포메트의 하수인들! 바알세불의 숭배자들! 저희끼리 붙어먹는 더러운 놈들! 우상 숭배자들! 주술사들!」

수레를 향해 침과 돌멩이와 쓰레기가 날아들기 시작한다.

에브라르는 넋이 나간 얼굴로 그들을 바라볼 뿐이다.

나와 일면식도 없는 사람들이 나를 증오한다고 외치고 있어. 그런 그들에게 나는 〈당신들이 틀렸어요. 당신들은 우리의 재산을 빼앗으려는 자들에게 이용당하고 있어요. 당신들의 적은 우리가 아니라 왕이란 말이에요!〉 하고 진실을 알려 줄 수가 없어.

클로틸데는 초연한 모습이다.

「다 끝났어. 우린 이제 희망이 없어.」

그들은 시테섬에 있는 감옥으로 끌려가 춥고 눅눅한 감방에 처넣어진다. 벽 위쪽에 난 작은 구멍을 통해 가느다란 빛줄기가 겨우 들어오는 어둡고 휑한 방이다.

침대 대신 짚을 넣은 매트 하나가 바닥에 깔려 있고 그 위에 지저분한 천이 덮여 있다. 바로 옆에는 물 항아리와 사발 두 개가 놓여 있다. 그들의 갑작스러운 등장에 놀란 쥐들이 날카로운 울음소리를 낸다. 갑자기 자지러지는 비명 소리가 벽을 타고 전해져 들린다.

그들은 망연해져 짚단 매트에 주저앉는다.

한참 뒤 경비병들이 들어와 그들을 밖으로 끌고 나간다. 횃불 여러 개가 불을 밝힌 넓은 방에 사람들이 우글거린다. 곳곳에서 비명 소리가 터진다. 고문을 당하는 성전 기사들이 내는 소리다. 한 사람은 받침대 위에 사지를 벌린 채 묶여 있고, 또 한 사람은 팔과 다리에 묵직한 물체를 달고 매달려 있다. 빨갛게 달군 쇠로 발바닥을 지지자 한 성전 기사가 비명을 내지른다. 비명 소리와 고함 소리가 한데 뒤섞여 소름 끼치게 한다. 귀가 먹먹해진다. 방에 가득한 지린내와 살 타는 냄새 때문에 목구멍이 따가울 지경이다.

펠트로 만든 삼각 모자를 쓴 기욤 드 노가레가 수도사들과 두건을 얼굴에 덮어쓴 고문관들에게 둘러싸여 있다. 땅딸막한 체구의 노가레는 코가 길고 납작하며 아래턱이 유난히 돌출돼 있다. 그가 안으로 끌려 들어오는 두 사람을 향해 다짜고짜 소리친다.

「예언서는 어디 있느냐? 어디다 감췄어?」

「무슨 말씀인지 저희는 통 모르겠습니다.」

에브라르가 당돌하게 받아친다.

「너희는 이런 끔찍한 고문을 면하게 해주마. 얼마든지 그렇게 해줄 수 있어. 하지만 너희가 먼저 날 도와줘야 한다. 괜히 헛고생을 사서 하지 말거라. 어차피 진실은 밝혀지게 돼 있으니까.」

노가레가 클로틸데에게 다가오더니 묘한 표정을 지으며 그녀의 뺨을 어루만진다. 클로틸데가 몸서리를 친다.

어두운 곳에 서 있어 보이지 않았던 사내 하나가 앞으로 걸어 나온다. 클로틸데가 그를 알아보고 소리친다.

「지크프리트! 당신은 내 가족이잖아! 이자들이 내 몸에 손 대지 못하게 해줘!」

하지만 독일 기사는 그녀의 목을 조르듯 세게 움켜잡고 말한다.

「『꿀벌의 예언』은 우리 거야. 내가 그걸 가져야겠어!」

「그건 안 돼!」

에브라르가 울부짖다시피 한다.

클로틸데가 지크프리트의 얼굴에 침을 퉤 뱉는다. 노가레가 그들을 향해 말한다.

「오늘 밤 동안 생각할 시간을 주마. 내일 아침 내가 기욤 윙베르와 함께 너희를 신문할 것이다.」

노가레가 경비병들에게 손짓을 해 다시 감방으로 데려가라고 지시한다.

「지금 당장 이 연놈을 신문하시오!」

얼굴에 묻은 침을 닦으며 지크프리트가 악을 쓴다.

「이자들 말고도 우리가 처리해야 하는 죄수들이 한둘이 아니오.」

노가레가 잘라 말한다.

「내가 이자들을 긴급히 신문해야 하는 이유를 말해 주지 않았소.」

독일 기사단장이 얼굴에 핏대를 세우며 언성을 높인다.

「누군가가 벌써 이자들한테 예언서를 전달받아 파리를 떠나려고 하고 있을지도 모른단 말이오! 일분일초가 급하다니까!」

기욤 드 노가레가 금방 어조를 바꿔 부드러운 목소리로 귀빈에게 말한다.

「단장 각하, 우리는 각하께서 이 일에 도움을 주신 데 대해 대단히 고맙게 생각하고 있습니다. 하지만…… 단장께서는 미래가 궁금하신 모양이지만 난 현재가 걱정스럽습니다. 난 이단들에게서 반드시 자백을 받아 내야 해요. 그러지 못하면 교황께서 입장을 번복하고 국왕 폐하를 파문할 수도 있기 때문이죠. 이미 말씀드렸듯이 사람마다 일의 우선순위가 다른 법입니다.」

지크프리트가 클로틸데를 마지막으로 한 번 더 째려보고 나서 취조실을 나간다.

클로틸데와 에브라르를 감방으로 데려가며 경비병이 에브라르에게 귓속말을 한다.

「죄를 숨김없이 부는 게 좋을 거야. 윙베르 신문관은 되도록 마주치지 않는 게 좋은 사람이거든.」

클로틸데와 에브라르는 다시 감방으로 돌아온다. 말 한마디 주고받지 않고 각자 엎드려 몸을 떨고 있다.

시간의 흐름에 무감각해질 무렵, 밖에서 절꺼덕하고 자물쇠 풀리는 소리가 들린다. 그들은 몸을 소스라뜨리며 벌떡 일어난다. 안으로 들어오는 사람은 다름 아닌 앙게랑 드 마리니. 에브라르와 클로틸데가 달려가 그의 발밑에 엎드린다.

「나리, 제발 저희를 불쌍히 여겨 여기서 꺼내 주세요!」

에브라르가 애원한다.

「국왕 폐하의 대리인 자격으로 난 신문에 참여할 수 있고 죄수들을 접견할 수도 있네. 하지만 자네들의 운명을 결정할 권리는 오직 노가레한테만 있어. 내 착잡한 심정을 자네들이 알아줬으면 하네.」

클로틸데와 에브라르가 몸을 일으킨다.

「어쨌든 난 자네들을 도와주러 왔네. 고문을 피할 수 있는 방법을 가져왔어.」

클로틸데와 에브라르가 희망으로 가득 찬 눈빛을 교환하는 사이 마리니가 옷소매 안에서 검은색 봉지를 꺼낸다.

「코니움 마쿨라툼, 나도독미나리 독으로 더 잘 알려져 있지.」

「혹시 소크라테스가 먹었다던 그 독약인가요?」

클로틸데가 어디선가 들었던 기억을 떠올린다.

「이건 해독제가 없네. 이 가루를 물에 타 단숨에 마시게.」

앙게랑 드 마리니가 그들을 똑바로 쳐다보며 말끝을 단다.

「자네들의 희생은 결코 헛되지 않을 걸세. 자네들과 나, 우리가 지금 하는 일은 미래 세대를 위한 것임을 잊지 말게.」

그가 이 말을 끝으로 밖으로 나간다. 에브라르와 클로틸데는 무시무시한 검은 봉지 하나와 방에 남겨졌다.

86 므네모스: 로마 기독교의 탄생

서기 313년, 로마 황제 콘스탄티누스는 스스로 기독교로 개종함과 동시에 기독교인들에 대한 박해를 중단했다(당시 로마 시민의 10퍼센트가 이미 기독교를 믿고 있었다).

콘스탄티누스 황제는 이 새로운 종교를 로마 문화에 정착시키고 공식 종교로 만들기 위해 니케아 공의회를 소집했다. 황제는 예수를 십자가형에 처한 로마인들의 죄의식을 없애기 위해 『신약 성서』에 새롭게 접근할 필요를 느꼈다.

그렇게 해서 유다라는 인물을 배신자의 아이콘으로 부각하게 됐고, 성전의 랍비들과 유대 민족에게 다시 잘못이 돌아갔다.

니케아 공의회에 참석한 주교들은 예수의 이야기를 〈다시 쓰는〉 방법을 찾아내고 나서는 마지막으로 남은 문제인 할례를 두고 머리를 싸맸다. 할례를 받지 않아도 기독교인이 될 수 있는가? 주교들은 예수 그리스도가 인간이 아닌 반신(半神)이므로 물질이 아닌 그의 몸은 잘릴 수 없다는 결론을 내렸다.

이렇게 딜레마가 해결된 뒤에야 비로소 기독교는 로마의 국교가 될 수 있었다. 로마 제국의 백성들은 유피테르를 비롯한 여러 신에 대한 숭배를 중단하고 무조건 국교인 기독교로 개종해야 했다. 가톨릭이라는 단어는 그리스어로 〈보편

적이다)라는 뜻이다. 그런데 그동안 (세금을 내기만 하면) 어떤 지역 종교에도 관대한 모습을 보였던 로마 제국이 이 가톨릭이라는 단어의 뜻이 무색할 정도로 하루아침에 정책을 바꿨다. 로마 제국 영토 내에 존재하는 기독교가 아닌 다른 숭배 형식들은 모두 〈미신〉 혹은 〈이교(異敎)〉로 규정한 것이다.

당시 이집트에서는 프톨레마이오스왕이 설립한 알렉산드리아 대도서관의 관장 테온의 딸이자 수학자인 히파티아가 (피타고라스와 아리스토텔레스의 사상을 계승해) 기하학과 천문학, 수학, 철학, 식이 요법 등을 여전히 거리에서 사람들에게 가르치고 있었다. 이를 못마땅히 여긴 알렉산드리아의 대주교 (훗날 성 키릴로스로 알려지는) 키릴로스는 결국 히파티아를 납치하라고 지시한다. 병사들은 그녀를 전격 체포해 발가벗긴 후 전차에 묶어 끌고 다니다가 나중에는 몸을 절단해 광신적으로 변한 군중들이 지켜보는 가운데 불태웠다.

교부 키릴로스는 당시 파피루스 두루마리 50만 개의 장서를 보유하고 있던 알렉산드리아 대도서관에 불을 지를 것을 명령한다. 하지만 히파티아의 제자들은 상당수의 책을 불타기 직전 빼돌릴 수 있었다.

키릴로스 대주교는 유대인들이 이 일에 가담했다고 의심해 알렉산드리아 밖으로 모두 추방한다.

87

멜리사와 르네는 일행을 소르본 대학에 남겨 두고 함께 지하철역으로 향한다. 르네가 멜리사에게 유람선에 가서 함께 저녁을 먹자고 하자 멜리사가 수락한다.

르네가 식사 준비를 하기 전에 손님에게 양해를 구하고 화장실로 향한다. 집에서조차 그는 밀폐된 화장실 안이 가장 편안하게 느껴진다. 안에 들어가 문을 잠가도 손님들이 놀라지 않는 유일한 공간이기 때문이다.

멜리사는 거실에 앉아서 휴대폰으로 소르본 대학의 역사에 대해 찾아본다. 화장실에서 물 내리는 소리가 들리더니 르네가 밖으로 나온다.

「그들은 곧 죽게 될 거야.」

르네의 얼굴이 착잡하다.

멜리사가 정색을 하고 그를 똑바로 쳐다보더니 결연한 어조로 말한다.

「있잖아, 퇴행 최면을 다시 시도해 보고 싶어. 비행기에서 한 번 실패한 걸로 끝내긴 싫어. 생각해 보니까 무슨 일이든 처음에는 실수와 실패투성이였어.」

때가 꼬질꼬질한 의자에 앉아 있던 그녀가 갑자기 벌떡 일어나 거실을 둘러보며 뭔가를 찾기 시작한다.

「내가 긴장을 풀 방법을 찾고 있어. 하나 있긴 해.」

「뭔데?」

「술이야. 술이 조금 들어가면 긴장이 풀릴 거야.」

「농담이지?」

「최면에 들어가면 꿀벌에 관련된 걸 따라가야 하는 거지, 그렇지?」

멜리사가 선반 앞에서 걸음을 멈추더니 병을 하나 집어 든다. 그녀가 벌꿀이 그려진 노란색 라벨을 손으로 어루만진다.

「예루살렘에 있던 십자군 병사들이 이걸 마셨다고 했지?」

「벌꿀 술이 거기 있었는지도 몰랐네. 브르타뉴가 고향인 친구한테 선물로 받곤 잊어버렸어.」

멜리사가 라벨을 소리 내 읽는다.

「인류가 마신 최초의 알코올 음료라고 하네. 지금으로부터 1만 년 전 신석기 시대부터 이 술을 마셨대.」

르네가 병을 건네받아 라벨을 확인한다.

「도수가 15도야. 이 정도면 취할 텐데.」

「괜찮아.」

「아니, 괜찮지 않아. 정신을 활성화하는 물질을 복용한 상태에서는 최면을 하면 안 돼. 그게 원칙이야. 정신을 흐리게 할 수 있으니까.」

「용량과 용법에 따라 독도 얼마든지 약이 될 수 있어.」

「설마 나도독미나리 독도 그럴까?」

르네가 고개를 갸웃하며 반문한다.

「물론이지. 예전엔 극약으로 여겨졌지만 요즘은 천식과 백일해, 파킨슨병 치료에 쓰여. 물론 아주 미량을 사용하지만.」

「정 그렇다면야 뭐…….」

르네가 한발 물러난다.

그가 황금색 액체를 굽 달린 잔에 따라 멜리사에게 건넨다. 그녀가 향기를 맡아 보더니 단숨에 목으로 넘긴다.

「한 잔 더.」

멜리사가 다시 잔을 내밀자 르네가 술을 더 따라 준다.

「이제 준비가 된 것 같아.」

그녀가 다시 술잔을 비우더니 거실 구석에 있는 긴 의자에 가서 눕는다. 르네가 의자를 가져가서 그녀 옆에 앉는다.

「눈을 감고 심호흡을 해. 발끝부터 시작해 나른함이 천천히 몸을 타고 올라오는 게 느껴질 거야. 다리. 배. 손. 팔. 그리고 어깨.」

그는 그녀의 손가락에서 긴장이 풀릴 때까지 기다렸다 말한다.

「당신 몸은 이제 의자 위에 올려진 무거운 물체와 같아.」

그녀의 몸에서 서서히 긴장이 빠져나간다.

「자, 이제 다섯 칸으로 된 계단을 시각화하는 거야. 천천히 계단을 내려가. 다 내려가면 무의식의 문이 보일 거야. 내가 열쇠를 줄게. 그걸로 그 문을 열면 돼. 열쇠를 넣어 돌려 봐. 만약 문이 저항하면 다시 위로 올라와. 문이 열리면 안으로 들어가고.」

멜리사가 말없이 르네가 시키는 대로 하더니 마침내 말문을 연다.

「아……. 문이 열렸어…….」

그녀가 고비를 넘겼다는 생각에 안도하며 눈을 감은 채 미소를 짓는다.

「이제 번호가 매겨진 전생의 문들이 늘어선 복도를 시각화할 차례야.」

「……됐어.」

「복도가 어떤 모습이야?」

「분홍색이야. 바닥과 벽과 천장은 온통 빨간색인데 문만 분홍색이야. 문에 쓰인 숫자는 흰색이고. 가장 가까운 문의 숫자가…… 201이야.」

멜리사의 영혼은 나보다 더 오래됐구나.

「지금부터는 당신이 가보고 싶은 전생에 대해 구체적으로 말해 봐.」

「예언서와 가장 인연이 깊었던 전생에 가보고 싶어…….」

「불이 깜박거리는 문이 있는지 잘 둘러봐.」

「30번 문.」

「자. 이제 열쇠를 넣어 봐. 문이 열리면 얘기해 줘.」

그녀가 살짝 떨리는 목소리로 말한다.

「열렸어.」

「그럼 안으로 들어가.」

「들어갔어.」

「당장은 짙은 안개에 휩싸여 있지만 안개가 서서히 걷히면 당신이 전생에 깃들었던 몸이 보일 거야. 제일 먼저 손을 내려다봐. 색깔과 생김새를 보면 대략 나이와 성별이 짐작될 거야. 그렇지?」

「백인 남자야. 나이는 대략…… 40대 중반. 손에 반지를 끼고 있어. 옷소매를 보니 중세 시대 복식인 것 같아. 천이 고급스러워 보이는 걸 보니 상당히 부자인 모양이야.」

「안개가 조금 더 물러나게 해봐. 그러고 나서 주변을 자세히 둘러보면서 세 가지 질문에 답해 봐. 낮인지 밤인지, 실내인지 바깥인지, 혼자 있는지 사람들과 함께 있는지.」

「나는…… 혼자 있어. 창밖이 환한 걸 보니 아침이야. 내가 있는 곳은 석벽으로 돼 있는 차가운 느낌의 방이야. 지금 나는 바닥에 엎드려 구멍을 들여다보고 있어.」

「어떤 구멍?」

「꼭 채광창처럼 생겼는데 문 위가 아니라 바닥에 나 있어. 밑에 있는 사람 모르게 내려다볼 수 있도록 만들었나 봐.」

「그래, 뭐가 보여?」

「어스름한 빛이 새어 들어오는 감방 안에 한 남자와 한 여자가 있어.」

88

클로틸데가 검은색 봉지를 뜯어 내용물을 그릇에 담고 물을 부어 잘 풀리게 휘젓는다. 진회색 액체에서 후추 같은 매운 향이 올라온다.

그녀가 그릇을 건네자 에브라르가 받아 한 모금씩 천천히 마신다. 맵싸한 느낌 때문에 속이 불편하지만 꾹 참고 목으로 넘긴다. 그가 절반이 남은 그릇을 클로틸데에게 준다. 그녀가 단숨에 잔을 비운다.

「당신은 죽음이 두려워?」

에브라르가 클로틸데에게 묻는다.

그녀가 어깨를 으쓱해 보인다.

「고문을 받는 것보단 차라리 죽는 게 나아. 죽는 게 뭐 대순가.」

「우리 성전 기사들은 이 순간을 의연히 맞으라고 배우지. 〈애벌레는 마지막이 온 걸 감지하는 순간에 마침내 나비로 변한다〉고 선배 기사들한테 들었어. 하지만 난 두려워.」

클로틸데가 에브라르를 쳐다보며 희미하게 웃는다.

「그동안 이 육신을 잘 썼고, 이번 생을 잘 살았어. 이제 이 경험을 마무리할 때가 온 거야. 내 영혼은 다른 시공간에서 여정을 계속하게 될 거야.」

그녀가 잠시 말이 없다 부드러운 음성으로 말한다.

「내가 바라는 건 한 가지야. ……다음 생에 당신을 다시 만나는 것.」

「나 역시 마찬가지야.」

에브라르가 클로틸데와 눈을 맞추며 고개를 끄덕인다.

그들은 누군가가 위에서 자신들을 내려다보리라고는 꿈에도 생각지 못한다.

「당신을 어떻게 알아보지?」

에브라르가 묻는다.

「방금 나비로 변하는 애벌레 얘기를 했잖아……. 나비를 표지로 삼으면 어떨까?」

「나한테 더 좋은 생각이 있어. 꿀벌 말이야. 이번 생에 우리 둘이『꿀벌의 예언』을 지키기 위해 혼신의 힘을 다했으니, 다음 생에 꿀벌이 우리를 안내해 주길 바라면 어때?」

「앵앵?」

그녀가 소리를 흉내 내며 웃는다.

「그래, 앵앵!」

에브라르가 대답한다.

두 젊은 남녀가 휑뎅그렁한 감방 한쪽에 놓인 차가운 매트에 몸을 누인다. 그들이 입맞춤을 하며 몸을 섞는다. 이 음산한 방 안에서 갑자기 뜨거운 열기가 솟구치는 것같이 느껴진다.

하나가 된 그들의 몸에서 빛이 발산된다. 묘한 에너지와 함께 쾌감이 분출한다. 빛으로 하나 된 존재. 에로스와 타나토스가 결합하는 순간.

그들은 황홀감에 찬 교성과 함께 마지막 숨을 내뱉는다. 오르가슴과 단말마가 동시에 찾아온 몸에서 마지막 숨결이 빠져나오는 순간, 그들의 영혼은 육신을 벗어나 하늘로 날아 오른다. 에테르로 형태가 바뀐 두 존재 앞에 문장 하나가 나타나 맴을 돌기 시작한다. 환한 빛을 발산하는 그 문장에서 소리가 나오고 또 나온다.

애벌레는 마지막이 온 걸 감지하는 순간에 마침내 나비로 변한다.

희미한 경련을 일으키던 그들 육신의 껍데기가 줄이 끊긴 꼭두각시 인형처럼 흐느적거리다 움직임을 멈춘다.

89 므네모스: 아베로에스의 사상

로마 제국 시대는 476년 9월 4일, 로물루스 황제(그가 로마의 건국 시조와 이름이 같은 것은 역사의 아이러니다) 폐위와 함께 막을 내렸다.

소위 〈야만〉 민족들이 붕괴 중인 서로마 제국을 사방에서 침공해 왔다. 반달족, 동고트족과 서고트족, 부르군트족, 프랑크인, 게르만 수에비족, 훈족이 동시다발적으로 서로마 제국 영토를 침범해 독립적인 왕국을 세웠다.

(지금의 이스탄불인) 콘스탄티노플을 수도로 삼았던 동로마 제국만 간신히 버티고 있었는데, 26년 동안 지속된 페르시아와의 전쟁으로 국력이 무척 약화된 상태였다.

힘의 균형이 깨지지 않는 상태에서 동로마 제국과 페르시아가 소모전을 계속하고 있던 620년, 새로운 종교인 이슬람을 주창하는 제3의 세력이 등장한다.

636년, 아랍인 군대는 카디시야 전투에서 페르시아 군대를 격퇴함으로써 이란, 이라크, 시리아, 팔레스타인, 이집트, 마그레브 지역에까지 영향력을 뻗치게 된다.

아랍인들은 정복지에 사는 조로아스터교와 유대교 신도들이 〈책의 사람들〉[16]로서 자유로운 종교 활동을 할 수 있게 허락해 주었다. 다만 종교를 유지하는 대가로 세금을 더 물

16 쿠란에서 이교도를 지칭하는 말.

렸다.

642년, 아랍인 군대를 이끌고 이집트를 침공한 사드 이븐 아비 와카스 장군은 알렉산드리아에 도착해 여전히 많은 파피루스 두루마리 장서가 대도서관에 보관돼 있는 걸 발견하고는 칼리파 오마르에게 처리에 관한 자문을 구한다. 칼리파는 이렇게 대답한다. 〈그것들을 물에 던져 버리게. 그 책들이 좋은 길을 가리킨다면, 신께서 이미 우리에게 주신 내용일 걸세. 그것들이 나쁜 길로 인도하는 내용이라면, 신께서 이미 그것들로부터 우리를 지켜 주셨을 걸세.〉

하지만 이번에도 용기 있는 사람들이 두루마리 수천 개를 미리 빼돌려 감추었다. 그들은 책들을 몰래 돌려 읽었다.

711년, 이슬람교로 개종한 베르베르족이 지브롤터 해협을 건너 당시 서고트족이 점령하고 있던 에스파냐를 침공한다.

당시 다마스쿠스에서는 우마이야 왕조와 아바스 왕조 사이에 치열한 권력 투쟁이 벌어지고 있었다. 암살과 학살로 점철된 암투 끝에 결국 아바스 왕조가 권력을 잡게 되자, 간신히 살아남은 우마이야 왕족 아브드 알라흐만은 에스파냐로 탈출한다. 756년, 그는 새로운 이슬람 국가의 건국을 선포한 뒤 코르도바를 수도로 지정한다. 그는 바그다드에 있는 아바스 왕조 칼리파의 권위를 전면 부정한다.

이로부터 2세기 동안 이슬람 칼리파가 이끈 코르도바 왕국은 종교적 관용과 학문적 개방성을 보여 주며 번영을 누린다. 칼리파의 지시에 따라 40만 권의 장서를 갖춘 코르도바 대학이 설립된다. 이곳에서는 학생들에게 식물학과 천문학, 수학을 가르쳤다. 유일신을 신봉하는 세 종교는 이 독립 이슬람 왕국에서 조화롭게 공존했다. 서로 종교는 다르지만 모두가 도시의 경제, 문화, 과학 발전에 한마음으로 기여했다.

바로 이 무렵에 서양에는 훗날 아베로에스라는 이름으로 알려지는 이븐 루시드가 등장한다. 세비야와 코르도바에서 (무슬림 재판관인) 대(大)카디를 지내고 있던 그는 술탄 아부 야쿠브 유수프의 주치의이기도 했다. 그런 그가 무엇보다 열정을 보인 일은 종교가 다른 사람들과의 철학 토론이었다. 그는 특히 자신이 숭배해 마지않던 아리스토텔레스의 저작을 해석하는 일에 전력을 다했다. 이븐 루시드는 『영혼론』을 주해한 책을 저술했는데, 이 책을 통해 특히 〈영혼과 육체는 분리된 것인가〉라는 주제를 깊이 천착했다.

이븐 루시드의 명성과 코르도바 대학 학자들의 학문적 성과는 그들의 저술을 인용한 기독교인들과 유대인들을 통해 전 유럽에 알려졌다. 그중 하나가 (사실은 인도에서 먼저 탄생한) 아라비아 숫자였다. 알렉산드리아 대도서관 정신은 이렇게 코르도바에서 부활하게 되었고, 아랍 문명은 이후 수십 년 동안 번영을 누렸다. 그러나 이븐 루시드는 말년에 새로운 칼리파 야쿠브 알만수르에 의해 이단으로 몰리게 된다.

1197년, 그에게 철학과 과학 학술 행위를 금지하는 최종 판결이 내려지자 이븐 루시드는 결국 망명길에 오른다. 분서 명령이 내려진 그의 저술들은 공공 광장에서 불태워졌다.

이 판결로 상심이 컸던 이븐 루시드는 결국 그다음 해에 세상을 떠난다. 이로써 학문에 대한 이슬람의 관용과 개방의 시대는 막을 내리게 된다. 유대인 모세스 벤 마이몬과 이사크 알발라그, 기독교인 토마스 아퀴나스, 알베르투스 마구누스, 훗날 단테와 조반니 피코 델라 미란돌라가 사후에 그의 철학적, 과학적 업적을 계승한 것은 아이러니가 아닐 수 없다.

90

멜리사의 눈꺼풀 밑이 울뚝불뚝 움직이며 호흡이 가빠지더니 갑자기 조용해진다.

르네 톨레다노는 당장 그녀를 현재로 불러 올려야 한다고 판단한다.

「멜리사, 내 목소리 들려?」

그녀의 몸이 딱딱하게 굳어 있다. 호흡이 막힌 듯한 느낌마저 든다.

「멜리사?」

몸이 전혀 반응을 보이지 않는다.

「멜리사? 괜찮아?」

젠장, 이런 일까지 생기네. 두 시공간 사이에 갇혀 오도 가도 못하는 것 같아. 어떡해야 하지.

르네는 혹시 맥이 끊어진 건 아닌가 해서 조심스럽게 그녀의 손목을 잡는다. 아직 맥은 뛰고 있다.

육체가 손상된 건 분명히 아닌데 알 수 없는 의식 상태에 들어가 있는 것 같아.

이런 일은 난생처음인데 어떻게 해야 하지? 두 시공간 사이에 갇혀 버린 사람을 어떻게 끄집어내지?

오팔한테 전화해서 조언을 구해야겠어.

그가 막 휴대폰을 집어 드는 순간 굳어 있던 멜리사의 입술과 턱에서 긴장이 사라지는 게 보인다. 그녀의 입술이 살짝 벌어진다.

「내 목소리 들려, 멜리사?」

「으음……」

르네가 안도의 한숨을 내쉰다.

「지금 눈을 뜨면 안 돼. 아직은 돌아올 준비가 안 됐어. 일단 지금 가 있는 전생에서 기념이 될 만한 물건을 하나만 골라 봐.」

「나도독미나리 독이 든 봉지를 골랐어.」

그녀가 대답한다.

「좋아. 이제 뒤로 돌아 다시 〈30번〉 문 앞으로 와서 문을 열고 밖으로 나가. 그러면 다시 전생의 복도에 서게 될 거야. 방금 나온 문 앞에 기념물을 내려놔.」

「내려놨어.」

「이제 돌아오는 거야. 무의식의 문을 지난 뒤 그 문을 열쇠로 잘 잠가. 그러고 나면 현재로 돌아오는 나선형 계단이 보일 거야. 다섯 칸을 차례로 밟고 지금, 여기로 돌아오는 거야. 다섯, 넷, 셋, 둘, 하나…… 제로. 이제 눈을 떠도 좋아.」

멜리사가 눈을 뜬다. 자신이 속한 시공간을 인지하기까지 잠시 시간이 걸린다. 그녀가 마치 꿈에서 깨어난 사람처럼 르네를 멀뚱멀뚱 쳐다본다. 그를 바라보는 그녀의 눈빛에서 호기심마저 느껴진다. 상대가 누군지 알아본 그녀가 눈을 비빈다.

「괜찮아, 멜리사?」

「믿기지가 않아…….」

「잘 돌아왔어?」

「우아! 믿을 수 없는 일이 일어났어! 이번에는 제대로 성공했어.」

그녀가 여전히 얼떨떨한 얼굴로 긴 갈색 머리를 세게 털며 일어나 앉는다.

「재무 대신 앙게랑 드 마리니가 바로 나야.」

르네가 물을 한 잔 건네자 그녀가 물 대신 벌꿀 술을 달라고 한다. 멜리사가 황금색 술을 천천히 목으로 넘긴다.

「그들이 사랑을 나누다 죽는 모습을 내 눈으로 봤어. 너무도 감동적이었어. 그 두 사람이 그렇게 아름다워 보일 수가 없었어…….」

그녀가 슬픔이 가득한 한숨을 내쉬더니 마음을 다잡으려고 애쓴다.

「그 삭막한 장소에서도 그 둘의 결합은 빛났어. 게다가 마지막에…….」

멜리사가 호흡을 가다듬으며 표현을 고른다.

「클로틸데가 강렬한 오르가슴을 느끼는 걸 봤어. 난 지금까지 그런 게 가능한지조차 몰랐어.」

르네가 빙그레 웃으며 그녀의 말을 계속 듣고 있다.

「여자한테 그런 쾌감을 느끼게 해주는 남자가 존재하는지 몰랐어. 그런데 그 남자가 바로…… 당신이었던 거야.」

그녀가 그를 뚫어져라 응시한다.

날 떠보는 거야?

그는 여전히 망설인다.

이건 함정이야. 다가가면 분명히 날 밀어낼 거야. 그럼 우리 관계는 이전으로 돌아가기 힘들어지겠지.

그래도 한번 시도해 볼까?

그러다 관계만 망치고 끝나면 어떡하지? 아니야, 후회를 하더라도 일단 시도는 해보자.

그가 눈을 감고 상반신을 천천히 앞으로 내민다. 입술이 허공을 헤매거나 따귀가 날아오거나 둘 중 하나겠지. 그런데, 부드럽고 따뜻한 입술의 감촉이 느껴진다.

진즉에 용기를 내볼걸.

위아래 두 입술의 만남은 순식간에 깊은 입맞춤으로 변한다.

그들은 포옹한 상태에서 서로를 애무하다 자연스럽게 셔츠를 벗어 던진다.

한순간도 서로에게서 눈을 떼지 못한다.

시선에 이어 입술과 손, 가슴이 서로 만난다.

르네가 쑥스러워하는 걸 보더니 멜리사가 한층 더 과감해진다.

「에브라르가 그녀의 머리를 이렇게 어루만져 줬어.」

멜리사가 르네의 손을 잡아 자신의 머리에 얹어 준다.

퇴행 최면으로 자신에게 정신의 여행을 경험하게 해준 르네를 위해 그녀가 육체의 여행을 안내하는 건 당연한 일이다.

「그러고 나서 둘은 알몸이 됐어.」

멜리사가 부드럽게 속삭인다.

「에브라르가 동정이라는 걸 안 클로틸데는 조심스러웠어. 그에게는 처음이자…… 마지막이 될 테니까.」

단 한 번의 교미를 마치고 나서 죽는 꿀벌 수컷처럼…….

르네가 속으로 생각한다.

「그래서였을까. 에브라르는 황홀감을 느꼈어. 새로운 세계를 발견한 것 같았지.」

멜리사가 알몸으로 르네와 나란히 누워 떨리는 목소리로 말을 이어 간다.

「당신이 나한테 퇴행 최면의 세계를 열어 줬듯이 클로틸데는 에브라르에게 사랑을 발견하게 해줬어. 당신은 나한테 시간의 문을 열어 줬고 그녀는 에브라르에게 감각의 문을 열어 준 거야.」

멜리사가 르네를 뒤로 눕혀 놓고 배 위에 올라탄다.

「이런 자세로 시작했어. 천천히, 그리고 부드럽게. 그녀는 한 번도 사람을 태워 보지 않은 야생마를 길들이듯 그를 길들였지.」

멜리사가 능숙하게 완급을 조절하며 르네에게 다양한 체위를 유도한다.

7백 년 전 장면을 재현한 그들의 결합은 중세 시대 연인들만큼이나 강렬하게 오래 지속된다. 마침내 멜리사가 깊은숨을 내쉬며 동작을 멈춘다. 그녀의 입이 살짝 벌어져 있고 눈은 감겨 있다.

순간 르네는 그녀가 일부러 하는 행동이라고 의심한다.

석상처럼 굳었던 그녀의 몸에서 갑자기 긴장이 빠지면서 휴! 하는 숨소리가 들린다.

「마침내 그들은…… 절정에 도달했어……. 엑스터시…… 죽음의 순간에 찾아온 황홀경.」

멜리사가 몸을 일으키더니 담뱃갑을 집어 유람선 현창으로 걸어간다. 그녀가 문을 열고 복잡한 생각이 담긴 담배 연기를 밖으로 길게 내뿜는다.

「정말로 방금 전 우리와 똑같이 했어?」

르네가 묻는다.

「캄캄한 방에서 그들의 존재는 환하게 빛났어.」

「서른세 살의 에브라르에게 그건 첫 경험이었어…….」

「그저 그런 수천 번보다 황홀한 한 번이 낫지 않을까? 내가 목격한 건 두 육체와 두 정신의 완벽한 결합이었어. 그들은 죽음조차 아름다웠어. 두 존재를 감쌌던 오라를 잊을 수가 없어.」

멜리사가 다가와 옆에 서는 르네에게 물고 있던 담배를 건넨다. 그가 한숨처럼 담배 연기를 뱉어 낸다.

혈관을 확장시키는 알코올과 수축시키는 담배는 상호 보완적인 관계지.

「내 삶이 전환점에 이른 기분이야. 생각해 보니 모든 것이 지금 이 순간을 향해 수렴되고 있었어. 미리 정해져 있었던 거야.」

그녀가 벽에 걸린 가면들에 차례차례 눈길을 준다.

「클로틸데가 이야기한 〈영혼의 가족〉이라는 개념을 당신은 믿어?」

「생을 거듭하며 다시 만나 하나가 되는 정신들이 존재한다는 아이디어가 무척 흥미롭게 들려.」

「나는 에브라르였던 당신을 앙게랑 드 마리니의 몸으로 만났어. 그런데 곰곰이 생각해 보니 우리 인연이 그게 처음이 아니었던 것 같아. 당신을, 소심하기 그지없는 당신을 소르본 대학 학생 식당에서 처음 만났을 때…… 어디서 본 적이 있는 사람이라고 확신했어.」

「그렇다는 티를 내진 않았잖아.」

「〈의식〉하는 게 두려웠으니까. 당신을 알아본 것 같아 겁이 나서 오히려 거리를 두고 대했지. 그때 벌써 브뤼노는 우리 둘의 운명을 직감했는지도 몰라. 그래서 그렇게 엉뚱한 소리를 하며 화를 냈는지도.」

르네는 자신의 앞에 서 있는 멜리사가 갑자기 생경하게 느껴진다. 마치 처음 보는 사람 같다. 담배를 입에 문 알몸의 그녀가 그렇게 아름다울 수가 없다. 캐러멜 향 담배 연기와 섞인 땀 냄새조차 매력적으로 느껴진다.

「조금 전 사랑을 나눌 때 어떤 확신에 가까운 직감이 왔어. 당신과 이미 전생에서 몸을 섞은 적이 있다고 느꼈어.」

멜리사가 중세 시대에 만들어진 이탈리아 여성의 가면 앞으로 걸어가 빤히 쳐다본다.

「내가 드보라였다고 확신해.」

「당신이…… 살뱅 드 비엔의 유대인 아내 드보라였단 말이야?」

멜리사가 르네의 손을 덥석 잡는다.

「아빠와 나, 당신은 그렇게 1099년을 함께 살았던 거야. 그리고 환생해서 1307년에도 인연을 이어 갔던 거지. 다른 전생들에서도 우리는 깊은 인연을 맺었을 거야. 당신은 여자로 태어나 내 어머니나 누이로 살았을지도 몰라. 남자로 태어났다면 형이나 아버지로 살았겠지.」

멜리사가 열에 들떠 말을 이어 간다.

「어쨌든 우리는 생에 생을 거듭하면서 여러 가지 방식으로 지금까지 정신과 육체의 인연을 이어 온 거야. 한때 당신은 나의 스승이거나 절친한 친구였는지도 몰라. 혹시 우리가 스포츠 경기에서 경쟁자로 만난 적은 없었을까? 어떤 인연으로 만났든, 우리는 서로의 부족함을 채워 줬을 게 분명해.」

그녀가 갑자기 말을 멈추더니 고개를 갸웃하며 말한다.

「잠깐……. 내가 앙게랑 드 마리니였다면…… 어머나! 예언서를 감춘 사람이 바로 마리니잖아! 얼른 나를 다시 과거로 돌려보내 줘!」

91

시테섬에 위치한 왕궁. 앙게랑 드 마리니가 필리프 4세의 집무실로 들어선다. 기욤 드 노가레와 지크프리트 폰 포이히트방겐이 먼저 도착해 왕과 환담 중이다.

신경을 곤두세운 채 작은 눈알을 굴리고 있는 노가레와 달리 독일 기사단 단장은 세상사에 도통 무심한 사람처럼 태평해 보인다.

「파리 성전 기사단 영지를 저희가 넘겨받았으면 합니다.」

지크프리트가 강한 독일어 악센트를 풍기며 말한다.

「국왕 폐하, 저희 기사단은 오로지 폐하만을 받들어 모실 것을 약속드립니다. 이제 폐하께서는 언제든지 명령을 내릴 수 있는 군대를 옆에 두시게 된 겁니다. 저희는 이미 라인강 밖에서 여러 군주에게 귀한 도움을 드린 경험이 있으니 폐하께서도 저희 군대를 요긴하게 쓰시길 바랍니다.」

왕은 전혀 솔깃해하는 눈치가 아니다.

「당신들은 공식적으로 교황청 소속이 아니오?」

「충성 서약의 대상이야 언제든 바뀔 수 있는 것 아니겠습니까, 폐하.」

「내가 우리 왕국 내에서 자라는 잡초를 뽑아 버리기로 결심한 데는 교황께서 성전 기사단을 옹호한 것도 크게 작용했소. 친애하는 지크프리트, 나는 오로지 한 대상에만 충정을 바치는 신하를 원하오. 그게 내 용인술의 원칙이지.」

독일 기사단장이 필리프 4세 앞에 무릎을 꿇고 앉는다.

「십자가와 성유물들을 걸고 폐하께만 충성을 바칠 것을 맹세합니다. 폐하를 주군으로 모시는 게 저의 가장 소중한 바람임을 알아주셨으면 합니다.」

미남 필리프왕이 가소롭다는 듯이 그를 내려다본다.

「짐이 한번 생각해 보리다. 그런데 구호 기사단도 나한테 똑같은 청을 넣었다는 걸 알고 있으시오. 파리 북쪽의 그 명당자리를 꼭 차지하고 싶다면서 막대한 금액을 제시했소.」

기분이 상한 지크프리트가 미간을 실그러뜨리며 몸을 일으킨다.

국왕이 기욤 드 노가레 쪽으로 고개를 돌린다.

「미래의 일이 다 기록돼 있다는 그 대단한 책을 찾는 일은 어떻게 되고 있소?」

법무 대신이 고개를 푹 숙인다.

「그 책을 마지막으로 가지고 있던 자들이 죽었습니다.」

「뭐라고? 어찌 그런 일이 일어날 수 있단 말인가? 그자들이 감옥에 있다고 하지 않았소!」

「누군가 몰래 극약을 전한 것 같습니다. 죄수들이 죽기 직전에 감방에 출입한 사람이 한 명 있었다고 합니다, 폐하. 내 말이 맞지요, 대신?」

노가레가 획 고개를 틀어 마리니를 노려본다.

「내가 범인이라는 거요?」

앙게랑이 발끈한다.

「그런 의심이 간다는 거요. 감방엔 왜 가셨소, 대신?」

「죄수들이 성전 기사단 금고에 관해 혹시 아는 게 있는지 확인하러 갔던 거요. 내가 심어 놓은 끄나풀한테 입수한 첩보에 따르면, 검거 작전이 시작되기 직전에 수레 한 대가 기사들의 호위 속에 성전 기사단 영지를 빠져나갔다고 하오. 짐이 아주 묵직하게 실려 있었다고 하니 그게 혹시 금괴가 아니었을까 추측해 보고 있소.」

「아! 금고라고!」

필리프 4세의 눈이 휘둥그레진다.

「짐이 놈들의 영지와 예언서에 신경을 쓰느라 정작 중요한 건 깜빡하고 있었구나. 바로 놈들이 보유한 금(金) 말이야. 노가레, 취조한 죄수들 중에 그 금고의 행방을 실토한 자가 아직 없소?」

「최선을 다하고 있습니다, 폐하. 최선을 다하고 있으니 조금만 기다려 주십시오.」

뒤에 물러나 얘기를 듣고 있던 종교 재판관 기욤 윙베르가 앞으로 나서며 말한다.

「아주 지독한 놈들도 입을 열게 할 기가 막힌 고문 도구들을 지금 새로 만드는 중입니다.」

왕이 짜증스러운 얼굴로 대꾸도 하지 않고 고개를 돌려 버린다.

「재무 대신.」

노가레가 눈알을 빠르게 굴리며 마리니에게 말한다.

「성전 기사단 금고의 행방을 알아내려고 그렇게 동분서주하시니 참으로 대단하십니다. 그런데 기욤 윙베르가 그자들을 신문했으면 즉각 알아낼 수 있지 않았겠소?」

「법무 대신, 당신의 신문관이 죄인들을 어떻게 취조하는지 내가 잘 알고 있소. 자백을 받아 내기도 전에 죄수들이 죽는 경우가 허다하더군. 아무리 봐도 당신과 욍베르한테는 진실을 알아내는 것보다 동물적 본능을 충족하는 게 더 급한 것 같소. 죄인들을 살려서 우리한테 협력하게 만드는 게 더 나은 방법 아니오?」

국왕이 벌떡 일어나며 화를 낸다.

「그만 좀 티격태격하시게! 아무리 앙숙이라도 어떻게 만나기만 하면 싸우시는가! 누차 말하지만 짐한테는 두 사람이 다 필요하오. 노가레, 그래서 신문 결과는 어떻소?」

「기사단장인 자크 드 몰레를 필두로 지금 성전 기사들에 대한 신문이 한창 진행 중입니다. 대부분 이단임을 자백했습니다.」

「예언서의 행방도 반드시 알아내시오.」

지크프리트 폰 포이히트방겐이 한마디 한다.

필리프왕이 고개를 끄덕거리며 말한다.

「그 책에 짐의 죽음에 관한 언급이 있는지 모르겠구나. 언제, 어떻게 죽는지…….」

이미 예언서를 읽은 앙게랑 드 마리니는 국왕이 7년 뒤 정체 모를 병에 걸려 몇 달간 극심하게 앓다가 마흔여섯의 나이에 마침내 그 고통에서 벗어나 죽음을 맞는다는 걸 알고 있다. 사인(死因)은 독약이며, 왕의 친동생인 샤를 드 발루아가 독살의 배후라고 예언서에는 나와 있다.

예언을 알려 줘봤자 고맙다는 말을 듣기는커녕 보복이 돌아올 걸 뻔히 알기에 그는 입을 꾹 닫는다. 어차피 시간이 다 말해 줄 것이다.

「프랑스 국왕은 모든 걸 다 알아야 하오!」

필리프4세가 앞에 있는 테이블을 주먹으로 내리친다.

「짐이 꼭 그 예언서를 수중에 넣어야겠소!」

「죄인들 중에 예언서의 행방을 아는 자가 분명히 있을 겁니다. 제가 꼭 찾아내 결국에는 실토하게 만들겠습니다.」

노가레가 두루뭉술하게 말한다.

왕이 방 안을 서성이며 불편한 심기를 드러내기 시작하더니 급기야는 손가락을 치켜들고 측근들을 위협한다.

「두 대신은 내 말을 잘 들으시오. 만약 이 일에 실패한다면 대신들에게 개인적으로 책임을 묻겠소. 직책과 특권은 물론이고 목숨까지 날아갈 것임을 명심하시오.」

앙게랑 드 마리니는 몸에 기분 나쁜 소름이 쫙 끼치는 걸 느낀다.

「혹시 성전 기사들과 유대인들이 내통하고 있는 게 아닌지 모르겠습니다.」

지크프리트 폰 포이히트방겐이 눈을 반짝이며 대화에 끼어든다.

「예루살렘에서도 그랬고 아크레에서도 그들 간에 많은 교류가 있었다는 걸 제가 잘 압니다. 성전 기사단이 건축한 성채에 히브리어 글자들이 새겨져 있는 걸 보고 한통속이 아닌가 의심한 적이 한두 번이 아닙니다.」

「고리대금업을 하는 타락한 놈들끼리 통하는 거야 당연한 일 아니겠소.」

노가레가 농담을 던진다.

「지난해에 우리 왕국에서 유대인들을 모조리 추방하지 않았던가.」

왕이 미간을 모은다.

「아직 남아서 숨어 있거나 거짓 개종한 자들이 분명히 있을 겁니다.」

독일 기사단장이 목소리를 높인다.

「우리 왕국 남쪽에 추가로 세금을 물리는 대신 그들을 보호해 주는 백작들과 남작들이 있는 줄로 압니다. 이참에 한 번 더 검거 작전을 펼쳐 거짓 개종한 유대인들을 색출해 내고 그런 관용 지대를 아예 없애 버리는 게 어떻겠습니까.」

노가레가 왕에게 제안한다.

「좋은 생각이오. 그러면 우리 국고에도 적잖은 도움이 될 테니.」

앙게랑 드 마리니가 일부러 노가레의 말에 맞장구를 친다.

「유대인들과 롬바르디아인들, 그리고 성전 기사단에 채무를 상환하지 않아도 되는 것만으로도 짐은 많은 부담을 덜었소.」

왕의 굳었던 표정이 조금 풀린다.

「하지만 수차례 과인의 심기를 건드린 플랑드르 백작 로베르의 일가를 소탕하기 위해 북쪽으로 다시 전쟁을 하러 떠날 것이오. 플랑드르가 짐의 다음 목표물이오. 그 전쟁을 치르려면 또 병력과 금이 필요할 것이오.」

「제가 거느리는 기사 수천 명이 성전 기사단을 대신해 폐하를 도울 것이니 불러만 주십시오. 당장이라도 폐하를 위해 전장으로 떠날 수 있도록 만반의 준비를 해놓겠습니다.」

독일 기사단장이 분위기를 띄운다.

「폐하께서 윤허를 내리시면 저 또한 전장으로 달려갈 것입니다.」

기욤 드 노가레가 가세한다.

「몽상페벨 전투에서 싸울 때는 대신의 얼굴을 보지 못한 것 같구려.」

마리니가 비꼬듯이 한마디 한다.

「플랑드르 놈들과 치욕스러운 평화 협정을 체결한 장본인 께서 하실 말씀은 아닌 것 같소. 결국 그 때문에 폐하께서 다시 전쟁을 일으키셔야 하는 것 아니오.」

노가레가 언성을 높이며 맞받아친다.

「어디서 감히 그런!」

「대신께선 잉글랜드 에드워드 2세한테 녹(祿)까지 받은 사람 아니오. 누가 들으면 적국의 왕이 대신을 매수하려 했다고 하지 않겠소.」

노가레와 마리니가 죽일 듯이 서로를 노려보자 필리프 4세가 끼어든다.

「대신들은 마치 아비의 사랑을 독차지하려고 싸우는 어린 아이들 같소! 내가 바라는 건 그대들이 충심을 다해 나를 보필하는 것이오. 지금은 그대들이 합심하는 것이 신하 된 도리라는 걸 명심하시오. 그런 줄 알고 이제 그만 물러가시오.」

세 남자가 왕의 집무실을 나선다.

「살날이 얼마 남지 않았음을 잊지 마시오.」

노가레가 마리니를 향해 소리친다.

「자네가 배신자라는 걸 내가 반드시 입증해 낼 테니 두고 보게!」

「자네 목숨도 얼마 남지 않았네, 노가레. 시간이 갈수록 자네를 적으로 여기는 사람들이 늘어나고 있어. 자네의 잔인함이 곧 부메랑이 되어 돌아올 걸세. 그동안 저지른 악행의 대가를 반드시 치르게 될 거야.」

독일 기사단장이 두 대신에게 허리를 굽혀 인사하고 나서 노가레에게 말한다.

「어쨌든 나리, 무슨 일이 닥쳐도 우리 독일 기사단은 나리의 편임을 잊지 마시길 바랍니다.」

저자가 편을 확실히 정했구나. 앞으로 저 두 놈은 하나가 되어 필사적으로 나를 제거하려 할 거야.

하지만 왕이 죽고 난 다음에야 자신이 죽는다는 걸 이미 예언서에서 읽어 알고 있는 마리니는 조금도 두렵지 않다. 그는 지금 공포 때문이 아니라 한 가지 계획을 실행에 옮길 생각으로 머릿속이 복잡하다. 그는 랍비 친구 에프라임 벤 에즈라를 만나기 위해 아비뇽으로 갈 생각이다. 아비뇽은 1306년 파리에서 추방된 유대인들이 교황 클레멘스 5세의 보호 아래 공동체를 이루어 살고 있는 도시다.

앙게랑은 집으로 돌아와 아내와 자식들에게 며칠간 집을 비운다고 알린 뒤 포옹을 나누고 말에 오른다. 아비뇽으로 향하는 그의 짐 가방에는 예언서가 들어 있다.

그는 구불구불하고 위험한 길을 닷새 동안 달려 마침내 아비뇽 교황청 아래쪽에 위치한 큰 시너고그에 도착한다. 회당 안으로 들어가자 친구인 랍비가 1백여 명의 신도와 함께 기도를 올리고 있다. 그는 예배가 끝나길 기다렸다 친구인 에프라임 벤 에즈라에게 다가간다.

두 사람은 반갑게 인사를 나눈다.

「사람들의 눈과 귀를 피해 자네와 둘이서만 얘기를 나눌 수 있는 곳이 있겠나?」

랍비가 그를 회당 뒤쪽에 있는 방으로 안내한다. 안으로 들어가자 에프라임이 탈리트와 키파를 벗어 내려놓는다.

「무슨 일로 왔는지 들어 보세.」

앙게랑이 즉시 가방에서 물건을 꺼내 앞에 놓고 자초지종을 설명한다.

랍비가 놀라움을 감추지 못한다.

「이게 미래에 벌어질 일이 적힌 책이란 말이지?」

「자네가 이 예언서를 번역한 후 카발라 형식으로 암호화해 불순한 의도를 가진 자들의 수중에 들어가는 걸 막아 줬으면 좋겠네.」

「기꺼이 그렇게 하지. 날 믿게. 최선을 다하겠네.」

랍비가 마리니에게 자리에 앉으라고 권한다. 두 사람은 꿀벌 한 마리가 그려진 예언서 표지에서 눈을 떼지 못한다.

「1121년에 어떤 천사가 성전 기사의 꿈에 나타나 2101년까지 벌어질 일을 받아 적게 했다, 이 말이지?」

랍비가 이해한 내용을 요약해 말한다.

「성서에도 더러 선지자의 꿈에 천사가 나타나 미래를 알려 주는 이야기가 나오지 않나?」

마리니가 랍비 친구에게 묻는다.

「미래가 미리 쓰일 수 있다는 사실이 나는 무척 당혹스럽네. 그건 우리가 가진 자유 의지가 1백 퍼센트 발휘될 수 없다는 뜻이니까 말이야.」

랍비가 커다란 장을 열자 그 안에 두껍고 묵직한 양피지 두루마리들이 1미터도 넘어 보이는 높이로 쌓여 있는 게 보인다. 작은 히브리어 글씨가 촘촘히 쓰여 있는 성서들이다.

「나는 진정한 의미의 예언서는 그리 많지 않다고 생각하네. 종교인이긴 하지만 천사가 필멸의 인간들과 애써 얘기를 나누고 미래를 알려 준다는 것에 대해 늘 의심을 품어 왔네. 천사들이 실제로 존재한다면, 우리같이 편협한 생각을 가진 인간들에게 궁금해하는 미래를 알려 주는 것보다 더 중요하고 근본적인 일을 하지 않을까 하고 말이야.」

「랍비가 예언서에 대해 그런 회의적인 시각을 가졌다는 게 나는 놀랍군.」

「예언서라는 개념이 내가 탐탁지 않은 건 우리 행동에서 책임감을 없앨 수 있기 때문이야. 만약 우리가 미래에 벌어지는 일에 책임감을 느끼지 않는다면 깊이 사고할 필요도, 각자가 도덕규범을 지킬 필요도 없어지겠지.」

앙게랑 드 마리니가 친구를 보며 빙그레 웃는다.

「자네 종교의 문제가 뭔지 아나? 모든 걸 논쟁거리로 만든다는 거야. 왜 〈유대인 둘이 만나 얘기를 하면 의견이 세 개 생긴다〉라는 우스갯소리도 있지 않나.」

「어떤 주제든 다양한 각도에서 바라보고 온전히 이해하기 위해 토론을 즐기는 태도를 우리는 〈필풀〉이라고 부르네. 고추를 뜻하는 히브리어 단어 〈필펠〉에서 유래한 말로, 매섭고 날카로운 분석이라는 뜻이지. 본래는 서로 상충하는 다양한 관점들을 가지고 경전 구절을 해석하고 논평하는 행위를 가리켰던 말일세. 필풀을 할 때는 학생들에게 상대방과 180도 다른 관점을 가지고 논리를 펼치게 만드네. 어떤 때는 각자가 취할 관점을 제비뽑기로 결정한 상태에서 토론을 벌이기도 하지.」

「아내인 알릭스와 나는 매일 저녁 필풀을 하는 셈이군.」

앙게랑 드 마리니가 농담을 건네며 웃는다.

「나 역시 그렇다네. 아내 사라는 내가 가진 모순점을 직시하게 해주지. 가끔 느슨해지거나 게을러지고 싶을 때도 아내 덕분에 정신을 깨어 있는 상태로 유지할 수 있어. 만약에 우리가 미리 진실을 알 수 있다면, 그리고 그것이 유일한 진실이라면, 더 이상 토론하고 논쟁할 필요가 없어지겠지…….
그건 삶에서 짜릿함이 사라진다는 의미야.」

랍비가 벽장에서 포도주 항아리를 꺼내더니 마리니에게 한 잔 따라 준다. 술이 입술에 닿는 순간 달콤한 맛이 느껴져 마리니가 놀라는 표정을 짓는다.

「아내가 포도주에다 꿀과 아니스 씨앗을 넣어서 그래. 장모님한테서 배운 레시피라고 하더군. 나는 이제 이 맛에 익숙해져 있네.」

랍비가 예언서 표지에 수시로 눈길을 주는 걸 보고 마리니가 묻는다.

「에프라임, 자네 얼굴에 수심이 가득한데, 이 예언서 때문에 그런가?」

「자네가 말한 게 사실이라면 우리 둘한테는 막중한 책임이 생겼네. 지금까지 나는 삶을, 뭐랄까…… 잠깐 머물렀다가는 걸로 바라봤네. 가볍게 여겼지. 따라서 내 죽음은 나를 둘러싼 세계에서 일어나는 수많은 죽음 중 하나일 뿐이라고, 얼마든지 받아들일 수 있다고 생각했지. 그런데 자네한테 이 임무를 부여받는 순간 모든 게 달라졌어. 삶이 심각해지면서 대단히 중요해졌네. 만약 실패한다면, 나 자신을 용서하지 못할 것 같아. 자네가 나한테 선물을 준 건 아닌 게 분명하네, 앙게랑…….」

「내 말 잘 듣게, 에프라임. 자네도 예언서를 읽으면 알게 되겠지만, 앞으로는 이곳 아비뇽도 유대인들에게 안전한 곳이 못 돼. 후임 교황은 클레멘스5세만큼 관용적이지 않을 걸세. 그다음 교황은 자네들한테 더더욱 적대적이어서 추방을 결정하고 말아.」

「그게 언제지?」

「지금으로부터 15년 뒤인 1322년. 자네들을 추방할 교황의 이름은 요한 12세야.」

랍비가 어깨를 으쓱 추어올린다.

「또 여행길에 오를 팔자군. 종교 박해의 장점이 하나 있는데, 그게 뭔지 아나? 세상 구경을 하고 새로운 언어를 배울 수 있게 해준다는 거야.」

앙게랑은 친구의 초연한 반응을 유대인 특유의 유머 감각으로 간주한다.

「1322년이면 아직 한참 남았어. 짐을 쌀 시간도 충분하고. 무엇보다 그때까지 자네가 나한테 준 임무를 완수할 수 있을 거야. 번역하고, 암호화해서, 신뢰할 만한 사람들에게 전달하라. 이게 임무의 요지 아닌가?」

「반드시 해내겠다고 맹세해 주게.」

「맹세하겠네.」

친구의 빈 잔에 포도주를 채워 주는 에프라임의 표정이 여전히 어둡다.

「자네 생각엔 우리가 여길 떠나 어디로 도망치는 게 좋겠나?」

앙게랑이 잠시 생각하다 대답한다.

「도피네, 사부아, 에스파냐, 이 세 곳밖에 떠오르지 않네. 그런데 도피네와 사부아도 프랑스 왕국에 통합될 가능성이 있어.」

「위험을 최소화하기 위해선 결국 에스파냐로 가는 수밖에 없겠군. 거기에는 오래된 유대 공동체들이 있지. 기독교인들과 무슬림들과 평화롭게 공존한다고 들었네. 자넨, 자네가 가진 예언서는 어떻게 할 건가?」

「나도 필사본을 하나 만들어서 살아남은 성전 기사들에게 줄 생각일세.」

「원본은?」

「숨겨야지. 그래야 마음이 놓이지.」

「카발라 암호의 비밀을 아무에게도 가르쳐 주지 않을 생각일세. 심지어 내 가족한테도.」

「그래? 그럼 나중에 사람들이 그걸 어떻게 읽지?」

「날카로운 정신의 소유자들은 방법을 찾아낼 거야. 당연히 그런 사람들만이 미래의 지식에 접근해야겠지. 암호를 풀수 있는 사람들만이 미래를 읽을 자격이 있는 거야.」

랍비가 턱수염을 매만지며 친구를 똑바로 쳐다본다.

「자넨 예언서를 읽어 봤으니 미래에 대해 전부 알고 있겠군?」

「아니, 〈전부〉는 아니야. 아직 끝까지 다 읽지 못했네. 한장 한 장 천천히 읽고 있어.」

「전체가 몇 장이지?」

「101개 장에서 2101년까지의 미래를 다루고 있네. 스물한 번째 장까지 정독을 마쳐 1400년에 일어나는 일까진 알고 있어……. 너무도 놀라운 내용이어서 온전히 이해하고 소화하기까지 시간이 오래 걸리네.」

「자네 오늘 저녁에 뭘 할 생각인가?」

에프라임 벤 에즈라가 묻는다.

「특별한 계획은 없네만.」

「그럼 우리 집에 와서 함께 저녁 식사를 하고 자고 가게.」

그들은 함께 랍비의 집으로 간다. 랍비가 가족들에게 파리에서 온 친구를 소개한다.

마리니는 에프라임 가족과 함께 식전 기도를 올리고 식사를 시작한다. 익숙한 맛이 아니다 보니 대부분의 음식이 입에 맞지 않지만 그는 티를 내지 않고 예의를 갖춰 식사에 임한다. 마리니의 시선이 가지가 일곱 개 달린 촛대로 향한다. 메노라. 그는 문득 몇 년 전 교황을 알현했을 때 들었던 얘기를 떠올린다.

교황은 그에게 솔로몬 성전에 있던 대형 메노라가 바티칸 지하실에 보관돼 있다고 비밀을 알려 주었다. 주전 70년 솔로몬 성전을 불태운 티투스 황제가 로마로 몰래 가져왔다고 했다.

이 촛대는 역사가 깃든 물건이야.

「메노라에 대해 좀 설명해 주겠나?」

마리니가 랍비 친구에게 묻는다.

「메노라는 다윗의 별보다도 역사가 깊은 유대교의 상징일세. 시나이산에서 모세가 하느님의 음성을 들은 불타는 떨기나무를 형상화한 것이지. 〈메노라〉는 감람과 식물에서 채집하는 향기 나는 고무 수지인 미르라에서 파생한 말이네. 그래서 미르라가 나는 나무의 가지와 꽃은 빛을 품고 있는 상징으로 여겨지지.」

「카발라에서는 어떻게 보나?」

「알렉산드리아의 철학자 필론은 메노라가 가운데 있는 태양을 중심으로 배치된 태양계 행성들을 나타낸 것이라고 했네.」

「메노라의 생김새가 뭔가 중요하고 오묘한 의미를 담고

있다는 느낌이 오긴 오는데 정확히 뭔지는 모르겠군.」

저녁 식사가 끝나자 에프라임이 친구를 방으로 안내해 준다. 녹초가 된 앙게랑은 금세 잠에 곯아떨어진다. 그는 신기한 꿈을 꾼다. 꿈속에서 천사를 만난다. 음성만 들리는 게 아니라 천사의 얼굴까지 보인다.

하얀 옷을 입고 길고 하얀 깃털을 등에 꽂은 여자 천사다. 놀랍게도 머리카락은 빨간색이다.

천사가 한마디만 하고 사라진다.

「어디에 예언서를 감출 생각인지 말하거라.」

그가 대답한다.

「독일 기사단도 절대 찾아내지 못할 장소에 숨기려고 합니다…….」

마리니가 천사에게 그 장소를 가르쳐 준다.

92 므네모스: 독일 기사단

독일 기사단은 1190년, 게르만인 순례자들을 치료하고 보살필 목적으로 아크레에서 창립됐다. 하지만 구호와 자선을 표방하며 설립된 기사단은 금방 군사적 성격을 띠게 된다. 초대 단장인 기사 하인리히 발포트는 기사들에게 엄격한 군율을 적용하고 고강도 군사 훈련을 시켰다. 규율을 위반한 기사들은 체형에 처했고, 심지어는 화형을 시키기도 했다.

하인리히 발포트는 신성 로마 제국 황제 프리드리히 1세 바르바로사의 형인 슈바벤 공작 프리드리히의 지원을 받았다. 성지에서 싸우며 요새를 세우고 교회를 짓던 독일 기사단은 유럽의 이교도들을 상대로 전쟁을 벌이기로 결정한다. 그들은 스위스와 티롤, 프라하뿐 아니라 이탈리아까지 세를 확장해 기사단 성채를 짓는다. 독일 기사단은 슬라브 민족들을 상대로, 그리고 이 지역에 사는 이교도들을 상대로 전쟁에 돌입한다.

1226년, 황제 프리드리히 2세는 독일 기사단에게 앞으로 정복할 모든 영토에 대한 통치권을 주겠다고 약속한다. 이때부터 소위 〈북유럽 십자군 전쟁〉이 본격적으로 벌어진다. 독일 기사단은 아직 이교도 민족들이 살고 있던 발트해 연안국들을 침공한다. 교황은 세례를 받지 않은 이 사람들을 독일 기사단이 노예로 삼을 수 있게 허락한다. 독일 기사단은 승승장구하여 그리스 정교를 믿는 러시아 민족의 영토까지 침범하기에 이른다. 그들을 기독교로 개종시키겠다는 것이 전쟁의 명분이었다. 황제와 교황의 지지를 등에 업고 공포를 퍼뜨리며 파괴적인 원정을 이어 가던 독일 기사단은 결국 1242년, 페이푸스 호수 전투에서 러시아 왕자 알렉산드르 넵스키에게 격퇴된다.

1291년, 아크레 전투에서 패배한 독일 기사단은 키프로스섬으로 물러났다 다시 베네치아로 도망친다.

독일 기사단은 이때부터 유럽 지역에 군사력을 집중하고, 리투아니아에 이어 폴란드 영토까지 침공해 약탈을 자행한다. 1410년 7월 15일, 독일 기사단은 그룬발트 전투에서 폴란드 국왕 브와디스와프 2세가 이끄는 폴란드와 리투아니아 연합군과 대규모로 맞붙는다. 그들은 단장인 울리히 폰 융깅겐을 비롯해 1만 4천 명의 병력을 잃으면서 대패한다.

제2차 세계 대전 동안 히틀러는 슬라브 민족을 정복한 독일 기사단의 상징적 이미지를 차용하려고 시도한다. 전공을 세운 독일군 병사들에게 수여된 철십자 훈장은 독일 기사단의 십자가 문양을 본떠 만든 것이다. 나치 친위대장 힘러는 〈검은 십자가 군대〉가 〈붉은 군대〉를 격퇴해야 한다고 주장했다. 하지만 독일 기사단 단장이 나치의 계획에 동조하길 거부하자 히틀러는 독일 기사단이 유대인, 프리메이슨단과 한통속이라고 비난했다. 결국 단장은 나치에 체포됐고 기사단의 재산은 전부 몰수됐다.

그럼에도 자선이라는 본연의 임무에 충실했던 독일 기사단은 제2차 세계 대전 기간에 유대인 어린이들과 레지스탕스들을 숨겨 주었다. 종전 후에는 처형을 피해 도주하는 독일군 병사들을 숨겨 주기도 했다. 오늘날 자신이 독일 기사단 소속이라고 주장하는 사람은 전 세계를 통틀어 1천여 명에 불과하다. 이들 대부분은 자선 단체에서 활동하는 사제들이다.

93

멜리사가 눈을 뜨더니 떨리는 목소리로 말한다.

「예언서는 앙게랑이 성서로 위장해 소르본 대학 도서관에 숨겨 놨어.」

「1307년의 도서관은 사라진 지 오래야.」

르네가 안타까운 표정을 짓는다.

「그건 그렇지. 하지만 현재 도서관에 인쇄술 발명 초기에 간행된 서적인 인큐내뷸러와 양피지에 쓰인 고서들을 보관하는 곳이 있어. 대부분 성서들이지. 예언서가 오래된 성경책 속에 끼워져 있는 건 얼마든지 가능한 일이야.」

「겉으로 보면 성경 책인데 실제로는 예언서 『꿀벌의 예언』이라니……. 기발한 아이디어야.」

저녁 9시가 넘었지만 일분일초도 허비할 수 없어 그들은 당장 택시를 잡아타고 소르본 대학으로 향한다. 몇 시간째 먼지를 뒤집어쓰고 후미진 곳을 뒤지던 알렉상드르와 메넬리크는 연락을 받고 안도하는 마음으로 수색을 중단한다.

택시에서 내리는 멜리사와 르네에게 알렉상드르가 회의적인 시각을 전한다.

「현재 있는 소르본 대학 내 건물 대부분은 17세기에 리슐리외 추기경의 지시로 지어진 걸세. 도서관은 나폴레옹 치하인 1808년에 전국 교수단 도서관으로 기능이 바뀌기도 했었고, 2010년부터 2013년까지 대대적인 개축 공사도 진행됐지. 앙게랑 드 마리니가 살던 시절에는 장서가 3만 권에 불과했지만 지금은 그때의 1백 배가 넘어. 건초 더미에서 바늘 찾기만큼 힘든 일이라는 뜻이야.」

르네는 조금도 낙담하는 눈치가 아니다.

「과학 교사였던 우리 어머니가 하신 말씀이 있어요. 〈건초 더미에서 바늘을 찾는 건 의외로 간단할 수 있어. 다 방법의 문제란다. 건초에 불을 질러 태우고 나서 잿더미 안에 자석을 넣는 거지.〉」

「그거야 그렇지만 도서관에 불을 지를 순 없지.」

「설마, 지금 3백만 권 중에서 찾으려는 거예요? 우리가 찾아야 하는 건 인쇄술 발명 이전에 수도사들이 손으로 쓴 성서 필사본이에요. 그런 게 수천 권이나 있기야 하겠어요?」

「멜리사 말이 맞아. 기껏해야 몇백 권이야.」

알렉상드르가 고개를 끄덕이고 나서 갑자기 한숨을 푹 내쉰다.

「그런데 그 책들은 사서인 이브라힘만 열쇠를 가지고 있는 도서관 보안 구역에 따로 보관돼 있어.」

알렉상드르가 손목시계를 내려다본다.

「어쨌든 전화는 한번 걸어 보마. 혹시 모르니까…….」

다행히 전화가 연결된다. 알렉상드르가 몇 마디 짧게 나눈 뒤 전화를 끊더니 일행에게 말한다.

「잘됐어. 와주겠대. 하지만 집이 멀어 족히 한 시간은 걸릴 테니 그동안 우리 집에 가서 저녁이나 먹는 게 어때?」

알렉상드르가 제안한다.

「그거 좋은 생각이야. 오델리아한테도 전화해서 저녁을

먹으러 오라고 할게.」

메넬리크의 말에 르네가 씩 웃는다.

오후에 싸운 게 내내 마음에 걸렸던 모양이야. 식사 자리에 아내를 불러 화해하려는 거야…….

잠시 후, 학장 관사 부엌에 다섯 사람이 모여 있다. 알렉상드르가 카술레 통조림을 따서 데우고 부르고뉴 포도주를 한 병 딴다.

알렉상드르는 친구들과 식탁에 둘러앉아 종이와 볼펜을 꺼내더니 표를 만들어 내용을 정리한다.

「멜리사가 퇴행 최면을 통해 본 바에 의하면, 우리가 추적할 수 있는 경로는 세 개야. 첫째, 이곳에 성경 책으로 위장해 감춰 놓은 예언서 원본. 둘째, 훗날 에스파냐로 떠나게 될 랍비가 1307년에 히브리어로 번역해 암호화한 사본 하나. 셋째, 마리니가 필사해 살아남은 성전 기사들에게 건네줬을 사본 하나. 성전 기사들의 행방과 관련해선 지소르 지부로 피신했다는 것까지는 우리가 알고 있는데, 이후에는 해외로 도피했을 가능성이 커.」

알렉상드르가 집주인답게 손님들을 대접한다. 다섯 사람은 잔을 부딪치고 음식을 먹으면서도 모두 예언서에 대한 생각에 사로잡혀 있다.

「1307년 전국 동시 검거 작전 이후에 성전 기사단은 어떻게 됐어요?」

오델리아가 궁금한 표정으로 묻는다.

「중세 전문가인 아빠가 좀 자세히 설명해 주세요.」

멜리사가 알렉상드르를 쳐다본다.

「내가 아는 바에 의하면, 성전 기사단 검거 이후 교황 클레멘스 5세가 필리프 4세의 압력에 못 이겨 〈복스 인 엑셀소〉 칙서를 내렸어. 1312년 3월 22일을 기점으로 성전 기사단의 영구 해체를 명령한다는 내용이었지. 기사단의 영지와 성채는 전부 몰수돼 다른 수도사 기사단에게 넘어갔어. 흰색 십자가를 상징으로 사용하는 구호 기사단에.」

「난 처음 듣는 이름인데요?」

오델리아가 눈을 반짝인다.

「구호Hospaliers 기사단이라는 명칭은 창립자인 복자 l'Hospitalier 제라르도 신부에게서 따왔어요. 구호 기사단은 그동안 여러 번 이름이 바뀌었는데, 현재는 몰타 기사단이라는 이름으로 존재하면서 자선 사업 위주로 활동을 펼치고 있지.」

메넬리크가 아내의 궁금증을 풀어 주고 나서 한마디 덧붙인다.

「그런데 말이야, 내 생각엔 성전 기사단이 경쟁 관계인 구호 기사단에 예언서를 줬을 것 같진 않아.」

「살아남은 성전 기사들은 대체 어디로 갔을까요?」

르네가 좌중을 둘러본다.

알렉상드르가 식탁 뒤에 걸린 대형 세계 지도에 눈길을 주고 나서 말문을 뗀다.

「아마도 프랑스 밖으로 나가지 않았을까. 미남 왕 필리프 4세와 교황은 그들을 핍박했지만 다른 나라의 왕들은 성전 기사들을 내쫓지 않았어. 가령 아라곤 왕국의 차이메 2세 말이야. 그는 성전 기사단이 무죄라고 생각해 재산을 몰수하지 않았어.」

「성전 기사단이 에스파냐에서 차이메 2세를 위해 적극적인 활동을 펼친 데는 그런 배경이 있었을 거야. 성전 기사들은 레콩키스타[17]에까지 참여했었지.」

메넬리크가 덧붙인다.

「어디 그뿐인가. 성전 기사들은 포르투갈 왕국 탄생에도 일조했네. 〈포르토 도 그랄〉, 성배(聖杯)의 항구를 뜻하는 나라 이름이 우연히 생긴 게 아니었을 거라고 다들 생각하지.」

알렉상드르가 박식함을 드러낸다.

「잉글랜드 상황은 어땠어요?」

오델리아가 갈수록 호기심을 보인다.

「에드워드 2세가 처음에는 성전 기사단을 옹호하다가 결국에는 해체한 뒤 재산을 구호 기사단에게 넘겨줬죠. 반면 스코틀랜드의 로버트 1세는 성전 기사단을 전적으로 지지하고 보호해 줬어요.」

「라인강 너머 상황은 어땠어요?」

멜리사가 지도에서 손가락으로 독일을 가리키며 묻는다.

「독일 영토에 있던 성전 기사단 재산이 몰수돼 모두……독일 기사단에게 넘어갔지!」

식탁은 갑자기 찬물을 끼얹은 듯한 분위기가 된다.

「도망자 신세인 성전 기사들이 갈 곳은 결국 에스파냐와 스코틀랜드밖에 없었겠군요?」

르네가 지금까지 오간 얘기를 요약한다.

「히브리어로 번역돼 암호화를 거친 예언서 사본은 랍비 에프라임 벤 에즈라가 에스파냐로 가지고 떠났어. 이건 거의 확실해.」

멜리사가 말한다.

17 국토 회복 전쟁.

「미남 왕 필리프는 성전 기사단을 와해한 후 또다시 유대인 박해를 시작했네. 지방에 남아 있던 유대인들의 재산까지 전부 몰수해 버리지. 그때 박해를 피해 프랑스를 떠난 유대인 대부분이 피난처로 삼은 나라가 바로 에스파냐였어.」

메넬리크의 설명을 듣던 오델리아가 미간을 찌푸린다.

「당신은 마치 에스파냐가 프랑스에서 내쫓긴 유대인들에게 안전한 피난처였던 것처럼 얘기하는군요. 하지만 내가 알기로 1492년에 에스파냐 거주 유대인들은 개종을 강요당했어요. 일명 가톨릭 왕으로 불리는 이사벨 1세가 개종을 거부하면 추방하거나 죽이겠다고 협박했었죠.」

「그건 사실이긴 해요. 하지만 그 사건은 유대인들이 에스파냐에서 180년 가까이 별 탈 없이 살고 나서 벌어진 일이잖아요.」

알렉상드르가 스마트폰에서 크리스토퍼 콜럼버스의 초상화와 그의 배 세 척을 그린 그림을 찍은 사진을 보여 준다.

「여기, 산타마리아호와 핀타호, 니나호에 그려져 있는 문양을 한번 봐…….」

「이건 끝이 벌어진 빨간색 십자가 아닌가! 성전 기사단의 상징 말이야!」

메넬리크가 눈을 휘둥그렇게 뜬다.

「이런, 지금까지 이 문양을 단 한 번도 눈여겨본 적이 없었다니!」

「크리스토퍼 콜럼버스의 항해에 자금을 대준 사람이 바로 콘베르소[18] 루이스 데 산탄겔이네. 훗날 가톨릭 왕으로 불리는 카스티야의 이사벨왕의 재무 대신을 맡았던 인물이지. 그

---

18 converso. 개종한 유대인을 지칭한다.

는 자신이 속한 유대인 공동체의 돈을 강제로 빼앗아 콜럼버스에게 준 셈이었어. 그 돈 덕분에 콜럼버스는 네 차례 항해를 떠날 수 있었지.」

「그렇다면 크리스토퍼 콜럼버스의 배에 유대인들과 십자군 기사들도 타고 있었겠군요?」

오델리아가 깜짝 놀라는 표정을 짓는다.

「성전 기사들과 유대인들이 타고 있었던 거죠. 프랑스 왕의 박해를 피해 도망친 사람들과 에스파냐 왕의 박해를 피해 도망친 사람들이 함께.」

알렉상드르가 명확히 짚어 준다.

그러자 메넬리크가 한마디 덧붙인다.

「콜럼버스의 배에 탄 승무원 상당수가 개종한 유대인이라는 사실을 이사벨왕이 알게 되자 항해는 중단됐어. 〈마라노〉[19]들이 배에서 몰래 종교 활동을 한다는 걸 들은 왕이 대로했거든.」

알렉상드르가 손가락 하나를 아랫입술에 댄다. 머리를 빠르게 굴리는 중이다.

「그런데 이보다 더 기가 막힌 사실이 하나 있어. 그때 배에 탔던 이들의 증언에 의하면, 크리스토퍼 콜럼버스가 서쪽에 대륙이 그려진 지도를 가지고 있었다는 거야.」

이럴 수가! 내가 살뱅에게 예언을 불러 준 것이 결과적으로 크리스토퍼 콜럼버스에게 영감을 주어 아메리카 대륙을 찾아가게 한 것인지도 모른다는 뜻이잖아!

르네는 마치 자신이 아메리카 대륙을 찾기라도 한 것처럼 자긍심에 차 의자에서 벌떡 일어난다.

19 Marrano. 개종한 유대인을 비하하는 표현.

늘 관심의 중심에 있고 싶어 하는 알렉상드르가 이번에도 지식을 뽐낸다.

「콜럼버스의 배에 탔던 선원들 중에는 카리브 제도에 남아 정착한 사람들도 꽤 있었다고 해. 에스파냐가 너무 위험한 곳이 됐다고 판단한 거지.」

「결과적으로 잘한 선택이었어. 가톨릭 왕 이사벨 1세가 크리스토퍼 콜럼버스를 체포해 감옥에 가뒀거든. 그는 결국 감옥에서 죽었지. 유대인들은 모두 에스파냐에서 추방됐고.」

「추방된 사람들은 어디로 갔어요?」

멜리사가 묻는다.

「일부는 프랑스로 다시 돌아왔어. 그렇게 귀환한 유대인들 중에는 말이야…….」

알렉상드르가 잠시 말을 멈춘다.

「잠깐, 아, 생각이 날 듯한데.」

「뭐 말이에요?」

멜리사가 재촉한다.

「이제 생각나네. 노스트라다무스의 조부인 기 드 가소네도 포함돼 있었어. 그는 프랑스로 돌아와 피에르 드 노스트르담으로 이름을 바꾸지. 1455년경에는 직업을 가지려고 기독교로 개종까지 했어. 그의 손자인 미셸, 다시 말해 노스트라다무스는 의사로 일하면서 예언서를 썼어. 그는 자신의 저서에서 선조들이 남긴 말을 많이 인용했어. 유대교와 고대이집트 전통에 뿌리를 둔 것이라면서 트랜스 기술에 대해서도 상세히 언급했지.」

「혹시 그 노스트라다무스가 르네 당신의 예언서를 읽고 영감을 받은 건 아닐까요?」

오델리아가 과감한 추리를 내놓는다.

노스트라다무스가 세기 단위로 1백 편씩 쓴 사행시들이 내가 살뱅 드 비엔에게 불러 준 예언들의 내용과 무척 비슷하긴 하지.

알렉상드르가 스마트폰에서 화려한 옷을 입은 중세 시대 여성의 초상화를 보여 준다.

「이 카트린 드 메디시스를 처음 만났을 때 노스트라다무스가 미래에 닥칠 몇 가지 위험을 알고 있지만 그걸 차마 글로 적지는 못하겠다고 말했다는 거야. 그 예언이 잘못 해석되거나 나쁜 영향을 끼칠까 봐 두렵다고 했대.」

「노스트라다무스도 성전 기사단과 똑같은 딜레마에 봉착했었군요. 미래를 예언하는 것이 미래를 바꾸게 된다는.」

르네가 심각한 표정이 된다.

「지금까지 들은 얘기를 종합해서 판단해 보면,『꿀벌의 예언』을 손에 넣었던 사람들 모두가 그것을 반드시 지키려 했던 것 같아요. 혹시 노스트라다무스가 여러분 셋 중 누구의…… 전생일 가능성은 없을까요?」

오델리아가 고개를 외로 꼬고 르네와 멜리사, 알렉상드르를 차례로 바라본다.

르네가 고개를 가로젓는다.

「전 분명히 아니에요. 예전에 제 과거의 전생들을 한자리에 불러 모은 적이 있는데, 노스트라다무스라는 이름을 가진 사람도 얼굴이 닮은 사람도 본 기억이 없어요.」

알렉상드르와 멜리사 역시 고개를 흔든다. 르네가 오델리아에게 그런 이유를 설명해 준다.

「우리가 전생에 유명한 사람이었을 가능성은 아주 희박해요. 대부분 이름 없는 필부필부로 살다 생을 마쳤죠. 성전 기사단 창립의 주역인 살뱅 드 비엔과 가스파르 위멜조차 후대에 이름을 남기지 못한 걸 보면 더 겸손한 자세로 살아야 할 것 같아요.」

알렉상드르가 설명을 덧붙일 필요를 느낀다.

「우린 직관적으로 그걸 느낄 수 있어요. 가령, 클로틸데의 존재를 아는 순간 그녀가 내 전생이었다는 확신에 가까운 느낌이 왔죠.」

「우리가 노스트라다무스 본인은 아니더라도 그 주변 인물일 가능성은 물론 배제할 수 없어요.」

르네도 한마디 한다.

「〈영혼의 가족〉이라는 관점에서 보면 우리가 얼마든지 그의 가족이나 친척 중 한 사람이었을 수도 있어요. 후대에는 알려지지 않았지만 그의 가까운 친구이거나 배우자였을 수도 있죠. 어쩌면 카발라 기술에 따라 예언서의 암호를 풀어 노스트라다무스에게 내용을 알려 준 동료였을 수도 있어요. 아비뇽에서 에스파냐로 갔다가 유대인 추방령이 내려지자 프로방스 백작령으로 다시 돌아온 유대인 중 한 사람이었을 가능성은 왜 없겠어요?」

알렉상드르가 말을 받는다.

「당시 노스트라다무스한테는 코시모 루게리라는 라이벌이 있었어. 카트린 드 메디시스가 노스트라다무스를 만나기 전에 왕궁의 공식 점성가로 곁에 두었던 사람이지. 그는 좀 의심스러운 방식으로 점을 봤다고 해. 다른 점성가들과 달리 닭이나 두꺼비 내장 대신 어린 소년들을 납치해다 썼다는 말이 있어.」

좌중은 순간 식욕이 싹 사라지는 것을 느낀다.

「음양의 원리와 비슷한 게 아닐까. 한쪽으로 향하는 힘은 반드시 반대 방향으로 향하는 힘을 초래하게 돼 있지.」

메넬리크의 해석을 들은 알렉상드르가 고개를 끄덕이며 덧붙인다.

「아톤을 숭배한 이집트 사제들과 고대 히브리인들, 솔로몬왕, 건축가 히람, 피타고라스, 아리스토텔레스, 성전 기사단, 노스트라다무스를 하나로 묶는 뭔가가 존재하지 않을까? 하나의 에그레고르 말이야…….」

「그 반대편에는 아몬의 사제들과 필리스틴, 바빌론 왕 느부갓네살, 히람을 죽인 세 명의 장인, 피타고라스의 살인자, 소크라테스의 재판관들, 로마 황제 네로, 황제 티투스, 독일 기사단, 점성가 코시모 루게리가…… 속한 또 하나의 에그레고르가 있겠죠.」

르네가 말을 받자 알렉상드르가 기다렸다는 듯이 덧붙인다.

「어디 그 두 개만 있겠나. 그건 『꿀벌의 예언』과 관련된 인물들을 분류한 것뿐이지……. 오늘날 세계 도처에서 수없이 많은 에그레고르들이 충돌하고 있는 것을 볼 수 있네. 서로 대립하며 각축을 벌이고 있지. 튀르키예와 아르메니아, 잉글랜드와 아일랜드, 세르비아와 크로아티아, 일본과 중국, 수니파와 시아파, 인도와 파키스탄 등등…….」

「그다음은 어떻게 됐어요?」

오델리아의 목소리에서 흥분마저 느껴진다.

「노스트라다무스 얘기를 좀 더 해봐요. 우리 예언서를 그가 읽었을 가능성이 없지 않다는 얘기잖아요? 그래, 노스트라다무스는 어떤 예언을 했어요?」

「그는 성 바르톨로메오 축일에 벌어진 학살을 예언했어요. 1572년에 위그노, 즉 칼뱅주의 신교도들을 상대로 대학살이 벌어졌죠.」

「우리 이름이 나오지 않은 건 이번이 처음이군.」

메넬리크가 냉소에 찬 목소리로 말한다.

「이 사건이 있고 나서 카트린 드 메디시스는 가톨릭교도들의 환심을 사려고 애썼어. 프랑스로 돌아와 있던 유대인들을 결국 다시 추방했지. 광신주의 가톨릭교도들은 유대인들이 개신교에 동조한다고 믿고 있었기 때문이야.」

「에스파냐로 갈 수도 없었을 텐데, 쫓겨난 유대인들은 어디로 갔어요? 카발라 형식으로 암호화된 예언서의 행방은 어떻게 됐을까요?」

오델리아가 질문을 계속한다.

알렉상드르가 세계 지도를 손으로 가리킨다.

「많은 유대인들이 개신교도들과 함께 북유럽으로 떠났어요. 대표적으로 정착한 나라가 지금의 네덜란드인 7개 주 연합 공화국이었죠. 유대인들은 환대 속에 새로운 땅에 정착한 후 이 젊은 국가의 경제, 문화, 금융 발전에 많은 기여를 하게 돼요. 철학자 스피노자도 이때 암스테르담에 정착한 유대인 공동체의 일원이었죠.」

알렉상드르가 이번에는 지도 아래쪽을 가리킨다.

「그때 베네치아로 도망친 유대인들도 적지 않았어요. 그들은 예배당도 없는 섬에서, 밤이면 출입이 금지되는 높은 벽에 둘러싸인 게토getto에 격리돼 살았죠. 오늘날 유대인 거리를 뜻하는 게토ghetto라는 단어는 이 베네토어 게토에서 왔다고 해요.」

메넬리크가 즉시 한마디 거든다.

「프랑스에서 쫓겨난 유대인들은 북아프리카, 특히 모로코와 튀니지에도 많이 정착했지. 그리스로 간 사람들은 오늘날의 테살로니키인 살로니카에 주로 정착해 양모 무역에 종사했어. 지금의 튀르키예 땅으로 간 사람들 역시 번영한 공동체를 이루었지. 그때 이스라엘로 귀환한 사람들도 소수지만 있긴 했어.」

「당시는 오스만 제국 치하였잖아요?」

멜리사가 놀라는 표정을 짓자 메넬리크가 설명해 준다.

「맞아. 하지만 이미 여러 번 말했듯이 무슬림이라고 해서 다 유대인에게 적대적이지는 않았어. 절대 그렇지 않았어. 일명 위대한 술레이만으로도 불리는 술탄 술레이만 1세는 시아파에게서 예루살렘을 되찾고 나서 1535년부터 요새화 작업에 들어가지.」

「예언서의 행방을 뒤쫓는 우리 입장에선 상황이 갈수록 꼬이기만 하네요. 성전 기사들도 그렇고 유대인들도 그렇고 예언서를 가지고 있었으리라 짐작되는 사람들이 또다시 뿔뿔이 흩어졌으니. 이제 어디서 어떻게 찾아야 할지…….」

멜리사가 한숨을 내쉰다.

「한 사람의 행방을 쫓기도 쉽지 않은데 한 민족의 발자취를 따라가야 하니 보통 복잡한 게 아니군…….」

알렉상드르가 딸을 보며 고개를 끄덕인다.

모두가 벽에 걸린 세계 지도를 쳐다보면서 생각에 잠겨 있다.

르네가 말문을 연다.

「폴란드는요?」

「아, 그래, 폴란드. 내가 폴란드를 깜빡하고 있었네.」

알렉상드르가 설명을 이어 간다.

「유대 공동체가 네덜란드 연합 공화국 발전에 기여하는 걸 눈여겨본 폴란드 국왕 지그문트 1세가 자신의 나라에도 이러한 역동성이 필요하다고 판단해 16세기에 유대인들에게 폴란드에 와 정착할 것을 제안하지. 그는 유대인들이 폴란드 왕국 전역에서 무역업을 할 수 있게 해줬어. 의무적으로 부착해야 했던 유대인이라는 표지도 없애 줬지. 그렇게 해서 폴란드 남동부에 새로운 유대인 도시가 여러 개 생겨나게 돼.」

「그 유대인들을 아슈케나즈라고 부르죠.」

멜리사가 한마디 한다.

「맞아. 지그문트 1세와 그의 아들인 지그문트 2세가 통치하는 동안 폴란드는 박해를 피해 온 전 세계 유대인들의 안식처가 되지. 폴란드에 정착한 유대인들은 슈테틀이라고 불리는 소규모 마을들을 이루어 살면서 작업장을 짓고 도로를 닦고 공동체를 번영시켜 나가.」

「아슈케나즈였던 우리 아버지한테 듣기로 당시 전 세계 유대인 중 80퍼센트가 폴란드에 살았대요. 그들에겐 낙원이었던 셈이에요.」

오델리아가 끼어든다.

르네가 지도를 유심히 들여다보면서 말을 받는다.

「파트리크 클로츠가 『꿀벌의 예언』이라는 제목으로 출간한 책의 표지에는 예언서가 1942년, 폴란드 바르샤바 지역의 게토 도서관에서 나치 병사들에 의해 발견됐다고 적혀 있어요.」

식사 중이던 다섯 사람은 순식간에 노스트라다무스 시대에서 4백 년의 시간을 건너뛰어 제3제국 시대를 머릿속에 떠올린다.

「파트리크 클로츠는 랍비 에프라임이 만든 카발라 암호를 풀어 예언서를 해독해 읽었던 게 분명해요. 클로츠의 저작이 사기가 아니었다는 뜻이죠.」

르네는 예언서 사본의 행방을 추적해 낸 자신이 대견한 듯 함박웃음을 짓는다.

「장 빌랭의 비평 기사를 모욕적으로 받아들인 클로츠는 책을 세상에서 사라지게 만들어야겠다고 결심하게 됐을 거예요.」

르네의 논리를 들은 알렉상드르가 조금 다른 시각을 제시한다.

「순전히 비평 때문에 작가가 자존심에 상처를 입어 생긴 일이라고만은 볼 수 없을지도 몰라. 혹시 말이야, 미래의 클로츠가 그에게 예언서가 불러올 파장을 알려 줬던 게 아닐까. 그래서 미리 클로츠가 책을 없애 버린 게 아닌가 이 말이야.」

「살아남은 성전 기사들은 예언서 사본을 가지고 어디로 향했을까?」

메넬리크의 질문이 좌중에게 또 다른 궁금증을 유발한다.

「그걸 알 방법은 딱 한 가지뿐이에요. 아비뇽에서 파리로 돌아온 앙게랑 드 마리니의 몸으로 제가 다시 돌아가는 수밖에 없어요. 르네, 최면 안내를 맡아 줄래?」

다섯 사람은 식탁에서 거실로 자리를 옮긴다. 멜리사가 신발을 벗고 소파에 편안히 눕는다.

「부르고뉴 포도주를 제법 마셔서 긴장은 다 풀린 것 같아.」

그녀가 르네에게 윙크를 한다.

르네가 의자 하나를 들고 와 멜리사 옆에 앉는다. 오델리아와 메넬리크가 과거로의 시간 여행을 지켜보기 위해 그들 곁으로 다가온다.

알렉상드르가 거실 조명을 어둡게 한다.

「준비됐어?」

르네가 묻자 멜리사가 허리띠를 풀고 시계와 반지를 벗어 테이블에 올려놓는다.

르네의 안내에 따라 멜리사가 먼저 몸의 긴장을 푼다. 그녀는 눈을 감고 다섯 칸짜리 나선형 계단을 시각화한다. 계단을 내려가자 무의식의 문이 나타난다. 문을 열고 안으로 들어가자 번호가 매겨진 전생의 문들이 늘어선 긴 복도가 펼쳐진다.

「도착했어?」

「응.」

오델리아가 눈을 동그랗게 뜨고 메넬리크에게 귓속말을 한다.

「이렇게 간단한 거예요?」

메넬리크가 아내에게 조용히 하라는 신호를 보낸다.

「자, 이제 30번 문을 열어.」

멜리사가 자신이 보고, 체험하는 것을 말하기 시작한다.

94

앙게랑 드 마리니가 무장한 사내들에게 쫓기고 있다.

1314년 필리프 4세가 사망한 이후 왕실 내 그의 입지는 계속 약화됐다. 한때 국고 관리를 맡은 재무 대신을 지냈으며 왕실 보좌 주교이기도 했던, 한마디로 최고의 권세가였던 그가 지금은 필리프 4세의 동생인 권모술수의 대가 샤를 드 발루아의 하수인들에게 쫓겨 도망치는 신세가 된 것이다.

그를 암살하려는 시도도 여러 번 있었다.

앙게랑은 아직 그의 집무실이 남아 있는 소르본 신학교 안으로 몸을 피한다. 그가 아직 안전하다고 느끼는 유일한 장소다.

그는 건물 구석진 곳에 몸을 붙여 가까스로 추격자들을 따돌린 후 이 신학교의 명성을 높여 주는 도서관 안으로 들어간다.

내가 최적의 장소를 찾긴 한 것 같아. 책 속에 책이 숨겨져 있으리라 누가 상상이나 하겠어?

그가 두꺼운 성경 책을 한 권 집어 든다. 화려한 채색 장식이 된 가죽 장정 표지에 〈창세기〉라고 쓰여 있다. 표지를 넘기자 라틴어 글귀로 채워진 책장들이 나타나다가 스물다섯 번째 장에 이르자 꿀벌 그림이 등장한다. 여기서부터 『꿀벌의 예언』이 시작되는 것이다. 그는 책장을 빠르게 넘겨 그동안 일부러 외면해 왔던, 하지만 지금 그가 가장 궁금해하는 내용이 담겼을 장을 펼친다.

그의 미래. 그의 이름이 명시된 예언.

그는 예언서를 덮고 얼빠진 사람처럼 잠시 멍하니 있다가 성경 책을 다시 제자리에 꽂는다.

내 운명은 이미 결정됐어. 그걸 받아들이기만 하면 돼.

복도에서 요란한 발소리가 들려온다.

미래는 이미 쓰였지만 나한테는 여전히 자유 의지가 있어.

그가 호주머니에서 검은 봉지를 꺼낸다.

나에게 일어날 일을 결정하는 사람은 다른 사람이 아니라 바로 나야.

발소리가 점점 가까워진다.

재빨리 물 항아리를 집어 그릇으로 기울이는 순간 그는 그것이 비어 있다는 것을 알게 된다.

물 없이 그냥 목에 털어 넣는 수밖에.

나도독미나리 가루를 그릇에 부어 입으로 가져가는 순간 쇠뇌 화살이 날아와 그릇에 명중한다. 그릇이 바닥에 떨어져 산산조각이 나자 그가 재빨리 가루가 남아 있는 봉지를 들고 목을 뒤로 젖힌다. 경비병 하나가 달려오더니 그의 팔을 쳐 봉지를 손에서 떨어뜨리게 한다.

경비병들이 우르르 달려와 그의 팔을 등 뒤로 비틀어 잡는다.

집행관이 그의 앞에 서서 공식 체포 영장을 읽어 준다.

포승줄로 우악스럽게 몸이 묶이는 와중에 그는 생각한다.

예언서에 쓰인 대로 만인이 지켜보는 가운데 내 재판이 열리겠구나.

하지만 한 가지 생각이 그를 안도하게 만든다.

예언서 원본은 내가 여기다 감춰 놨고,

히브리어로 번역돼 암호화된 사본은 에스파냐에 있고,

또 다른 사본은 살아남은 성전 기사들 수중에 있어.

앙게랑은 감옥으로 쓰이는 성전 기사단 성채의 탑에 감금된다. 자크 드 몰레를 따르던 성전 기사들이 10년 전 수감돼 있던 장소에 머물면서 그는 역사의 끔찍한 아이러니를 생각한다. 성전 기사들이 안전을 위해 두껍게 쌓았던 성벽이 결국 그들을 가둔 감옥이 되고 말다니.

이후 모든 절차가 속전속결로 진행된다.

재판 일자와 죄목이 떠들썩하게 공고된다. 가장 큰 죄목은 주술이었다. 그의 동생인 장 드 마리니 주교가 재판에 직접 증인으로 출석해 형의 유죄를 입증하는 증언을 한다.

재판이 끝나고 나서 며칠 뒤, 마리니는 몽포콩 교수대로 끌려간다.

최근에 노가레가 직접 이 교수대의 외관과 성능 개선 작업에 관여했다는 건 누구나 아는 사실이다. 마리니의 눈앞에 3층으로 이루어진 높은 구조물이 보인다. 돌기둥 열여섯 개가 서 있고, 기둥 사이에 〈교수용 쇠스랑〉이라 불리는 목재 가로대가 걸쳐 있다. 쇠스랑 갈퀴마다 형이 집행된 사형수들이 파리 떼와 까마귀 떼에 뒤덮인 채 걸려 있다.

마리니는 셔츠만 걸친 채 교수대 제일 꼭대기 층으로 끌려 올라간다.

시체 썩는 냄새와 배설물 냄새가 뒤섞여 코를 찌른다. 막 형이 집행된 사형수들이 시커멓게 변한 혀를 빼물고 교수대에 걸려 있다. 한 사형수의 발밑에 피어 있는 꽃 한 송이가 그의 시선을 끈다. 흔한 꽃은 아니지만 그가 이름을 아는 꽃이다.

만드라고라.

만드라고라는 인간의 정액이 흙을 잉태시켜 태어나는 꽃이라는 전설을 어디서 들은 기억을 떠올리며 마리니가 피식웃는다.

정액이 흘러나왔다는 건 발기가 됐다는 뜻이고, 발기가 됐다는 건 쾌락의 순간이 있었다는 뜻 아닌가.

비장한 순간에 어이없는 생각이 떠오르자 몸의 긴장이 조금 풀어진다.

줄이 목을 조여 와 고통스러운 순간에도 쾌감을 느낄 수 있다는 말인가?

그는 칙칙한 잿빛 풍경 속에 피어 있는 연보라색 꽃 한 송이를 희망의 표지로 받아들인다.

형리들이 그의 등을 떠밀어 사다리를 올라가게 한다. 교수대 제일 꼭대기 층에서 사형을 집행하려는 것이다.

나를 본보기로 삼겠다는 거지.

둥둥 북소리가 울리자 사형 집행관이 그의 목에 밧줄을 감아 조이기 시작한다.

끝까지 웃는 모습을 보여 줘야 해. 경련으로 일그러진 내 얼굴을 보고 저들이 좋아하게 할 순 없어. 저들이 내 뒤꽁무니를 보며 한방 먹었다는 심정이 들게 최후의 순간까지 의연하게 버티겠어.

나는 사랑을 나누며 죽음을 맞았던 클로틸데와 에브라르처럼 기쁜 마음으로 죽음을 받아들이겠어.

요란하던 북소리가 멈추고 긴 정적이 흐른다. 날카로운 까마귀 울음소리만이 간간이 귀에 들려온다. 앙게랑 드 마리니는 아직 심장이 뛰는 것을 느낀다.

그가 눈을 감는다. 천사가 그의 앞에 나타난다.

성녀 멜리사.

〈용기를 내거라, 앙게랑. 잠깐의 고통일 뿐이다. 내가 너와 함께 하마.〉

〈도와주세요.〉

〈나는 물질에 작용하지 못하기 때문에 널 위해 해줄 수있는 건 아무것도 없다. 그런데, 내가 네게 궁금한 게 하나 있구나. 예언서를 네가 그 도서관에 감춘 게 맞지, 그렇지?〉

〈그렇습니다.〉

〈네가 필사해서 살아남은 성전 기사들에게 준 그 책은 혹시 어디로 갔는지 아느냐?〉

〈스코틀랜드로 갔습니다.〉

사형 집행관이 그를 허공으로 밀자 줄이 팽팽해지며 목을 조이기 시작한다. 디딜 곳이 사라진 두 발이 공중에서 버둥거린다. 거친 삼줄이 닿은 목이 쓰리고 화끈거린다. 숨을 쉴 수가 없다.

의식을 잃기 직전 그는 생각한다.

다시 태어날 때도 예언서와 인연이 있는 사람으로 태어나면 좋겠어.

95

멜리사가 눈을 뜨자마자 캑캑대기 시작한다. 기침이 멎질 않자 알렉상드르가 얼른 물을 한 잔 가져다준다.

물을 한 모금 넘기고 나서야 겨우 기침이 가라앉는다.

「내가 유독 기관지가 약하고 기침을 자주 하는 이유를 이 제야 알았어요. 대기 오염 때문에 생긴 알레르기성 기침이라 고 여겼는데…… 그게 아니에요.」

멜리사가 현재로 돌아왔다는 안도감에 깊은숨을 들이마 시더니 갑자기 주먹을 쥐며 소리를 지른다.

「어떻게 혈육이 나를 배신할 수가 있어! 내가 장한테 얼마 나 잘해 줬는데!」

퇴행 최면에 들어간 멜리사의 입에서 나오는 생생한 묘사 를 신기한 눈으로 지켜보았던 이스라엘인 부부는 그녀의 반 응이 그저 놀라울 따름이다.

「솔직히 무슨 속임수 같기도 하고 장난 같기도 해요. 만약 사실이 아니더라도 연기 실력 하나만은 정말 대단한 것 같아 요. 솔직히 말해 봐요, 방금 우리가 본 게 당신들이 만들어 낸 즉석 공연이 아니에요? 아니라고 맹세할 수 있어요?」

오델리아는 여전히 믿지 않는 눈치다.

「그런 고통을 다시 겪느라 얼마나 힘들었을까.」

메넬리크가 연신 캑캑거리는 멜리사를 안쓰럽게 쳐다

본다.

알렉상드르가 손목시계를 내려다본다.

「곧 이브라힘이 도착할 거야. 귀하디귀한 12세기 필사본 성서들을 드디어 구경할 수 있겠군.」

96

이브라힘이 괜한 일로 늦은 시간에 사람을 부른 게 아니었으면 좋겠다고 투덜거리며 인사를 대신한다. 한눈에 봐도 사람 좋은 인상을 풍기는 그에게 알렉상드르가 와줘서 고맙다고 깍듯이 인사를 건넨다.

도서관 5층에 위치한 수장고에 도착하자 이브라힘이 손에 침을 묻혀 두꺼운 보관 도서 목록을 넘기기 시작한다.

「우리 도서관은 245권의 인큐내뷸러를 포함해 고서와 희귀서를 다수 소장하고 있어요. 찾고 있다는 그 책은 아마 보안 구역에 있을 겁니다.」

이브라힘이 나란히 복도를 걷고 있는 르네 일행에게 소르본 대학 도서관에 관해 몇 가지 흥미로운 사실을 알려 준다.

「1470년에 발명된 프랑스 최초의 인쇄기가 이곳 소르본에 설치돼 있었지. 알고들 있었어요? 난 구텐베르크가 만든 금속 활자야말로 인류 최고의 발명품이라고 확신해요. 그게 르네상스를 촉발했으니까.」

「한국과 중국에는 그 이전에 이미 인쇄술이 존재했어요.」 르네가 끼어든다.

「이브라힘의 얘기를 계속 좀 들어 보세.」 알렉상드르가 르네의 말을 끊는다.

「양피지 위에 라틴어로 쓰였던 성서가 15세기부터 일상어로 번역돼 종이에 인쇄되기 시작했어요. 당연히 옛날 필사본들에 비해 가격이 훨씬 저렴했지.」

「종이라는 말을 들으니까 갑자기 종이가 어떻게 발명됐는지 궁금해지네요.」

오델리아가 눈을 반짝거리며 주변 사람들을 쳐다본다.

아내에게 멋지게 보이고 싶은 마음에 메넬리크가 먼저 한마디 한다.

「종이는 중국 후한 대의 환관 채륜이 최초로 발명했어. 그가 말벌 집을 관찰하다가 나무의 섬유질을 죽처럼 으깨 말리면 그 위에 기록이 가능한 얇고 질긴 물건이 만들어지겠다는 생각을 했다는군.」

이브라힘이 즉시 자신의 지식을 보탠다.

「751년에 중국을 침공한 아랍 군대가 종이 제조 기술을 발견하고 코르도바로 가져갔죠. 그런 상태에서 인쇄술이 발명되자 종이책의 대량 보급이 가능해졌던 거예요. 사람들은 성서의 내용을 알기 위해 더 이상 사제라는 매개를 거칠 필요가 없게 됐죠. 글만 읽을 줄 알면 됐으니까.」

드디어 눈앞에 보안 구역으로 들어가는 출입문이 나타난다. 방화문에는 복잡하고 정교해 보이는 잠금장치가 달려 있다. 이브라힘이 조끼 호주머니에서 이상하게 생긴 열쇠를 꺼내 자물쇠에 넣고 돌리자 문이 열리며 길쭉한 방이 하나 나타난다. 고서가 빽빽하게 꽂힌 책장들이 보인다. 온도와 습도가 조절되는 유리 보관함에 들어 있는 책들도 눈에 띈다.

「저희가 찾고 있는 건 표지 장식이 아주 화려하고 〈성서〉라는 제목 밑에 〈창세기〉라고 쓰여 있는 책이에요.」

멜리사가 기억을 떠올리며 이브라힘에게 말해 준다.

사서가 비아냥거리듯 말한다.

「지금 나더러 달랑 그 정보만 가지고 찾으라는 거예요?」

늙은 사서가 즉석에서 한 가지 방법을 제안한다.

「내가 오래된 필사본 성서들을 하나씩 꺼내 보여 주죠.」

그가 첫 번째 성서를 가져와 열람실 테이블 위에 올려놓는다. 멜리사가 성서를 향해 손을 뻗자 이브라힘이 세게 쳐서 제지한다.

「큰일 날 짓을 하네, 절대 손대면 안 돼요. 뭘 모르는 양반들이군! 이런 책은 정말 조심해서 다뤄야 해요. 당신 손끝의 습기 때문에 양피지가 손상될 수도 있거든. 당신 땀 속에 있는 박테리아가 양피지를 갉아 먹을 수도 있단 말이에요. 이건 방법을 아는 나만 다뤄야 하니 당신들은 옆에서 손을 어떻게 움직이라고 말만 하세요.」

얼굴에 주름이 자글자글한 사서가 흰 면장갑을 손목 위까지 올려 낀다.

「처음 스물네 장은 성서고 스물다섯 번째 장에서부터 예언서가 시작돼요. 여기 있는 성서들의 스물다섯 번째 장을 전부 확인해 봐야 하는 거죠.」

멜리사가 설명하자 이브라힘이 고개를 까딱하고 나서 천천히 책장을 넘긴다. 스물다섯 번째 장에 이르러 확인을 하고 나면 성서를 즉시 제자리에 갖다 꽂고 다른 성서를 가져온다.

그렇게 열다섯 권을 확인하고 나서 열여섯 권째 이르렀을 때 이브라힘이 조용한 목소리로 말한다.

「바로 이거군.」

좌중이 테이블로 바짝 다가온다.

「보시죠, 이 책은 스물다섯 번째 장부터 라틴어가 아니라 고대 프랑스어로 쓰여 있군요. 대충 봐도 미래…… 내 말은 〈그들의〉 미래에 관한 얘기인 것 같아요.」

사서가 의기양양하게 설명을 덧붙인다.

「얼른 내 집무실로 옮겨 자세히 들여다봅시다.」

알렉상드르가 흥분해서 말한다.

「그건 규정상 불가능하지만, 뭐…… 학장님한테는 예외적으로 허용해 드리죠.」

르네 일행은 모두 알렉상드르의 집무실로 자리를 옮긴다. 성서가 그의 책상 위에 조심스럽게 놓인다.

이번에도 장갑을 낀 이브라힘이 책장을 넘긴다.

「얼른 예언서 마지막으로 가세요.」

르네가 옆에 서서 재촉한다.

「우리가 관심이 있는 건 101번째 장이에요. 2101년에 벌어질 일이 쓰여 있는.」

이브라힘은 전혀 서두르는 기색 없이 천천히, 신중에 신중을 기해 책장을 넘긴다.

드디어 알게 되겠구나.

마침내 사서가 마지막 장을 펼치고 좌중의 시선이 오래된 성서로 쏠릴 때, 실루엣 하나가 나타나 그들을 향해 권총을 겨눈다.

「당장 손을 머리 위로 올리고 그 예언서에서 떨어져. 한 사람도 빠짐없이.」

97 므네모스: 성전 기사단의 계승자들

성전 기사단 해체 후 많은 기사들이 스코틀랜드로 건너가 피난처를 찾았다.

당시 스코틀랜드 국왕은 로버트 1세로 불린 로버트 브루스였다. 그는 교황에게 파문당한 상태였기 때문에 성전 기사단 해체를 명령한 교황 칙서를 따를 필요를 느끼지 않았다. 성전 기사들은 은혜에 보답하기 위해 스코틀랜드 군대의 조직과 정비를 도왔고, 그 덕분에 스코틀랜드군은 1314년 배넉번 전투에서 잉글랜드 군대를 격파할 수 있었다. 3천 명의 스코틀랜드 군대가 2만 5천 명의 잉글랜드 군대에 참패를 안긴 배넉번 전투는 전략의 승리라고 해도 과언이 아니었다.

이후 스코틀랜드에서는 성전 기사단의 영향을 받은 하나의 정신적 흐름이 생겨났다. 이 흐름을 주도한 사람들은 솔로몬 성전을 이상적인 건축물의 모범으로 여겼을 뿐 아니라 그것을 지은 석공들 또한 높이 평가했다. 이들은 스스로를 석공을 뜻하는 〈메이슨〉이라 부르면서 로지lodge라는 단위의 결사체를 조직해 활동했다. 고대 건축가 히람의 철학을 따랐던 이들은 그가 사용했던 도제, 직공, 장인의 3단계 등급을 신입 단원들에게 적용했다.

1717년, 영국 전역에 흩어져 있던 작은 로지들이 한자리에 모여 대(大)로지인 〈프리메이슨단〉의 출범을 선언하게 된다.

비밀 결사체를 표방한 이 단체는 〈우주의 위대한 건축가〉를 숭배하고 인류 발전에 기여하는 걸 목표로 삼았다. 프리메이슨단은 이웃 나라 프랑스에까지 세력을 넓혔다. 프리메이슨 단원들은 자신들이 1113년 예루살렘에서 위그 드 팽을 비롯한 아홉 명의 기사들이 창립한 성전 기사단의 정신을 계승한다고 느꼈다.

18세기에 들어 프리메이슨 사상은 유럽 전역으로 확산됐고, 바다 건너 아메리카 대륙과 오스트레일리아, 아프리카, 심지어 아시아에까지 퍼졌다.

세월이 흐르면서 무수한 예술가와 사상가, 정치인이 프리메이슨 〈철학〉에서 영감을 얻고 이 단체의 일원이 되었다. 유명한 프리메이슨 단원 중에는 다음과 같은 사람들이 있다. 모차르트, 볼테르, 디드로, 라부아지에, 벤저민 프랭클린, 몽테스키외, (백과사전의 저자인) 달랑베르, 괴테, 베토벤, 시몬 볼리바르, 푸시킨, (노예 해방을 위해 싸웠던) 기사 생조르주, 리스트, (적십자를 창립했지만 역설적이게도 그 조직에 받아들여지지 못한) 앙리 뒤낭, 그리고 (영화를 발명한) 오귀스트 뤼미에르.

2021년을 기준으로 세계 각국의 로지에서 활동하는 프리메이슨 단원의 수는 대략 3백만 명으로 알려져 있다.

98

르네는 자신들에게 권총을 겨눈 사람을 단박에 알아본다.

베스파 로슈푸코.

최면 공연 때 피실험자로 무대에 올라왔을 때도, 며칠 전 빌레트 과학 박물관 강연장에서 만났을 때도 그녀는 지금처럼 검은색 가죽 재킷을 입고 있었다. 베스파가 가방에서 톱니 달린 플라스틱 수갑을 꺼내 르네에게 건네주며 다른 사람들에게 채우라고 한다. 르네가 시키는 대로 하자 이번에는 베스파가 르네의 손을 등 뒤로 돌려 수갑을 채운다.

「우리가 예언서를 찾은 걸 어떻게 알았죠?」

르네가 당황한 얼굴로 그녀에게 묻는다.

「당신 유람선에 찾아왔던 집행관을 기억할 거예요. 내가 고용한 사람이었어요. 그가 당신 집 곳곳에 마이크를 설치해 놓아 도청이 가능했죠.」

INRAE 소장인 베스파 로슈푸코가 이브라힘 것과 똑같은 흰색 면장갑을 끼고 나서 예언서의 마지막 장을 조심스럽게 넘기기 시작한다.

그녀가 눈썹을 치켜올리고 놀라움과 긴장감이 가득한 표정으로 책장을 넘기더니 마침내 만족스러운 한숨을 길게 내쉰다. 베스파가 오델리아를 향해 고개를 돌린다.

「오델리아, 이제 나한테 솔로몬 성전에서 발견된 여왕 꿀벌이 필요해요. 지금 수중에 없겠죠? 얼른 가서 가지고 올래요?」

이스라엘 곤충학자가 시간을 벌려고 애를 쓴다.

「왜 이러는 거예요, 베스파? 당신은 내 친구인 줄 알았는데, 착각이었나요? 날 여기로 초청한 사람도 당신이잖아요.」

「여러 말 말고 내 말대로 해줘요, 오델리아. 지금 이 일은 우리 두 사람의 우정을 뛰어넘는 일이에요.」

「만약 내가 못 하겠다면?」

「안타깝지만 당신 남편부터 죽이고 여기 있는 다섯 명의 증인도 모두 없앨 수밖에 없어요. 물론 그다음은 당신 차례예요.」

「설마, 빈말이겠죠, 베스파. 난 당신을 알 만큼 알아요. 당신이 그 협박을 실행에 옮기리라고는 생각지 않아요.」

「당신은 지금 우리가 하는 선택들이 미래에 끼칠 영향을 모르겠지만, 난 알아요. 방금 읽었으니까. 그 거대한 그림 속에서 우리 인간은 참 미미하고 보잘것없는 존재죠.」

「난 당신이 시키는 대로 하지 않을 거예요.」

베스파가 곧장 총구를 메넬리크의 관자놀이에 갖다 댄다.

「우리 행성의 미래를 위해선 사람 목숨 하나쯤 아무것도 아니에요. 내 말 들을래요, 아니면 내가 당길까요?」

오델리아가 체념한 듯 고개를 끄덕이자 베스파 로슈푸코가 그녀의 수갑을 풀어 준다.

「휴대폰은 여기 놔두고 가요. 행여 경찰에 알릴 생각은 하지 말아요. 그랬다간…….」

순간 오델리아가 몸을 움찔한다.

「당신이 묵는 숙소가 어디죠?」

「캠퍼스 서쪽 동이에요. 그리 멀지 않아요.」

「그럼 얼른 뛰어갔다 와요.」

오델리아가 밖으로 뛰어나간다.

긴장이 조금 풀린 베스파가 알렉상드르의 집무실을 왔다 갔다 하며 벽에 걸린 검과 무기를 구경하기 시작한다.

「대단한 수집품들이군요.」

이제 어떡하지? 우리가 알기도 전에 로슈푸코가 먼저 미래를 알아 버렸어. 그녀만 미래를 알게 됐어.

「베스파가 당신 본명인가요?」

멜리사가 뜬금없이 묻는다.

「맞아요. 그건 왜 묻죠?」

「무슨 뜻인지 알아요?」

「이탈리아산 스쿠터를 즐겨 타던 우리 아버지가 지은 이름이라고 들었어요.」

「등검은말벌의 학명이 베스파 벨루티나Vespa velutina죠.」

빨간 머리 역사학자가 그녀를 빤히 쳐다본다.

「순전히 우연일 거예요.」

「과연 그럴까요? 내 이름은 멜리사Mélissa예요. 그리스어 멜리meli는 프랑스어로는 미엘miel, 꿀이라는 뜻이죠. 이 단어에서 꿀이 나는 식물과 꿀을 만드는 곤충을 통칭하는 프랑스어 단어 〈멜리페르mellifère〉가 파생했어요. 우연처럼 보이지만 사실 우리 이름과 직업 사이에는 어떤 관계가 있는 것 같군요.」

「당신 설명을 응용하면 베스파-말벌이 멜리사-꿀벌의 포식자라고 말할 수도 있겠군요.」

베스파가 손에서 권총을 놓지 않은 채 벽에 걸린 검 한 자루를 내려 다른 손에 쥔다.

그녀가 검을 휘휘 돌리는 물리네 동작을 선보인다.

「지난번에는 팔에 붕대가 감겨 있었는데 지금은 없는 걸 보니 완전히 회복한 모양이군요.」

르네가 말을 건다.

「난 운동을 즐기는 사람이에요. 무술도 여러 가지 할 줄 알죠. 그 덕분에 회복이 빨랐을 거예요.」

베스파가 대답한다.

「당신이 이런 짓을 하는 이유가 뭐죠?」

르네가 진지하게 묻는다.

「바로 당신 때문이에요, 톨레다노 씨……. 당신이 이 모든 일의 원인을 제공한 사람이에요. 당신이 나한테 최면을 걸었고, 난 최면 상태에서 인구가 폭발한 뜨거워진 미래를 봤어요. 사람들이 곤충처럼 우글거리고 있었죠. 그 후로 공포에 시달려 밤잠을 이루지 못했어요. 이런 세상을 우리가 미래 세대에 물려주게 된다고? 이런 지옥을?」

그녀가 검을 하나 더 내려 무게를 가늠하더니 또 능숙한 동작으로 휘두르기 시작한다.

멜리사가 수갑을 벗으려고 애를 쓰는 모습이 르네에게 포착된다. 그녀는 철제 의자의 날카로운 모서리에 대고 플라스틱 수갑의 연결 부분을 베스파 몰래 갈고 있다.

「그 시간 여행이 내게 새로운 세계를 열어 주었어요. 물론 처음 며칠은 비관주의에 빠져 있었지만, 곧 그 경험이 엄청난 기회라는 걸 깨달았죠. 친애하는 톨레다노 씨, 당신은 나한테 미래를 보여 주었을 뿐만 아니라 그것에 영향을 미치는 방법도 알려 주었어요. 공연 초반에 당신이 나한테 퇴행 최면을 통해 젊은 시절로 돌아가게 해줬던 거 기억나죠? 나중에 집에서 자가 최면을 시도해 성공한 후 여러 번 과거의 나를 만났어요. 바로 1년 전의 나까지 만났죠. 과거로 돌아갈 때마다 전생의 나 자신들에게 등검은말벌에 관심을 가지라고, 그 곤충이 일으키는 피해를 극대화할 방법을 찾아야 한다고 암시했어요. INRAE에서는 등검은말벌 돌연변이종을 만들기 시작했죠. 몸집이 크고 공격적이며 번식력이 뛰어난 개체들을 골라 교배해 농업에 더 많은 피해를 줄 수 있는 일종의 슈퍼 말벌을 탄생시키는 데 성공했어요. 그러고 나서는 그 새로운 종을 2004년 토냉스시에 배달된 도자기 컨테이너에 넣었죠.」

「그게 우연히 일어난 사고가 아니었군요!」

메넬리크가 경악을 금치 못한다.

「당연히 아니에요. 난 그 일이 2053년에 미칠 영향을 미리 알고 있었어요. 전 세계적으로 농업 생산량이 감소해 결국 제3차 세계 대전이 발발하게 된다는 것을. 굶주린 인간들이 그제야 정신을 차리고 인구 조절을 시작하게 된다는 것을 말이에요.」

「세계 인구를 감소시키기 위해 당신이 일부러 제3차 세계 대전을 일으켰다는 말인가요?」

알렉상드르가 고개를 절레절레 흔든다.

멜리사가 수갑을 끊기 위해 쉬지 않고 손목을 움직이고 있다.

「침략적 외래종들만 빼고 모든 생물종이 자기 조절을 해요. 우리 인간은 가장 침략적일뿐더러 인구 조절도 전혀 하지 않는 종이죠. 그런 우리가 동물들을 햇빛도 들지 않는 곳에 가둬 놓고 공장식 축산을 해도 되는지 모르겠어요. 그렇게 사육한 동물의 고기를 굽고 지지고 해서 먹어도 되는지 모르겠단 말이죠. 인간이 일회용 젓가락과 물티슈를 만들려고 나무를 베어 내 숲이 사라지면 그 숲에 살던 야생종들까지 모두 사라져요. 당신들이 충격을 받아야 하는 건 바로 이런 현실이에요. 나는 인간처럼 파괴적인 종을 통제하기 위해선 훨씬 더 공격적인 종을 생태계에 도입하는 게 가장 효과적인 방법이라고 확신했어요. 눈에는 눈, 이에는 이. 등검은 말벌이야말로 완벽한 해법이었죠. 말벌의 공격성을 더 키워 주기만 하면 됐어요.」

「그렇게 해서 꿀벌이 사라지고 연쇄 작용이 일어나 결국 인간이라는 종이 멸종하는 걸 노린 거군요.」

멜리사가 한마디 한다.

「물론이에요. 나는 생명체를 바라보는 관점이 오델리아와 많이 달라요. 나는 꿀벌이 달콤함을 선물해 인간을 길들인 정도가 아니라 무기력하게 만들었다고 생각해요. 꿀벌이 인간을 만나 공격성을 잃고 순해진 것과 똑같이 말이죠. 다윈의 진화론을 한번 떠올려 봐요. 초식성 곰이라는 건 없어요. 뾰족한 송곳니와 날카로운 발톱, 강한 턱은 괜히 있는 게 아니라 물어 죽이라고 있는 거예요. 겁이 많고 연약하고 무기력한 개체가 생태계에 설 자리는 없어요. 등검은말벌은 내게 강한 종은 살아남고 약한 종은 사라지게 된다는 적자생존의 자연법칙을 환기해 주었을 뿐이에요. 미래 환경에 적응할 능력을 상실한 꿀벌은 사라질 수밖에 없는 종이에요.」

베스파 로슈푸코가 총을 손에서 놓지 않은 채 실내를 왔다 갔다 한다.

「나는 다시 한번 미래로 갔어요. 이번에도 르네 당신이 가르쳐 준 방법대로 해 선행 최면에 성공했죠. 30년 뒤의 나와 대화를 나누고, 그녀의 눈을 통해 내 행동이 일으킨 결과를 확인할 수 있었어요. 내가 개량한 등검은말벌이 직간접적인 방식으로 전 지구에 기근을 초래했더군요. 재난의 촉매제 역할을 제대로 한 거죠. 인구가 폭발한 미래 세계에 필요한 건 딱 하나, 아마겟돈이었어요. 생존을 위해 국가들끼리 치고 받는 대규모 세계 전쟁. 그런 전쟁이야말로 폭발적인 인구 성장에 제동을 걸어 인류의 개체수를 조절할 가장 효과적인 방법이었죠. 그런데 미래의 나한테서 뜻밖의 얘기를 들었어요. 시간의 나무에 전쟁이 멈출 가능성이 담긴 가지가 여전히 하나 있다고 하더군요.」

베스파가 잠시 말을 멈추더니 사람들을 하나씩 차례로 쳐다본다.

「당신들도 알듯이 미래는 아직 고정되지 않았어요. 제3차 세계 대전은 피할 수 없지만 그 결과는 여전히 불확실해요. 가능성의 나뭇가지가 두 개 있기 때문이에요.」

「그래서 선택을 한 거군…….」

르네가 혼잣말하듯 말한다.

「맞아요. 전쟁이 너무 빨리 중단되면 안 되니까. 그러면 모든 게 원점에서 다시 시작될 테니까.」

베스파가 깊은 한숨을 내쉰다.

「두 번째 만났을 때 미래의 나에게 무엇이 그 전쟁의 지속과 중단을 결정하느냐고 물었죠. 그랬더니 아주 오래된 책이 한 권 있다고 하면서, 아마겟돈을 중단시킬 메시아의 출현을 예고한 그 책의 제목은 『꿀벌의 예언』이라고 했어요. 내 계획을 망칠 그 메시아의 정체를 알아내기 위해선 예언서를 찾아 마지막 장을 읽어야 했죠. 결국 난 그 예언서를 손에 넣었고, 이제 그 메시아가 누군지 알았어요.」

「메시아?」

메시아라는 표현이 그동안 읽은 수많은 고서들과 어우러져 공명을 일으켰는지 메넬리크가 눈을 휘둥그렇게 뜨고 베스파를 쳐다본다.

「당연히 인간인 줄 알았는데 내 예상이 빗나갔어요. 그 메시아는 인간이 아니라 꿀벌이에요. 당신이 지하 솔로몬 성전에서 발견한 그 원시 여왕 꿀벌.」

「내 꿀벌이요?」

르네가 믿기지 않는 듯 눈을 감았다 뜬다.

「굳이 그렇게 부른다면야, 그래요, 〈당신〉 꿀벌. 그 메시아의 귀환을 막으려면 예언서의 내용을 알아야 했어요. 수단과 방법을 가리지 않고 『꿀벌의 예언』을 손에 넣어야 하는 이유였죠. 이제 예언서와 여왕 꿀벌이 다 내 수중에 있으니 그 가능성의 나뭇가지에 영향을 미칠 수 있게 됐어요. 제3차 세계대전은 인류에게 반드시 필요한 정화 과정이에요. 끝까지 지속돼야 하는 이유죠. 그래야 과잉 상태의 인류가 딱 필요한 수까지 줄어들게 될 테니까.」

「여왕 꿀벌을 없앨 건가요?」

「지구를 위해 필요한 일을 할 생각이에요.」

르네가 베스파를 뚫어져라 쳐다보고 나서 묻는다.

「우리가 만난 게 이번이 처음이 아니죠, 그렇죠?」

베스파가 씩 웃는다.

「우리가 처음 만난 건…….」

「……1099년, 예루살렘에서였죠?」

「맞아요. 퇴행 최면을 할 때 예언서와 가장 가까웠던 전생으로 가고 싶다고 소원을 말했더니 그렇게 되더군요. 예루살렘 공성전이 벌어질 때였는데, 말 등에 앉아 공격 개시 명령을 기다리다 꿀벌에 눈을 쏘이고 말았죠. 처음에는 최면에 실패한 줄 알았는데 그게 아니었어요. 벌침이 동공에 박히자 순식간에 눈에 독이 퍼지더군요. 얼마나 아프던지. 당신은 상상도 못 할 거예요. 결국 전생의 나는 꿀벌에 쏘인 한쪽 눈을 실명했죠. 하지만 그런 상태에서도 전투를 계속했어요. 달리고 찌르고 피하고 하는 사이에 그동안 몰랐던 자신의 능력을 발견하게 된다는 점에서 전쟁은 하나의 스포츠 종목 같기도 해요. 전투를 할 때는 몸의 모든 감각이 살아 곤두서는 걸 느낄 수 있죠.」

「그리고 또 언제?」

「성안에서 만났죠. 기억 안 나요? 르네 당신과 알렉상드르를 같이 만났었는데.」

「시너고그 앞에서? 그 위르쉴랭 남작이 당신이었어요? 그때 우리는…….」

「……골칫거리였지! 그때 당신들 방식으로 하려면 십자군 전쟁을 아예 시작도 않는 편이 나았을 거예요. 순례자들이야 물론 계속 튀르크족에게 희생됐겠지만. 평화주의와 온정주의는 역사의 전개를 위해 좋지 않다는 걸 알아야 해요. 때로는 과감하고 용기 있는 결단도 필요하다는 말이에요. 그 시너고그는 안에 있던 사람들과 함께 불타 없어져야 했다는 뜻이에요.」

「어쨌든 우리가 못 하게 막았잖아요.」

「그 시녀고그야 당신들이 끼어드는 바람에 어쩔 수 없었지만 다른 곳은 여러 개 불태웠지. 그러고 나서 시간이 흐른 뒤에 한 선술집에서 다시 당신들과 마주쳤어요. 거기 이름이 뭐였더라?」

「베짜타 주점.」

알렉상드르가 기억을 되살려 말해 준다.

「맞아요, 이제야 생각나네.」

「한편으로 성전 기사단이 탄생한 건 베스파 당신 덕분이었어요. 사실 처음에는 위그 드 팽이 그 제안에 별로 흥미를 느끼지 못했어요. 그런데 그날 저녁 당신과 당신 수하들이 우리한테 싸움을 걸어오고 나서 생각이 바뀌었죠. 그 사건이 우리의 결속력을 강화해 준 셈이에요.」

르네가 말한다.

「아, 그랬나요? 어쨌든 난 그날 이후 당신들을 쭉 염탐했어요. 당신들이 뭔가 일을 꾸민다는 직감이 와 기사들 중 한 명을 포섭했죠.」

「성전 기사단 창립 멤버 아홉 명 중에 배신자가 있었다는 얘기군요?」

르네가 펄쩍 뛴다.

「인간은 누구나 불완전한 존재예요. 지렛대 역할을 하는 약점을 하나 찾아내 살짝 눌러 주기만 하면 되죠. 어쨌든 간에 난 당신들의 회합 내용을 속속들이 알고 있었어요. 그러다가 성 르네와 성 알렉상드르라는 이름의 천사가 하얀 날개를 달고 전생인 기사들의 꿈에 나타나 예언을 불러 준다는 사실을 알게 됐죠. 해도 너무 했어. 아무리 그래도 그렇지, 어떻게 천사인 척을 해요?」

「전생들이 우리를 받아들이게 하려면 어쩔 수 없었어요.」

알렉상드르가 변명 아닌 변명을 한다.

「정당화하려고 애쓸 필요 없어요. 오히려 기발한 아이디어라 생각해 감탄했으니까! 사실 그건 선지자들이 다른 곳으로부터 계시를 받는다는 수많은 설화 속 이야기들과 일맥상통하기도 해요. 결국 그런 계시는 퇴행 최면 기술에 능한 미래의 사람들이 꿈이나 환각을 통해 순진한 과거의 전생을 찾아가 들려주는 이야기일 뿐이에요. 그런 점에서 당신들은 정말 천재야!」

르네와 알렉상드르는 아무 말 없이 그녀를 무섭게 노려본다.

「청출어람이라는 말이 있죠. 나는 르네 당신을 또 한 번 흉내 냈어요. 〈성녀 베스파〉의 모습으로 내 전생의 꿈에 나타났죠. 당신과 똑같이 흰 튜닉을 걸치고 어깨에서부터 위로 솟아오른 하얀 깃털 날개를 달고 말이죠.」

그녀가 하늘을 올려다보며 가슴에 성호를 긋는다.

「돌아가신 우리 엄마가 딸이 성녀가 된 걸 알면 얼마나 자랑스러워하실까. 엄마는 독실한 신자였거든요.」

베스파가 권총을 만지작거리며 장난을 친다.

「드디어 나는 위르쉴랭 남작에게 암시해 계획을 실행에 옮기게 했어요.」

「복면을 쓰고 침입해 예언서를 훔치고 나를 죽인 사람이 바로 당신이었군요!」

르네가 분노에 치를 떤다.

베스파 로슈푸코가 미안해하며 고개를 끄덕인다.

「난 그냥 예언서만 가지고 돌아설 생각이었는데 당신이

죽자고 덤비는 바람에 그 사달이 났던 거예요. 아니, 대체 무슨 생각으로 그랬어요? 나 역시 운이 좋지 않긴 마찬가지였어요. 누가 비겁하게 등 뒤에서 칼을 꽂았거든…….」

「내가 그랬어요.」

베스파가 빨간 머리 젊은 여성을 뚫어져라 쳐다본다.

「당신이 드보라였어?」

「당신이 내 남편을 죽였으니까! 그리고…… 히브리어로 드보라라는 이름은…….」

「꿀벌?」

「맞아요. 내가 당신을 죽이고 예언서를 되찾아 성전 기사들에게 전해 줬어요.」

「참 어지간히도 어원에 집착하는 사람이군! 아무튼, 등 뒤에서 칼을 꽂는 건 반칙이에요……. 하지만 뭐, 넘어갑시다. 전생에서 저지른 죄를 가지고 서로 탓하고 원망하면 끝도 없을 테니까. 우린 누구나 어떤 생에서는 살인자가, 또 어떤 생에서는 피해자가 되죠. 구원자도 됐다가 박해자도 돼요. 그렇게 돌고 도는 게 카르마의 수레바퀴라고 인도 사람들은 말하죠.」

베스파가 아주 긴 검을 하나 꺼내 들고 만지작거리다 다시 제자리에 꽂아 놓더니 도끼들이 진열된 벽 앞에 가서 선다.

「나는 환생해서 십자군 기사의 몸으로 성지에 돌아갔죠. 정확히 말하면 아크레에. 그러고는 1190년에 당신들과 경쟁할 기사단을 창립했어요.」

「당신이 독일 기사단을 만들었어요?」

「맞아요.」

「그렇다면 당신이 하인리히 발포트였다는 얘기군?」

알렉상드르가 깜짝 놀란다.

「내가 하인리히한테 이런저런 아이디어를 많이 제공했죠! 결국에는 독일 기사단 창립에 간접적인 원인을 제공한 사람도 바로 당신인 셈이에요, 톨레다노 씨. 이런 걸 작용과 반작용의 법칙이라고 하나요?」

「후회막급이에요.」

르네가 한숨을 폭 내쉰다.

베스파가 작은 방패와 나란히 걸려 있는 가느다란 검 한 자루를 내려 손에 쥔다.

「펜싱을 배우기 시작했는데 정말 재밌더군요.」

그녀가 능숙한 동작으로 검을 돌리며 말끝을 단다.

「마치 녹슬었던 반사 신경을 되찾은 것 같았죠. 펜싱 교습을 해준 선생님조차 깜짝 놀라며 〈평생 검을 사용한 사람처럼 손에 익어 보인다〉고 할 정도였으니까. 전생의 재능이 이렇게 다른 생에 다시 발현될 수도 있나 봐요. 그걸 기억해 내기만 하면 되는 거죠. 그다음에 나는 독일 기사단 13대 단장 콘라트 폰 포이히트방겐으로 환생해 당신들과 함께 아크레에 있었어요. 그때가 1291년이었죠. 이번 생에는 어떻게든 예언서를 손에 넣고 말겠다고 다짐했었죠.」

「그래서 내가 탄 배를 공격했군요.」

르네가 펄쩍 뛴다.

「패주하는 상황에서 같은 십자군한테 그런 짓을 하다니, 당신 참 한심한 사람이군요.」

「무슨 수를 써서라도 콘라트가 예언서를 손에 넣어야 했기 때문에 어쩔 수 없었어요. 결국은 손에 넣었고.」

「그건 〈내〉 예언서였어요.」

르네가 발끈한다.

「또 당신 것이라고 우기는군요.」

베스파가 검을 내려놓으며 언성을 높인다.

「그런데 다 된 밥에 코 빠뜨리는 일이 벌어졌죠. 아내가 나를 배신했지. 고약한 클로틸데가!」

그녀가 멜리사를 째려본다.

「이번에도 당신이겠지, 아닌가? 당신은 사람 신경을 박박 긁어 놓는, 내가 딱 질색하는 타입이에요, 꿀벌-멜리사. 지금도 그렇고 과거에도 그랬고. 1099년에 위르쉴랭이 집에 불을 질렀을 때 드보라도 같이 타버렸어야 하는 건데……..」

「사람을 잘못 봤어요. 클로틸데 폰 포이히트방겐은 그녀가 아니라 나예요. 내가 클로틸데였어요.」

알렉상드르가 대화에 끼어든다.

「당신이! 당신이 〈내〉 아내였어요?」

베스파가 재밌어하는 표정을 한다.

「콘라트는 죽기 전에 조카인 지크프리트에게 그 예언서에 관해 알려 줬죠. 지크프리트는 또 기욤 드 노가레에게 알려 줬고.」

베스파가 르네 쪽으로 몸을 기울이며 말한다.

「친구, 당신 영혼은 성전 기사단 창립에 직접적으로 연관돼 있지만 독일 기사단 탄생에도 간접적으로 연관돼 있어요. 결국은 1307년 성전 기사단 전국 동시 검거 작전의 원인을 제공한 셈이죠.」

말이 안 돼. 그건 말이 안 돼.

베스파가 르네에게 얼굴을 바짝 갖다 대며 작은 목소리로 말한다.

「지난 전생들을 기억에서 지우는 건 죄책감에서 벗어나는 아주 실용적인 방법이죠. 안 그래요?」

「그건 내 잘못이 아니에요!」

르네가 도리질하며 소리를 지른다.

베스파는 자신의 최면 교사가 흥분한 모습을 흐뭇한 표정으로 지켜본다.

「노가레한테 암시를 한 건 바로 당신이에요! 그러니까 성전 기사단 해체의 책임은 오롯이 당신한테 있는 거예요.」

멜리사가 끼어들어 르네의 편을 거든다.

「어쨌든 노가레는 끝내 예언서를 손에 넣지 못했잖아.」

알렉상드르가 기억을 상기시킨다.

「당신들이 아주 재빠르게 움직였지. 대단해요. 그건 인정할게요.」

「마리니가 랍비 친구한테 그 예언서를 맡겼죠.」

「그 불충한 재무 대신을 필리프 4세가 불신임하게 하려고 내가 별짓을 다 했지만 안 되더군요. 왕은 끝까지 그를 감싸고 돌았어요. 우리가 서로 철천지원수라는 걸 모르고 그저 총애를 받기 위해 경쟁을 벌인다고만 생각했죠. 마리니가 아비뇽으로 가 유대인 친구에게 예언서를 전달했다는 걸 난 뒤늦게 알게 됐어요. 참, 또 그놈의 유대인들이야.」

베스파가 메넬리크를 향해 몸을 틀며 말한다.

「유대인들은 내 발바닥에 박힌 가시처럼 성가신 존재들이에요.」

베스파가 혀를 찬다.

「당신을 깨어 있게 만든다는 의미인가 보죠?」

메넬리크가 능청스럽게 받아친다.

「난 당신들이 없어졌으면 좋겠어. 그 높은 콧대와 오만함, 당신들의 역사, 소위 유대인식 유머까지…… 당신들의 모든 것을, 하나부터 열까지 난 참을 수가 없어. 그래서 그랬나, 제 2차 세계 대전에 참전한 독일군 장교로 환생했죠. 그런 걸 안성맞춤이라고 하지…… 쿠르트 호르니세 대령. 바르샤바에 있던 유대인 게토를 쓸어버리고 나서 그 예언서를 발견한 인물이죠. 히브리어로 쓰인 예언서는 암호화까지 돼 있었어요. 난 끝내 그 암호를 풀지 못했죠.」

「예언서는 이후에 베를린에 있는 게슈타포 문서 보관소로 옮겨져 거기 보관돼 있었죠…….」

르네가 자신이 아는 내용을 말한다.

「쿠르트 호르니세 대령은 1945년에 소련 병사들 손에 죽었어요. 그 뒤에 내 영혼은 이승으로 돌아와 신속히 임무를 이어 갈 수가 없었어요. 그게 바로 환생의 단점이죠. 내가 죽는 시점과 환생해 행동에 돌입할 수 있을 만큼 충분히 의식을 갖추는 시기 사이에 일종의 휴지기가 있는 거.」

「그 휴지기라는 건, 어린 시절을 말하는 거겠죠?」

메넬리크가 나름대로 추리한 생각을 내놓는다.

「그건 정말 시간 낭비예요! 성인으로 죽은 다음 그 즉시 다시 성인의 모습으로 태어나 전생에서 멈췄던 자리에서, 전생의 정신적, 육체적 능력을 그대로 가지고 영혼의 임무를 계속해 나갈 수 있다면 얼마나 좋을까! 내 정신은 전생에서 다하지 못한 임무를 완수하기 위한 최적의 생을 기다려야 했어요. 그게 바로…… 지금의 나죠. 곤충을 전공한 과학자이자 생태계 연구에 관한 한 최고의 권위를 가진 프랑스 국립 연구소의 소장을 맡고 있는 나.」

「이러려고 환생에 환생을 거듭했다는 말인가…….」

알렉상드르가 복잡한 표정이 된다.

「어쨌든, 당신이 한 최면 공연에 가기 전까지는 그런 의식이 별로 없었어요. 그런데 그날, 내 과거를 봤고, 또…… 미래까지 보게 됐죠. 양자 물리학에서는 어떤 대상을 관찰하는 것만으로도 그 대상에 변화를 일으킨다고 해요.」

「슈뢰딩거의 고양이를 말하는 것 같군요.」

르네가 바로잡아 준다.

「뭐라고 부르든 내가 이해한 바는 그래요. 내가 미래를 본 순간 시간의 나무에 변화가 일어났어요. 그러니까 아무나 함부로 미래를 엿봐선 안 돼요. 그날 이후 최선의 미래가 다가올 수 있게 내가 뭔가 해야 한다는 절박감 같은 걸 느끼게 됐어요.」

「전쟁이 일어나 인류의 대부분이 죽는 미래가 당신이 말하는 최선의 미래인가 보죠?」

르네가 비꼬듯이 말한다.

「두고 보면 알겠죠.」

베스파가 아주 긴 검 한 자루를 새로 집어 들여다본다.

「정신을 통한 시간 여행의 기술을 터득한 우리가 가능성의 가지 두 개 중 어느 하나에 힘을 실어 줄 수 있다는 사실이 당신은 놀랍지 않아요?」

그녀가 초조하게 손목시계를 내려다본다.

「오델리아가 왜 아직 안 오는 거지?」

말이 떨어지기 무섭게 이스라엘 곤충학자가 뛰어들어온다.

「당신 친구들을 풀어 줄 테니 그 여왕을 당장 이리 줘요.」

오델리아가 금속 상자를 흔들어 보인다. 그녀가 상자를 열어 돌처럼 굳은 오렌지색 밀랍 조각을 꺼낸다. 베스파가 한 손에 권총을 쥔 채 다른 손을 앞으로 뻗는다. 성유물을 대하듯 조심스럽게 밀랍 조각을 잡는다. 그녀가 9백 년 동안 잠들어 있는 여왕 꿀벌을 눈앞으로 가져간다.

「그래, 바로 네가 메시아라는 말이니?」

베스파가 황홀해하며 혼잣말처럼 중얼거린다.

오델리아가 득달같이 몸을 날려 권총을 빼앗으려고 하지만 베스파가 옆으로 비켜나면서 총신으로 그녀의 턱을 내리친다. 오델리아가 기절해 바닥에 쓰러진다.

마침내 수갑을 푼 멜리사가 베스파 로슈푸코에게 달려드는 순간 탕 소리와 함께 총알이 알렉상드르를 스쳐간다.

모두가 수갑을 찬 상태로 공격에 가세하자 베스파가 뒷걸음질을 치면서 멜리사를 향해 방아쇠를 당긴다. 총알이 발사되지 않는다.

멜리사가 벽에서 검 한 자루를 벗겨 들고 베스파를 향해 다가간다. 베스파가 무용지물이 된 총을 내팽개치더니 여왕 꿀벌을 상자에 다시 담아 재킷 호주머니에 넣고는 벽에서 곤봉 한 자루를 집어 든다. 쇠줄 끝에 뾰족한 침이 박힌 쇠공이 여러 개 달려 있다. 그녀가 곤봉을 휘휘 돌리다가 멜리사를 향해 확 던진다.

멜리사가 반사적으로 방패를 집어 몸을 가리는 순간 쩽하는 소리와 함께 방패에 충격이 가해진다.

한참 동안 팽팽한 결투가 이어지다 베스파의 곤봉이 방패에 명중하는 순간 멜리사가 몸의 중심을 잃고 뒤로 넘어진다. 베스파가 곤봉으로 방패를 쳐 옆으로 밀어내는 순간 메넬리크가 휠체어에서 몸을 일으켜 뒤에서 그녀를 덮친다. 베스파가 비틀하며 뒤를 돌아보는 사이 멜리사가 검을 집어 들고 반격에 나선다.

몸을 숙여 멜리사의 칼날을 피하던 베스파가 갑자기 곤봉을 손에서 놓는다. 그녀의 한쪽 눈에서 피가 흐르고 있다. 베스파가 얼른 눈을 손으로 가리더니 『꿀벌의 예언』이 든 성경책을 집어 호주머니에 있던 여왕 꿀벌과 함께 가방에 넣고 밖으로 뛰어나가 소르본 대학 복도를 내달린다.

멜리사가 수갑을 풀어 주자 알렉상드르와 르네가 손에 검을 한 자루씩 들고 베스파를 뒤쫓기 시작한다.

베스파 로슈푸코는 캠퍼스 밖에 주차해 둔 자신의 차에 올라타 시동을 건다. 검은색 포르셰 컨버터블 한 대가 어둠을 가르며 달리기 시작한다.

알렉상드르가 들고 있던 검을 뒷자리에 탄 르네에게 건네고 오토바이에 시동을 건다. 두 남자가 의미 있는 시선을 교환하고 나자 오토바이가 달리기 시작한다. 르네와 알렉상드르가 애마 한 마리를 같이 타고 전속력으로 질주한다. 1099년 예루살렘에서와 달라진 게 있다면 이 말이 금속으로 만들어졌다는 것뿐이다.

99

검은색 포르셰의 백미러에 오토바이 한 대와 검을 들고 올라탄 기사 둘의 모습이 포착된다. 베스파가 신호를 무시한 채 질주하자 차들이 급정거하며 경적을 울려 댄다.

알렉상드르의 오토바이가 전속력으로 베스파의 차를 뒤쫓고 있다.

검 두 자루를 손에 쥐고 도로를 질주하는 르네는 마치 영화 속 주인공이 된 기분이다.

「매트릭스」나「레이더스」보다는 아무래도「스타워즈」에 가까워.

제다이 기사들도 성전 기사들처럼 수도사 기사들이잖아.

광선 검을 휘두르는 것만 다를 뿐이지…….

제다이Jedi에 유대Judea와 같은 자음이 들어간 것도 어쩐지 의미심장해. 찾아보면 뭔가 나올 수도 있어.

곡예 운전을 펼치는 알렉상드르의 오토바이에 탄 르네는 영락없는 루크 스카이워커다. 날아오는 운석과 다스 베이더의 함선을 피해 달리는 제다이 기사.

검은색 포르셰가 지그재그로 파리 북쪽을 향해 내달린다. 자동차와 오토바이의 위험천만한 질주가 계속된다. 그들은 팔레 대로를 달려 시테섬으로 접어든 뒤 샹주 다리를 통해 센강을 건넌다. 샤틀레 광장을 지나 세바스토폴 대로를 질주한다.

파리에 도착한 에브라르와 클로틸데가 성전 기사단 영지로 가기 위해 지나갔던 길이야.

베스파의 차가 사고를 일으킬 뻔할 때마다 뒤따르던 알렉상드르와 르네는 가슴을 졸인다.

포르셰가 동역을 지난 뒤 방향을 꺾어 북쪽으로 달린다. 스탈린그라드 광장을 지나 빌레트 인공 호수를 끼고 일방통행로를 역주행하기 시작한다. 밤이 늦어 다행히 길에 사람은 없다.

베스파의 차가 마침내 산학 복합 단지 앞에 멈춰 선다. 그녀가 차에서 내리더니 가방을 어깨에 메고 건물을 향해 뛰어간다. 그녀가 정문이 아닌 샛문을 통해 안으로 들어가는 걸 보고 알렉상드르와 르네도 오토바이에서 내려 뒤따른다.

함정이 분명해. 자신이 손바닥처럼 훤히 아는 건물 안에서 기다리고 있다 우리를 공격하려는 거야.

넓은 로비는 불이 꺼져 깜깜하다.

2층에서 소리가 들린다. 알렉상드르와 르네는 멈춰 서 있는 에스컬레이터를 걸어 올라간다. 외래종들을 전시 중인 공간이 나온다.

유리 부스를 두 개씩 나란히 세워 외래종과 멸종 위기에 처한 토착종을 비교해 보여 주고 있다.

침략자들과 희생자들.

프랑스 남부 삼림에 서식하던 홍개미를 멸종 위기로 내몬 작은 아르헨티나개미를 전시한 부스가 제일 먼저 눈에 띈다. 부스 안 여기저기에 주먹만 한 흙더미가 있다. 바로 옆에 있는 홍개미 부스에는 잔가지를 동그랗게 쌓아 올려 만든 홍개미 집이 하나 들어 있다.

몇 걸음 옮기자 노란 등에 검은 점이 열두 개 찍힌 아시아 무당벌레가 보인다. 그 옆에는 2004년부터 이 포식자의 침공을 받아 사라지고 있는, 빨간 등에 검은 점이 일곱 개 찍힌 토종 무당벌레가 전시돼 있다.

일명 〈악마의 노린재〉라고도 불리는 썩덩나무노린재 전시 부스도 눈길을 끈다. 2012년 중국에서 프랑스로 유입된 노린재도 공격성이 약한 토종 노린재를 거의 멸종시키기에 이르렀다.

수족관에서 덩치 큰 물고기들이 헤엄치고 있어 다가가 보니 나일농어라는 이름이 붙어 있다. 이 물고기가 말라위 호수에 서식하던 지능과 사회성이 높은 어종인 시클리드를 모조리 잡아먹었다는 그 유명한 물속의 맹수인 모양이다.

수족관 옆에는 다람쥐와 거북, 두꺼비 전시 부스까지 마련돼 있다.

대형 전시 부스 하나에 가중나무가 들어 있다. 생김새가 옻나무와 비슷해 〈가짜 옻나무〉라고도 불리는 이 나무는 번식력이 뛰어나기로 유명하다. 특히 가중나무에서 나오는 독성 수액은 주변 식물들을 고사시킨다고 한다. 해저를 점령하다시피 했다는 옥덩굴도 전시장 한쪽을 차지하고 있는 게 보인다.

드디어 외래종 곤충들을 전시해 놓은 공간이 나타난다.

천장에 닿을 정도로 높은 유리 부스 안에 회색 마분지를 공처럼 뭉쳐 매달아 놓은 것 같은 등검은말벌 집이 하나 들어 있다. 먹이로 넣어 준 귀뚜라미들은 벌써 목이 잘려 수북이 쌓여 있다. 옆에 나란히 세워진 부스에는 야생 꿀벌 집이 들어 있다. 오렌지색 층이 켜켜이 쌓인 모양이 마치 라사냐를 연상시킨다. 부스 한쪽 구석에 꽃이 심겨 있다.

갑자기 손전등 불빛이 얼굴로 쏟아진다. 르네와 알렉상드르가 눈을 바로 뜨지 못하고 깜빡이며 서 있는 사이 베스파로슈푸코가 다가와 얼굴에 꿀을 끼얹는다. 그녀가 등검은말벌 부스로 다가가 문을 활짝 열어젖힌다.

벌들이 꿀 냄새를 맡고 윙 소리를 내며 떼 지어 날아온다.

「아듀. 네 번 쏘이면 바로 저승행이죠.」

르네와 알렉상드르가 검을 휘두르며 벌을 쫓기 시작한다.

짧은 비명 소리. 알렉상드르가 한 방 쏘였다.

르네에게 박힌 벌침은 오히려 아드레날린 분비를 촉진한다. 그가 저돌적으로 돌변한다.

이렇게 허무하게 끝낼 순 없어.

르네가 문이 열린 등검은말벌 부스 안으로 괴성을 지르며 뛰어들어 가더니 맨손으로 벌집을 움켜잡는다. 베스파가 어이없어하며 쳐다보는 사이 르네가 벌집을 들고 돌아 나와 그녀를 향해 돌진한다. 그가 벌집을 그녀의 머리 위로 내리꽂는다.

베스파는 잠시 망부석처럼 서 있다.

벌집을 뒤집어쓴 모습이 영락없이 투구 쓴 기사와 똑같아.

등검은말벌들이 공격당한 도시와 여왕벌을 구하기 위해 편대 비행을 하며 날아온다. 무차별 보복이 시작되자 그녀가 무릎을 꺾고 주저앉더니 결국 쓰러진다.

르네가 바닥에 주저앉아 있는 알렉상드르에게 다가온다.

「괜찮으세요?」

알렉상드르가 손을 내밀어 벌에 쏘인 자리를 보여 준다. 정확히 세 군데다.

「예루살렘 성전산에서 이미 세례를 받아 이젠 아무렇지도 않네.」

그가 농담을 하면서도 아파서 인상을 쓴다.

르네가 알렉상드르를 일으켜 쓰러진 베스파에게 다가간다. 목까지 등검은말벌 집을 뒤집어쓴 그녀의 주변을 말벌 떼가 요란한 소리를 내며 맴돌고 있다. 마치 위성들이 행성 주위를 돌고 있는 것 같아 보인다.

알렉상드르가 그녀의 가방에서 상자를 꺼내 여왕 꿀벌이 안전한지부터 살핀다.

르네는 예언서가 들어 있는 성서를 들고 조금 떨어진 곳으로 가서 마지막 장을 읽기 시작한다. 2101년을 예언한 101장.

예언을 읽었으니 이제 살뱅에게 불러 주는 일이 남았어. 그래야 비로소 매듭이 지어지는 거야. 시간이 접혀 과거와 미래의 두 원이 마침내 하나로 만나게 되는 거야.

100 므네모스 : 저절로 실현되는 예언

예언이 저절로 실현된다는 말은 우리가 어떤 일이 벌어진다고 입에 올리는 순간 그것이 현실로 나타날 수 있다는 뜻이다. 달리 말하면, 예언이 없었다면 그 일은 일어나지조차 않았을 것이다.

오이디푸스의 이야기가 대표적으로 이런 예언에 속한다. 델포이의 신탁은 테바이 왕 라이오스에게 아들을 낳으면 그 아들이 커서 아버지인 자신을 죽이고 어머니인 왕비와 결혼하게 될 것이라고 예언했다. 정말로 아들이 태어나자 살인과 근친상간의 공포에 사로잡힌 라이오스왕과 이오카스테 왕비는 아기가 도망치지 못하게 발목에 구멍을 뚫은 다음(오이디푸스는 〈부어오른 발〉이라는 뜻이다) 산속에 버렸다. 그러나 아기는 살아남아 코린토스 왕에게 발견돼 그의 아들로 자란다. 성인이 된 오이디푸스는 어느 여행자에게 자신의 친부모가 따로 있다는 얘기를 듣고 그들을 찾아 테바이로 떠난다. 그런데 테바이로 가는 길에 마차를 탄 노인과 시비가 붙어 결투 끝에 결국 그를 죽이게 된다. 이 노인이 자신의 생부인 라이오스왕이라는 걸 까맣게 모른 채 여행을 계속하던 그는 인근 지역을 공포에 떨게 하던 괴물 스핑크스를 만난다. 자신이 낸 수수께끼를 오이디푸스가 모두 풀자 스핑크스는 스스로 목숨을 끊는다. 테바이 사람들은 큰 공을 세운 오

362

이디푸스를 새로운 왕으로 추대한다. 왕좌에 오른 그는 죽은 왕 라이오스의 아내인 이오카스테, 그러니까 그의…… 어머니와 결혼하게 된다. 이 사태를 막으려고 했던 모든 노력이 역설적으로 이 사태를 초래한 셈이다. 애초에 델포이의 신탁이 없었다면 어땠을까?

현대에 들어와 경제 분야에서도 비슷한 예를 찾아볼 수 있다.

어떤 제품의 공급이 부족해지리라는 사실이 알려지는 순간 이 제품의 가격이 폭등하면서 품귀 현상이 빚어진다. 역사적으로 보면 밀과 관련해 이런 위기가 여러 차례 있었다. 공급 부족이 알려지자 기근이 초래된 것이다.

기술 분야에서도 비슷한 사례가 발견된다. 1965년, 인텔의 창립자인 엔지니어 고든 무어는 반도체 칩의 연산 능력이 18개월을 주기로 두 배씩 향상될 것이라고 내다봤다. 그러자 컴퓨터 업계에서 이 숫자에 목을 맸고, 결과적으로 그 예측이 그대로 실현됐다.

멀리서 찾을 필요 없이 우리 주변에서도 비슷한 사례를 발견할 수 있다. 학교 선생님들은 아무렇지 않게 〈넌 똑똑하니까 나중에 큰 인물이 될 거야〉 또는 〈너같이 형편없는 녀석은 보나 마나 별 볼 일 없는 인생을 살 거야〉라고 말한다. 나중에 다시 만나면 그 선생님은 제자에게 뭐라고 말할까? 〈거봐라, 내 예언이 적중했잖니. 넌 딱 내가 예상한 그 모습 그대로야〉라고 하지 않을까?

101

마침내 그 순간이 도래하게 될 것이다. 심장이 팔딱거리는 모습을 우리는 보게 될 것이다.

유리화된 피가 서서히 다시 흐르기 시작할 것이다. 심장 박동 소리가 빨라지며 규칙적으로 변할 것이다.

더듬이가 파르르 움직일 것이다.

다리가 미세한 떨림을 보이기 시작할 것이다.

아래턱이 살며시 벌어질 것이다.

여왕 꿀벌이 1천 년의 잠에서 깨어날 것이다.

반투명한 긴 날개가 천천히 펼쳐져 파닥거리는 모습을 모두가 감격스럽게 지켜볼 것이다.

여왕이 어설픈 몇 걸음을 내딛다 공중으로 사뿐 날아올라 그녀를 위해 준비된 꽃송이에 내려앉을 것이다.

이 장면을 지켜보는 과학자들은 탄성을 내지를 것이다.

그들이 마침내 해낸 것이다.

이 소식은 즉시 전 세계로 퍼져 나갈 것이다.

제3차 세계 대전이 한창인 가운데 전 세계 TV를 통해 생중계돼 희망의 상징으로 받아들여질 것이다.

정치인들이 앞다퉈 여왕 꿀벌의 소생에 역사적인 의미를 부여할 것이다.

작은 곤충 한 마리의 부활이 동족 수백만 명의 죽음보다 더 인류의 관심을 끌다니 놀라운 일이 아닌가.

날이 갈수록 뜨거워지는 지구에서 벌어지는 전투와 폭격, 학살 장면만 송출했던 방송국들이 〈제2의 르네상스를 이끄는 여왕〉의 일거수일투족을 생생하게 카메라에 담아 실시간으로 보도할 것이다.

그녀가 알을 낳을 것이다.

산란 과정은 전 세계 TV로 생중계될 것이다.

하나, 둘, 열, 백, 수백 개의 알이 그녀의 몸을 빠져나올 것이다. 알은 유충이 되고, 유충은 번데기 상태를 거쳐 투명한 허물을 벗고 날개를 펼칠 것이다.

2000년대를 살았던 조상들보다 저항력과 공격성, 번식력이 뛰어난 새로운 세대의 꿀벌이 탄생하는 순간이다.

꿀벌들은 세상을 탐험하며 꽃가루를 따고 꿀을 모을 것이다.

그들이 지은 최초의 도시는 건축가인 일벌, 화학 전문가인 보육사 벌, 꽃가루 채취 전문가인 탐험 벌, 그리고 도시를 방어하는 전사 벌의 완벽한 분업 체계를 통해 작동할 것이다.

부화한 지 얼마 되지 않은 어린 여왕벌들은 분봉해 나가 자신들의 도시를 세우게 될 것이다.

어떤 포식자도 이제 이들에게 공포의 대상이 될 수 없을 것이다. 말벌들은 강력한 독을 품은 긴 벌침을 갖게 된 이 꿀벌들 주위를 감히 얼씬거리지 못할 것이다. 새들과 파충류조차 그들의 도시에 접근해 오지 못할 것이다.

이제부터 선순환이 시작될 것이다.

수정된 여왕 꿀벌들은 인간의 도움을 받아 먼 곳으로 가 도시를 세울 것이다.

부활한 고대 여왕의 후손인 이 여왕 꿀벌들은 벌집 도시를 지으며 빠르게 번식할 것이다. 이들이 낳은 여왕 꿀벌들은 다시 분봉해 또 그들의 도시를 세우게 될 것이다. 얼마 가지 않아 과일과 채소와 곡물이 풍족해질 것이고, 지구는 예전의 천국 같은 모습을 되찾을 것이다.

마지막 꿀벌이 사라지고 나서 인류 문명이 멸망하기까지 4년이 걸렸다. 이 4년이라는 시간은 고대 여왕 꿀벌이 첫 알을 낳은 후 인류가 제2의 르네상스를 맞기까지 충분한 시간이다.

150억에 도달했던 인구는 제3차 세계 대전 후 30억까지 줄어들었으나 풍족해진 식량 덕분에 더 이상 감소하지는 않을 것이다.

대부분의 대도시가 여전히 폐허 상태로 남아 있고 지구는 온난화로 늘 고온을 유지할 것이다. 숲이 사라진 자리를 사막이 점령할 것이다. 하지만 뛰어난 회복력을 가진 인류는 재도약에 나설 것이다.

3보 전진 2보 후퇴. 또다시 3보 전진……. 절정에 달했던 인류의 자기 파괴 본능과 죽음의 충동은 마침내 힘을 잃고 생명에의 열망이 그 자리를 대신할 것이다.

인류는 세계를 지배했던 증오심과 광신주의에 염증을 느낄 것이다.

배고프지 않기 위해선 도둑질보다 협력과 연대가 더 효과적임을 깨닫게 될 것이다.

그동안 저지른 실수들의 후과를 감당하다 보니 달라지지 않으면 안 된다는 것을 깨닫게 된 것일까. 인류에게서는 더 이상 이전의 공격성과 호전성을 찾아볼 수 없게 될 것이다.

마침내 허수아비가 아닌, 실질적인 힘을 가진 UN이 탄생해 전 세계적으로 군축을 단행할 것이다. 살아남은 인류는 앞으로 평화와 번영의 시대를 누리게 될 것이다.

그리고…….

파리 도심에서 남동쪽으로 60킬로미터 떨어진 곳에 마치 무슨 열매 같아 보이는 건물이 하나 생겨날 것이다. 폐허로 변한 퐁텐블로 숲 한가운데 달걀을 세워 놓은 것같이 서 있는 이 빌딩 안에는 정원과 과수원, 그리고 숲이 층마다 번갈아 펼쳐질 것이다.

그곳에서 드보라 히람이라는 이름을 가진 젊은 여성이 인류의 새로운 공존 방식을 제안할 것이다. 그녀의 이름에 이미 〈평생의 과업〉이 깃들어 있다. 히브리어로 드보라는 〈꿀벌〉을, 다바르는 〈말〉을 뜻한다. 그녀는 꿀벌의 메시지를 전파하는 일을 자신의 소명으로 삼을 것이다.

그녀는 자신이 전생에 드보라라는 이름의 중세 여성으로 살았다는 것을 기억해 낼 것이다. 그 여성이 태양과 꿀벌을 경배하는 철학적 사고를 갖춘 집단의 일원이었다는 사실을.

이후 여러 번의 환생을 거쳐 멜리사라는 이름으로 살았던 자신의 전생도, 서른네 살에 위대한 예언서의 마지막 장을 구술한 르네라는 이름의 남성도 드보라 히람은 기억해 낼 것이다.

이 벌집 모양 건물은 한때 파리에 존재했던 에펠 탑과 같은 3백 미터 높이에 이를 것이고, 각각 10미터에 이르는 서른 개 층으로 이루어질 것이다.

한 층은 숲으로, 한 층은 과수원과 정원으로 조성된 건물 안에서 1만 4천4백 명이 살고 있을 것이다. 사람들은 크게

창을 낸 돔 모양의 방갈로에서 지낼 것이다.

과수원에는 과일나무가 자라고 텃밭에는 채소가 자라고 들판에는 곡식이 자랄 것이다.

여기서는 완전한 자급자족이 이루어질 것이다. 사람들은 도시 밑에서 지하수를 끌어와 식수로 사용하고 농작물을 재배하는 데 사용할 것이다. 이 물은 도시 안의 습도를 적절하게 유지하는 데도 요긴하게 쓰일 것이다.

건물은 내구성과 단열 효과를 높이기 위해 번갈아 한 층에는 채광용 통창을 내고 한 층에는 육각형 봉방을 모방한 벌집 모양 외벽을 만들 것이다.

사람들은 건물 안에 있는 과수원과 텃밭에서 나는 과일과 채소를 먹고 벌통에서 생산되는 꿀을 먹을 것이다. 배출되는 쓰레기는 모두 수거돼 퇴비로 재활용될 것이다.

전력 공급은 건물 옥상에 광전지를 설치해 해결하게 될 것이다. 광전지로 덮인 거대한 꽃잎 모양의 덮개가 낮에는 해바라기처럼 활짝 펼쳐져 태양 에너지를 모으고 밤에는 닫혀 건물을 다시 완벽한 달걀 모양으로 되돌려 놓을 것이다.

태양광으로 생산된 전기는 내부 공기 순환을 통한 공기 정화 시스템을 가동하는 데 쓰일 것이다. 이 또한 벌집에서 일벌들이 날개를 파드닥거려 공기의 흐름을 일으키는 걸 보고 영감을 얻어 개발한 방식이다. 인간 벌집에서는 통풍구마다 설치된 팬 수천 개가 돌며 실내 공기를 정화하고 동시에 건물의 온도도 조절해 줄 것이다.

덕분에, 바깥은 기온이 40도에 육박하지만 벌집 도시 내부는 항상 선선하게 21도로 유지될 것이다.

지하수층에서 공급받는 물은 완벽하게 수질이 관리될 것

이다. 이 물이 건물 내부의 습도 관리에도 사용되기 때문에 바깥이 아무리 건조해도 벌집 도시 안은 늘 쾌적하게 느껴질 것이다.

인간 벌집 공동체에서는 돈의 존재가 사라질 것이다. 노동과 사회적 의무라는 개념도 없어질 것이다.

사람들은 집단의 행복이 곧 개인의 행복이라 여겨 자발적으로 공동체의 번영에 힘을 보태게 될 것이다.

드보라 히람은 이 개념을 〈타인을 통한 자기실현〉이라고 명명할 것이다. 그녀는 현실에서 이 개념을 구현하기 위해 몇 가지 원칙을 세울 것이다. 그녀는 여왕 꿀벌처럼 출생과 사망이 균형을 맞춰 일어나도록 할 것이다. 이에 따라 벌집 도시의 인구는 항상 1만 4천4백 명으로 유지될 것이다.

드보라 히람의 철학은 〈우리에게 필요한 것은 팽창이 아니라 균형이다〉라는 한마디로 요약될 것이다. 벌집 도시는 항상 똑같은 인구를 유지하며 공동체 구성원의 행복을 최우선으로 여기는 조화로운 사회를 만들어 낼 것이다.

숲이 조성된 층들에서는 야생 동물이 자유롭게 서식하며 생태계 순환에 기여하게 될 것이다.

곰이나 사자, 늑대같이 덩치 큰 육식 동물은 이 숲에서 살 수 없게 될 것이다. 반면 초식 동물은 덩치에 상관없이 함께 공존하게 될 것이다. 사슴과 말, 양, 소, 돼지가 토끼, 닭과 어우러져 살게 될 것이다.

건물 맨 아래층에는 유수지 겸 인공 호수가 조성될 것이다. 물에서 오리와 백조가 헤엄을 치고 골풀이 자란 호숫가 풀숲에서 두꺼비가 입을 넙적거리며 앉아 있을 것이다. 수련 이파리 사이에서 아이들이 물고기들과 나란히 물장구치며 놀 것이다.

바깥 생태계와 달리 이곳에서는 파리와 모기를 찾아볼 수 없을 것이다. 이들 역시 생태계의 일원이기는 하지만 드보라 히람이 과감히 그 두 곤충을 배제하기로 선택했기 때문이다.

자기 생산, 자가소비, 자급자족. 이 세 가지가 벌집 도시의 작동 원리가 될 것이다. 인간들은 죽은 동물의 사체를 통해 단백질을 섭취하지 않아도 얼마든지 영양적으로 결핍이나 과잉이 없는 섭생을 할 수 있을 것이다.

드보라 히람은 외적 균형 못지않게 내적 균형도 강조하며 공동체를 이끌 것이다. 어린 세대와 젊은 세대에게는 생물을 가르쳐 동식물에 대한 이해는 물론 인간 신체에 대한 이해 또한 높아지게 할 것이다. 그들은 입으로 들어가는 음식이 인간의 몸에 어떤 작용을 일으키는지 알게 될 것이다.

꿀벌-남자들과 꿀벌-여자들은 벌집 도시의 유지와 안전을 위한 일 외에도 자신들의 몸과 정신의 고양을 위한 여러 가지 여가 활동에 참여하게 될 것이다. 고대 조상들처럼 노래와 춤, 그림, 조각, 연극, 미식, 조향(調香) 등의 활동으로 풍요로운 삶을 즐길 것이다.

깨끗한 물과 공기 속에 살면서 균형 잡힌 식사를 하고 자신의 몸과 마음을 돌보는 벌집 도시 인간들의 평균 수명은 80세에 머물렀던 선조들보다 한참 늘어나 120세가 될 것이다. 40년의 수명 연장은 삶을 바라보는 관점과 태도의 변화를 불러올 것이다. 이제 인간들은 거리를 두고 사물을 바라보고 일상의 자잘한 고민들은 대수롭지 않게 여길 수 있게 될 것이다.

꿀벌 인간들은 그렇게 선조들이 갖지 못한 경험과 지혜를 얻게 될 것이다.

수명을 다하면 알몸으로 땅에 묻혀 벌레의 먹이가 될 것이다. 쓸모가 없어진 육신의 껍질이 그렇게 생태계의 순환을 위해 다시 쓰이게 될 것이다.

한 사람의 죽음은 한 사람의 탄생을 의미하게 될 것이다. 그것이 벌집 도시의 인구 조절 방식이다. 벌집 도시는 결코 폐쇄적으로 작동하지 않을 것이다. 아무도 폐허와 사막으로 변한 뜨거운 바깥세상에 오래 머물고 싶지 않겠지만, 여하튼 구성원들은 도시를 자유롭게 드나들 수 있을 것이다.

봄마다 분봉 의식이 열리면 도시를 떠나는 커플들을 볼 수 있을 것이다. 그들은 다른 곳에 정착해 이 원조 벌집-도시를 모방한 자매 도시를 만들게 될 것이다.

여전히 고온에다 척박한 바깥 세계에서는 이른바 〈야만 말벌족〉이 탄생하게 될 것이다. 무리를 지어 떠도는 이 폭력 적인 약탈자들은 오토바이와 자동차, 트럭, 캠핑 트레일러 로 이동하며 방어가 취약한 마을과 도시를 공격하고 약탈할 것이다. 벌집-도시는 그들이 가장 눈독을 들이는 타깃이 될 것이다. 야만 말벌족의 침공을 알리는 사이렌이 울리면 꿀벌 인간들은 각자 하던 일을 멈추고 병사가 되어 전쟁에 참전할 것이다.

꿀벌 도시는 수없이 포위되고 때때로 함락 위기에 처하기 도 하지만 결국은 침략자들을 격퇴하고 말 것이다.

전쟁이 끝나면 전사자들의 장례식이 정원에서 거행될 것 이다. 그러고 나면 사망한 수만큼 새로이 출생을 허용해 인 구는 예전과 똑같이 유지될 것이다.

드보라 히람은 도시 운영을 위해 그녀가 〈영혼의 형제〉라

부르는 두 남자의 도움을 받게 될 것이다.

이들은 그녀가 전생에서 여러 번 다른 이름으로 만나 인연을 맺어 온 사람들이다.

〈시간을 구부리는〉 기술을 완벽히 터득한 이 세 사람은 정신적인 삼위일체를 이루게 될 것이다. 그들은 갈팡질팡하며 실수를 반복한 앞선 세대들을 반면교사로 삼기 위해 수시로 과거에 다녀올 것이다.

〈똑같은 실수를 반복하지 않으려면 그것을 직접 해보는 수밖에 없다. 머리로 아는 것만으로는 행동을 근본적으로 바꿀 수 없다〉고 드보라 히람은 주창할 것이다.

그녀는 이 철학을 〈퇴행을 통한 깨달음〉이라고 명명할 것이다.

도시의 시조이자 도시 운영의 주축인 삼인조뿐만 아니라 벌집 도시 구성원 모두가 정신의 힘을 통한 과거 여행을 하게 될 것이다. 이 정신의 관광에서 돌아올 때마다 벌집 도시 시민들은 현재 자신들이 살고 있는 진화된 세계에 감사한 마음을 느끼게 될 것이다.

조상들의 세계에서 목격한 낭비와 부조리, 불공정, 감염병, 전쟁, 학살은 그들이 이 벌집 도시를 지켜야 하는 이유가 될 것이다.

누가 드보라 히람에게 이런 도시를 건설할 영감을 어디서 어떻게 얻었냐고 물어보면 그녀는 아주 오래된 예언서의 마지막 장에 상세히 적혀 있었다고 대답할 것이다.

그러고 나서 책의 제목을 또박또박 말할 것이다. 『꿀벌의 예언』.

감사의 말

오랜 세월 한결같이 내 곁을 지켜 주는 대(大)편집자 리샤르 뒤쿠세와 프랑시스 에스메나르, 날카로운 안목을 가진 담당 편집자 카롤린 리폴과 알뱅 미셸 편집부 전원, 역사에 대한 식견으로 도움을 준 제라르 암잘라그 교수와 프랑크 페랑, 성전 기사단에 관한 지식을 공유해 준 다비드 갈레, 꿀벌과 등검은말벌을 소재로 함께 대화를 나눴던 엘리 세문, 삶과 꿀벌과 영화에 관해 깊은 얘기를 주고받았던 클로드 를루슈, 솔로몬 성전에 관한 지식으로 집필에 도움을 준 로랑 레비, 비교(秘敎)와 상징을 주제로 대화를 나눴던 파트리크 뷔랑스탱나스, 1982년 라마트 다비드에서 키부츠의 삶을 발견하게 해준 마리린 스마자, 트루아보데 극장에서 열리는 퇴행 최면 공연인 내면 여행에 하프 연주자로 참여하는 바네사 프랑쾨르, 인터넷 라이브로 진행되는 또 다른 형식의 내면 여행 공연에서 색소폰을 연주해 주는 조프레 세코, 모두 고맙습니다.

이번 소설의 (서로 다른) 열두 개 베타 버전을 인내심을 가지고 모두 읽어 준 나탈리 암크로, 클레아 카루, 조나탕 베르베르, 아멜리 앙드리외, 오렐리 들라퐁, 바네사 비통, 질 말랑송, 실뱅 팀시트, 아르노 알렉상드르, 제레미 게리노, 그리고 쥘리앵 라오슈에게 진심으로 감사의 마음을 전합니다.

- 리들리 스콧 감독의 영화 「킹덤 오브 헤븐」(2005)에서 해리 그레그슨월리엄스가 작곡한 영화 음악
- 「왕좌의 게임」시즌6의 라민 자바디가 작곡한 사운드트랙 「일곱 빛」
- 프로그레시브 록 밴드 빅 빅 트레인의 앨범 「잉글리시 일렉트릭 풀 파워」(2012)에 수록된 「회개하지 않는 유다」
- 프로그레시브 록 밴드 예스의 앨범 「여기에서 날아올라」(2011)
- 일렉트로닉 록 듀오 라타탓의 곡 「목 보호대」

　소설의 주인공 르네 톨레다노는 2053년에 일어날 제3차 세계 대전을 중단시킬 방법이 『꿀벌의 예언』이라는 책에 있다는 얘기를 듣는다. 이 예언서는 12세기에 한 십자군 기사가 써서 성전 기사단이 보관하고 있었으나 기사단 강제 해체 이후 행방이 묘연해졌다. 하지만 꿀벌의 실종이 촉발한 세계 대전을 멈출 방법 역시 꿀벌에 있다는 사실을 알게 된 주인공은 예언서를 찾아 시공간을 넘나드는 모험에 뛰어든다.

　베르나르 베르베르는 이 이야기를 세 축으로 풀어 나간다. 한 축은 역사다. 십자군 전쟁과 (프랑스인들이 주축이 됐던) 성전 기사단의 탄생과 해체를 중심에 놓고, 사라진 예언서를 추적하는 과정에서 주인공이 만나는 중동 현대사의 굵직한 사건들을 주변에 배치한다. 또 다른 축은 종교다. 서유럽에서 기독교가 탄생해 자리 잡는 과정에서 타 종교들과 맺은 때로는 일방적이고(따라서 폭력적인) 때로는 상호적인 관계를 해박한 지식으로 펼쳐 보여 준다. 두 가지 축을 하나로 묶어 이야기를 완성시키는 것은 생태와 환경이라는 현대의 이슈다. 〈꿀벌이 지구상에서 사라지는 순간 인간에게 남은 시간은 4년뿐〉이라는 저 유명한 말대로, 꿀벌의 실종이 세계 대전을 일으킨다는 가정이 이 소설의 출발점이다.

　작가는 이번 소설을 끌고 나가는 동력 장치로 예언과 퇴행 최면을 활용하는데, 이 둘은 시간을 상대적으로 바라본다는 공통점이 있다. 예언은 아직 오지 않은 시간에 대해 말하고, 퇴행 최면은 이미 지나간 시간을 되돌린다. 시간은 선형적으로 흐른다는 과학적 통념에 반하는 이 설정에서 생긴 틈은 소설적 상상력, 다시 말해 베르베르식 판타지가 채운다. 작가는 중세 시대에 활약했던 성전 기사단이 21세기에 벌어질 세계 대전을 끝낼 비밀이 적힌 예언서를 가지고 있었다고 설정한다. 역사적 사실과 허구가 만나고, 과거와 미래가 만나는 이 지점에서 베르베르의 신작 역사 판타지 소설은 시작된다.

8백 페이지에 이르지만 주인공을 따라 『꿀벌의 예언』의 행방을 추적하면서 퍼즐을 짜 맞추다 보면 순식간에 읽힌다. 치밀하면서도 박진감 넘치는 소설이다.

2023년 6월
전미연

옮긴이 **전미연** 서울대학교 불어불문학과와 한국외국어대학교 통
번역대학원 한불과를 졸업했다. 파리 제3대학 통번역대학원 번역
과정과 오타와 통번역대학원 번역학 박사 과정을 마쳤다. 한국외
국어대학교 통번역대학원 겸임 교수를 지냈으며 현재 전문 번역
가로 활동 중이다. 옮긴 책으로는 베르나르 베르베르의 『베르베르
씨, 오늘은 뭘 쓰세요?』, 『상대적이며 절대적인 고양이 백과사전』,
『행성』, 『문명』, 『심판』, 『기억』, 『죽음』, 『고양이』, 『잠』, 『제3인류』
(공역), 『파피용』, 『상대적이며 절대적인 지식의 백과사전』(공역),
『만화 타나토노트』, 에마뉘엘 카레르의 『리모노프』, 『나 아닌 다른
삶』, 『콧수염』, 『겨울 아이』, 카롤 마르티네즈의 『꿰맨 심장』, 아멜
리 노통브의 『두려움과 떨림』, 『배고픔의 자서전』, 『이토록 아름다
운 세 살』, 기욤 뮈소의 『당신, 거기 있어 줄래요?』, 『사랑하기 때문
에』, 『그 후에』, 『천사의 부름』, 『종이 여자』, 발렝탕 뮈소의 『완벽
한 계획』, 다비드 카라의 『새벽의 흔적』, 로맹 사르두의 『최후의 알
리바이』, 『크리스마스 1초 전』, 『크리스마스를 구해 줘』, 알렉시 제
니 외의 『22세기 세계』(공역) 등이 있다. 〈작은 철학자 시리즈〉를
비롯한 어린이책도 여러 권 번역했다.

꿀벌의 예언 2

발행일	2023년 6월 20일 초판 1쇄
	2023년 12월 30일 초판 20쇄

지은이	베르나르 베르베르
옮긴이	전미연
발행인	홍예빈 · 홍유진
발행처	주식회사 열린책들

경기도 파주시 문발로 253 파주출판도시
전화 031-955-4000 팩스 031-955-4004
www.openbooks.co.kr

Copyright (C) 주식회사 열린책들, 2023, *Printed in Korea.*
ISBN 978-89-329-2342-0 04860
ISBN 978-89-329-2340-6 (세트)